魅丽文化 花火工作室

春风榴火　著

全世界倾听你

百花洲文艺出版社
BAIHUAZHOU LITERATURE AND ART PRESS

图书在版编目（CIP）数据

全世界倾听你 / 春风榴火著. -- 南昌 : 百花洲文艺出版社, 2019.12
ISBN 978-7-5500-3468-6

Ⅰ. ①全… Ⅱ. ①春… Ⅲ. ①长篇小说－中国－当代 Ⅳ. ① I247.5

中国版本图书馆 CIP 数据核字 (2019) 第 252004 号

全世界倾听你
春风榴火 著

责任编辑	郝玮刚
选题策划	丏小亥
特约编辑	艾璐璐
封面设计	A BOOK STUDIO Echo Design QQ|1603087572
出版发行	百花洲文艺出版社
社　　址	南昌市红谷滩新区世贸路 898 号博能中心 A 座 20 楼
邮　　编	330038
经　　销	全国新华书店
印　　刷	湖南凌宇纸品有限公司
开　　本	880mm×1230mm　1/32　　印张 10
版　　次	2019 年 12 月第 1 版第 1 次印刷
字　　数	278 千字
书　　号	ISBN 978-7-5500-3468-6
定　　价	38.00 元

赣版权登字：05-2019-310

网址 http：//www.bhzwy.com
图书若有印装错误，影响阅读，可向承印厂联系调换。

CONTENTS 目录

第一章
你有巧克力吗？

“求求你们，求求你们救救我！

“我不叫大牛，我叫林希，我是林希！

“我爸爸叫林正玄，我妈妈叫何若澜，我不是这里的孩子，我是被人拐卖来的！”

男孩骨瘦如柴的小手，死死地拽着年仅十二岁的李悬柔软的手。黝黑的小脸上，那双痛苦无助的眼睛死死地盯着她，宛如烙铁。

阳光突然哆嗦了一下。

李悬从噩梦中惊醒过来，全身冰凉，额头上密密麻麻挂着冷汗。她闭上眼睛，揉了揉眉心，点了一支女士香烟，纤瘦的身子倚在钢琴前，望着落地窗外林立的高楼大厦。她回想起了十四年前置身于在西北大山中，听到天籁之音的那个下午。

番茄台的一档名叫《小小明星》的综艺节目十多年前火爆荧屏，掀起了一阵童星热潮。当时有许多童星被挖掘出来，一夜成名，成为万众追捧的宠儿，十二岁的李悬就是其中之一。

摄制组带着李悬以及其他五个约莫十来岁的童星，经过三天的艰难跋涉，进入西北的荒凉大山的最深处，在一个名叫洪沟湾的村寨里，进行为期一周的节目录制。

没想到在节目录制的第一天，状况频发。当时节目组安排这些小童星和村子里的孩子们组成搭档，一块儿合唱歌曲。可是节目即将拍摄的时候，李悬的搭档却因为吃坏了肚子，来不了了。

这些被选出来上镜的农村孩子，一天前就接受过摄制组的训练，并且还进行了彩排，确保他们不会在镜头前因为太过紧张而出洋相。现在突然有个孩子来不了，节目就没有办法继续进行，这一来，后面的拍摄任务都要耽误下来。赵导急得团团转，要求自己的助理在一个小时之内必须找到合适的孩子过来参加节目。实在来不及训练，到时候就假唱，反正观众要看的只是这些城里来的小明星，而不是村里的小孩。

很快，助理就带过来一个小男孩，李悬伸着脑袋好奇地打量他。他的脸虽然黑黑的，但不像这些山里的孩子，他的皮肤很细腻，尽管骨瘦如柴，面部轮廓却很鲜明，一双明亮的眼睛宛如澄澈的湖水，浓密的长睫毛弯弯的。他薄嘴唇，鼻梁高挺，整个五官组合在一起，异常好看。李悬看了一眼就被他的模样吸引住了，虽然他破旧的衣服上缀着许多补丁，但灰头土脸的他比节目组那些城里来的小正太还要好看！

助理似乎也特别兴奋，拉着那孩子跑到导演面前邀功："赵导，怎么样？这孩子可以吧！"

赵导挺着啤酒肚，眯着浮肿的眼睛上下打量了他一眼，点了点头："不错，挺上镜。"

"还背着这些干什么？快放下来。"助理拉了拉那孩子，他的背上还背着高高的柴火担，几乎将他的身躯整个压了下去。听到助理的话，他动作麻利地放下了柴火担，拍了拍袖子，身子骤然轻松了，挺了挺腰板，精气神跟着就出来了。

真的很上镜！

"快给导演介绍你自己。"助理在边上催促道。

男孩眼眸中闪过一丝犹疑的光芒，他说："我叫大牛，今年九岁。"他的普通话字正腔圆。

"会唱歌吗？"赵导坐回到他的老爷椅上，睨着那男孩问道。男孩点了点头。

“都会唱什么歌？”

“听过一遍的，都会。”男孩说道。

老爷椅上，导演笑了，助理也笑了。想不到这山里淳朴害羞的小孩儿，也会在外人面前一本正经地说大话。

“小朋友，不会唱歌也没有关系，到时候牵着那个小姐姐的手，对口型就可以了，不用真的唱出声。”助理对大牛指了指站在边上的李悬。

两个人隔着金灿灿的麦地，遥遥对视了一眼。被他那漆黑如夜的眼瞳一扫，李悬感觉自己的脸有些发热。

“你们以为我在开玩笑吗？”他收回目光，突然一声反问，那张稚嫩的脸上竟然还带着淡淡的嘲意。

导演看了看他，也不生气，反倒觉得有些意思：“这山里娃还挺有性格哈？”他招了招手，让助理在手机里任选了一首歌给他听，说道，“试试吧，不需要全部唱完，能找着调，哼出来也行。”

助理手机里响起了朴树的《平凡之路》。

男孩戴上了耳麦，闭上了眼睛，开始聆听。李悬和几个小伙伴也好奇地走了过来，她看着他浓密纤长的睫毛微微颤动，神情无比专注，仿佛在倾听风的私语。

听完这首歌，他将手机还给助理，清了清嗓子，唱了起来。

完完整整的，每一个调都准确无比，他一曲唱罢，所有人都沉浸在他宛若天籁的清唱之中，无法自拔。一阵凉风拂过麦田，层层麦浪翻涌着，伴随着的是在场所有人情不自禁的掌声。

“你，你以前是不是听过这首歌？”赵导好奇地问他。

男孩摇了摇头：“这里太穷了，什么都没有。”这里太穷了，什么都没有。他家里穷得家徒四壁，连收音机都没有，他怎么可能听到来自山外的声音？

“那你是怎么唱出来的？”赵导难以置信地盯着他。

“我说过，听一遍我就会。”他的语气宛如他的神情一般坚定，他的眼神有股力量，让人不得不信。无论是旋律还是歌词，听一遍，他就能记住。

赵导知道自己捡到宝了，他连忙招呼后勤组过来给男孩化妆，摄制组准备开拍。

在化妆的过程中，男孩又戴上了耳机，认真地听待会儿要唱的曲目。李悬走到他身边，好奇地打量着他，男孩睁开双眼，也注意到了李悬。她皮肤很白，脸蛋胖胖的，很有肉感，唇红齿白，一看就知是城里娇生惯养的小公主。

小公主，怎么会来这鬼地方？他冷嗤一声，移开目光，不再理会她。不过不管他怎么冷眼相待，李悬就站在他边上，一双明亮的大眼睛看着他，目光仿佛要在他脸上生根一般，冲他不住地乐。好傻，他心想。

“你有巧克力吗？”他突然开口问李悬。

李悬微微一愣，好巧，她还真有。她随即从包里摸出一颗费列罗递给他，他的眼睛里立刻有了光。他快速而熟练地剥开了糖纸，将巧克力放进嘴里，享受地闭上眼睛，任由甜腻在舌尖融化，那种感觉宛如飘在云端。大牛没有向她道谢，不过李悬也不在意，她心情突然很好。这个男孩吃了她的巧克力，应该也会喜欢她吧？

节目正式开始录制，他牵起李悬的手，和她一起在镜头前和声歌唱。本来只是排练，两个人的配合却无比默契，李悬的声音非常好听，和他配合起来完美无缺。

唱歌的时候，李悬的眼睛没有看镜头，而是一直盯着他，出神了。他们合唱的是一首外国歌曲，本来导演还担心英文歌这孩子拿不下，但是现在看来，这种担心完全多余，他的英语非常好。

可是，这怎么可能呢？一个大山里的孩子，怎么可能会唱英文歌呢？两个人合唱还没有结束，他的声音却戛然而止，紧接着全身开始瑟瑟发抖，望着前方。只见不远处的山间田埂上，几个村民气势汹汹地赶了过来，其中就有他的“爸爸”胡大鹏。

男孩的手突然死死地抓紧了李悬的手，李悬微微一惊，紧接着他就对着摄像镜头大喊了起来。

“求求你们，求求你们救救我！

“我不叫大牛，我叫林希，我是林希！

“我爸爸叫林正玄，我妈妈叫何若澜，我不是这里的孩子，我是被人拐卖来的！”

他抓得李悬的手很疼很疼，李悬被眼前这一幕吓呆了。

她不住地后退，想要挣开他的手，可是他力气很大，她根本挣不开。他求助地看向李悬，转而又看向周围所有人：“求求你们救救我，求你们带我走！”

那几个村民已经冲了过来，像抓小鸡一样将大牛拽过去，他却还死死地拉着李悬的手，目光无比绝望。不知道怎么的，李悬突然反手紧紧地握住了他的手，用尽全身力气，拉住他，不让他被人带走。两个孩子手抓在一起，怎么都不肯松开，还是村民过来一把扯住李悬的衣服，粗暴地将他们拉开。

助理连忙过来护住李悬，大声喊道：“别伤到孩子。”两只小手最终是被扯开了。

因为拉扯，他衣衫凌乱，蓬头垢面，“啪”的一声，胡大鹏一个大耳刮子扇过来，他随即趔趄着扑倒在地，脸也肿了起来。身后一个抱着孩子的妇人站出来指着他破口大骂：“瓜皮，养不熟的小白眼狼，又在这里作妖作怪。”

“不要打人，孩子还小。”助理连忙走过来，伸手想要拦住激动的胡大鹏。胡大鹏是个粗鲁的庄稼汉子，野蛮地推开了助理，一脚踹向男孩，紧接着像揪兔子一样一把将他揪起来，转身便往田埂上走去。

“救我，求求你们救救我！我叫林希，我爸爸叫林正玄，我妈妈叫何若澜，我是被拐卖的！你们帮帮我，帮帮我！”他绝望的哭声伴随着呼啸而至的狂风，回响在空旷的大山深处。地上那一张费列罗的糖纸被大风吹了起来，向遥远的山那头飘去。

这才第一天，节目组要在这个大山里待一周呢，为了不与当地村民激化矛盾，赵导当着村主任的面，将那天下午录制的东西全部删掉了。后来这件事情怎么处理的，李悬无从得知，那个名叫林希的男孩，她也再没有见过。但是他的声音，她从来没有忘怀。他有那样纯粹的嗓音和惊人的唱歌天赋。

十二岁的她当时真的不明白，为什么他的眼神那么绝望。直到更大一点，她才知道什么是拐卖儿童，这种罪恶的交易，以前在荒僻落后的地区并不少见，她不知道他有没有得救，甚至她还尝试过帮他。

林正玄，哪个 zheng？哪个 xuan？他母亲叫何若什么来着？她甚至连他父母的名字都记不清了，唯独记得，他叫林希。可究竟是哪个 xi 呢？李悬去过派出所几次，试图说清楚当年发生的事情，可是最终还是没有用。警察不可能为了这点虚无缥缈的线索出动警力，更何况这还是来自一个未成年的孩子的破碎记忆，而且就算要去解救，也应该由当地的警方出动。

事情终于是不了了之。

十四年之后的某个夜晚。

乌烟瘴气的小酒馆，浓妆艳抹的女子坐在台上咿咿呀呀唱着《寂寞的夜》。赢来的钱全部堆在赌桌上，林希摸了牌，将所有筹码往前一推，坚定地道了声："跟。"

昏暗的灯光在头顶摇曳，他纤长的睫毛在眼下投下一片阴影，深邃的眼眸隐藏在了黑夜中。他的下颌长着青色的胡楂，不修边幅的轻狂模样，很有男人味道。

发牌的女荷官衣着暴露，就像她手里的扑克牌上的人物一样，面无表情。她什么样的男人没见过，但是眼前的这个，倒真是帅得杀人不眨眼啊！

林希修长的手指翻开他面前的纸牌，暗道：又赢了，好兆头！

他冲吧台边的一个女人招了招手："来，坐过来。"叶馨甜乖乖地走到他的身边，被他顺势揽进了怀里，坐在了他的大腿上。

"你来，我就赢，好兆头。"他的嗓音带着独有的磁性，挑逗得女人心神荡漾。

他嘴里叼着烟，一只手落在她的腰上，另一只手继续翻牌。叶馨甜迷恋地看着他侧面的轮廓，无论怎么看都看不够。这个世界上怎么会有这样好看的人啊！

酒馆的电视屏幕上播放着无趣的娱乐新闻："李悬十六岁出道，十八岁便蜚声海外，连续摘得两届金曲奖桂冠。"

林希捻动着手里的牌，牌的半个角出来，再有半个角出来……

"然而这位极具音乐天赋的娱乐圈宠儿，却在两年前宣布封麦，不再出专辑，甚至不再唱歌。此消息一出，整个娱乐圈一片哗然。"

看到牌面之后，林希的目光沉了下去，牌被他轻轻扔到了桌上，暗道：黑桃五，红桃三，输了。

"天后李悬退居幕后，成为盛娱传媒的音乐制作人。这两年，好几个默默无闻却极有天赋的歌手，被她捧成歌坛炙手可热的新星。"

林希将面前的筹码全部推了出去，喊道："再跟！"

"现在娱乐圈流传着一句话：谁能得到李悬的青睐，一夜成名绝非难事……"

虔诚的赌徒迷信一切细节和征兆，什么人和什么时候出现，都是有定数的。他不耐烦地扫了电视屏幕一眼，这个叫李悬的不知道从哪里冒出来的，害得他用光了今天的所有好运气。就在这时，手机突兀地响了起来，叶馨甜看着屏幕上闪烁的名字，手一哆嗦，从林希的腿上起来，站到边上接了电话，低声道："悬，悬姐。"

"叶馨甜，给我滚出来！"

叶馨甜战战兢兢地从地下赌场走出来，狭窄潮湿的街边路灯下，一个穿着长裤、衬衫的女人背对着她，身姿高挑修长，指间夹着一支女士长香烟，烟气袅袅。从背影和衣着来看，这个女人给人一种禁欲感。

叶馨甜走过去，低声唤道："悬姐。"

李悬回过头，冷冷地觑了她一眼，声音没有了方才在电话里的激动，显得平静了很多："你是不是不想干了？"

"悬姐，我错了。"叶馨甜可怜兮兮地拉了拉她，声音娇滴滴的，任谁都不忍心继续责怪她。

可李悬不吃这一套。

“娱乐圈很挤的……”李悬的声音里略带着微微的沙哑和不屑，“现在圈子里隔三岔五就有新人亮相，你一个叶馨甜，又算个什么呢？”

“悬姐。”叶馨甜眼泪都要流出来了，“我真的错了。”

李悬从手包里摸出几张照片扔到了叶馨甜身上，照片上是她和那个男人举止亲密的画面。不过男人都是背影，倒是叶馨甜，模样被拍得清清楚楚。叶馨甜抓着照片，眼睛瞪得很大，全身在颤抖。

“想想明天的娱乐头条会怎么写？叶馨甜深夜与不明身份男子出入夜店，动作亲密暧昧，私生活混乱？”

“悬姐，求你救救我，这件事不能被曝光！不然我就完了。”叶馨甜是真的怕了，她抓着李悬的手，宛如抓着最后一根救命稻草。

李悬冷哼了一声：“拍这组照片的狗仔我朋友认识，那边帮忙拦下了。但是这事绝对不能再发生第二次。”李悬每一个字都咬得非常用力。

“谢谢悬姐。”叶馨甜不住地向她表示感谢，“以后我会多加小心的，不会再被跟拍了。”

李悬将烟头往乌黑的墙上摁了摁，淡淡地说道：“不准再见这个男人。”

“悬姐！”

“你是我带出来的人，我珍惜你的才华，也请你珍惜你自己的前途。”李悬说完，转身离开了幽暗的小巷。

“我是真的爱他啊！”叶馨甜无力的声音被黑夜吞没。

叶馨甜的脑子，到底是怎么长的？李悬看着办公桌上的一沓资料，伸手按了按脑袋两边的太阳穴，她觉得有点无语。

助理易小嘉站在她的办公桌前，显得有些气急败坏。不晓得那个男人给叶馨甜吃了什么迷药，连李悬亲自出马都没法把她劝回来，她现在已经五六天没来公司了。

叶馨甜是盛娱传媒今年刚刚推出来的新人，拥有无与伦比的清甜嗓音，音色非常独特，而且形象、气质俱佳，是李悬看准了能火的好苗子。五月份的时候，李悬为她量身打造了一款迷你专辑，卖得非常好，后来又参加了几档口碑不错的综艺节目，现在叶馨甜已经累积了不少粉丝，极有希望夺得今年的金纽扣新人奖。

就在这个节骨眼上，这丫头居然一心一意跑去谈恋爱了。这时候传出任何绯闻都是不合适的，更何况她找的男人还是个学生。

李悬看着面前的资料。北方艺术学院，林希。她的目光死死地盯着那个名字，耳边又传来了那个孩子绝望的哭喊声。

“悬姐，你怎么了？”易小嘉疑惑地看着李悬，她跟了她两年，从来没有见过这位金牌音乐制作人露出这样惶惑的神情。易小嘉的声音将李悬从那段遥远的记忆中拉了回来，她恍然间回过神，摇了摇头，想将脑子里的声音甩出去，这个世界上有那么多同名同姓的，不一定是他。

“他是北方艺术学院的大三学生，今年二十三岁。”易小嘉见李悬心神不定，于是向她口述那个男人的资料，“他业余时间在地下酒吧当驻唱，听酒吧服务生说，他是个名副其实的浪荡子，抽烟、赌博、打架都占了。真不知道叶馨甜怎么就看上这家伙了，死活不肯分手，吵着嚷着说这次是遇着真爱了，要永远在一起的。”易小嘉翻着白眼，气不打一处来，“咱们公司在她身上投入了这么多心血，这女人真不知好歹。”

一个坠入爱河的女人，不可能拉得回来的。李悬打断了易小嘉的抱怨，问道：“这件事公司高层的人知道吗？”

易小嘉摇了摇头，说：“只到悬姐你这里。但是如果她再执迷不悟下去，被狗仔拍到更多的照片，别说上面的人，所有的粉丝都会知道。到时候肯定有娱记会去扒这男人的过往，叶馨甜清新玉女的形象算是让他毁了。”

“他每天晚上都去酒吧打工驻唱？”李悬目光落到资料上，问易小嘉。

“也不是每晚，但大多数时候会吧，几个场子轮着跑。”易小嘉回答。

“缺钱吗？”

北方艺术学院是一流的艺术院校，从这里面出来的学生，很多都是要跻身娱乐圈的，每年也能诞生不少有潜力的新星。这种学院派出身的小孩，骨子里傲得很，屈尊降贵跑去当酒吧驻唱，不容易。

“那倒不是很清楚了。”易小嘉喃喃说道，“我也只打听到这个人的作风，没查过他的家世。”

“算了，下班后我去会会他。”李悬站起身来，活动了一下肩膀，既然叶馨甜那儿没什么希望了，也许可以从这个男人身上入手。如果他真的缺钱，那倒是好办，这个世界上能用钱解决的事都不是事儿。

“悬姐，你真的要亲自去？”易小嘉也抱着文件站起身来，脸色颇有些为难地看着李悬，“这么点小事，交给下面的人吧，你好歹也是……”好歹也是曾经的一代天后。

“叶馨甜是我一手带出来的，这件事交给别人我也不放心。现在的狗仔无孔不入，可以说手段通天呢。”李悬走到钢琴前坐了下来，打开琴盖，修长的手指落到了黑白键盘上。

“好吧。”易小嘉无奈地点了点头，看着李悬的背影，心里颇有些感慨。李悬当年真的是名噪一时啊，名气比十个叶馨甜，不，一百个一千个叶馨甜都不知道高出多少倍，她的声音能够直击人的灵魂，她可以说是拥有天籁之音的女人。

可是现在，她居然会为叶馨甜这么一个女人而忧心、思虑。易小嘉真的想不明白，李悬为什么要在事业最鼎盛的时候宣布退居幕后，为什么要这样浪费自己的才华。

李悬修长的手指落在琴键上，一段悠扬的旋律从她的指尖流泻而出，将易小嘉从恍惚中拉了回来。这旋律听着有点低沉，有点伤感，让人情不自禁想流眼泪。

李悬的心里还想着那个男孩。

他叫林希。

华灯初上，市中心商业大楼的广告屏幕上，正在播放着三家娱乐公司联合举办的大型选秀节目《寻找新声代》的广告。这个选秀比赛致力于挖掘那些不为人知的潜力歌手，比赛胜出的优质选手可以选择与任意一家娱乐公司签约。而这三家娱乐公司为了得到好歌手，也会列出许多优待条约。

这三家公司分别是李悬所在的盛娱传媒、华乐传媒、尚品传媒，其中以盛娱传媒为龙头，其余两家实力不相上下。

《寻找新声代》对于想要一举成名的新人而言，是非常好的平台。当然，竞争也会非常残酷。现在全国各地的海选已经开始，李悬看过海选的现场实录，真的不乏极有天赋的好苗子。

她穿过车水龙马的大街，钻进一条狭长的里弄小巷，不少衣着暴露的女人站在路边搔首弄姿。李悬避开了她们，径直走进了一家地下酒吧，按照易小嘉给她提供的信息，林希应该就是在这家酒吧驻唱。

刚一进去，她就被激烈的金属撞击声震得耳膜生疼，她有点不适地皱了皱眉头，通过狭长的通道，来到酒吧里面。酒吧里人头攒动，无论男女都随着音乐夸张地摆动着身体，似乎在放飞灵魂。

李悬坐到视野较好的吧台边，要了一杯鸡尾酒，转头，一眼便望见了舞台之上的那个男人。他顶着夸张的鸡窝头，几缕垂下来的刘海将眼眸遮盖，身穿镶嵌着铆钉的硬质皮夹克，带破洞的牛仔裤将他的长腿完美地修饰了出来。他抱着电吉他，在台上又弹又跳，跟神经病抽风似的。

然而李悬还是一眼就认出了他，那个无数次出现在她梦中的男孩，那个死死抓住她的手，求她救命的男孩。

没错，是他！李悬的手颤抖得厉害，端起鸡尾酒一饮而尽，然后又点了一杯。调酒师看她样子似乎有些不对劲，问道："小姐，你没事吧？"

"他是林希？"李悬指着台上的人，声音颤抖地问道。

"是啊。"

"哪个林哪个希？"李悬激动得脸上泛着红晕。

"树林的林，希望的希。"

树林的林，希望的希，她喃喃地重复着他的话。

调酒师耸耸肩，又是一个被林希迷得找不着北的女人。真想不通，这种非主流，怎么会这么招女人喜欢？听说他最近还搭上一个小明星，这个世界真是难以理解。

李悬连着喝了几杯酒，又抽了一支烟，总算平静下来。没错，应该是他。他的那双眼睛，她无论如何都忘不掉。只是他为什么会出现在这里？他后来得救了吗？那又是什么时候的事？

李悬心里有太多的疑惑需要得到解答，但是现在她更渴望的是，再度听到他的歌声，这是她日日夜夜魂牵梦萦的歌声。

李悬等了一整晚，林希都只是在台上跳着弹奏他的电吉他，仿佛有用不完的精力，带动着舞池里的人们激情地跳动着，却始终没有开口唱歌。

“不是驻唱吗？他为什么不唱歌呢？”李悬好奇地问年轻的调酒师小哥。

“想听他唱歌啊？”调酒师露出神秘的微笑，“那可不便宜。”

原来是要花钱的。这还不简单？李悬毫不犹豫地拿出钱包，叫来了服务生。

服务生盘子里放着一杯鸡尾酒，走到舞台上。林希放下电吉他，接过那杯鸡尾酒，抽出酒杯杯底压着的一沓百元钞票。不用数，他灵活的指尖捏了捏就知道，超过了三十张，看来今晚的金主很大方。

服务生给他指了指台下吧台的位置，此时李悬已经戴上了口罩，隔着舞池，与他遥遥相望。林希端起酒杯，对李悬隔空致意。场子里无数妹子突然开始尖叫起来，她们知道那是什么样的信号，他要唱歌了！

瞬间，整个酒吧沸腾起来。

林希看着点歌条上十分凌乱地写着“平凡之路”几个字，他皱了皱眉头：怎么会点这首歌？这可不是适合在酒吧这种喧闹环境下唱的啊。不过人家肯花几千块钱买一首歌，他当然不能辜负。他随即对乐队那边挥了挥手，然后拿起麦，用极具磁性的嗓音说道：“一首《平凡之路》送给今晚最迷人的女士。”

李悬面无表情地坐在吧台边，她的心，早已经快要跳出胸腔了。

就在他开口唱出第一个字的时候，她的眼泪瞬间就不受控制地从眼眶里滚落了出来，顺着脸颊流淌。

酒吧已经彻底安静下来，原本疯狂舞动的人们此时此刻正痴迷地看着舞台上的男人，低醇而极具味道的嗓音撩拨着他们心底里某些不为人知的情愫。

李悬的眼泪宛如开着闸的洪水，根本停不下来。调酒师站在边上，张着嘴不明所以地看着她，心道：听个歌而已，至于吗？

她念着他，念了十四年啊！至于吗？

林希的目光全程都落在他的金主身上，这首歌是为她而唱的，可是这个金主有点奇怪，他唱得这么卖力，她哭个屁啊！难道是心疼钱，后悔了？后半段林希唱得有点心不在焉了，他的心被她的眼泪勾着。

他一曲唱罢，酒吧沸腾了，欢呼四起。林希放下麦，走下舞台，朝着吧台走去。一般而言，金主花了钱买歌，唱完之后他好歹也要过去表示感谢。毕竟做的是长久生意，何况又是这么大方的金主。不过现在，他只想问她，哭什么？

林希走到吧台边，人却已经不见了。

“我的天，你的迷妹真是越来越夸张了。”调酒师徐烨笑得快要背过气去了。

“滚你的。”林希骂了一声，转身望向舞池，找了一圈也没有见到刚刚那个戴口罩的女人。

“喂，她给你留了名片。”徐烨扬了扬手里的小纸片，冲林希喊了一声。林希走过去接过他手里的名片，名片很素净，没有多余的花饰。上面只写着一串手机号码，没有印名字，不过右下角有一行小字写的是：盛娱传媒。

“会不会是星探？”徐烨凑近了林希，盯着那张名片好奇地问道，“盛娱传媒可是搞音乐的大公司，十有八九是看上你了。”

林希面无表情地将名片装进了口袋里。

“在交响曲方面，莫扎特重视各乐章之间，以及乐章中的主题之间的对比性，自然流畅的旋律和精致复杂的技巧引人入胜，因受到不同风格的影响，所以带有模仿不同风格的痕迹。”讲台上老师沉闷的声音实在催人欲睡。阳光斜斜地透过方格小窗洒进教室里，林希蓬乱的头发在额间投下一片阴影，他手撑着额头，修长的手指把玩着那一张小小的名片。

“《G 小调第四十号交响曲》是莫扎特写过的最阴沉、最豪放、最狂暴的一部作品。这部交响曲的所有乐章都是抒情性的，它的基调就是抒情加上悲怆，仿佛基督徒背负着命运沉重的十字架，踽踽独行于遥不可期的天路之上，寻找着人生的真谛与意义。”

他不由得回想起了那个平凡无奇的下午，他在山上砍柴，结果被抓去给某个节目组充数，那是他第一次面对镜头。奇怪的是，他没有丝毫的紧张与胆怯，只目不转睛地看着那黑黑的摄像头。那个东西能够将他的模样和他的声音带离遥远而封闭的山村，将他带到千万人眼前，带到父母的面前。

后来他被抓回家去，挨了一顿暴揍，头破血流，像只土狗一样被关进柴屋里，饿得头晕目眩。可是他一点也不后悔。因为爸爸妈妈很快就可以看到他，听到他的声音，知道他还活着。

他一个人蜷缩在冰冷的水泥地上，身子弓成了一只小虾般的模样，却一点都不冷。他笑着睡了过去，甚至还做了个梦，梦见爸爸妈妈从山那头过来接他，他穿着崭新的衣服，高高兴兴地牵着爸爸妈妈的手回家了。

他被关了整整一周，出来的时候听邻居家的小孩狗蛋说，山外来的客人已经走了。他每天砍柴的时候，站在山头望啊望，望了整整三年，也没能等到父母来接他回家。

“在沉闷压抑的同时，这首交响曲又充斥着愤懑激昂的情绪，生活的压抑和命运的不公，都化作一个个重击的音符，长江大河般的音乐随之倾泻而出，充塞着穹窿，冲击着四壁，震撼着人的灵魂……”

林希的手握成了拳头，那张名片被他捏出了褶皱。

下课了，同学们哼着课上欣赏的交响曲小调，相继走出了教室。

林希收拾着自己破旧的帆布背包，将一沓厚厚的曲谱装进包里。就在这时候，一个长卷发的女孩走到林希面前，手背在身后，弯着腰冲他甜美一笑。她的五官格外精致，皮肤白皙，睫毛浓密，就像商店橱窗里摆放的洋娃娃。

“林希同学，下个月我过生日，你能来参加我的生日宴会吗？”女孩的声音清甜娇软。

林希轻嗤了一声：“我很忙。”

“不让你白来。”女孩连连挥手，解释道，“你来我的生日宴会，唱一首歌，我付给你酬劳。五千块，够不够？”

林希挑了挑眉，毫不犹豫地说道：“行。”说完背起包，走出了教室。

“哎呀哎呀。”身后有男生阴阳怪气的声音传了过来，“让林‘少爷’参加你黎大小姐的生日宴，还真敢请，不怕丢人啊？”

“少爷”是班上某些看不惯林希的同学背地里对他的称呼，其实就是KTV少爷的简称。他们嘲讽他，同时也疯狂地嫉妒他，嫉妒他唱歌就能赚钱。当然这些富家子是看不上他赚的这点钱的，他们嫉妒的是别人对他的认可。能考上北方艺术学院的人，谁还能没两把刷子，可是偏偏他的才华，是那样无与伦比。

“你们要是能赶上林希一半的好声音，我也不介意请你们啊。”黎清轻慢地瞥了这些人一眼，拎着香奈儿新款包，转身走出了教室。

她是尚品传媒总裁黎天华的女儿，自诩名媛淑女，自然和林希身边那些来了又去的妖艳女生不一样。有些话不能直说，但是她可以拯救他。到时候生日宴会上肯定会有不少业内专业人士到场，只要他一开嗓，必能技惊四座。她再到老爸耳边吹吹风，林希肯定可以签约尚品传媒，到时候他就离不开她了。

“师傅，麻烦你去盛娱传媒。”李悬上了一辆出租车，皱着眉头以手作扇。七月刚刚来临，盛夏的燥热已然无孔不入地在空气中膨胀开来。

出租车师傅将车开了出去，却不住地通过后视镜打量她，心道：“小姐，很面熟啊！你是那个什么来着？”

李悬连忙从包里拿出口罩来戴上，已经退居幕后两年，现在走在大街上，她已经不像以前那样总会被人一眼认出。娱乐圈是最无情的地方，无论过去多么风光无限，都有被渐渐淡忘的那一天。

不过李悬也并不是完全隐退，她转向曲词制作，现在那些红极一时的歌曲上头都会有她的名字出现。李悬这两个字，在华语乐坛上还是极有分量的。

就在这时候，出租车在路边停了下来，司机打开车窗问在路边招手拦车的客人：“去哪里？”

“北方艺术学院。”对方背着双肩背包，手揣在牛仔裤兜里。

“上来吧，顺路。”

林希上车的时候，发现车里还坐了一个女人，她将大半边脸隐藏在口罩里，脑袋歪向另一边的窗户，看起来怪怪的。

“小姐，不介意我再拉一个吧？”司机透过后视镜笑呵呵地看向李悬。

都让人上车了还问她介不介意？李悬无力地摇了摇头，将头发撩过来挡住脸。他和她中间隔着一个位置，他的目光望着窗外飞速闪过的街景，神情淡然，不知在想什么。

这是李悬时隔这么多年，第一次近距离地打量他。他的头发的确非常蓬乱，但又是那种精心收拾出来的蓬松感，粗壮的手臂很结实，肌肉线条流畅，并不显得人粗鲁，皮肤是好看的小麦色。

李悬的目光顺势而下，注意到林希的手里还抓着一张纸片，上面的纹饰她太熟悉了，那是她的名片。

林希看着那张名片，拿出了手机。

不，不是吧！李悬眼睁睁地看着他将号码输入手机里，她的呼吸都要停滞了，攥着包的手蓦地紧了紧。她还没有做好就这样和他见面的准备！

林希将手机号码一个数字一个数字打出来，拇指在呼叫的键上停了很久。他似乎也在犹豫，在纠结。李悬的目光死死地盯住了他的拇指，一颗心在怦怦乱跳。终于，拇指动了，他删掉了手机上的一串号码，然后将手机放回到口袋里。李悬长长地松了一口气。

紧接着，她看到他打开车窗，拿着名片的手搁在窗边，修长的指尖轻轻一松，白色的名牌宛如断线的风筝，消失在了风中。

别扔啊！“哎！”李悬情不自禁地叫了出来。林希转过头来，看了她一眼，李悬连忙别过脸去，将头发往侧面撩了撩，遮住半边脸。

第二章
我很喜欢你的声音

李悬刚刚走进公司，易小嘉就迎了出来，附在她的耳畔，小声说道："霍凌天的经纪人来了。"

李悬看向会客厅，只见一个穿着白色小衬衫和高腰一字裙的女人坐在松软的皮质沙发上，一只手上拿着一份报纸，另一只手端着热气袅袅的咖啡，鼻梁上架着一副黑框眼镜，显得十分严肃而正经。

她走进了会客厅，女人站了起来，对李悬伸出手，脸上保持着恰到好处的微笑说道："你好，我叫周子悦，霍凌天的经纪人。"

周子悦，这个名字她倒是并不陌生，前几年捧红了好几位一线演员，在圈子里名声不小。不过李悬知道她，并不是因为她的名气，而是她手上沾着李悬最好的朋友的鲜血！

两年前，她的好友刘姿躺在医院的病床上，脸色惨白，嘴角抽动。她死死地抓着李悬的手，情绪非常激动，喘息着在李悬的耳畔咬牙切齿地说："霍凌天、周子悦，我就算是死，也放不过他们！"字字句句，刻在她的心上。

刘姿终究是死了，终年不过二十六岁。

娱乐圈，宛如一沟肮脏的死水，光华与黑暗共生，美好和龌龊交织。

李悬对周子悦冷淡地笑了笑，并没有碰她的手，坐了下来，冷声说道："周经纪，久仰盛名。"

周子悦的年龄比李悬还要大几岁，算得上是她的前辈，所以面对李悬，周子悦也毫不客气。她放下咖啡杯，看了看手表上的时间，以一种傲慢的语气对李悬说道："我今天还有别的事，也就不跟你绕弯子了。这次来找你，是为凌天的新专辑，希望能有机会跟李小姐合作。"

她原来是过来要词曲来了。

周子悦勾着细长的眉眼看着李悬，心说她再大牌，应该也不至于如此不识好歹。要知道，霍凌天连续两届拿到金纽扣最佳男歌手奖，在华语乐坛称得上是巨星般的存在。能有机会跟他合作，在他的新专辑里作词作曲，那是莫大的殊荣，李悬不可能不识好歹地拒绝吧？所以这次她是自信满满，连合同都带过来了。

"这是合同，李小姐先看看，有什么问题我们再谈。"周子悦说着从包里拿出了文件。

"周经纪，真是不巧，李悬老师最近的合作档期都已经排满，恐怕实在抽不出时间为霍凌天写歌。"易小嘉收到了李悬的眼神之后，立刻站出来说道，"请周经纪另请高明。"

周子悦拿合同的手微微一顿，难以置信地抬眼看向易小嘉："你说什么？"

"周经纪，我的确没有时间，烦你白跑一趟了。"李悬对她微微颔首，然后转向易小嘉说道，"我还有点事，小嘉你代我送一送周经纪。"说完她便转身，冷着脸走出了会客厅。

"李悬！"周子悦腾地一下站起身，咬着牙对着李悬的背影喊道，"耍大牌也不看看对象，霍凌天是你能拒绝的人吗？"

李悬的背影顿了顿，手握成了拳，没理会她，终于还是离开了。回到自己的办公室，李悬重重地关上了门，手颤抖着摸出烟来，点燃后深深地吸了一口，才缓缓平复下愤怒的心情。

她原本以为自己永远不可能和这两个人打交道，看来还是避不过，呵，娱乐圈就这么小。李悬走到办公桌前，打开柜子的最下一层，从里面拿出一个相框。相框里的刘姿，笑靥如花，美得不可方物。而她的声音，曾让李悬无比沉迷。她爱极了她，上高中的时候，每天 MP3

里循环播放的都是她的歌。

李悬刚出道的时候，也是通过参加新星选秀崭露头角。在总决赛上，她唱的就是刘姿的歌。当时刘姿坐在她对面的评委席上，笑盈盈地看着她，温婉柔和地说："你的声音很独特，我很喜欢，相信不出三年，你一定能红遍大江南北。"

正如刘姿所预言的那样，不出三年，李悬就红得发紫了，刘姿不仅是她的导师，也是她的朋友，刘姿对新人从来不吝赐教，总是微笑着，平和淡然。而这样一个人，却在临死的时候，抓着她的手，咬牙切齿地说："就算是死，也放不过他们！"

是什么样的恨意，居然会把一个温婉柔和的女人折磨至死？

李悬知道，刘姿曾经爱过霍凌天，这个男人比她小四岁，和李悬同期出道。坠入爱河的刘姿疯狂地爱着他，恨不得将自己拥有的一切都捧到霍凌天面前。她利用自己的资源和名气，为他的星光前途铺路，硬生生在极短时间内将他捧成了炙手可热的一线歌手。后来网上曝出一条帖子，标题是：新秀男星不堪忍受知名女星胁迫，自曝其丑呼吁援助。

帖子里详细地描述了刘姿如何以自己的声名胁迫霍凌天留在自己的身边，字字句句都诛心刺骨，不仅将刘姿描述成了包养新人的饥渴变态老女人，同时完全将霍凌天塑造成受害者。

一石激起千层浪，本来粉丝们对这段有着年龄差的姐弟恋就很不看好，觉得不能理解，现在帖子一出来，人们才恍然大悟。而同时，霍凌天不断上访谈和综艺节目，他对这件事表现出的暧昧态度，让媒体和粉丝更加坚信帖子的内容是真实的。

一时间，所有的批判和指责宛如洪水猛兽，向刘姿袭来。那时刘姿正好在国外拍戏，刚一回国就在机场被激动的霍凌天的粉丝围堵，险些酿成可怕的事故。

刘姿很长一段时间消失在了人们的视线中，后来李悬接到她的电话，匆匆赶到医院。她刚刚被推进手术室，堕胎手术非常危险，医生建议刘姿把孩子生下来，但刘姿坚持不生，甚至签了生死协议。果不其然，手术过程中刘姿大出血，生命最后的时刻她见了李悬，告诉她，这一切都是周子悦和霍凌天在背后阴谋策划的，踩着她的血肉上位。

霍凌天万万想不到，刘姿竟然怀了他的孩子，她在堕胎手术中身亡的消息让整个娱乐圈一片哗然。就在所有批评指责的锋芒即将对准霍凌天的时候，周子悦站了出来，向媒体自曝和霍凌天的恋情，哭诉这么多年来自己如何遭受刘姿的打压胁迫，甚至以肚子里的孩子为筹码，逼迫她离开霍凌天。

李悬咬着牙将那段访谈视频看了一遍又一遍，恨恨地道，颠倒黑白的能力倒是绝佳，周子悦不进军演艺圈真的太可惜了！

一场好戏，惨淡收场，而逝者已逝，事情的真相就此淹没。刘姿从知名女星，变成了千夫所指的卑鄙女人。在她死后多年，这件事才渐渐被人们遗忘。唱片公司不再发行刘姿的专辑，她留在这个世界上的，也不过是李悬记忆里的那点美好。

“我在《寻找新声代》本地赛区的海选视频里发现了一枚帅哥，帅炸天！还有那声音，简直没得说！”

“可惜那段剪辑不能放到网上，不然肯定能大火。”

“为什么不能放上去啊？”

“好像是岳衫评委特意叮嘱过，当时录像的时候，他说了不该说的话。”

午后的阳光催人欲睡，视频剪辑室内，几个小姑娘一边吃零食，一边叽叽喳喳地聊着关于这次选秀节目的一些新鲜事。

海选的录制内容不会在电视上播出，而是选一些比较有爆点的视频放在网上，对这次大型选秀节目进行前期预热。

李悬经过剪辑室门口的时候，正好听到了几个姑娘的对话，与此同时，正对面的电脑屏幕上，正好是顶着鸡窝头的林希抱着吉他，走到了录制厅的舞台上。

李悬立刻顿住了脚步，脸上显出诧异的神色。这家伙，扔了她的名片，居然直接报名参加了《寻找新声代》的海选。她抱着胳膊倚靠在门边，和那几个小姑娘一起，颇有兴致地观看着海选的视频。

林希的穿着依旧不敢恭维，浓浓的非主流即视感扑面而来。他一上场，两男一女的评委都笑了起来，交头接耳嘲弄着他别具一格的打扮。不过李悬觉得还好，虽然衣服、发型的确有点土，不过好歹胜在颜值高，他潜在的气质和台风没有受到太大的影响。

海选时请来的评委，并不是乐坛的名流大咖。恰恰相反，他们都是一些即将过气或者已经过气，但是观众还是有点眼熟的艺人。这些艺人过来担当评委的工作，很多都是想借这个机会露露脸，对新人用一些很犀利的点评来增加爆点，炒作自己。

“先介绍一下你自己。”名叫潘俪的女评委蓄着一头长直发，率先说道。

“林希，二十三岁。”他一开口，无比醇厚的嗓音就让李悬胳膊上冒了一层鸡皮疙瘩。

等了约莫十秒钟，他似乎没有别的话好说，评委岳衫似乎有些不满：“就这样？”

“不然呢？”他冷漠地反问。

“介绍一下你的过去，还有你的家庭情况。”岳衫耐着性子说道。

“这些东西，重要吗？”他轻描淡写地反问。

李悬发现，他这人说话带有攻击性。一般的选手上场，对评委都是毕恭毕敬，生怕有一点怠慢的地方，这林希的态度倒很是傲慢啊。

“你的家人，对你而言难道不重要吗？”这会儿说话的是那个名叫潘俪的女评委。

“呵。”他居然冷笑了一声。

“哇！”剪辑室里有姑娘叫出了声，“太酷了，不用听他唱歌，就这打扮，就这个性，放到网上去，铁定能火！”

“后面更精彩。”另一个看过视频的姑娘说道。几个人的目光重新落回到视频画面上。

“你可以滚了。”岳衫出道至今十余年，还从来没受过这种气。尤其是一个连新人都算不上的家伙，居然敢以这样的态度和他们说话，让他气急败坏。他一拍桌案，指着林希怒声道，“就你这样的人还想混娱乐圈？我赌你这辈子都火不起来！”

林希声音依旧平淡，面无表情地看着他：“如果我火了，你直播吃话筒怎么样？”

“噗。”李悬忍不住笑出声来。

“悬姐！”几个小姑娘立刻站起身来，毕恭毕敬地唤她。

李悬摇了摇手，示意无妨，让她们坐下来继续看视频。有一个小姑娘立刻给李悬让了座。视频里岳衫已经气得脸色发紫，嚷嚷着要让人把他赶下去。

“还没唱就赶人走，这样不合规矩。”工作人员耐心地对岳衫解释道，“岳老师，您就听他唱几句，唱了再说，大不了打负分让他过不了。”岳衫重新坐回到评委位上，潘俪对林希说道：“开始唱吧。”

海选的现场没有配乐，是要清唱的，林希抱起了他的吉他，调了调音，道：“曲目是《历历万乡》。”

李悬听过，这是一首民谣歌曲。随着他手指拨动琴弦，他独有的嗓音带着淡淡的嘶哑，给人一种空旷悠远的感觉。周遭都静默了，他迷人的歌声像一道静静流淌的小溪，在她的胸中缓缓流过。空气清甜而温暖，仿佛所有的痛苦消散了，不知是谁轻松地叹了口气，黑夜里溜进了阳光。

李悬的心弦再一次被他的歌声撩动。

海选中，每个选手唱歌的时间非常有限，一般只唱几句，评委们心里有数了，会选择按铃打断。可是他的歌声太美，现场所有人无一不是沉溺其中，直到一曲唱罢，没有人打断他。

岳衫惊呆地看着他，微微张了张嘴，直到他唱完之后潇洒地转身离开，他的嘴都没能闭上。

“我打赌，他一定会火！”一个直发女孩笃定地说道。

“悬姐在这儿呢！这事她最有发言权。”另一个女孩说道。

所有人都看向了李悬。

“我很期待……”李悬难得展露微笑，“某人直播吃话筒。”

“哈哈哈哈！”剪辑室里顿时笑闹开了。

“好可惜，这段视频不能放到官网上去，无法让更多人听到他的歌。”一个女孩惋惜地说道。

“把岳衫评委的那一段删掉，然后放上去也不行吗？”李悬问道。

“呃，这个……”小姑娘有些为难，“因为上面的人已经特意交代过，这段不能放。”

“那你把这段视频发到我邮箱里，可以吧？”李悬对她说道，“出了什么问题，我来负责。”

小姑娘想了想，也就爽快地答应了。李悬是公司数一数二的制作人，发给她应该不会有问题。岳衫的地位，跟她可没法比。

办公室里，李悬收到了林希的海选视频，她戴上耳机，闭上眼睛。他的歌她听了一遍又一遍，真的，太美了。她摘下耳机，立刻给《寻找新声代》节目组那边打了个电话。

“请帮我确认一下，海选入围的选手中有没有叫林希的，树林的林，希望的希。”

“好的，立刻帮您核对。”对方一听是李悬，态度很恭敬。

岳衫肚量狭小，圈内是出了名的，她担心林希得罪了他，他会故意使坏打低分。果不其然，两分钟后，节目组那边回信了：“抱歉，入围选手名单里没有这个人。”

教室最后一排的窗边，林希正在看一本厚厚的《西方音乐美学史》，修长的手指落在书的右下角，一页一页地翻阅着，安静得仿佛时间姑娘经过他的身边也要提起裙子踮着脚轻轻走过。

“林希，你接到节目组的电话了吗？”许奕坐到他的身边好奇地问道。

“没有。”林希淡淡地回答了一声。

前排有男生大声对着周围同学炫耀：“中午的时候我接到节目组的电话，入围了！哈哈……”

“恭喜恭喜！”

“是啊，听说海选淘汰掉了百分之九十的人，能入围初赛非常不容易呢。”

许奕也是在中午时候接到节目组的电话，让他后天去一趟主办公司盛娱传媒，商量初赛的事宜。现在还没有接到电话的，应该就被淘汰了吧？许奕拍了拍林希的肩膀，笨拙地说道：“那些人真是有眼不识珠，林希你的歌唱得那么好，节目背后肯定有黑幕。”

林希这才轻描淡写地扫了他一眼，这一瞥，许奕的心有点发慌。他连忙拿出手机，说道：“不行，我得给他们打个电话问清楚，这明显有问题嘛！林希怎么可能没有入围！”

前面已经有男生朝他投来了嘲讽的眼神。林希这时候才抬起头来，一言不发地看着许奕，似乎在等着他打电话。许奕本来也只是做做样子，没想到林希啥也不说，也不阻止他。他有些尴尬，拿着电话进退两难，终于道：“我去外面打。”说完匆匆走出了教室。

“你好，我……我叫林希，我想问问，我有没有入围初赛？”走廊上，许奕拿着手机，暗搓搓地在墙边站着，正在给节目组打电话。

“被淘汰了？确定吗？”得到对方肯定的回答之后，许奕长长地舒了一口气。一开始得知林希也报名参加这个选秀比赛的时候，许奕还有些担忧。以林希的唱功和水平，他实在没有信心和他竞争。他连着忧虑了好几天，没想到林希居然没有入围，他觉得这简直就是老天在帮自己。

卓凡的办公室里摆放了许多绿植，显得清幽而赏心悦目。落地窗边的咖啡桌边，卓凡和李悬相对而坐，喝完了一杯咖啡，他才淡淡地开口道：“李悬老师，你来找我，该不会也是为了《寻找新声代》的海选的事吧？”

卓凡是《寻找新声代》的总导演，海选刚刚结束，他的电话几乎快要被打爆了。中国是关系社会，平时在他的生活中几乎没有冒过泡的七大姑、八大姨，还有老同学、同学的同学、隔壁邻居……全部找到他，给他打招呼，说请他一定帮忙照顾，至少让某某某进入初赛，在电视上露个脸。

卓凡这几天被烦得焦头烂额，不过他是有原则的人，不会随意给人开后门。这次选秀，他卓凡担任总导演的目的只有一个——为华语乐坛注入一股新鲜的活力，寻找优秀的唱作型人才。所有要走关系的，在他这里走不通，他已经拒绝了无数求情的电话，不管对方是谁，通通不行。

李悬的到来，让他有些不安。她可是盛娱传媒的金牌制作人，陆总最看重的手下，分量绝对不轻。但是，他依旧会坚持自己的原则。

“卓导，实不相瞒，我是来毛遂自荐的。”李悬保持着适宜的微笑对他说道。

“自荐？”卓凡有些讶然，“难道你也想参加……”他话没问出口就立刻止住了。怎么可能？她可是李悬，怎么可能来参加这种新人选秀节目！

“我想问一下，后面比赛的导师，都确定了吗？”

后面的初赛乃至复赛，都是采用导师制，让导师和学生相互选择。原来如此！卓凡心里一喜，如果能请到李悬这样的大咖级人物来担任导师，《寻找新声代》的阵容就太强大了。这样不仅整体提升了比赛的规格，还会为这个选秀比赛带来大量的粉丝。要知道现在的李悬虽然退居幕后，但是她的粉丝数量依旧可观。

“所以，你是想担任这次选秀的导师吗？”卓凡战战兢兢地问道，生怕是自己会错意，闹了笑话。

“是啊。”李悬淡淡地一笑，“不知道节目组方面，导师人选是否已经确定？”

人选当然在海选之前就确定了，但是卓凡有些犹豫了。他是真的不想错过李悬这样一位大咖，她可比节目组请的那几位经验丰富的导师都要厉害啊！

“是这样的，卓导，我的时间也并不是特别充裕，如果很多学生给我，我可能会顾不过来。所以我想只带一位选手，好精心培养，不知道这样方便吗？在原有三位导师的基础之上，算我一个特邀导师，我算是过来打个酱油。”李悬轻松地笑了笑。

卓凡的神色却是变了变。他的目光转深，思索着李悬刚才的话。

这也就是说，不需要挤掉任何一位导师，而是再加一位特邀导师。这位导师不用和其他三位导师争夺学生，她只带一位选手，再和其他几位导师的学生共同竞争冠军宝座。

毕竟在娱乐圈摸爬滚打多年，卓凡敏锐地嗅到了这种节目安排可能引发的爆点，精彩程度绝对比之前的构想提升了好几个档次，观众肯定会非常期待由李悬所带出来的学生到底会有怎样出彩的表现！

卓凡几乎是一瞬间就认可了李悬的提议："如果李悬老师愿意担任特邀导师的话，那真的太好了！"

"嗯。"李悬点了点头，"合同我已经让助理草拟好了。"说着，她从包里拿出了一沓文件递给了卓凡，"卓导您看看有什么问题没有。"

原来她是有备而来。卓凡接过了合同，心下也有些疑惑，索性就问道："李悬老师，据我所知，你工作非常繁忙，怎么会突然想到要来参加《寻找新声代》的节目？"

他总算问到点子上了，李悬一直在等他问这句话。李悬换了一个坐姿，修长的双腿交叠，轻描淡写地说道："哦，是这样的，偶然间看到一段海选的视频，感觉这一次海选的选手音乐素养还不错，我很感兴趣，所以就想来参加节目了。死气沉沉的华语乐坛，的确需要新生代歌手为其注入新鲜的活力。"

李悬的话简直说到了卓凡的心坎上。卓凡一拍大腿，激动地说道："李悬老师你说得太对了。"他转而又道，"不过我很好奇，是哪位选手能得到你如此青睐呢？"

李悬笑了笑，拿出手机，将林希的演唱视频打开，然后递给了卓凡，说道："他的声音，非常感动我，相信卓导也一定会被感动到。"

走出卓凡的办公室，李悬嘴角漾起了一抹微笑。刚刚卓凡气急败坏地给手下的人打电话，质问为什么没有让林希入选初赛。他应该是不知道岳衫评委故意打低分淘汰林希的事。卓凡的人品她是信得过，所以才会这样贸然地过来找他。无论如何，成功了不是吗？她走到窗边，看着窗外的蓝天上云卷云舒，心情一片大好。

林希，你叫林希，我会让全世界都听到。

徐烨走进出租屋，踢开了脚下的空易拉罐。一走进客厅，他就看见林希腿盘双莲花，眼皮微阖，面带似笑非笑的诡异表情。一条大黑狗安静地趴在他的脚边。

“这是干吗！要圆寂吗？”徐烨走到窗边，一把掀开窗帘，让阳光透过玻璃洒进屋内，驱逐屋里的死气沉沉。

“至于这样吗，你？不就是海选落选而已，你这么多年，被淘汰得还少啊！”徐烨走到桌边，清理着桌上的空啤酒瓶和烟头。

“你觉得这正常吗？”林希缓缓睁开眼睛，他的眼眸深邃而明亮。

“要是换了别人，我还相信可能有黑幕，但是你林希……”徐烨笑了笑，将啤酒瓶挨个放回到门边的酒箱里，然后转身回来接着说道，“当初北方艺术学院招生面试，你把人家老教授怼得突发脑溢血送医院去了，要不是看在你文化课分数都可以上重点大学的分上，你现在都没书念。”

见林希不理会他，徐烨兀自拿起扫帚开始打扫卫生——好歹这屋子是他们俩合租的，有一个邋遢鬼已经够糟糕的了。

“我说，你再不改改你的臭脾气，只能当一辈子酒吧驻唱。”徐烨一边打扫一边说道，“娱乐圈的水多深，是你这种混蛋能进去搅风搅雨的吗？”他将垃圾袋丢到门外，回来的时候看到林希刚刚放下电话，眨巴着眼睛和他对视了一眼。从他的眼神里仿佛察觉到什么，徐烨有种不妙的感觉。

“谁的电话？”他问。

“节目组。”林希将电话往茶几上漫不经心地一扔，对徐烨竖了个中指，眼角轻挑，“老子进了。”

徐烨微微一愣，还真进了？良久，他清浅一笑：“小子，运气不错。”

十五岁之后，他的运气，一直不算差。

两天后，节目组给李悬送来了海选入围的所有选手的个人资料。她坐到办公椅上，迫不及待地拆开了档案袋，翻找出了林希的那一份资料，只见上面家庭关系那一栏写着——父亲：林正玄，母亲：何若澜。

李悬试着在电脑上搜索这两个人的名字，结果页面立刻跳出来了许多信息，第一行便是：首都房地产富商痛失爱子，其妻过度悲伤，患抑郁症，自杀身亡。李悬的心被一条条触目惊心的消息撕扯着，这些信息年代都很久远了，最近的时间都是七八年前。

林正玄是首都的房地产富商，他的儿子十多年前走失，这几年倾尽家产四方寻子无果，其妻何若澜割腕自杀。不久之后，林正玄也因病逝世。然而就在林正玄死后不久，警方找到林正玄的哥哥，说孩子找到了，这个孩子就是林希。

李悬算了算时间，林希应该是六岁的时候被拐卖到洪沟湾，十二岁的时候被解救回来，而她与他见面的时候，他说自己九岁，在摄制组离开之后，他又在那里待了三年。当时在场的大人，导演、摄影师、助理和化妆师，他们难道没有一个人报案吗？！

李悬的手端起咖啡杯，抑制不住地颤抖着。她无法想象，当他回来之后知道了自己父母已然死亡的消息会是什么样的心情。如果再早一点，如果当时有一个人向警方说了这件事，也许他的父母都不会死，可是他们都选择了沉默。这件事是长久以来困扰她的心结，现在得知了事情的始末，她非但没觉得轻松，心情反而更加沉重起来。

她当即起身走出了盛娱传媒大楼，走到街上随便拦了一辆出租车，说道："师傅，麻烦去三里胡同巷。"三里胡同巷是那份文档上注明的林希现在住的地方。司机载着她，穿过了大半座城市，到达三里胡同巷的时候，夜幕已悄然降临。

三里胡同巷是这一带的烂尾楼区，巷子很深很远，弯弯曲曲宛如迷宫一般。李悬按照文件上的地址，穿过一条条狭窄潮湿的小巷，仔细对比着每条小巷标注的街道号，终于找到了林希现在住的地方。面前是一栋三层高的小楼，墙身看上去非常肮脏，陈旧不堪，应该是有些年岁了。晾衣架上稀稀落落挂着女人的内衣、男人的背心，花花绿绿地在风中招摇。

小楼走道比较逼仄，楼层也较低矮，光线就更暗了。墙面看上去满是油腻，空气中弥漫着一股剩菜的味道。走廊上时不时能听到女人的骂声和小孩的哭声，有人在昏暗的走廊上烧水做饭，满是人间烟火气。一个穿着格子背心、蓬头垢面的女人端着一个红盆子经过李悬身边，不住地回头打量她。李悬穿的是光鲜的职业装，看上去气质出众，与周遭的环境显得那么格格不入。那女人朝着走廊尽头走去，嘴里咕哝了一声，李悬听得懂，那是一句骂人的脏话。

李悬戴上了口罩，按照门牌号找到了林希的家。她在门口站了很久，要敲门吗？她在犹豫。她来找他，只是想问清楚这几年的事情，这些事日日夜夜困扰着她，让她无法安宁。可是他还记得当初剧组的事情吗？毕竟已经过去十多年了。如果还记得，他会怎么看她呢？会理解她吗？李悬心里像塞着一团乱麻。

就在她拿不定主意的时候，门“咔”的一声，突然打开了。李悬的心猛地一颤，只见一个穿浅绿衬衫的平头男人从屋里走出来。他注意到了面前的李悬，问了一声：“你找谁？”李悬认出来了，他是那晚酒吧的调酒师。

“找……找错了。”她转身就走。

身后徐烨将黑色垃圾袋拎出来，看着李悬的背影，冲她道：“是找林希吧？他出去遛狗还没回来，要进来等等他吗？”

李悬头也没回，匆匆下楼，落荒而逃。徐烨皱了皱眉头，好奇怪的女人。

李悬一口气跑出了小楼。该死，太冒失了！无论如何，她于他而言都是个陌生人，就这样贸然找过来，想让他把过去发生的事情都告诉她，实在有些奇怪。她甚至一点都不了解他。李悬朝着另一边的小巷走去，加快了步伐，而身后的那两个人依旧不紧不慢地跟着她。李悬的心有些慌了，那两人看起来不像是一般的狗仔，狗仔一般都会边跟踪边拍照。李悬回头的时候看到他们手揣在皮夹克兜里，并没有拿手机或者其他拍摄设备。

他们到底想干什么？她越往前走，人烟越稀少。前面那一段是待拆迁房，居民都已经搬了出去，路上更是没有什么行人。李悬听着身后的脚步声越来越近了，她不由得加快了步伐，几乎是一路小跑，可是脚上穿的是高跟鞋，根本没有办法狂奔。她甚至想把鞋脱了，可是凹凸不平的路面到处都是碎石和玻璃碴。

该死。李悬一边加快步伐，一边从爱马仕手包里摸自己的手机，想给助理打电话。就在这时候，前面一个男人出现在了巷子边上，他穿着休闲卫衣和黑色长裤，手里拎着便利店的塑料口袋，李悬看清了他的模样，正是林希！她的心狂乱地跳动着，每一声心跳都鼓动着她的耳膜。

林希牵着一条大黑狗从路边走过，表情清冷疏离。就在两个人擦肩而过的瞬间，李悬突然紧紧地拽住了他的衣袖，以他刚好听得见的音量低声道："帮帮我！"林希的目光移向身边的女人，眼角勾起一抹诧异，随后抬眸看到了身后的两个男人，一瞬间明白了什么。紧接着，令李悬难以置信的是，他伸手握住她的手腕，将她紧扣的手指用力掰离他的衣袖，然后重重甩开。

他不打算帮她？！那一瞬间，李悬的心从悬崖之上滚落，无所依凭，坠入万丈深渊。

她突然就明白了，当年在洪沟湾，那个男孩哭着喊着求他们救救他，而周围人只是报之以同情和沉默的目光远远注视他的时候，那样的绝望，是何等刻骨铭心。

然而就在她的心坠入谷底的时候，林希突然一个转身，伸手搭在她的肩膀上，将她揽入怀中，转身朝着身后两个人走去，一边走一边用极其宠溺的嗓音说道："宝贝儿，来找我怎么也不提前说一声？"李悬真的紧张得一句话也说不出来，在这种情况下，完全顾不得被人接触的天然抗拒，乖乖窝在他的怀中，在他的庇护下，埋着头跟着他的步伐往前走，一颗心都要蹦出胸腔了。

那两个男人放缓了步子，有些诧异地看着迎面走来的两个人，摸不准他们的关系。然而，在擦身而过的瞬间，离他最近的那个男人突然抓住了林希的手臂，带着威胁的语气，声音低沉地说道："小子，少管闲事。"他话音未落，林希身边的大黑狗突然"汪汪汪"地吠了起来，那人被狗叫声惊吓到了。与此同时，林希猛地出拳，重重地击向他的脸庞。那个男人猝不及防，被林希打得趔趄倒地。李悬没有想到他会突然出手，更没想到他下手会这么重，把那个男人打得直不起身子。另外一个男人从兜里摸出了一把匕首，凶神恶煞地看着他们。

“毛毛，上！”林希发令，声音低沉。

“汪！”黑狗凶恶地叫了一声，朝着那人扑咬过去，那男人挥舞着匕首，黑狗动作矫健而敏捷地闪避，却也不能再靠近他。

李悬的手腕被林希紧紧握住，他拉着她朝着小巷尽头跑去，回头吹了一声口哨，黑狗立刻听话地跟了上来。身后两个男人也一前一后步步紧逼，追了上来。李悬大口地喘息着，她脚上穿着高跟鞋，根本不可能跟上林希的步伐。眼看着身后两个人越来越近，她紧紧握着林希的手，宛如抓着最后一根救命稻草。那一刻她懂了，在绝望边缘，将所有的希冀寄托在一个陌生人身上是什么样的感觉。可她那时什么都做不了。

林希眼看着李悬体力已经用到了极限，他索性停下了脚步。身后两人也已经来到了面前，林希将李悬拉到自己的身后，又给毛毛拴好了牵引绳，递给李悬道：“牵住了。”然后他正面迎上了那两个男人。

李悬一只手牵住狗，另一只手颤抖着不住翻找着手包，想要拿手机报警，而林希已然走了过去。那两个男人对视了一眼，不约而同地朝着林希出手了。常年劳作，林希那一身线条流畅的肌肉不是白长的，和那些在健身房靠有氧锻炼和吃蛋白粉练出来的肌肉很不一样，他浑身充满了野性。两个男人欺身而上，结果瞬间就被林希放倒在地。李悬拿着手机已经按下了110，可是看着两个人在林希手下已经毫无还手之力，她犹豫了片刻，终于还是没有报警——这种事情不宜闹大。

“滚！”林希低沉地呵斥了一声，两个男人狼狈地爬起来，相互搀扶着消失在了小巷另一端。

李悬脚下的高跟鞋已经断了一个后跟，她一瘸一拐地走到林希面前，关切地问道：“你没事吗？”林希没有回答她的话，回过头来打量了李悬一眼，灼热的目光看得李悬有些不自在。她狼狈地捋了捋长发，呼吸都有些紊乱。林希突然走近她，手伸到她的耳后，将她的口罩摘了下来。口罩的一端还挂在另一只耳朵上，口罩之下是她白里透红的脸庞、小巧的鼻翼和红润的嘴唇。

“哦，我记得你。”他突然开口。

李悬的心跳漏了半拍。他记得她。

“你来听过我唱歌。”他突然扬了扬嘴角，露出一抹值得玩味的笑意，“还哭了。”

原来是那时，他还记得她。

“我是盛娱传媒的唱片制作人，李悬。”李悬平复了情绪之后开口对他说道，“我很喜欢你的声音，我想……”

林希却表现得漫不经心，抬头望了望小巷上方的一线天空，电线错综复杂交织在一起。他笑了笑，轻佻地问道：“真的，只是喜欢我的声音？”

这天没法聊下去！李悬踩着高低不一的鞋子，有些狼狈地站在巷子里，手紧紧握着手包带，也不知道该说什么。林希蹲下身看了看她的鞋，有些无奈地说道：“我家就在附近，有胆子跟我回去吗？”

跟一个摸不清底细，看样子还不是那么纯良的男人回家，有胆量吗？李悬手里还牵着狗，那条凶恶的大黑狗，它小鸟依人地跟在李悬身边，“哈哈哈”地吐着舌头，一脸天真纯良地看着李悬。李悬拿出手机，给自己的助理打了一个电话，压低了声音道：“小嘉，买双鞋送到三里胡同巷。”她看了他一眼，“三里胡同巷，B栋307。”

林希嘴角扬了起来，手揣在兜里，在前面走着，李悬一瘸一拐跟在他的身后。他嘴里吹着好听的口哨，声音悠远绵长，回荡在空旷的小巷里。就算是上楼，他似乎也没有打算要过来扶她一把，一个人自顾自地在前面走着，李悬咬着牙亦步亦趋地跟在他身后。

房间门口，林希摸出钥匙打开了门，然后转身对李悬道：“进来吧。”李悬摸着黑走了进去，然而刚刚迈入门槛，身后门被重重地关上，紧接着她只感觉一股无可抵抗的力量伴着灼热的体温，将她压制在墙边。李悬下意识地便想要推开他，用力挣扎。

他的动作顿了顿，灼热的呼吸落在她的耳畔：“都已经进门了，装什么？”说完他一口咬住了她的耳垂，舌尖一个辗转，李悬竟浑身打了个激灵。

他在做什么！李悬的心里简直一团乱麻，她用力挣开他的双手，然后一巴掌直接挥了过去，黑暗中“啪”的一声格外清脆。林希被她一巴掌打得有点找不着北，放开了她。

李悬靠在墙边大口地喘息着，借着窗外洒进来的月光，一脸防备地看着他。她匆忙地脱下了自己的高跟鞋，在黑暗中摸索着从鞋柜里随便拎了一双运动鞋出来，胡乱地穿上之后，直接开门走了出去。接着“砰”的一声，房门带着怒意重重地关上。

就在这时候，灯“吧嗒”一下打开了，徐烨站在墙边笑得快要断气：“哈哈哈，你林希也有马失前蹄的时候，女人的巴掌好吃吗？”

“你没去上班啊？”林希摸着火辣辣的脸颊，有点郁闷地看着他道，“灯也不开。”

“下午喝高了，睡觉呢。”徐烨重新坐回到沙发上，说道，“结果你一回来就玩刺激，我没敢说话坏你好事。”

林希无奈地蹲下身，拎起了地上那双坏掉的红色高跟鞋，又看了看鞋柜上空了的一角，心疼地骂了一声：“这女人把我新买的耐克运动鞋穿走了。”他顺手将这双坏掉的高跟鞋放到了鞋柜里空出的那一处地方。

李悬一整晚都心神不定，易小嘉一直陪着她，担忧地问道：“悬姐，发生这种事，要不要报警啊！”

李悬摇了摇头，狗仔无孔不入，她不想冒这个险。不过让她心烦意乱的倒不是这件事，而是那个男人。她回忆着他的呼吸，他的体温，和他舌尖咬上耳垂的触感。若是换作其他任何人，李悬都会恶心得简直要吐出来，可是现在她不想吐，反而还有些意犹未尽。

她不自觉地摸了摸耳朵，真是要疯了！

一条大金毛从房间里走出来，看见沙发上的李悬，“呜呜”叫了一声，然后将大脑袋拱进了她的怀里，跟她撒娇。

“西宝。”李悬摸着金毛的肚子，想到林希养的那条大黑狗，黑狗比西宝体型小，可是浑身都是结实的肌肉，就像他一样。李悬捏着西宝肚子上的肥肉，给它挠痒痒。

“对了，还有件事儿。”易小嘉抱着靠枕坐在李悬家里松软的长沙发上，对她说道，“叶馨甜昨天回公司了，说她分手了。”

李悬好奇地抬眸道：“分了？”

“嗯。”易小嘉点点头，“很平静，也很无所谓的样子，说那个男人参加了《寻找新声代》的选秀，她就不能和他在一起，所以主动和他分手了。”

“为什么？”李悬想到之前她还要死要活的，怎么都不肯和林希分手，怎么现在这么果断？她有些想不明白。

“叶馨甜说她有个底线，绝对不和同行谈恋爱。”易小嘉说道，“当年刘姿的前车之鉴摆在那里呢，谁知道会不会被人当猴耍，没了利用价值再一脚踹开，被人踩着上位？这种事娱乐圈可没少发生啊，这是她的原话。”

李悬没有说话，沉默了一会儿，终于还是叹了一声：“她也还算聪明，就这样吧。”

易小嘉离开李悬别墅的时候，李悬叫住了她：“门口那双鞋，帮我带出去，扔了。”易小嘉这才注意到，李悬家门口白色的鞋垫上，端端正正地摆放着一双崭新的运动鞋，看上去很干净。她蹲下身，伸出拇指和食指比了比鞋底。“男式啊！”她压低声音偷偷自言自语，惊愕不已。

就在易小嘉出门的一瞬间，李悬突然跑到玄关处叫住她：“哎，算了……我自己去扔。”

小嘉耸耸肩，乖乖地又将那双运动鞋放了回去，和李悬的那双红底高跟鞋放在一起，说道：“还新着呢，扔了怪可惜。”走出门的时候，她转身冲李悬粲然一笑，意味深长。

李悬抱着手臂倚在玄关处，心情莫名有些复杂。清冷的月光透过落地窗洒进屋内，高跟鞋和运动鞋安静地相互倚靠着，黑夜里静寂无声。

《寻找新声代》是三家娱乐公司和番茄电视台合作，共同举办的一档大型音乐选秀节目，无论是前期宣传还是海选开赛以来的后续制作，无不是精益求精，就连入围初赛选手所住的酒店都是有极高规格的五星酒店。这次全国海选一共入围了二十名选手，这段时间都要住在海天大酒店。入住之后选手们都要进行赛前的准备，包括参加培训课程，还有歌曲的排练等。

许奕和展鹏是林希的同班同学，也一道入围了初赛。当许奕在酒店外看到林希的时候，他整个人都不好了，走上前去，以一种极不自然的姿态跟他打招呼，问道："你，你怎么来了？"

林希晃了晃单肩包上的学员卡，懒得跟他解释什么。许奕意识到他真的进了初赛的时候，脸色有些难看，但还是微笑着对他说道："你也入围了，那真是太好了！我就说嘛，是金子总会发光的。"

展鹏站在路边，轻哼了一声，嘲讽地说道："谁知道是真金还是镀金，走着瞧吧。"展鹏家庭背景优越，外形条件也很好，非常具有偶像气质。最难得的是，他还有一副好嗓子，在班上格外出众，很多校园活动都请他上去献唱，在学校也算是名人了。他从小接受的是最正统、严格的音乐训练，聘请的老师都是国内外有名的音乐家，所以他对林希这种野路子的唱功格外不以为意。同时，林希这没品的发型和穷酸的打扮，也让他觉得辣眼睛。

这次《寻找新声代》节目，展鹏参加海选录制的视频一放到网上，就火了起来，成了所有视频中点击量最高的一个，在官方网站海选视频排行榜高居榜首。他独特的音色加上俊朗的外形，为他聚敛了大批拥趸粉丝，因此他很被节目组看好。好几个导演都给他打过电话，告诉他平时发微博需要注意的事项，俨然已经把他当成新星在培养了。就连这次入住酒店的房间，他的和别人的都不一样，别人是标准间，他则是单人大床房。

许奕跟林希告别，就低眉顺眼地跟着展鹏走进了酒店。像许奕这样既没背景，实力又很一般的选手，此时唯有抱紧同班同学展鹏的大腿，才不至于在优秀的同辈中显得太过落魄。

"奇怪，我跟节目组确认过，林希明明被淘汰了，怎么又入围了呢？”许奕有意让展鹏听到他的喃喃自语。

展鹏正在办理登记入住手续，闻言，回头看了他一眼，冷嘲了一声，道：“像他那样的乡巴佬，一没实力，二没背景，就一张脸还可以，多半是出卖了肉体吧。”

许奕一听，差点被自己的口水呛死。男人也卖身吗？他的三观摇摇欲坠。

林希拎着他的破帆布背包踏入酒店大门的时候，被保安拦在门外。就他顶着的那一头冷艳的非主流发型，与富丽奢华的五星级酒店格格不入，保安当然不肯放人进去。许奕本来还想过去帮他解释一下，却被展鹏一个眼神拦住了。展鹏抱着手，大有作壁上观看好戏的架势。

李悬刚刚和华乐公司的高层谈完合约，从电梯里走出来，就看到画风格外脱俗的林大公子翻着白眼站在酒店门口，似乎是惹了点小麻烦。保安在门边破口大骂，情绪格外激动，林希倒是很淡定，一言未发。

李悬向身边的人道了一声告辞，朝着林希走了过去。林希见李悬走出来，吹了一声口哨，喊了声：“宝贝儿。”

李悬脚底一滑，差点直接摔倒在大门口。她不动声色地扫了周围一圈，幸而没有人认识她。李悬走到保安边上，对他解释了几句，保安原本愤然的神色才算稍霁，最后还是放行让林希进了酒店。李悬领着林希往里走，林希几步追上她，和她并肩而行。

展鹏和许奕站在前台，愣愣地看着两个人走近。李悬对前台说道：“《寻找新声代》4号选手林希，麻烦给他安排一个单人间。”

前台的小姑娘知道李悬的身份，当下就给林希新开了房间，然后将房卡递给李悬。李悬接过房卡转身就走，林希耸耸肩，只好乖乖地跟在她身后，朝着电梯走去。

“刚刚那个……是……是李悬？”许奕难以置信地看向展鹏。展鹏的眉头紧紧皱着，那个女人的确就是盛娱传媒的金牌音乐制作人，当年火爆荧屏的歌手李悬。林希是怎么和这种级别的人物搭上关系的？！李悬还给他开了本来是自己才有特权享受的单人间。

“你说林希卖身，是卖给李悬啊？”许奕咽了口唾沫，喉结上下滚了滚，三观再次被刷新了一遍。

“放你……”展鹏险些爆了粗口，他拉了拉自己的领带，咬着牙，瞪着眼道，“就凭他那臭德行？”素来挑选艺人眼高于顶的李悬能看上他？开什么玩笑！

电梯里，林希站在李悬身后，幽幽地问道：“李悬？”

“嗯。”她不自然地应了一声。

“那晚，你下手可真够重的，老子在家里废了三天没能登台演出。”

“活该，谁让你……”李悬话音未落，猛然发现这个人已经完全贴到了她的背上，她的甚至还能感受到后脑上他灼热的呼吸，又是一个激灵。就在这时，电梯门突然打开，她落荒而逃。

这个男人，到底是怎么回事！李悬跑出了几步，回头看他，他扶着电梯门，笑得直不起身子。被耍了！李悬心里一股火气“噌”地又蹿了上来，她气势汹汹地走过去，扬起手又是一巴掌。结果手腕被他用力制住，她想要挣脱，奈何他力量很大，根本挣不开。

“放开。”李悬瞪着眼威胁道。

他微微俯身，和她的脸保持同一高度，嘴角轻轻扬了起来，用轻薄的嗓音喃喃道：“怕我，又想对我好，接近我，甚至还找到我家里来。说到底，不就是喜欢我吗？”

“没有！”李悬直视着他的眼睛，一字一顿地说道，“我是音乐制作人，被你的声音吸引，和你这个人无关。像你这样的家伙，我没兴趣！”她咬牙切齿说道。

“是吗？”林希突然放开了她的手，态度来了个一百八十度的转变，说道，“那就好。”他抽走了她手里的房卡，转身走到了自己房间的门口，喃喃道，“女人还是温柔点好。”

林希正要关门，李悬一只脚已经迈进了屋里，将门抵住。

“又想怎样？”林希的声音有些不耐烦。

“有话说。”李悬固执地钻进了他的房间。

林希无力地叹了口气，重重地关上门，极不耐烦地说道：“老子还要补觉，有屁快放……”

“想当明星吗？”她站在床边，微微抬起下颌看着他。

本来挺严肃一件事，李悬真的不知道到底哪里又戳到他诡异的笑点了。她皱着眉头，看着笑得一脸诡异的林希。

“喂。”

“你都不知道你刚刚那样……”林希坐在床边上，抬头仰望着她，“多像那些想要潜规则我的老女人，连说话的语气都是如出一辙。”

李悬微微一怔，谁要潜规则他！她无语地扶了扶额，这个家伙过去到底经历了多少乱七八糟的破事！

林希笑够了，站起来挡在了李悬面前，嬉皮笑脸道：“说实话，还真有点想。”

想被她潜规则？李悬不自觉退后几步。

“想当明星。”他看着她的眼睛，“让所有人，都记住我的名字，让全世界，都听到我的声音。”他不再嬉皮笑脸，而是用一种无比认真的语调对她说道，“我想，名垂青史。”

非主流的梦想，果然和别人的不一样。这次是李悬没忍住先笑出了声，虽然她竭力在忍，可是真没忍住。她这一笑，倒是彻底惹恼了林希，他拉起她的手，直接把她往门外推：“滚，滚滚！”好不容易认真一次，居然被这女人当面嘲笑了，林希不能忍。

“别！”李悬用脚死死抵住门，连声道，“名垂青史可能有点难度，但是想成为一线歌星，我可以帮你。”

林希意味深长地看着她。见他不说话，李悬便问道：“你可以选择接受或者不接受，你应该知道，我在圈子里……”她自卖自夸的话还没说完，林希粗暴地把她推了出去。

他咧了咧嘴角，冷声道：“我不相信你。”他不相信这个世界上有无代价的付出。十四年前，从那些人眼睁睁地看着他被带走却都选择了沉默的那一天开始，他便再也不相信任何人。

门再度被重重地关上。李悬愣了半天没回过神来，就这么被轰出来了？她吃饱了撑的！

第三章
别得寸进尺

节目的录制大厅里，二十名选手陆陆续续坐进了观众席。距离初赛开始还有一周的时间，今天选手们要将自己初选的曲目进行试唱，与前排的导演和评委们进行商议，评委们也会根据选手们的发挥，提出一些建设性意见，或者要求更换曲目，等等。

试唱还没有开始，选手们三三两两坐在观众席聊天。

“听说了吗？今年的《寻找新声代》有四位导师。”

“昨天听制片人说好像增加了特约导师，请的是李悬。”

“啊，是盛娱传媒的金牌词曲制作人李悬吗？”

“金牌制作人，什么意思？”有不懂的连忙回头询问。

“就是说她捧谁，谁红；她给谁的专辑写歌，谁的专辑就能大卖。现在的一线红星为了求得她的一首歌，都快挤破门槛了。不过她很大牌，并不轻易与人合作，只给自己看得上的艺人写歌。”

“这样的话，谁能当她的学生，唱她写的歌，冠军之位岂不是如探囊取物了？”

“要是能和李悬老师合作，什么冠军不冠军的都是浮云。她给你加以指点，你就等于是拿到了进入华语乐坛的一张通行证，后面的路绝对是畅通无阻！”

“不过我听导演说起过，特约导师只收一个学生。”

闻言，众人皆是一片哀叹："为什么啊！一个也太少了吧！"

"听说李悬老师本来是不会参加这次选秀的，但是听了海选的一段剪辑视频，被一个选手吸引住了，所以就特意向导演自荐，担任特约导师。"

"啊，是谁啊？这么牛！"

"还能是谁？当然是在官方网站海选视频最红的那一个。"

众人纷纷回头，朝正中间端坐的展鹏投去艳羡又嫉妒的目光。展鹏的皮肤很细腻，是那种经过长年累月精心呵护和细致保养后的细腻，显得白白嫩嫩。他的发型也是目前流行的电视剧男主角的式样，整个人看起来十分乖巧，而耳朵上戴着的那副耳钉，又使得他乖巧中透着一丝不羁。

他的海选视频之所以受欢迎，除了他帅气的外貌，和他动人的嗓音也脱不了关系。粉丝们一旦对他产生了兴趣，下一步就是到微博上去搜索他的名字。他的微博内容全是自己演奏各种乐器的照片，十分洋气，浓郁的贵族气息已经足以让粉丝们彻底沦陷。

真是一个集美貌和才华于一身的男人，爱我，你们怕了吗？展鹏还沉浸在自己为自己所营构的梦幻之中，一丝不和谐的气味突然溜进了鼻腔。

谁在吃方便面！展鹏一抬头，就看到斜前方某只非主流双脚交叠放在前排靠椅上，端着一碗老坛酸菜牛肉面，正吃得津津有味。奢华的录制大厅里，方便面的气味弥漫开来。

展鹏心里暗骂了一声"土鳖"。有几个选手围到了展鹏的身边，想来抱大腿，毕竟能被李悬一眼看中，这样的人岂是凡品？展鹏身边的许奕一看到有人坐过来围着展鹏吹捧夸赞，危机感一下子就漫了上来，于是也不甘示弱地说道："展哥，你真牛！以前在学校我就发现你绝非池中物，和我们这些凡夫俗子不一样。"

斜前方"呼哧呼哧"吃方便面的声音越来越大，展鹏不由得皱了皱眉，真是低级趣味。要和林希这样的人同台演出，简直恶心坏了他。不过想想，这种货色肯定第一轮就会被淘汰出局，还是忍一忍。

卓凡导演和几位评委陆陆续续地走进了录制厅，选手们发现，评委里面真的有李悬！李悬虽然是特约导师，但比其他几位导师咖位都要高许多，今天主要是选曲，其他三位导师都没有时间到场，没想到李悬居然会过来，这简直是意外之喜啊。

一时间观众席闹哄哄地开始议论起来。

“很明显，李悬老师是冲着展兄来的。”

“嗯，看来准备好好指点展兄。”

“展兄，这次《寻找新生代》的总冠军非你莫属了。”

展鹏的嘴角不自觉地扬了起来。其实早在之前就有相熟的副导给展鹏透露，李悬会担任特约导师，只带一个学生，让他好好准备，争取被李悬老师选上。能成为这样一个金牌制作人的弟子，是何等的殊荣和福利，她手里可掌握着华语乐坛大量的资源。因此展鹏特意选定的初赛曲目，就是李悬过去写的一首歌，希望能借此得到她的青睐。

前面已经有十多位选手上台报了曲目和演唱的风格，并且也短短地唱了一段，但是自始至终，都是评委和导演在讨论，李悬没有说一句话。她戴着耳机，一直埋头写着什么东西，甚至没有看这些人一眼，这让展鹏心里更加确定李悬是为他而来的。

轮到展鹏上台，他特意大声地报了自己的曲目，是李悬老师写的那首轰动一时的《露珠》。几位评委都纷纷点头，这首歌的变调和真假音的切换对很多歌手来说都是一种极大的考验，没有扎实的唱功是很难唱好的。

卓凡凑近了李悬，似乎有话要说，李悬便摘下了耳机，只听他说道：“这位选手人气很高，投资方和评委方面都比较看好，有意要重点培养，你给看看，提点意见？他选的还是你的歌呢。”

李悬闻言点了点头，紧接着抬眸，目光便和展鹏对上了。展鹏一怔，看来的确是选中了他啊！他有些晕晕乎乎的，仿佛一条平坦的星光大道就此在眼前铺展开来。展鹏进行了一段自我介绍之后，便开始演唱。他的音色非常好，尤其是嗓音的变化，让下面的评委都啧啧称赞。一段简短的试唱，他将《露珠》唱得极富深情，缠绵辗转，透着深沉的哀思。

他一曲唱罢，全场选手都情不自禁地鼓掌，几个评委也鼓起掌来。果然，他的水平和前面的选手大不一样。展鹏气息还没有喘匀，便迫不及待地开口说道："李悬老师，我对您的这首《露珠》，进行了一个小小的变奏和改编，不知道您觉得怎么样？"

的确，展鹏的这首《露珠》和李悬的原版有些不一样，里面一段转音部分，他用了一种极其哀婉的唱法，甚至带了哭腔，催人泪下。

所有人都知道，李悬的这首《露珠》是写给亡妹的歌曲，里面包含了她对妹妹的深情与追思。李悬的神情显得有些复杂，她的眉心微微蹙了起来。舞台上，展鹏手心不由得起了一层薄汗。

"你唱得很好。"良久之后，李悬做了这样的回应。

之后她又低下了头，继续看着手里的一份曲谱，拿着笔勾勾画画，似乎没有话要说了。

展鹏心里流过一丝丝的小失望之后，马上自我安慰着，比起对其他选手的态度，至少李悬是认真听了他的歌，而且还夸奖了他，这已经非常难能可贵，说明她的确欣赏他。展鹏带着自傲的微笑重新坐回到自己的位子上，周围几个选手再度围上来，夸赞不已。

几个选手演唱过后，轮到林希上场了。那家伙居然在座位上睡着了，直到后面的人推了推他，他才惊醒过来，揉着惺忪的睡眼走上了舞台，一副懒懒散散的模样。

林希的颜值的确无可挑剔，侧颜的轮廓锋锐如刀削，五官单看不算精致，但是组合在一起，就好看得让人尖叫。他站定在舞台上，立马神采焕发，刚刚那一副惺忪懒散的模样几乎是一瞬间切换了，目光里渐渐聚积了一股力量。

展鹏注意到，李悬依旧没有抬头，她手里的笔快速地在五线谱上画着蝌蚪。

林希开始唱歌了，是一段英文歌曲。他随意的腔调，听着像是在即兴发挥，但李悬还是能听出来，他的整个演唱是有主题和灵魂的。他一开口，几个评委已经觉察到，这个男生不一般。当了这么多年综艺导演的卓凡不由得暗自赞叹：李悬的眼光实在够好，这么一块掩埋于世的璞玉，竟然让她发现了。如果不是李悬拿着海选视频找到他，一个未来的巨星也许就让岳衫埋没了。

他一曲唱罢，所有人都沉浸在他所营造的音乐世界里，久久未能回过神来。语言是有隔阂的，但是音乐没有。无论是宫商角徵羽，还是五线谱，音乐总是承载着人类最普遍的情感，只要用心，就能够感受到。

即便忽视掉他的歌词，仅仅只聆听他的声音，也足以让人沉迷和陶醉。整个录制厅沉默了许久。

展鹏冷哼了一声，不以为意。对于一个从小学习音乐的专业人士而言，林希这种随性的唱法毫无技巧，根本就是野路子，不值一提。

几位评委纷纷点头，都对林希表示了欣赏和夸奖，林希依旧是那副招牌表情，也就是没有表情。无论是赞赏还是批评，他都没什么特别的表示。

然而这时候李悬放下笔，终于抬头看向林希，说道："还不够好。"所有人都微微吸了一口气。在场的人都听得出来，林希的这首歌已经完胜前面的所有歌曲，甚至包括展鹏的那首《露珠》，李悬却说还不够好？

果然是金牌制作人，要求太高了吧！

展鹏脸上露出了一丝自得的微笑——她还是听得出来，林希和自己根本是不在同一个档次的。

林希对李悬的话也表现出了微微的诧异，不过他并没有多说什么，转身走下了舞台，回到了自己的位子上。

林希拎着盒饭从电梯里出来，就看到李悬站在走廊边，似乎已经等候多时了。他直接从她身边走过，不加理会。在两个人擦身而过的瞬间，李悬淡淡地说道："只听得表扬，听不得批评？"

"如果是某人为了引起我的注意，故意找碴，倒是不用这么麻烦。"他转过身来逼近了李悬，将她压迫在墙边，说道，"你运气不错，我现在是空窗期，只要你开口，不会被拒绝。"

这家伙！李悬立刻往边上挪了几步，和他保持距离。林希嘴角扬起了一抹淡淡的笑意，目光轻薄地看着她。

“你的自恋程度跟你的音乐天赋，很成正比。”李悬咬着牙说道。

林希毫不在意地笑了笑，掏了一支烟放在嘴里叼着，然后拿出房卡打开了房间门，就在他要关门的时候，几张纸突然从门缝里插进来。

“又想干什么？”林希有些不耐烦了，“都跟你说了，我不需要你的帮助。”

李悬从门缝里探了脑袋进来，说道：“我都看到了，你之前拿着我的名片，不是也犹豫过吗？号码都拨出去了，为什么不给我打电话？你在担心什么？或者说，是你在害怕什么？”

“你这人，好烦呀！”林希翻了个白眼，抱着手靠在墙边。

“你不能因为过去别人没有帮过你，就拒绝所有人，拒绝所有摆在眼前的机会。”

林希突然握住她的手腕，直接将她拉进屋内重重地按在墙上，声音低沉有力，隐隐含着怒意：“你自以为很了解我？”

“总要试试啊。”她的声音很平静，气息却有些紊乱，心脏扑通扑通跳个没完没了。

“为什么？”他没有放开她，反而以一种更具压迫感的姿势将她压在墙面。那张帅气得让人窒息的脸庞凑在李悬面前，两个人都能听到彼此的呼吸声。

“你先放开我！”李悬在圈内也算是有点身份的人，被这个新人这样调戏，算什么事儿！

林希松开了她的手，却没有放她走的意思，双手撑着墙面，将她禁锢在手臂中间，然后贴着她的脸，极有耐心地看着她道：“说吧。”

所以非要这样子，才能够好好说话是吧！

“你不相信我，不过是因为我对你别无所求。其实不是这样，我想帮你，不可能没有要求。我看中了你能成为华语乐坛最亮的一颗星，所以愿意帮你。当然你也有足够的本事能成就我的野心和未来。”她看着他的眼睛，认真地说道，“你有才华和野心，我有资源，我们之间能够合作的话，就是双赢的局面。”

林希默然地听着她的话，良久后嘴角扬了扬，浅笑了一声。没有人会无条件地对你好。这个社会就是这样，人与人之间只有相互利用，才能建立起更加牢固的关系。

林希没有回答她的话，目光下移，落到了李悬的右手，问道："拿的是什么？"

"哦，这个，"李悬突然有些不好意思，"我给你写的歌。"

林希微微一怔，她给他写歌了？

"我还没答应你啊。"他的态度不再像之前那样咄咄逼人，语气柔和了很多，皱着眉头看着她，突然有些捉摸不透这个女人。

李悬将手稿放到了桌上，不理会他的话，而是自顾自地说道："你今天唱的那首歌，很好，但是还不够完美。初赛是你第一次登台亮相，电视机前坐的都是你的潜在粉丝，曲目绝对不能轻率，必须要选一首能够最大限度地发挥你唱功的歌曲，一开口就要牢牢揪住观众的耳朵和心。我给你写的这首，很好听的，想试试吗？"

"我还没答应你啊！"林希忍不住再度强调。

"你答应一下会死啊！"李悬也受不了了，放大音量冲他吼了一声，"会不会好好做人？就没见过你这么臭屁的家伙！"

发飙的结果就是，她又被赶出去了。李悬看着重重关上的房间门，跺了跺脚，这个男人真是太没礼貌了！她出道这么多年，还没有被人接二连三地赶出房间过。

关上门，林希走到桌边拿起那几张稿纸，上面全是手画的五线谱，看得出来，还留存着用橡皮擦过很多次的痕迹，应该是反复修改过很多遍。这是她特意给他写的歌。

这是一首情歌，名叫《初恋》，他试着哼唱了一下，调子很舒缓。的确，如她所说，真的很好听。歌曲旋律悠扬，情绪浓郁，似乎能够把一个男人心底的深情全部挖掘出来。毕竟电视机前女观众居多，深情的男人最能打动各个年龄段女性的心。看得出来，这首歌李悬花了很大的心思，要帮他吸纳粉丝，打好开局的第一战。

林希将稿子重新整齐理好，扔在了桌上，转身看向窗外。华灯初上，一片璀璨夜景。

那年林希六岁，在繁华热闹的商业中心跟母亲走散，后来一个慈眉善目的阿姨说要带他去找妈妈,他就跟着她上了一辆银色的面包车。车门一关,再度睁开双眼,高楼大厦已经被飞沙走石的西北大山所取代。

买下他的那户人家姓胡，在偏僻贫穷、与世隔绝的洪沟湾，胡家还算是家境稍好的一家，至少，一个月能吃得上一顿猪肉。家里主事的男人叫胡大鹏，身体健壮，但总是弯腰驼背，看上去死气沉沉的。他的女人叫金花，家里还有两位老人。

胡大鹏年纪不过三十岁，就是无论怎么努力都生不出娃来。村里经常有人指着他的脊梁骨议论他，你一句，我一句，就把一个挺拔健硕的小伙子硬生生说成了驼背。

金花倒是能生养,因为她年轻的时候怀过,让她怀孕的男人出了山，进了城，就再也没有了音信。她的娃不过周岁就死了，邻村的胡大鹏看上了她，便将她娶回家，到现在七八年过去了，她肚子里却一点动静都没有。她生过娃，这在过去是何等羞于启齿的事，现在竟被她时时刻刻挂在嘴皮子上念叨着：“大家都晓得的，我这片地是能结果子的好地，是种子不好使，不是我的地不好啊！”她越说，胡大鹏的背越是弯了下来。

终于，胡家的两位老人决定给胡大鹏买个娃，买个男娃。四万八千块，他们家掏空了家底，从一个经常来山里做生意的女人手里，买了个模样俊俏的小男娃，虽然年龄可能有点大，但是他们相信，只要好好养着，总能带熟。

胡大鹏得了这么个俊得像从画里走出来的儿子，高兴得晚上觉都不睡了，更加奋力地在金花身上耕耘着，以证明他也是个男人。无数个惊恐的夜晚，林希一个人蜷缩在陌生的房间里，听着邻屋男人和女人的低喘声，惊得瑟瑟发抖。

一家四口，围着这么一个乖儿子转，怕儿子吃不了粗面馍馍，还专门去镇上打了细白面回来，给他做白面馍馍吃。结果那白面馍馍，林希只咬了一口，就被扔出好远，嘴里嚼的那一块也被吐了出去。

“难吃！我不吃！”男孩的哭声震耳欲聋，“我要回家，我要妈妈！”半个山村都能听得见他的鬼哭狼嚎。一个如此孱弱瘦小的生命，怎么会爆发出那样惊人的力量呢？

胡大鹏心疼粮食，一巴掌呼扇过去，将男孩打得仆倒在地，孩子半边脸立马就红肿了起来。胡大鹏宛如一个暴君，气呼呼地说道：“你要往哪儿回！俺就是你爸，这是你妈，这是你姥，这里就是你的家！”

金花心疼孩子，又给他做了腊肉汤面皮，尽可能地讨好和收买他的心。然而林希只是看了一眼汤表面的油花子，就恶心得简直要吐了。胡家难以想象得到，这个从城里来的孩子，生于一个何等富裕优越的家庭。他过去吃的虽然不是顿顿山珍海味，但是至少是精心烹制的食物。他们也绝对想象不到，同样是活在这个世界上，不一样的人却有不一样的活法。所以他们根本不可能理解，那些只有过年过节才能吃到的肉，林希为什么却看也不想多看一眼。

一只从城里“捉”来的漂亮的金丝小鸟儿，就这样翻来覆去折磨着这个贫穷的农村家庭的单调脆弱的神经。

直到半年之后，金花的肚子终于有了动静。又是一年春去秋来，她生了个大胖儿子，从此以后，林希的生活直接坠落到了地狱。

尖锐的刀锋每一次温柔的碰触，伴随的都是细碎发丝的断裂。

造型师身材精瘦，打扮时髦，手里拿着剪刀，“咔嚓咔嚓”剪得毫不留情。他看了一眼镜子前端坐的男人，一时间竟也忘记了呼吸，仿佛一件艺术品在他的手上诞生。

镜子里的男人，没有了长发的掩护，终于将那精致的容颜展露了出来，干练的短发用啫喱定型之后，看上去乖巧中又带着点不羁，是时下最流行的潮男风格。

徐烨开门进屋，看到面前正在收拾行李箱的男人，差点惊得跳脚。确定了面前的人的确是林希之后，这才敢走过去。

“哎呀！”他围着他左三圈右三圈转个没完没了，嘴里叫着，“你谁啊你！”

“我是你大爷！”林希一脚踹过去，徐烨敏捷地躲开，这才稍稍找回了那么一点熟悉感。

“可以啊，林希，士别三日，你借尸还魂了！我还以为偶像剧男主角从电视里爬出来了呢！”

他不过就是剪了个头发，至于吗？林希白眼一翻，回屋继续收拾东西。

“不过说起来，以前要让你剪头发跟要你命似的，说什么‘我就是我，夜空中不一样的烟火’，怎么现在突然想明白了，要把你那一头烟火给剪掉了？”徐烨追到林希房间，抱着胳膊倚在墙边问道。

“你看我是谁？”林希手里拿着衣服，轻描淡写地回头瞥了他一眼。

“林……林希啊。”

“那还废什么话？”

徐烨怔了怔，好像瞬间被说服了一般，耸耸肩，也不再纠结这事儿，走过来帮他一块儿收拾东西。

徐烨认识这家伙好几年了，初见时一头非主流长发给他留下了极为深刻的印象。而这个人比他的发型更加特立独行，和周围的人都不一样，但是具体哪里不一样，徐烨又说不上来。他极其聪明，什么东西都是一学就会，但又好像很笨，不撞南墙不死心，撞了南墙更加不死心，聪明人那一套行事准则在他那儿行不通。他的生活似乎很艰苦，但是他的才华和天赋，又将这种艰苦变得不值一提。他最穷的时候，连一包烟都买不起，又好像很富有，能花几千上万去听一场国外交响乐团的音乐会。

而最让徐烨费解的是，他的名字分明被寄予着爱与希望，他这个人，却仿佛从最黑暗的泥沼中爬出来的一样。徐烨看着他，心里想着，他的魅力能深深地吸引和他接触过的所有人，也一定能够征服屏幕前的更多人，全国乃至全世界。

真的要去当明星了啊！“还回来吗？”徐烨有些不舍，又有些惆怅。

“老子又不是上战场，”林希伸手拂乱了徐烨的头发，说道，“还一去不回了？”

“如果当了明星，肯定不能再住这儿啊！”不过徐烨又自我安慰道，“以前也不是没有机会，要火早就火了。”他对他可没信心，这次估摸又是白忙活。

“我住酒店这几天，记得帮我按时遛狗。”林希交代了一声，走回了房间。

“我是你保姆啊？”

“不是我的，是它的。”林希指了指躺在阳台上晒太阳的大黑狗。

“林希，你大爷的！”

林希将背包里那几张谱子取出来，又试着轻哼了一遍，徐烨便不再打扰他，转身离开了房间。

这个世界上，真的有人只看重你的才华，愿意提携你，为你铺就一条崭新的星途？那个女人，可以相信吗？

歌曲的后半段似乎还有些不顺，怎么都唱不出感觉，他拿起电话给那个怪女人打了过去。电话响了很久很久，久到林希本来就不多的耐心被耗光，正要挂断的时候，她终于还是接听了。林希还没来得及说话，那边已经自顾自地开口，第一句便是：“我没有对不起你。

“那个时候没有帮你，我一点也不后悔。”

他的心蓦地被一根丝线悬挂到了半空。她一直在说，带着哭腔。

“我是讨厌你，凭什么我有的，你就一定要有？我所有的一切，都是靠我自己努力挣来的。而你呢，除了是我妹妹，跟我长得像，被称为‘小李悬’，你还有什么？你会写歌吗？你唱得比我好吗？凭什么我要拉你一把？你想要的星光和舞台，自己去争取啊！”她越说越激动，电话那边低沉的啜泣瞬间变成了号啕，“我不会后悔，我告诉你，就算你死了，我也不后悔。本来就是这样，人难道不应该靠自己吗？谁会帮你一辈子！”

林希怔了怔，想到那天试唱结束之后，在洗手间无意中听到了节目组两个工作人员的对话。

“今天展鹏敢挑战李悬老师的《露珠》，真的非常大胆啊！”

“当然。这个世界难道不就是撑死胆大的，饿死胆小的？”另一个人说道，“这首歌是李悬老师用来纪念亡妹李疏的，展鹏用那样深情又哀凄的唱法唱出来，的确很感人啊！李悬老师不也承认他唱得很好吗？估计这次是看中他了。”

“不过说起来，她是在妹妹李疏自杀之后，才宣布封麦退出歌坛的。其中有什么必然的联系吗？”

“谁知道呢？这种事当事人没有说，别人永远不可能知道真相。不过我看过当时娱乐记者挖出来的一些边角料，这个李疏一心追逐姐姐的步伐，出过专辑，不过才华有限，一直没什么名气。她上过几个综艺节目，都是拿她姐姐的料来炒作，据说姐妹两个人的关系一直很糟糕。后来李疏抑郁症越来越严重，最终卧轨自杀，据说自杀的时候，李悬也在场，是眼睁睁地看着她……”

那人没有继续说下去。

卧轨那样的场面，就算只是想想，都让人觉得毛骨悚然吧？

林希赶到酒吧的时候，几个男人正围坐在醉醺醺的李悬身边，意图不轨地看着她，彼此交换着眼神。他嘴里不爽地咕哝了一声，气急败坏地走上前去，粗鲁地抓住李悬的手腕，扶着她走出酒吧。一个男人挡住了他的去路，坏人好事的家伙终究是不受欢迎的。

“喂，臭小子，少管闲事。”男人的手搭在他的肩膀上，不无威胁地说道。

“这女人的事，我还管定了。”下一秒，他抓住男人的手，轻轻一折，只听手腕发出“咔嚓”一声的脆响，男人痛苦地大叫了起来，乖乖地求着林希放手。林希毫不客气地扔开他，扶着李悬走出了酒吧，没人再敢上前阻拦。

李悬浑身软绵绵的，整个吊在林希胳膊上，满身酒气，神志不清。林希嫌弃地撇了撇嘴，粗暴地将她扔在街边的长椅上，不耐烦地从她的包里翻找出她的手机，想给她的助理打电话，找到手机才发现居然设置有密码。他无奈地将手机放回包里，将她的腿移开，跟着坐到了长椅上。他扫了身边人一眼，她脸色绯红，看起来是醉得不轻，嘴里不停地咕哝着，也不知道在说些什么话。她身上穿的是一件单薄的衬衫，配上一字短裙，因为刚刚的拉扯，衬衫上几颗纽扣开了，隐隐透出胸前的旖旎春光。林希的目光只是稍稍接触了一下，便移开了。昏暗的路灯下，一辆辆汽车呼啸而过。

这都是什么事儿啊！他点了一支烟，深吸了一口。路上偶有行人路过，朝着两人投来怪异的目光。似乎终究还是觉得不太好，林希衔着烟，伸过手去，替她扣上了胸前的两颗纽扣。被他粗糙的手接触皮肤，李悬的身体不自觉地微微颤抖。真是一具敏感的身体，难怪看她第一眼，就这么来劲儿。越是禁欲的女人，就越是撩人。除了有点装，不够温柔，这个女人，真迷人。

不过他并没有乘人之危的企图。所以他现在到底是在干什么？慈善救助吗？林希将烟头一扔，站起来转身就要走。然而走了两步，他怎么都挪不动步子了。他皱着眉头暗骂了一声，真是麻烦啊！他抓狂地又折回来，抓起李悬的手臂，躬下身将她放在了自己的背上，背起她稳稳地站了起来，就当背了一背篓的干柴，朝着马路一端走去。

“好歹也算是有点知名度的家伙，居然一个人跑到那种地下酒吧去喝酒，你脑子里装的是豆腐？

“太久没上头条，想搞事情是吧，过气明星？

“你吃什么长大？看着身材挺不错，居然这么重。”

他一路走，一路抱怨。她的胸抵在他的背上，让人心痒。没一会儿，林希明显感觉到，有温热的液体顺着他的脖颈流了下来。

“对不起。”她略微嘶哑的嗓音带着哭腔，“真的对不起。”

“嘁。”林希走在街边路灯下，冷漠地咕哝道，“刚刚不是还说什么一点都不后悔？人都死了那么久，嘴硬个屁啊！”

“林希，对不起。”她将下颌重重地搁在他的肩膀上，不住地跟他道歉。林希惊愕地回头，她灼热的呼吸吹拂在他的耳畔，酥痒难耐。

“对不起。真的对不起，那时候，我帮不了你。”

一路走回来，他的耳朵快要被她的道歉磨出茧子了。林希将她放到沙发上，居高临下地看着她，灯光投映在他的发梢间，他的眼眸中略带一丝困惑。良久过后，他轻不可闻地叹息了一声：“都这么久了，还记着呢。”

林希坐到她的身边，神色复杂地看了她一眼，声音很柔和，全然不似平常那般张扬跋扈。

“还那么小，我怪谁都怪不到你的头上。”他抓了抓她额间的刘海，说道，“别想了。”

李悬已经完全陷入了深度睡眠，四肢平摊，打着小呼噜。林希本来打算今天就把行李全部搬到酒店，因为这个女人的缘故，耽误了下来。他挠了挠头发，很是不爽地去浴室冲澡。他出来的时候，看到徐烨蹲在沙发前面，跟看猴子似的，捏着李悬脸颊上的嘟嘟肉，扯来扯去，笑着说道：“大明星和电视里面，也没有什么两样嘛！”

林希用毛巾擦了擦湿润的头发，瞥了他一眼：“刚睡着，你别动她，不然又得闹。”她刚刚在他背上又踢又打，还哭得跟他欺负了她似的，搞得路人纷纷注目，以为他绑架她来着。

“怎么，心疼啊？”徐烨故意使坏似的，扯着李悬脸颊上的肉，把她的嘴角都拉开了。紧接着，“啪”的一声脆响，李悬一巴掌落到徐烨的脸上，直接把他打蒙了。李悬微微睁了睁眼，迷迷糊糊地咕哝了一声：“你讨厌死了！”打完之后，她靠着沙发垫子，翻个身又睡了过去。

徐烨摸着自己略微红肿的脸，愣愣地张了张嘴，委屈地说道：“这人怎么这样！”林希双手环抱在胸前走过来，幸灾乐祸地笑了笑：“说了叫你别动她，我心疼你啊。”说着走进了房间，没一会儿出来，将一张薄薄的毯子扔在了她身上。

“你就准备把这个大明星扔沙发上啊？”徐烨捂着脸嘟囔。

“不然呢？”林希理所当然地转身回房，他可不是怜香惜玉的主儿。

清早，微风吹拂着，窗帘招摇，温暖的阳光漫进屋里，李悬窝在沙发上的身子猛地一抽，惊醒了过来。她坐起身，宛如惊恐的老鼠般快速打量着周围的环境，用力捶了捶脑袋，坐直了身子，渐渐回想起了昨天晚上的事。她看了看沙发上的毛毯，又低头检查自己的衣裙，有些褶皱了，但好歹完整。

李悬站起身，伸了个懒腰，在沙发上憋屈地睡了一夜，浑身筋骨都在疼，尤其是头疼得厉害。不过她还是得感谢林希没直接把她扔在大马路上，否则后果不堪设想。

正对面的门虚掩着，李悬走过去，轻轻推开。房间很大，但是床很小。林希整个人宛如虾一般，委屈地蜷缩在那张小床上，睡相就好比惊弓之鸟，眉头紧皱，似乎梦境并不平和。

怎么睡成这个样子？李悬有些纳闷，这跟他平时的大爷做派很不一样啊，难道不应该是四仰八叉在床上摆大字，才符合林大公子的画风？现在的他，就像婴儿蜷缩在母亲的子宫里，很没有安全感。

李悬回头，瞥见床头桌上覆着一个相框。她走过去，好奇地拿起来看。那是一张年代非常久远的全家福照片，照片已经泛黄，有很多道折痕。

李悬一眼就认出了照片上被男人和女人护在正中间的小男孩，就是童年时候的林希。只是照片上的他，和她在洪沟湾初见他的时候很不一样，皮肤细嫩，唇红齿白，宛如小瓷人儿一般，目光澄澈美好，笑得春暖花开。而她在洪沟湾见到的他，灰头土脸，皮肤黝黑，眼睛里时不时露出防备的神色。

这张照片，应该是他还没有被拐卖的时候拍的，照片上的男人和女人，应该就是他的父母。男人身形挺拔俊朗，眉眼之间隐隐还能看到林希此刻的俊气，而女人更是风韵十足，容颜宛如初绽的水仙般美好。他们和李悬在新闻上看到的憔悴无比的模样，几乎是大相径庭。可以想象，失子之痛是如何日日夜夜翻来覆去地折磨着这对父母脆弱的神经。

李悬放下相框，不忍再看。

她走出房间门，正好看到徐烨拎着早餐袋子进了屋。看到李悬醒过来，他挠挠头，冲她不好意思地笑了笑："李大歌星……好，那天在酒吧，咱们见过的。"

李悬记得，他是林希驻唱的那个地下酒吧的调酒师。

"叫我李悬就可以了。"歌星这个称号，她现在倒真是不敢当，毕竟那件事之后，她就退出歌坛了。她走到阳台上，大黑狗毛毛一见她过来，连忙起身围着她转了一圈，嗅着她身上的味道，吐着舌头趴在她面前，想让她挠它的肚子。李悬想到那天它对歹徒的凶恶模样，还是有些害怕。

“奇怪了，这狗不怎么待见陌生人的，怎么这么喜欢你呀？”徐烨走过来想挠挠它，毛毛立刻站起身，不给他摸。

“可能他在我身上嗅到了同类的味道。”李悬回答。

徐烨愣愣地看着她：“啊？”

知道他误会了，李悬连忙解释道：“我是说，我也养狗的。”

“噢噢。”徐烨点了点头，将早餐盒摆到桌上，说道，“过来吃早饭吧，昨天晚上你可劲儿吐了好几次，现在胃肯定特难受。”

倒还真是，李悬捂着自己的肚子，隐隐约约记得自己好像是奔进厕所吐了好几次，还弄脏了地毯和沙发。她的脸微微一红，表情显得有些尴尬：“昨天晚上，肯定特别糟糕，真是麻烦你了。”

“跟我没什么关系，是林希在伺候你。”徐烨一边说着一边将筷子摆出来。

“咦？”不是吧？怎么可能！

“你别看他平时吊儿郎当的，走哪儿都是大爷，其实这家伙就是嘴硬心软。”徐烨邀请李悬坐下来，给她叉了个馒头，接着道，“平时说话有点冲，但没什么坏心，要是哪里有得罪你的地方，我代他向你道个歉。他真的特别有才华，所以希望你原谅他不好的地方，以后多帮衬他。毕竟娱乐圈这种地方我还是知道一点，像他这样一没背景二没钱的穷小子，想混出头，很难。”这家伙原来是给他说好话来的。

“就林希那臭脾气，朋友应该也不多吧？你待他倒是很不错。”李悬将馒头撕成一小块一小块的，就着豆浆吃，试探地向徐烨打听，“你是怎么认识他的？”

“那说起来就牛了！”徐烨一边将咸菜包进馒头里，一边颇有兴致地说道，“得有三四年了吧，那时候我刚进城，啥也不懂，脾气也硬气得很，在酒吧打工，经常和客人发生矛盾。有一次我得罪了一个小伙子，晚上他叫了一帮街头混混过来找我麻烦。说起来也挺丢人，我一乡下娃哪里见过那阵仗，当时吓得腿都软了，跪在地上一声没敢吭，他们让干啥就干啥，结果还是没少挨拳头，被揍得晕头转向。当时酒吧人多，但是因为他们声势大啊，没人敢过来帮我一把，除了林希。”

徐烨想起当时的状况，记忆犹新。

那时候林希不知道从哪里冒出来，拿着一个啤酒瓶子，直接爆了那毛小子的脑袋，砸得他头破血流，下手是真的狠！后面就乱起来了，那十几个街头混混抄起啤酒瓶子一拥而上，林希没有丝毫怯意，提着一张高脚凳就和那帮家伙干起来。那家伙不只骨头硬，脑袋更硬，好几个酒瓶子砸在他头上，那就跟鸡蛋碰石头似的，他硬生生把那些家伙打跑了。不，不是打跑的，是他的气势，那股不要命的劲儿把他们吓跑的。城里的那些毛小子，哪里见过这种亡命之徒，当时就被吓得跑没了影儿。

“当时他脑袋都成血葫芦了，一声没吭。”徐烨感叹道，“不然我怎么服气他呢？就他那逮谁刺谁的劲儿，真是没什么朋友，不过这人吧……”他抬眸看向李悬，认真地说道，“你知道野草吧，野草顺风而生，火烧不尽。可是林希不一样，他是草，从泥里钻出来的，糙生糙长，却逆风而生。风越大，他越是要挺直了身板迎上去，不管是谁，都折不了他。因为他的根茎里有气，硬气。”

李悬笑了笑，还没来得及回答，门“砰”的一声被林希一脚踹开。他昨天还打理得规规整整的新发型现在完全是鸡窝样，他长手长脚走出来狠狠地瞪了徐烨一眼，嘴里咕哝了一声：“吵吵吵，烦！”

“哎，大清早谁惹你了？发脾气也要注意场合，有客人在呢！”徐烨加大了音量很不客气地凶了林希一声。

“什么客人？女酒鬼！吃了饭，快滚。”林希说完坐上桌，抓起馒头咬了一口。徐烨踹了他一脚，说：“洗脸去。”林希将馒头往碗里一放，去了洗手间。

“你别介意。”徐烨干笑一声，尴尬地看了看李悬。

李悬看着那个被咬了一口的馒头，突然觉得林希那家伙还挺可爱的。

“你要搬去酒店吗？”李悬看着林希放在墙边的行李箱问道。林希在洗手间里沾着水拨弄他的头发，闷闷地应了一声。

“我的车在酒吧外面，离这儿很近，要我送你吗？”她漫不经心地倚在门边问道。

林希抬起细长好看的眼睛，上上下下扫了李悬一眼。李悬被他盯得全身发毛，转身就走，说道：“不要算了。”

“喂！”背后林希叫住了她，“那你等我一会儿。”

李悬嘴角微微扬了扬，走到阳台上晒太阳。一刻钟之后，她走回客厅，看到林希还在卫生间里弄他的头发。昨天造型师帮他弄好的发型，一到他自己的手上，每根头发都像是要闹革命一样，压根不听他使唤，搞得他心里烦躁。

李悬抱着手臂无语地看着他：“快点呀！”她还得要上班呢。林希压根没理她，依旧捋着他的刘海。

李悬翻了个白眼，走过去，将洗手台上的发胶抹到了自己的手上，搓了搓，不耐烦地说道：“低头。”

林希怀疑地看了她一眼，闷哼了一声，不情不愿地低头俯身，将脑袋凑到李悬胸前。李悬伸手在他凌乱的头发上捋了起来。真蠢！连自己的头发都不会打理，这么些年他是怎么活过来的？

“怎么剪头发了？”

“夏天，热。”

“胡说。”李悬才不信，笑道，“是为了初赛吧？”

林希闷哼一声，不答她。

“你也知道你那一头爆炸鸡窝很土啊！”李悬给他往边上捋了捋刘海。

“滚滚滚！”林希转身要走，却被李悬一把拉住衣领，把他拽了回来。她拿着啫喱水往他脑袋上喷了喷，算是最终定型完成。

“好了。”李悬笑了笑，欣赏地看着他，果不其然，发型出来之后，整个人的气质与先前浑然不同。这张脸不管出现在哪里，都是引人注目的风景。

林希转身看着镜子里的自己，自恋地摸了摸鬓角，左看右看，欣赏着自己："可以啊！"这算是对她手艺的肯定吗？李悬在这行摸爬滚打这么多年，也带过不少男艺人，什么样的造型最吸引粉丝，她太了解了。

"不谢。"李悬洗了洗手，转身走出去。

林希斜睨她一眼，嗤了一声："谁要谢你？"林希哼着歌继续弄着他的头发。

待他搬着行李懒懒散散下楼的时候，李悬已经将车开进了三里胡同巷，打开后备厢，让林希把行李放进去。

"初赛的海选，有心仪的导师吗？"路上，李悬问他。

初赛的导师加上李悬有四个，另外三个在华语乐坛都是重量级人物，两位男导师分别叫方梓和周牧歌，一个是教父级的摇滚歌手，另外一个则是非常受欢迎的流行歌手。还有一个女导师，虽然不如李悬受欢迎，但是出道时间比李悬早，唱功好，唱法很是独特，积累了很多舞台经验，也拥有自己的粉丝团。三位导师的实力都很强劲，不管选哪一个，对于现在的新人而言，都会有帮助的。

林希看着窗外快速飞过的风景，没有回答，而是反问："你有心仪的选手吗？"

这不是明知故问吗？李悬故意没提他，只道："那个叫展鹏的，还可以。"

"你的眼光，和你的酒品一样烂。"林希轻慢地哼了一声。

下车后，林希从后备厢里将自己的行李搬出来直接往酒店走，李悬在后面叫住他："哎！你的鞋我给你带来了。"她说完从后车座拿出一个口袋，里面放着林希那双崭新的运动鞋。

林希回头看了一眼，淡淡地说道："帮我提上来。"

"别得寸进尺！"李悬在背后冲他喊了一声。还真拿自己当大爷啊！

"你给我的谱子，还有些地方没弄明白。"林希转过身，耐着性子对她说道，"可以请亲爱的李悬老师来我的房间不吝赐教吗？"

他话里分明是带着嘲意，不过李悬听着还是舒坦，反正这家伙就是不会好好说话，既然如此，她就选择性地吸收好了。

李悬哼了一声，踩着高跟鞋大跨步地走到他前面去了。

到了房间，李悬径直坐到书桌前，清了清嗓子道："有问题就快问，我还要上班。"林希从书包里拿出那几张谱子，走到李悬身边，俯下身翻到最后一页，指着末尾几行说道："这段，找不到感觉。"

"你给我唱唱。"

林希没有拒绝，直接在她耳边清唱起来。李悬闭着眼睛仔细聆听，手里拿着笔转了又转。这首歌的主题是深埋于心的暗恋，基调尤为深沉，音乐前奏是一段凄美的小提琴独奏，将一个辗转反侧的男人的夜半思情徐徐引出，随之而来就是林希那低醇浑厚的嗓音，情绪一层层地堆叠，在高潮部分，情绪酝酿到了顶点，一触即发，势不可当。

李悬身上起了一层鸡皮疙瘩。她一抬头，便是他微微垂眸的深情目光，缠绵悱恻的歌词从他的嘴里倾泻而出，他附在她耳边浅吟低唱，撩人心扉。李悬的心猛地一缩。

一曲罢，她收回心绪，手上的笔落到桌上，点了点头："可，可以。"

林希无奈地抓了抓脑袋，很不满意李悬的反应："我唱歌不是用来给你消遣的。"

李悬这才想起来，他说后面那段找不到感觉。

"最后的部分，你的情绪提得太高了。"李悬拿笔指着曲谱的末尾几行，抬眸对他说道，"情绪酝酿达到顶点之后，要能够收得回来，在这个部分，需要表达的不是高昂和宣泄，而是……"她想了想，找准了一个词，"而是释怀。"

林希显然没弄明白，将稿子扔李悬面前，说道："你唱一遍我听听。"

"我……"李悬看着面前的曲谱，突然顿住了，"我……"

"你什么你啊！就算是过气明星，那也是大红大紫过的，唱个歌很难吗？"林希俯下身凑近她的脸，好奇地问道。

李悬拿起曲谱，清了清嗓子，微微张了张嘴，好几次提起气，但最终还是咽了下去。不行，她唱不出来。林希看着她的表情变得有些意味深长，他站起身退后了几步，以一种玩味的目光凝视着她。

"你封麦的原因，不是想要退居幕后，而是根本无法开口唱歌了吧？"

第四章
她为林希转身了

李悬封麦，宣布不再出专辑和开演唱会的时候，整个华语乐坛都以为她是真想要退居幕后，专注于词曲的创作，并不知道她其实已经不能唱歌了。

她永远没有办法忘却那一天。乌云黑沉沉的，让人觉得十分压抑。姐妹两人原本是约好了一块儿回家给母亲赵怡庆生，两人不情不愿地在火车站见了面，李疏状态很糟糕，神情恍惚。两个人素来合不来，李悬和她三句话没说上就又吵了起来。当时李疏的眼睛很红，头发也很凌乱，衣服上全是褶皱压痕，昨晚应该是穿着衣服睡着的，李悬老远就嗅到了她身上的酒味儿。

“又喝酒了？”

“关你屁事。”

李悬冷哼一声，不再理她。李疏见她这样的态度，有些受不住，情绪看起来似乎很不稳定，质问她的声音还带着颤抖：“你到底是不是我亲姐？帮我一把，有那么难吗？”

李疏没有唱歌的才能与天赋，在这条路上她根本不可能走远，这些年歪门邪道她倒是走了不少。为了出名，博眼球，炒作李悬八卦绯闻的时候她毫不手软，明里暗里做的那些龌龊事就更别提了，那时候她拿她当过亲姐吗？

“不难，举手之劳，不过我不想。”李悬轻蔑地看了她一眼，“你根本不会唱歌，何必勉强？”

“娱乐圈那么多不会唱歌照样能红透半边天的艺人，我为什么不能！”

“你想成为那样的人吗？为了博人眼球，炒作、自黑、作秀……让自己沦为笑柄？”

“有什么了不起！会唱歌有什么了不起！”李疏红着眼睛不住地后退，抱着自己的膝盖蹲在地上号啕大哭，“你们都欺负我，都欺负我！”

谁在欺负谁？

“别哭了！丢人不！”李悬厌恶地看了她一眼，转身便走。李疏闹出的动静太大了，她不想又被狗仔偷拍，上第二天娱乐新闻的头条。她去小推车边买了两瓶水，回来后却不见了李疏的踪影。

火车即将入站，李悬到处寻找着妹妹的身影，就听到身边路人的一声尖叫，紧接着火车“轰隆轰隆”已经开入了站台。李悬慌了神，冲进人群四处寻找妹妹，站台边有人大喊着：“有人跳站台！”“卧轨啊！”

人群中传来的慌乱惊恐的叫喊声和火车的轰鸣声，在她的耳畔交织成生命最后的狂想曲。刚刚李疏所站位置的铁轨之下已是鲜血淋漓的一片。想象得到吗？方才活生生站在她面前的人，下一秒身体被碾成几截。

“你明明知道，妹妹有病，为什么要刺激她！”医院里，母亲尖叫着，哭号着，一巴掌连着一巴掌地掴在她的脸上。李悬表情麻木，全身血液仿佛已经停止了流动。

“会唱歌有什么了不起！”母亲声泪俱下的质问，和妹妹对她说的那最后一句话，嗡嗡地震颤着她的耳膜。

她微微张了张嘴，从此以后，失声了。半个月之后，她才勉强可以开口说话，但是要唱歌，已经不可能了。

“我会让你后悔的。”李疏最后那句话宛如魔咒一般死死地禁锢着李悬的心，然而她居然不后悔。

真的，她没有后悔。这才是她永远没有办法开口唱歌的症结，李疏用自己的性命终结了李悬的璀璨星途。

她看过许多心理医生，然而无论是心理干预还是药物治疗，都没有办法让她重新找回自己的声音。最终心理医生也只能告诉她，让时间来渐渐淡化她心里的愧疚和伤痛，也许再等一段时间，一切都会好起来。

她这一等，等了两年。

后来她写了那首《露珠》，却再也不能把它唱出来。

“原来是真的，你是真的不能再唱歌了啊！”他的声音将她从漫无边际的痛苦回忆中拉扯了回来。

“一个音乐人，如果连最基本的唱歌的能力都失去了的话，要想创作能够打动人灵魂的歌曲，恐怕也不容易吧？”林希喃喃地说着，没有一丝感情，那张绝美的脸庞上甚至带着极其疏淡的笑意。

他说的，是真的。这些年，李悬自己都能够感觉到，她的音乐天分，那种宛如来自灵魂深处的东西在一点点地流失。她不能唱歌，但是还可以作词、作曲。可是那些东西，又怎么可能通过别人的声音和情感达到最完美的呈现啊！音乐对于她而言，不仅仅是终生的事业，更是一份执着的追求和热爱。她热爱音乐，所以才不忍自己最亲的妹妹毁掉这一份美好。音乐是纯粹的，肮脏的只是人心。

“如果你觉得我不行，可以选别人。”李悬咬着牙说完，抓起自己的包，转身离开了房间。

良久过后，林希抓起桌上已经有些褶皱的稿纸，用手一点一点抚平，然后叠好，小心翼翼地放回自己的背包里面，轻不可闻地嘟囔了一声：“玻璃心。”

经过紧锣密鼓的筹办，《寻找新声代》初赛今晚会在番茄卫视直播。今晚的二十强歌手会被直接刷掉七个，留下十三名选手，通过互选的方式，分配给四位导师，李悬只带一个，而其他三位导师每个人带四名选手。他们将通过晋级赛，争夺最后的总冠军。

化妆间里，十几位造型师正在忙着为选手进行化妆、造型，其中有几个造型师围着展鹏分别给他做发型和扑定妆粉，他的脸色本来就白皙，粉扑这么一打，更显得晶莹剔透。

女选手唐野站在一排衣架边上，挑选着适合自己的朋克风的衣服，目光无意间扫了展鹏一眼，心想这种阴柔气质的男生现在倒是很受某些女粉丝的欣赏，难怪他的人气会这么高。如此想着，她的目光又落到了不远处角落的化妆台边，打量着林希。剪掉头发的他整个人干净清爽了太多，鼻梁高挺，嘴唇薄如刀锋，充满男人味儿。

林希正和化妆师僵持不下，他就是死也不愿意化妆师把那些粉往自己脸上弄，更别提要给他勾眉形了，这简直要了他的命啊！

“傻帽儿。”展鹏漫不经心地瞥了林希一眼。

站在他身边的许奕也跟着应和了一声：“是啊，到时候上台后镁光灯一打，毛孔都能被观众清清楚楚地看到。要是不化妆，得多难看！”

化妆师最终还是拗不过林希，没给他化妆。不过在唐野看来，这个男人其实也不需要化妆，就凭那张脸，他随随便便往那儿一站，便是风景！

展鹏又开始哼起《露珠》的旋律，整个化妆间都能听得到。周围的人不住地称赞他唱得好，肯定能晋级，成为李悬的弟子。展鹏没说什么，脸上却洋溢着自得的微笑。

林希觉得化妆间实在有些吵，于是走了出去。

“比赛马上就要开始了，林希你去哪里？”唐野连忙叫住他。

“抽烟。”他冷淡地回了一句，化妆间的门被一阵风带上。

许奕在边上喃喃道：“都这时候了，妆也不化，跑去抽烟，他是真不想比赛了吗？”

“这叫自知之明。”展鹏冷笑了一声，“破罐破摔，主动放弃，也不算太丢人。”

“是是是。”许奕虽然嘴上附和着展鹏的话，不过以他对林希的了解，他可不像是会主动放弃的人啊！

李悬刚从卫生间出来，抬头看到林希站在走廊的窗边，一个人倚在窗台那里抽烟。这个时候抽烟，这家伙不想比赛了？李悬踩着十五厘米的高跟鞋怒气冲冲地朝他走去，结果没走几步，她便又犹疑地停了下来。他抽不抽烟关她什么事？既然那天话都说到了那个分上，她何必再到这个臭男人面前去碰一鼻子灰？念及此，李悬转了个身，迈着步子离开了。

林希修长的食指和中指夹着烟，侧了个身，目光落到了李悬的背影上，米白色的晚礼服将她纤长的身姿勾勒出水墨丹青一般的风致，目光下移，落到了她那被裙子包裹的浑圆的臀部。他的喉结上下动了动，感觉嗓子有点干，身体燥热了起来。

李悬刚转过拐角没一会儿，终于还是气不过，又折了回来，快步走到林希身边，精准而快速地将他手里的烟头抽走，一本正经地道："快要上台了，不想一会儿嗓子干，影响发挥，就给我忍忍！"

林希倒是对她的举动没什么反应，嘴角噙着一抹笑意看着她，也不拒绝，也不发飙，就这么盯着她的脸。李悬本以为他又会冷嘲热讽地挖苦她几句，没想到今天这么好说话。她将烟头扔进了垃圾箱的烟桶里，转身打量着他："怎么还没化妆？马上就要开始了。"

"化妆师太忙，排不上。"林希懒得跟她解释太多，随口胡诌。闻言，李悬直接从自己的包里拿出了一个小型化妆袋，从里面拿出粉扑，又将乳液抹在手上，凑近了林希。林希眼见不妙，连连后退，结果被李悬逼到了墙角。

"我不化妆。"他固执地拒绝。

"那怎么行！镁光灯那种瓦数，不化妆你就等着死吧！"李悬说完不顾林希的挣扎，揪着他的衣领，沾着乳液的手直接拍在了他的脸上。

"哎，娘炮啊！"林希躲闪着，不满地骂了声。

李悬用粉扑一点一点细致地拍打着林希的脸，沉着声说道："如果这点小的牺牲都不能忍受，那么又有什么资格走上那条星光大道？"

林希微微一怔，沉默着垂眸看向李悬。她的眼眸里，映出一整片沉静的星空。

“如果这点小的牺牲都不能忍受，那么又有什么资格走上那条星光大道？”她也曾是夜空中最耀眼的那一颗星，然而陨落的一瞬间，所有的付出和努力都灰飞烟灭了。所以现在还在执着什么呢？

林希有些想不明白了，低头看到李悬踮起脚，有些费力地拿着粉饼拍他的额头，他终于还是俯下了身，将脸凑近了她，由着她在自己的脸上一次一次地鼓捣。

李悬微微有些诧异，将修眉刀放进包里之后又拿出了眉粉给他勾勒了眉形。

“这么配合？”

林希还是很不甘心，轻不可闻地闷哼了一声。

她露出一抹浅淡的笑意，嘴角边上挂着两个好看的酒窝。林希感受着她克制的呼吸轻轻扑打在脸上，她身体散发的香味从四面八方包裹了他，那是来自成熟女人的味道。他闭上了眼睛，将这一个呼吸加深到极致。

李悬只给他上了粉，勾勒一下眉形，几乎看不出来化过妆，但是整个人明显精神了很多。林希对此还是很满意的，拿着李悬的小面妆镜，自恋地看了又看。

“原来你还有私人化妆师啊！”回到化妆间，唐野凑到林希身边，仔仔细细打量他的脸。虽然不明显，但是她还是能辨认出他上过妆了。

展鹏目光跟着也扫了过来。林希刚刚死活不让造型师动他的脸，说出去抽烟，没想到回来脸上就上了粉，展鹏真是打心眼里看不起他。以为找个技术好的造型师帮忙，就能够在舞台上更出彩？开玩笑！

“还可以嘛！”唐野黏在林希身边，不依不饶地问道，“哪个化妆师给你上的妆，给我也介绍一下呗？”

林希坐下来，漫不经心地答道：“李悬。”

周围的人都低笑了起来，显然将林希的话当成开玩笑。

唐野“嘁”了一声，说道：“不说算了。”

展鹏莫名地更加厌烦那家伙了，真是多看一眼都觉得糟心。

比赛正式开始，主持人已经登台，情绪激昂地进行着开幕的播报，当然也少不了一系列的赞助商广告。

林希安静地坐在后台，看着前面电视屏幕上的画面。三位导师都已经陆续出场，进行开场的接唱，他们都是华语乐坛重量级的音乐人，他们的闪亮登场引得观众席一阵欢呼，耳熟能详的歌曲响起来，引得全场尖叫。

镜头一转，滑向导师台，李悬坐在阴影中，神色专注地看着那方耀眼的舞台，面色安宁。林希微微皱了皱眉，手紧了紧，纸杯被握出了褶皱，紧接着他起身走出了等候厅。

《寻找新声代》这个节目紧锣密鼓地筹备了大半年，初赛采用电视和网络同步直播的形式。节目刚一开播，网络直播平台观看人数就高达十多万，而电视的收视率毫无疑问也拿下了第一名。

就在节目开播没几分钟，发布到网络上的一张照片已然掀起了一阵讨论的旋风。照片里，在半明半暗的走廊尽头，一个男人微微俯身，女人正拿着粉扑给他上妆。这张照片灯光效果处理得特别好，男人闭上眼，纤长的睫毛在眼下投下一片阴影，刀锋薄唇，五官宛如水墨画的勾勒。他的正面，她的背影，一览无余。

“这个男人简直帅瞎我的眼！”

“是选手吗？为什么海选的视频里没看到他？”

“肯定是。他身上有选手号码牌，四号！”

“难道只有我一个人注意到，给他化妆的女人穿的裙子，和我女神李悬今晚穿的一模一样吗？”

“这么一看，两个人真的好配，最萌身高差！”

许奕正喝水，拿着手机刚一点开微博，看到这些讨论，一口水喷了出去，溅到身边的展鹏身上。展鹏马上就要上台了，此刻恶狠狠地瞪了他一眼，许奕连忙拿纸巾帮忙擦拭展鹏的衣服。

“你见鬼了？”展鹏没好气地问了声。

“跟见鬼没两样啊！”许奕将手机递给展鹏。展鹏看到那张照片，脸色瞬间冷下来，照片转发量在短短几分钟内已经上万。

“光靠一张脸，能混出什么名堂！”他不屑地撇了撇嘴，对现在粉丝都是外貌协会成员表示很不满。

“不是啊，展哥。”许奕发现展鹏明显是没有抓到重点，于是小心翼翼地提醒道，“这个给他化妆的女人，穿的衣服和李悬导师的很像啊！”

不只衣服像，背影也像！展鹏一把夺过手机，仔细看了看，又抬起头望向电视屏幕，是很像！就在这时候，副导开门叫了展鹏的名字，让他做好上台准备。展鹏起身，将手机往桌上随意一扔，冷笑了一声：“现在的修图技术，也真是绝了。”许奕抓着手机，看着照片，不时抬头看看电视屏幕，毫无修图痕迹啊！

展鹏的一曲《露珠》，唱得哀婉缠绵，在他深情演唱的时候，镜头扫到不少台下的观众，都拿着纸巾抹眼泪。歌曲演唱还没过半，三位导师都已经“啪啪啪”地按下了转身的按钮。

展鹏的目光一直盯着最右边李悬的座位，歌曲已经接近尾声，可是他心仪的导师还是没有转身。展鹏的心悬了起来，歌也唱得有些漫不经心，索然无味，一个深长的转音，也就是整首歌最精华的部分，他却没能唱出应有的效果和情绪。观众或许听不出来，不过那三位转身的导师很清楚，显然也明白，因为李悬没能转身，影响到了他的发挥。

一时间，转身的导师有些难堪。大家都是华语乐坛的重量级人物，老实讲，谁也不服谁。展鹏流露出这样明显的失望神情，让他们心里很不痛快。

直到一曲唱罢，李悬也没有为他按下转身的按钮，展鹏脸上满是掩饰不住的失落。而三位导师和他的对话，也并没有对其他选手那样亲切，一时间有些冷场。最终展鹏选了流行歌手周牧歌作为自己的导师。

展鹏下台之后，并没有将话筒直接递给即将上台的林希，而是愤怒地把话筒砸在了地上。没承想话筒按钮居然没有关掉，紧接着就是一声重击猝不及防地从现场的音响里传了出来，观众只觉得耳膜一震，下意识地捂住了耳朵。

与此同时，网络上直播平台的弹幕上，众人也讨论开了。

“刚刚那一声是怎么回事？我的猫都被吓尿了。”

“不会是因为李悬没有转身，展鹏气得扔话筒吧？”

“天哪，这什么素质！”

“不要瞎猜好吗！说不定是手滑呢！”

接下来，林希登台，当聚光灯光线从头顶落下来的时候，现场每一位观众都不禁倒吸了一口气。林希抱着一把电吉他站在台上，脸上似笑非笑。那一双深邃的眼眸，通过镜头，一瞬间便摄住了每个人的心。网络直播间里的弹幕在林希登台以后，瞬间激增到了一个峰值，满屏都是女生们的叫喊。

林希对音乐台点了点头，音乐响起的时候，李悬的头皮猛地一紧。他没有唱她给他写的那首《初恋》，音乐再度响起来，竟是《露珠》的旋律。

李悬一时紧张得冒出了冷汗。他到底在搞什么！为什么要临时换曲目？而且他换的居然还是上一场展鹏已经唱过的《露珠》。一首歌，两个人连着唱，难道导演组那边也同意？李悬转头看向站在边上的卓凡，显然他的神情也有些担忧，但并不惊讶，难道他知道？卓凡注意到李悬的目光，他对她点了点头，示意她安心。他果然是知道的！

此时此刻，林希的心无比宁静，他的手指轻轻拨动胸前电吉他的弦，混入在《露珠》原本轻灵的旋律中，宛如溪流，汇聚流入大海，最终两种完全不同的旋律奇妙地融合在了一起。

一曲唱罢，李悬已经泪流满面。

这个世界上或许也只有李悬一个人，为他这段与众不同的摇滚版《露珠》哭了，只有她懂得当年倾注于《露珠》里的情感，好像他也懂了。他用另一种音乐表达形式，将他的情感全部倾注于歌曲演唱之中，与她内心产生了共鸣。

因为刚刚的激情投入，林希拿着话筒的手还微微地颤抖着。尽管面前四位导师未曾转身，他的目光却只凝视一个方向——她所在的位置。

网络直播平台上，所有的观众都被林希强大的音乐力量震撼了，本来热闹的弹幕在他演唱的过程中停了下来。直到演唱结束，大家才终于回过神来，纷纷赞叹：“太好听了，摇滚之魂啊！”“为什么没有一位导师转身？唱得这么好听，难道要被淘汰吗！”

三位导师几乎是在音乐停下来之后才突然反应过来一般，连着“啪”“啪”“啪”三声响起，导师们同时转身，观众们悬着的心才总算放了下来。然而，林希的目光始终落在李悬的位置上。她还没有转身。是因为那天的话，所以不愿意转身吗？他眉心微微皱了起来，心里莫名地烦躁。

后台展鹏死死地盯着电视屏幕，气得全身颤抖，手里紧紧握着玻璃杯。就在李悬按下转身按钮的瞬间，展鹏手里的杯子直接脱手，“啪”的一声砸在了墙上。

她转身了！林希的心蓦然放了下来，他没注意到自己的手还在微微地颤抖着。

互动中，三位导师插科打诨，使出了浑身解数来吸引林希选择他们，然而只有最右边的李悬一言不发地看着他。

“我说，你们是不是也该让李悬说两句？”摇滚歌手方梓这一提，大伙才反应过来，李悬竟然也按下了转身按钮！她只收一个弟子，她为林希转身了！

女导师秦念念捂着额头夸张地说道：“完了完了完了，我觉得我没希望了。”

林希面带浅笑地看向李悬，静默着，等着她开口。全场观众，也都屏住了呼吸。李悬拿起了话筒，说道：“那个……”她顿了顿，将手伸进了边上的手包里，摸出一件东西，轻轻搁在桌上，“我请你吃巧克力，好不好？”

费列罗褶皱的包装纸在强烈的聚光灯下，折射出金灿灿的光芒。

《寻找新声代》初赛完美落幕，晋级的十三位选手各自选了心仪的导师，接下来还有两场比赛，分别诞生四强和总冠军。即使比赛结束了很久，网络上粉丝的讨论依旧激烈。

“林希太可爱了，一颗巧克力就被悬姐姐收买了。”

“哈哈，难道真的有人会觉得女神姐姐是用一颗巧克力把林希买走了吗？”

“同意楼上，当女神姐姐的亲传弟子，这就相当于一只脚迈入了星光大道。”

“摇滚的演奏形式，搭配《露珠》细腻的旋律，太好听了！”

“展鹏唱的《露珠》比他的好听一万倍，哼！”

“老实说，展鹏的歌太注重表现，超浮夸，很不喜欢。”

“李悬的《露珠》是悼念亡妹的，林希的摇滚改编版明显是很不尊重逝者，真恶心人。”

“李悬最后转身的时候眼睛都红了，明显是被林希的改编打动了好吗！”

在很长一段时间里，关于林希和展鹏选同一个曲目引发各自粉丝掐架的帖子，在论坛都是加了“Hot”的热门话题。

而林希的确是在这一晚一炮而红，节目组帮他注册了一个“歌手林希”的微博。短短二十四小时，粉丝量如坐火箭，直线上升，一夜之间就涨了几十万粉丝，这个数字还在不断上升。而在《寻找新声代》的官方页面的人气投票栏，林希的支持率也在上涨，很快就追上了展鹏这么长时间累积起来的支持率，不相上下。

林希出现在盛娱传媒的接待大厅的时候，引起了一阵不小的轰动。前台那些小姑娘一看到进来的男人正是昨天晚上拿着一把电吉他横扫八方，吊打展鹏的林希，简直要疯了一般，尖叫着一窝蜂地跑上来，跟他要签名，还有拿着手机自拍合照的。

这天的林希穿着一身某潮流品牌的休闲运动装，看起来清新又阳光，形象很好。他很耐心地配合着这些小姑娘，签了名之后又和她们拍了照，自始至终一直保持着礼貌又绅士的态度。

李悬抱着手站在办公室的玻璃窗前，捏了捏额头，无奈地看着大厅里面发生的一切。好歹盛娱传媒也称得上是行业领袖一样的存在，平时出入公司的，少不了巨星级的艺人，也没见这些前台姑娘疯成这样，真是好丢人啊！

林希进了李悬的办公室，将背包往沙发上一扔，直接坐到了她的转椅上，转了一圈，挑眉看她。

“为什么突然改变曲目？”李悬面色严肃，“知不知道这样做风险很大！为什么不和我商量一下就擅自做决定？如果是这样的话，我们的合作恐怕很难进行……”

李悬本来是想借机敲打他——这样不听话的艺人，将来合作恐怕也少不了闹出些幺蛾子。林希却抬起头来，嘴角轻扬，露出了一个柔和的微笑，轻描淡写地问道：“你喜欢吗？”

李悬不明所以，愣愣地看着他。

“我问你，喜欢我的改编吗？”林希耐心地重复了一遍。

她喜不喜欢是一回事，问题不在这里，关键是这种不按常理出牌的行为，要承担的风险很大啊！等等……为什么他会问这种问题？他的表情这么温柔是怎么回事，他在勾引她吗？

看着他认真而又轻佻的目光，李悬身体蓦地蹿起了一股子燥热。盛夏的蝉声聒噪，林希抬眸望着她，喉结上下动了动，嗓子有点干。

第五章
你真的是林希的妈妈?

“喜欢吗? ”

阳光斜斜地洒在落地窗前，空气中的每一粒尘埃，仿佛都沾染上了一丝暧昧。林希凝视了她很久，突然轻笑了一声，才缓缓解释道:“也亏了展鹏唱得实在垃圾，如果不出手挽救一下，你的《露珠》恐怕就被他毁了。”

哼，她才不信!

林希终于无奈地捂了捂眼睛，说道:“别摆出那种臭不要脸的表情，你给我写歌，我投桃报李，不谢。”

撩她又不认账，你才臭不要脸!

“你怎么不用我写的那首歌? ”李悬有点生气，又有点失望，想到那天他说的，一个音乐人如果连唱歌的能力都失去的话，要想写出能够真正打动人的歌曲，恐怕不容易。所以，他是不喜欢她写的《初恋》吗?

林希似乎也猜到她心中所想，眉心微蹙，不情不愿地解释道:“虽然你不能唱歌了，但是目前来看，你的水平的确高于可供我选择的其他合作者，所以我选你。至于说为什么临时换歌，纯粹是为了出风头而已，那个姓展的，我忍他很久了。”

为了出风头，是这样吗? 不是吧? 那首《露珠》的改编，明显是费了心思的。所以，他是不是对她……

“不管你在想什么,我都要告诉你,没那回事儿。”林希嘟囔了一声，斜眼看向窗外，说道，“你别想太多……”

“我很喜欢。”她突然说道。

“什么？”

李悬看着他，认认真真地重复：“我说，你的改编，我很喜欢。”

林希看着她，良久，似乎在努力抑制着嘴角上扬的弧度，轻不可闻地咳了一声：“你写的那首《初恋》，我打算放到后面的比赛唱。”

李悬点点头：“可以在四强的比赛中演唱，决赛争夺总冠军的话，未免有点太小家子气了，我再帮你写。”

“你这么确定我能进决赛，还能拿下总冠军？”林希坐在椅子上转了一圈，漫不经心地问道。

“我带的人，不可能连这种程度的选秀比赛的冠军都拿不了。”李悬的神情颇为倨傲。

林希嘴角勾了起来，这份自信，很对他的胃口嘛。

“距离四强赛还有一周的时间，你的声音和底气，包括唱功方面，都有可以提升的空间。从明天开始，我要对你进行专业训练。”李悬抽出笔，在自己的名片上快速地写下一个地址，递给了林希，说道，“每天早上八点，我在家等你，不准迟到。”

林希接过名片，突然笑了起来。

李悬的表情立刻变得有些不自然，问道：“笑什么？”

“女人邀请我去家里，通常只想干一件事。”

林希接到黎清电话的时候，刚刚从盛娱传媒走出来，他戴上口罩，坐上一辆出租车。

“你现在都成大明星了，我还怕你不来了呢。”

“我是有职业素养的。”

黎清之前邀请他过来参加生日 party，有偿给她唱一首庆生的歌曲。

“我说，你别把这当成是生意嘛，就当是朋友过生日，单纯过来给我庆生不可以吗？”电话那头黎清的声音带着娇嗔。

“我们恐怕还没有熟到这种地步。”林希淡漠地回答。

“哎，你这人……”黎清嘟起了嘴，说道，“算了算了，明天晚上八点，在巴黎春天大酒店，记得准时参加。”黎清挂掉了电话，抱着沙发上的抱枕望着窗外的阳光，有些不甘心。手里的抱枕被她捏出了褶皱，她想了想，拿起电话拨了出去，“翔哥，那天晚上在酒吧，你跟我说的什么喝一口就能醉的那什么玩意儿，你有吗？”

“失身酒，有啊，我还加了秘制猛料，嘿嘿嘿。黎大小姐这是又要整谁呀？”

“呵，你别管，明天晚上，给我弄点来，别让人知道。”

“成啊！”

李悬下午收到了林希的短信：“晚上九点，来巴黎春天酒店门口接我。”

“林希，我是你导师，不是你司机！”李悬用力地按下这行字给林希发送了过去。

没多久，她的手机再度振动起来，打开一看还是林希发的：“尊敬的李悬导师，可以麻烦您晚上过来接我吗？如果我九点还没从酒店出来，请您务必把我找到，此致敬礼。永远爱您的学生——林希。”

阴阳怪调，傻不拉叽。李悬拿着电话在手里转了转，终于给林希拨了过去，问道：“晚上你要干吗？”

“哦，一个女客户过生日，我给她唱首歌去。”

李悬扶额，问道：“你到底是有多缺钱，还接这种私活儿？”

“钱多不压身。”

“那晚上九点是什么情况？为什么要我去找你？”

“这个嘛，客户心思有点不单纯，以防万一。”

都什么乱七八糟的破事儿！她以前带艺人也没见过这么能折腾的。

晚上八点半，李悬的车停在了巴黎春天大酒店门口，里面还挺热闹的，据说是尚品娱乐总裁的千金在开生日聚会。

李悬拿着手机拍打着手背，百无聊赖地等着林希出来。她记得之前搜索新闻，林希的父亲是搞房地产的商人，后来为了寻子，天南海北到处跑，寻而不得后一蹶不振，事业跟着也荒废了。夫妻双双离世之后，仅有的那点财产被两个哥哥继承瓜分，挥霍殆尽，林希回来便一直寄居在伯父家。

李悬调查过他，读大学期间他一直都在外面打工，最初的一两年，甚至还抱着吉他在地下通道卖过唱。可以想象得到，这些年他的生活是很拮据、艰辛的，所以李悬对他今晚这种极不合适的行为并没有给予太多的责难。不过他将来真的签约了公司，有了名气之后，接私活的事情，就必须要谨慎。

百无聊赖之下，李悬打开微博，没刷几条就看到有在现场的粉丝贴出了林希今晚的视频片段，他站在灯光璀璨的酒店大厅舞台上，深情地唱了一首情歌。唱歌的他，总是全情投入，整个人仿佛和周围的喧嚣彻底隔绝，进入另外一个更美好的世界。那个世界赋予他某种神性，他的声音拨动每一位听众的心弦。太迷人了。

谁能不为他着迷？李悬嘴角扬了扬，然后将那段视频下载下来，保存在了手机上。

已经九点一刻了，林希还没有出来，李悬连着给他打了好几个电话，没有人接，心中隐隐有些不安。下了车，她径直朝着酒店大门口走去，还没进门，就看到两个男人架着一个醉汉与她擦身而过。

李悬走了几步，眉心微微一皱，立刻回头，那个被架着离开的男人的背影很熟悉，可不就是林大爷！被灌醉了？李悬一脸问号。居然真的会发生这种事！他是“KTV 小公主”吗？

那两个男人架着林希，把他往路边的一辆黑色奔驰里塞。林希的手臂却用力撑着车门，似乎不怎么想进去，醉醺醺地大吼道：“老子要回家！”那两个男人压着他的后背，用力将他往车里按，结果林希耍起酒疯来，死活不肯进去，嘴里号叫着，“老子要回家，老子不跟你们走！你们都是骗子，都是人贩子，滚蛋！”

折腾了大半天，任谁都会没有了耐心，那两个男人也不是省油的灯，对着林希的屁股一脚踹过去，手段很是粗暴，直接将林希踹进了车厢里。

林希的醉话让李悬的心跟着哆嗦了一下，她三两步走到自己的车前，启动引擎，将车开到了那辆奔驰车前面，挡住了奔驰的车位通道。

“喂，搞什么！快把车移开啊！”坐在司机位置的男人冲李悬喊道。

李悬戴上了口罩，将车窗按下来，看着他，扬声道：“你们这是要把我儿子往哪儿送啊？”

“他是你儿子？”

“是啊，我来接他。”李悬演技很到位，说道，“如果没什么事儿的话，还要烦请两位小哥帮我把这混账东西抬出来。大晚上醉成这鬼德行，看我回去不好好收拾他。”

那两个男人是收了黎清的小费，正要帮着把这醉鬼送到指定的酒店，谁知道人家“妈妈”找上门来了，他们有些摸不着头脑。于是驾驶座上那人给黎清打了个电话：“黎小姐，你刚刚让我们送去酒店的人，他妈妈来了，你说这可怎么弄啊？”

李悬已经下了车，直接走到了黑色奔驰车前，俯下身一把夺过男人手里的电话，装出一副老成的腔调冲电话里的人道：“小姑娘，大半夜的，你这是要把我这醉鬼儿子往哪儿送啊？”

“你……你真的是林希的妈妈？”电话那头的黎清将信将疑，她并不知道林希的家庭情况。

“这话说得，难不成还要我拿儿子的出生证明给你看吗？”

“阿姨，您，您别生气。”黎清的声音有些忐忑了，她可不想就这么把未来婆婆得罪了，连忙放低了语调，“真是抱歉，林希今晚高兴，喝得太多了，我正要叫人把他给您送回去呢！您来了正好，我这就放心了。”

李悬没等她说完，直接挂掉了电话，手机扔给了驾驶座上的那人。她抱着手倚在自己的车前冷冷地看着他们，气场十足。没一会儿他们就接到了黎清的消息，吩咐他们赶紧把人还了。

林希被他们抬出了奔驰车，塞进了李悬的车里，直到李悬的车开出去老远，一个男人才咕哝道：“这当妈的看起来够年轻的啊！”

“混娱乐圈的，有几个从面上看得出真实年龄？”

李悬透过后视镜瞟了眼一直跟在后面的黑奔驰，心说这小姑娘还真是够难缠的。她开着车在海天大酒店门口绕了一圈，还是没有停下来，径直朝着自己所居住的香榭小区驶去。车驶入了一片高档的别墅区，后面跟着的那辆奔驰因是外来车辆，自然被保安拦截了下来，李悬扫了后视镜一眼，冷哼了一声，将车开入了自家车库。

她迅速走下车，一把拉开后车门，见林希睡得跟死狗似的。回想起今天发生的事，李悬很是不满地将车门用力关上，暗忖着索性将他扔在车里过一夜算了。然而就在李悬拎着钥匙正要走出车库的时候，突然听到一声极低的啜泣，在这寂静的深夜极为瘆人。连着，又是一声抽泣传来。她惊讶地折回来，看到一米八五的大个子男人宛如婴儿般蜷缩在狭窄的车座位上，他身子不住地抽动，似乎做了什么噩梦，表情惊恐万分，呼吸急促。她只听到他嗓子里发出一声声低沉的叫喊：“别打我，别打！”

李悬眉心皱了皱，用力推了推他，喊了几声：“林希，醒醒，你做噩梦了？”

林希突然一把抓住她的手，宛如抓着一根救命稻草，用力地拽着：“帮帮我，求求你们，别丢下我，带我走啊！妈妈，妈妈！你在哪里？为什么还不来救我？”

李悬一个哆嗦，一颗心被他绝望的声音揪了起来。她总归是心软的，尤其是刚刚还扮了人家的妈。她扶着林希从车库走出来，拿出钥匙打开别墅的大门。

林希似乎也清醒了不少，眼睛半开半合地看向她，嘴里含含糊糊说道：“怎么是你啊？”李悬纤瘦的身子几乎快要被他整个儿压到地上去了，她喘息着瞪了他一眼：“很失望？坏了你的好事？”

林希突然发出笑声，笑得停不下来，脸上的泪痕都还没有被风干，俊美的容颜带了那么一点水色，撩人心扉。李悬将他扔到沙发上，大金毛西宝屁颠儿屁颠儿从阳台上跑过来。家里来了客人，它是最开心的，哈喇子流了林希一脸。

“西宝，让开。”李悬轻斥了一声，大金毛便乖乖地坐了下来，不动了。

“希宝，叫得这么亲热啊？”林希冲她一个劲儿地乐，说道，“要不，让你亲一下？”说完，他伸手揽住了身边的金毛，作势就要亲过来。金毛咧着嘴，吐着大舌头，舔了舔林希的脸。

“咦，好狂野啊，我喜欢。”

“脏死了。”李悬见这家伙和狗亲热个没完，将西宝唤走，嫌弃地拿了湿巾给林希擦了脸。注意到他裤子兜里鼓鼓的，她好奇地摸过去，掏出来，发现是一沓红色的人民币。

李悬点了点，五千。就为这点钱，差点把自己卖了，这家伙到底是有多缺钱！李悬将他的皮鞋脱下来，规规整整地放到了自己家鞋柜上。她发现林希这个人，其实还是很能拾掇自己的。这双鞋虽然不算什么顶级名牌，但价格不低于两千块，还有那一身都是品牌的衣裤，看来也价格不菲。在经济条件允许的范围内，他给了自己最好的选择。不自怜，不自弃，能够好好爱自己。这家伙其实也没那么糟糕。

李悬给林希收拾一间客房出来，铺好了床单、被套，然后连拖带拽把这醉鬼弄进了房间。跟卸货似的，她直接把他扔到了床上。看他现在醉醺醺的鬼德行，洗澡是不可能了，将就着睡一晚吧。

安顿好了林希之后，李悬冲了个澡，换上干净的睡衣，然后去了音乐室。刚刚突然激涌的创作灵感让她无法睡眠，她坐到了钢琴边，尝试着将脑子里捕捉到的声音通过琴键一点点具象化。她拿着笔在纸上飞速写着谱子，然后又弹奏起钢琴，琴键此时此刻似乎与她融为一体。她完全沉浸在音乐的世界里，思绪宛如轻扬的音符在空中自由地飘扬。

这首歌的曲子基调是激扬的，但是在副歌部分，又渲染了无比温柔的情绪，她将它命名为“希望”。

李悬一直创作到深夜，才将《希望》的初稿完成。她伸了个懒腰，仿佛整个身体都被掏空了一般，但是心里无比餍足。她刚一转身，就看到林希倚着墙站在门边，脸色微微泛红，似乎有些不对劲。

“醉成这样还不去睡觉？”李悬走出门去，顺手推了推他，却没承想他直接反扣住她的手，将她逼进房间里。李悬心里大惊，步伐零乱，连着往后退了几步，结果被他直接压到了钢琴上，一排琴键的重击声袭来，震颤耳膜，激荡着她的心。

与此同时，林希的脸贴在了她的脸上，她瞪大了眼睛，惊恐地看着这个拥有绝美面庞的男人。他的呼吸急促，带着酒气，李悬的一颗心在那股让人迷醉的酒香中，疯狂地跳动了起来。他眼神里含着迷离的水色，就这样看着她，似乎要将她的整个灵魂都摄入他深不见底的眼眸中。他的嘴角扬了扬，试探性地更进了一步，将薄唇凑了过来，覆上她有些干涩的唇。他压着她的姿势很强势，但是动作很温柔，在感受到她并没有进一步的反抗之后，原本只是两唇相触的动作，被他进一步加深，疯狂地碾压了上来，开始大口地吮吸。

李悬瞪大了眼睛惊恐地看着他，他满嘴的酒气让她神志涣散。他的手从她的裙摆开始往上探，冰凉的触感让李悬脑子轰地一响，整个人清醒过来，用力推开他，防备地往后退了几步。

真是疯了啊！李悬将全身发烫的林希推出了房间，背靠着冰冷的墙壁，手里端着一杯冷酒，尽可能让自己平静下来。

李悬对别人的接触有天然的反感和抵触，无论是同性还是异性。所以，这么多年来，她的朋友并不算多，感情也是淡淡的。男朋友更是没有交往过几个，唯一的缘故，就是她受不了肌肤相亲。这种厌恶感，就像一层不透风的保鲜膜，将她整个人紧紧束缚在自己的世界里，无法走出去。

而这个男人，接二连三地侵犯她神圣的领地。更莫名其妙的是，她非但没有产生恶心、厌恶的感觉，恰恰相反，他的接触对她而言，竟然有种致命的诱惑力。当李悬突然意识到这一点的时候，她整个人都凌乱了。她修女般禁欲了二十六年，今天差点被他攻陷了。

酒精加速了睡眠，也给梦境笼上了一层旖旎的玫瑰色调。她幻想着他常年拨弹吉他的粗粝的手指尖滑过她细腻的肌肤，从臀部到腰腹，再往上，她整个身体抑制不住地战栗。他的亲吻宛如狂风骤雨，而她就是暴风雨之夜漂浮在海上的小舟，只能随波逐流。《希望》的旋律自始至终一直萦绕在她的耳畔，此时此刻，面前的他穿着一件仿佛祭祀时的黑色长袍，戴着祭司的黑色面具，就在男女之间那最神秘的仪式即将到来之时，李悬猛地惊醒了过来。

微风撩动着米色的窗帘，阳光偷偷溜进了屋里。呼吸还没有缓过来，她支撑着身体坐起来，一股失望的感觉蓦然涌上心头，差点就要……

啊，那个梦好羞耻。李悬摸了摸自己的脸，脸上带着不自然的绯红。

她走出房间，却发现刚刚萦绕在整个梦境里的《希望》的旋律并不是毫无来由，这段好听的钢琴奏鸣曲，正从她的音乐工作室里传出来。工作室的房门虚掩着，李悬推门进去，看到林希正坐在钢琴凳上，指尖灵敏地抚摸着一排排琴键，宛如滑过她细腻的肌肤，仿佛每一排琴键都在叫嚣着，渴望他的宠幸。李悬又想起了梦境里穿着黑色祭司长袍的他。天哪，居然会有这样的趣味！满满的羞耻感漫遍全身。

钢琴声戛然而止，林希回头，一双深幽的眸子望向她。

"早上好。"她说话的时候目光移向别处，"你怎么会弹这首曲子？"

"昨晚梦里面听到了这段旋律。"林希将钢琴盖放下来，站起身，手里拿着《希望》的那沓稿子，意味深长地看着李悬，"早上起来发现这个，才知道原来不是梦。"

李悬故作镇静地走到钢琴边，将稿子整理好，说道："这是昨天晚上写的，可能你睡觉的时候听到了。"

"不只是这样吧？"林希目光落在她的身上，意味深长，"我隐约记得，梦里好像还发生过更精彩的故事。"

嗯，是很精彩，她差点沦陷了！

"是吗？"李悬抬眸，强作镇定地迎上他的目光。

林希笑了笑，凑近她，鼻尖凑向她的耳畔吸了吸，仿佛嗅到了什么，脸上的笑意不断加深。

李悬的心疯狂地跳动了起来。

"洗个澡吧，满身都是味儿。"他笑着走出了房间，一股凉风透过窗帘吹了进来，沁人心脾。

李悬冲了澡，换上了干净的修身衬衣和小脚长裤，将自己上上下下裹得严实。她从浴室里出来的时候，见某人系着做饭阿姨的碎花小围裙，将刚刚做好的蛋炒饭端上桌来。他回头看了她一眼，又拿了个盘子，将那碗蛋炒饭拨了一半出来，分成了两盘摆在桌上。

金毛乖巧地蹲坐在林希身边，张着嘴流着哈喇子，满脸渴望地看着他。林希不耐烦地问了句："吃不吃？"

"抱歉，我早上不吃油腻的食物。"李悬摆了摆手，走到阳台，往狗盘子里倒了狗粮。她转身从冰箱里拿出牛奶，放进微波炉热了热，又烤了两片面包端出来。林希将分开的两盘蛋炒饭又弄到了一起，说道："正好，反正也没做你的。"

李悬坐在他的对面，一边咬面包，一边偷偷抬眼打量他，林希拿着勺子，大口大口地嚼着饭。

"早上吃这东西，不好消化吧？"李悬好奇地问道。

"我的胃没那么娇贵。"林希一副懒得解释的模样。

李悬点了点头，没有再多问，看着他吃了一大碗饭还不够，又把她的面包吃了。她默默地起身，把冰箱里那一袋吐司都拿出来放进盘子里，端到他面前。

很长的一段时间里，林希都是处于饥饿的状态。胡家生了一个大胖儿子后，家里把这个买回来的小子视为眼中钉。一来是因为他不肯认胡大鹏和金花作爹娘，二来是为了买他，几乎掏空了这个家的家底。胡大鹏只能每天更加辛勤地劳动，早出晚归，才能支撑起家里的开支用度。所以他们对林希，天然怀有一种怨怼的情绪。

胡大鹏晚上干了农活回来，心情稍有不好就拿林希撒气，拳打脚踢还算温柔的。有一次，因为林希不肯服软，一直拿眼睛死瞪着他，要不是家里老人阻拦，他差点拿剪刀把林希的眼珠子剜出来。不过挨点打不算什么，最要命的就是饿肚子。家里有意饿着他，但又不乐意把他饿死了，每天给一个苞谷或者窝窝头，给他吊着命。村里面经常会有小孩拿着馒头或者大饼故意在林希身边晃悠，在他面前大口大口地吃东西。林希饿得脑子发昏，那些小孩便拿食物引诱他，说你把裤子脱了，或者趴在地上学狗儿叫几声，就把吃的分给你。林希虽说瘦瘦小小的，骨头却硬得很，决不肯趴在地上学狗叫，宁愿硬扛着。

这种饥饿的状态一直持续到林希年纪更大一点，有力气帮家里干农活了，才总算能够吃饱一点。因为他们发现，让他吃饱了，有力气多干一点活，兴许还能把赔进去的钱捞些回来。后来的林希，再也不像刚刚来洪沟湾的时候什么也不吃，看见肥肉就想吐。他被饥饿折磨着，对于一切淀粉类食物，都有一种几乎病态的渴求。这种渴求到后来几乎成了一种心理疾病，即使回了城里，他每顿的食量依旧大得惊人。他对精致的食物没有兴趣，就算是早餐，他也一定要吃一大碗饭才能够填饱肚子。

林希吃饭的时候很专注，一言不发，细细咀嚼，似乎是要将食物里的能量通通吸收掉。李悬也不打扰他，而是默不作声陪着他吃。

等吃过早饭之后，他才开口问道："那首曲子很好听，昨天晚上写的？"

李悬点了点头："我再好好改改，你决赛的时候可以唱。"

"给我写的？"林希拿纸巾擦嘴的动作顿了顿，抬头看向她。

"嗯。"李悬说完站起身收拾了自己的杯盘，进了厨房，避开他的目光。林希拿着筷子的手顿了顿，嘴角不自觉地扬了扬，眉毛一挑。窗外的阳光，似乎漫进了心里。

一整个上午，两个人都泡在音乐工作室。李悬的音乐工作室很大，里面还有专业的小型录音间。林希按照李悬的要求，戴着耳机在录音间里试唱，不断地转换高低音的极限，李悬一边听，一边给他指出问题。这家伙在生活中脾气不是很好，可是工作的时候，他的耐心似乎是无限的。每一次的尝试中，他都尽可能改进上一次的不足，达到李悬的要求似乎还不够，他对自己的要求更高。

过去他所有的歌唱训练都来自课堂上学到的东西，但是这些对于现在的林希而言，远远不够。展鹏之所以能在海选时就累积那么多的人气，不仅仅在于他俊朗帅气的外形，更重要的是，他的唱功扎实，而且很有技巧。这是因为他接受过最专业的音乐训练，很多经验都是长久积累而来的。林希的声音的确好，但是正如展鹏所说的那样，他的唱法还是野路子，全凭感觉走，歌唱的很多技巧他并不懂。

而这些恰恰是李悬最擅长的，她出身音乐世家，母亲是著名的美声歌唱家，经常应邀到百老汇演出。而她父亲是国内顶尖乐团的钢琴师，她从小耳濡目染，表现出极强的音乐天赋。所以在技巧和唱功方面，她能为林希提供非常系统的指导。

下一次四强的比赛，林希准备演唱《初恋》，他在录音棚里将这首歌唱了一遍又一遍。每一次唱完之后，他都会仔细听，不满意的地方，修改过后重唱一遍。开始李悬还能守在外面一块儿听，到后面她的耳朵都要长茧子了，索性让林希一个人练习，自己则伴着钢琴一遍一遍修改《希望》的曲稿。

经历了一周的残酷训练，十三个选手冲刺四强的比赛如期而至。

各路迷妹粉丝在开赛前一个小时就守在了网络直播间，评论区闹哄哄的，迷妹们刷屏为偶像加油呐喊。展鹏和林希的粉丝各占据半壁江山，两边像是天生有仇一般，闹着闹着就开撕了。

中午刚刚吃过饭，选手们已经陆陆续续抵达后台，开始化妆准备。经历了初赛的失利，亲眼见证了半路杀出来的林希令人恐怖的实力，展鹏更是将其视为眼中钉，肉中刺。

距离开赛还有两个小时，唐野选了一个没人的空房间，拿着她专业的录音设备开始清唱录歌。她也比较习惯每录完一遍之后，再仔细听一遍，找出瑕疵，进行改进。中途，她去了一趟厕所，回来的时候正好撞上展鹏和许奕两个人从房间里出来。

“喂，你们两个鬼鬼祟祟干什么呢？”唐野素来心直口快，看不惯展鹏的嚣张和许奕的虚伪，对这两人没什么好脸色。

“有时间管别人，不如多担心担心自己，一成不变的风格。”展鹏冷嘲了一声，“粉丝可是很善变的。”

“我只唱好我自己的，粉丝什么口味，我才不在乎。”唐野说完潇洒地进了房间，“砰”的一声，将门重重地关上。

“像这样的家伙，红得起来就怪了。”展鹏冷哼着转身就走。许奕跟在后面，似乎有些心神不宁，不住地吞咽着唾沫。进化妆间时，展鹏的手搭在了许奕的肩膀上，重重地按了按，对他露出了一抹狡黠的微笑，眼神里的意味，许奕心知肚明。

林希慢悠悠地进了休息间，休息间没有人，选手们此刻都在化妆间准备。林希的妆是李悬中午时候帮他捣鼓的，这就很得罪造型师了——明显是看不上人家的技术才请别人帮忙化妆，所以林希也就懒得再进化妆间，索性直接来了休息室等待开场。

中途许奕过来，端着纸杯接了杯热水，顺带也给林希接了一杯，走到他身边亲热地说道："林哥，喝口水润润嗓子。"许奕这人跟狗皮膏药似的，以前在学校林希就挺烦他，不过现在他整天黏着展鹏，倒是很少在他眼前晃悠。林希接过他递来的水杯，看了看，扬了扬嘴角，冷笑一声："你不会给我下毒吧？"

许奕的手一抖，杯子里的水溢出来大半，尴尬地笑着："林哥你真会开玩笑，呵呵。"

林希看着他紧张的样子，晃了晃自己手里的纸杯，嘴角一扬，喝了口水，将纸杯放在了边上。

没过多久，展鹏和其他选手化好妆也都陆陆续续进了休息室。许奕给展鹏使了个眼色，展鹏神情似乎很轻松，坐下来开始吊嗓子，许奕又殷勤地给他接了杯水，坐到他的身边。

许奕这人吧，要说实力，还是有一点，不然不会撑到现在。不过因为家世平平，他总是缺乏自信，觉得这行当水深如海，要是不牢牢抱紧大树，肯定会被波涛淹没。而他选择抱大腿的对象也不止一个，以前看中林希的才华，总觉得他能混出名堂来，所以爱黏着他，说些讨喜的奉承话。不过渐渐地，他也发现就林希那性格，并不适合他抱大腿，因为不管他磨破嘴皮说多少好话，林希连正眼都不会瞧他。后来许奕开始转换对象，瞅准了展鹏，这家伙人傻钱多，还有家庭背景，实力也不弱，的确是很值得依靠的大树。就是有一点，他发现展鹏打心眼里好像也不怎么瞧得上他。

不然，展鹏怎么会让他做这种事呢？这要是被揪出来，一辈子的前途就毁了啊！

比赛开始，唐野第一个上台，一曲劲歌热舞，将气氛推到了顶点。她的嗓音带着淡淡的嘶哑，属于那种典型的电嗓，所以选了方梓，准备跟着他走摇滚路子。这种音乐本来就属于小众，虽然粉丝不多，但都是铁杆的真爱粉。

而后面上来的许奕在和另外一位选手PK的时候，不知道是因为紧张还是什么缘故，竟然唱破了音，结果轻而易举就被对手打败了。如果不是出意外，对手的实力，并不一定比许奕更强。

本来展鹏是跃跃欲试地要和林希对决，不过节目组导演死活都不肯这样安排。展鹏和林希可是这次选秀夺冠的热门人选，怎么可能让他们在四强赛的时候就死一个，那样总决赛的收视率肯定会下跌。

展鹏选了一个叫段城的微胖的民谣歌手进行对决。段城是属于唱作型歌手，年纪有点大，三十多岁，在这些选手里面属于大叔型了，很有阅历和眼界。他曾经抱着一把吉他走遍了大江南北，寻找深藏在民间的声音，他的歌都是自己写的，细细品来，很有味道。

在展鹏和他的对决中，展鹏翻唱了一首霍凌天的流行歌曲，轻而易举击败了段城。其实要说这个节目有没有黑幕，当然会有——以展鹏现在的人气，节目组是绝对不可能让他就这样败下阵来，毕竟要考虑投资方的意见，还有节目的收视率。像段城这样的选手，虽然实力无可争议，但是其可以挖掘的商业价值并不是很高。他的年龄有点大，人气也很是低迷，他所吸引的是真正热爱音乐的那一拨人，而不是电视机或者电脑前面的一众外貌协会的花痴迷妹们。而前者，在现在粉丝文化繁荣的当下，其实并不占很大的比例。

淘汰段城，其实是可以想见的，以他的条件能够走到现在，足以证明他的实力够强劲。段城下台后，将话筒递给了即将上台的林希，用力地拍了拍他的肩膀："舞台交给你了。"林希并没有说什么安慰的话，他知道，他并不需要安慰。他只是点了点头，然后一往无前地上了台。

此时此刻，林希站在星光璀璨的舞台上，遥遥地看着坐在导师位上的她，深情款款地演唱着《初恋》。李悬从来没有想过，这首自己已经听过无数遍的歌，经他一唱，她的情绪还会随着旋律而跌宕起伏，整个人都深陷在他的目光中无法自拔。

这首《初恋》原本风格是极其哀婉的，不过林希并不是特别听话的学生，他还是依着自己的感觉，对旋律进行了改编。他加强了歌曲的节奏感，歌词的每一个字都对应着一个节奏点，所以唱起来尤其带感，但又不同于摇滚的热辣，总的来说这是一首深情的情歌。在最后小提琴旋律响起来的时候，林希用深沉的嗓音，将这首歌演绎到了一种极致的境界。

在他唱完之后，全场静寂了片刻，所有人都沉浸在他的演唱中。第一个站起来鼓掌的是导师秦念念，虽然林希不是她的学生，但是作为一位出道多年，有着丰富阅历和经验的女歌手，这首歌是真的深深地打动了她。要知道，一首新歌能够在第一次演唱时就有这般引人入胜的力量，真的很难，林希却做到了！

紧接着，全场掌声雷动！

林希的气息并没有平静下来，他微微喘息着，抬眸看向了李悬，微微一笑，脸颊上挂起了两个浅浅的酒窝。

在选手演唱结束之后，会有一段导师和选手们关于歌曲的交流，不是很正式，插科打诨那种，借以疏解观众紧张的情绪。

“这首歌，真的太好听了！”秦念念迫不及待地问道，“这是你写的吗？”

林希摇了摇头，含笑看向李悬：“是我亲爱的李悬导师创作的。”

呸！谁是你亲爱的！

“难怪啊！”周牧歌插话道，“李悬你不厚道，竟然专门为选手作词曲。导演，这算作弊吧！”当然不算，选手们可以唱自己创作的歌，当然也可以唱导师为自己创作的歌。周牧歌随口说来，带着开玩笑的口吻，引得观众们大笑。

“这首歌，其实原先的风格还要更深沉一点，后来林希嫌太感伤，就把调子改得轻快了许多，可能这才是初恋的感觉吧。”李悬保持着得体的微笑，拿着话筒说道。

“说起初恋的感觉，我可要好好八卦一下了。”导师秦念念坏笑了一声，说道，“林希，你把这首歌唱得这样动人，和你的初恋有关吗？”

李悬以为林希不会回答这种无聊的问题，没想到林希竟是清浅一笑，毫不忌讳地答道：“是啊。”

“哎？”秦念念更加来劲了，笑道，“林大帅哥的初恋情人，肯定不一般，快给我们说说呗。”

“她啊，”林希目光含着李悬从未见过的缱绻的柔情，“那时候她就像个小公主。”

全场静默了三秒钟。

“啊，好甜啊！”秦念念忍不住大叫了起来。

而这一刻，网络直播间的弹幕一瞬间停了下来，过了很久，一个“靠”字从屏幕正中间幽幽地飘过。紧接着，便是一片哀号。

“被他用那样温柔的声音叫出小公主的女人，上辈子一定是拯救了银河系。”

“心已碎，再见……”

《寻找新声代》四强最终诞生，分别是展鹏、林希、唐野，还有一个年纪比较小的男生乔思嘉。

无人的走廊上，展鹏拽着许奕的衣领，将他重重地压在墙上，怒气冲冲地质问道：“你骗我！”

“对……对不起，展哥，我真的不敢，这要是被查出来，我这辈子就毁了。”许奕畏惧地看着他颤声说道。

“没用的家伙。”展鹏将他重重地往边上一甩，许奕一个趔趄，跌倒在地。

“反正你也被淘汰了，以后少在我面前晃悠，我看见你就恶心。”展鹏啐了一声，迈着步子离开了走廊。

许奕从地上爬起来，好似发泄一般冲着墙壁连着大叫了好几声，完全没有注意到此时此刻林希手揣在兜里，不动声色地经过他的身边。

“你是来看我笑话的吗？”在林希擦身而过的时候，许奕突然开口，声音带着深深的倦息与疲惫。

林希斜斜地瞥了他一眼，懒散地说道：“可惜，不好笑。”连被笑话的资格都没有的家伙。

许奕颓丧地大笑了起来，笑声很是瘆人：“林希，你别忘了，如果不是我，你今天已经被淘汰了。”他站起身指着林希的背影破口大骂，“你有什么资格站在这里嘲讽我！”

林希回身，冷冷地瞥了他一眼：“你自己没种，与我又有何干？怎么，让我对你感恩戴德？痴心妄想！”

“林希，你狂什么狂！”许奕在林希转身走出几步之后突然叫住他，大声骂道，“别以为你有什么了不起的，你和我是一样的人，只不过运气比我稍微好了那么一丁点。”

林希从包里掏出了一支随身携带的录音笔，那是之前唐野去厕所前落在空房间里的。林希打开按钮，里面传来了展鹏和许奕的对话。

“把这包药放到林希的杯子里，我要他今晚进不了四强。”

“展哥，这是什么东西啊？”

“泻药而已。”

“展哥，我不敢……”

“别人只会以为他吃坏了东西，没人会怀疑到你。”

“展哥……”

录音笔“咔”的一声被他关掉了。许奕听得脸色惨白，瑟瑟发抖，差一点脚跟就站不稳了，背上冒起了涔涔的冷汗。

“告诉展鹏，让他消停点。”林希的身影消失在了转角处，声音冰冷，“搞我，你们会死得很惨。”

第六章
以后叫你呆呆好了

四强赛后，林希的人气直线飙升，很快就超越了展鹏，在官网的投票栏中，他遥遥领先，成为本届选秀总冠军的热门人选。而与此同时，林希演唱的那首《初恋》也占据了音乐门户网站“酷猫网”的新歌排行榜第二的位置。这个排行榜是根据新歌发行之后的收听量和下载量进行的一个排名。

节目组把《初恋》的正版资源传到网上，第二天这首歌就直冲到榜单第二的位置，这是相当惊人的成绩。

而第一名，则是流行天王霍凌天上个星期刚刚发行的新专辑主打歌《十指紧扣》。不过看《初恋》来势汹汹的架势，大有冲击新歌排行榜榜首的可能。果不其然，在上线之后的第三天，《初恋》就把霍凌天的《十指紧扣》压了下去，这让霍凌天的粉丝瞬间感觉不爽了。

“这新人太不懂事了吧？凭什么要在排行榜上把霍天王都压了一头！”

“说不定是网站收了钱进行暗箱操作，华语乐坛就是被这些人搞脏了的。”

“多半都是为了那个什么新声代的选秀炒作的，背后有投资方砸钱，捧新人。”

林希的粉丝见自家偶像被黑，当然也忍不住跳出来和霍凌天的粉丝开撕。

“讲点道理，没有哪条规定说新人就必须要屈居老艺人之后，更何况这个新歌榜不是人工榜单，而是自然榜单，都是按照下载量来排名的。霍凌天的脑残粉非哭着喊着说有黑幕，拿出证据来啊，没证据闭嘴好吗？！”

“《初恋》上榜两天，二十多万的下载量，如果这是水军刷出来的数字，节目组早就破产了好吧！”

粉丝们在网上吵得沸沸扬扬，林希却后知后觉，连新歌拿了榜单第一都不知道，成天待在李悬家的音乐室为决赛做准备。

李悬傍晚下班回家的时候，林大爷光着脚丫躺在沙发上，手里拿着苹果一边啃，一边用李悬的平板电脑刷微博。

“啧，这个霍凌天什么来头？”林希嘴里嚼着苹果，含混不清地咕哝道。

“跟我同年出道，短短几年内斩获了国内好几项音乐大奖，现在屏幕上炙手可热的重量级歌手。”李悬走到茶几边收拾林希喝过的饮料罐和烟灰缸，淡淡地扫了他一眼，“你的粉丝和人家都撕了好几天了，现在才想起来要了解敌情？”

林希漫不经心地冷笑了一声，将苹果核扔进垃圾桶，顺手扯了一张纸擦擦嘴，抬眸看了看李悬，说道：“目前为止，这个世界上，我还没发现谁配得上当我的敌人？”

好狂妄啊！

“不用在意这些事，你现在刚小有名气，免不了有些红眼病在后面推波助澜，有意泼你的脏水。你现在要做的，只是好好准备决赛，时间可以证明一切。”李悬一边说一边走到林希身后，目光瞥向他手里的 iPad，他居然在看女生的泳装照！

“你都在浏览些什么乱七八糟的玩意儿！”李悬跑过去伸手抢夺林希手里的平板电脑。

“是粉丝给我发的私信。”林希端着平板电脑高高举了起来，一脸无辜。

“不准看！”李悬站在沙发背后拉着他的衣袖说道，“不准用我的 iPad 看！”她的脸涨得通红，真是太辣眼睛了。

“又没看你，害什么羞呢！”林希站起身，高举着平板电脑不给她拿到。李悬扯着他的衣袖跳起来夺，林希一米八五的个子，以她的身高完全够不到，她重心不稳，脚底一滑，拖着林希一块跌进了松软的沙发里。两人脸贴着脸，四目相对，气息交织。李悬瞪大了眼睛，看着他近在咫尺的完美脸庞。

空气，一下子燥热起来。

林希并没有立刻起身，他眉心微微皱了皱，表情略带了某种复杂的神情，看着近在咫尺的李悬。紧接着，他的脑袋往下移了移，侧脸直接贴到了李悬的胸口。

她只穿了一件单薄的衬衣，紧紧包裹着玲珑有致的身体，尤其胸前的风光被严格地束缚在白色衬衣里，显得尤为禁欲。而此时此刻，隔着一层薄薄的布料，他的脸紧贴上了她胸口的丰腴。

李悬脑子“轰”的一声，仿佛山崩地裂！

“你的心，跳得好快。”林希闭着眼睛听她的心跳，一脸认真地说道。

废话，你不看看你现在到底在做什么，你把脑袋放在哪里了！

李悬用力将他推开，手忙脚乱地从沙发上爬起来，捂住胸，踉跄地往后面退了退，惊慌失措地看着他。林希捂着肚子笑了起来，就像一个恶作剧成功的小孩子。

李悬的脸涨得通红，狠狠地瞪着林希，咬着牙，却说不出一句话来。她想骂他，可是又不知道该怎么骂，好像所有恶毒的语言落到林希这家伙身上，就像一拳砸在软棉花里，完全不具备伤害性。

“你这个人啊，”林希弯着眼睛，笑眯眯地挑眉望向李悬，“跟榆木疙瘩似的，好呆。”他光着脚丫，向音乐室走去，经过她身边的时候顺手将平板电脑拍在她的胸前，自顾自地喃喃道，“以后叫你呆呆好了。”

谁允许你给导师随便起外号！

新歌排行榜榜首之争的余波还没有退散下去，网络上一个八卦娱乐圈的大V营销号又发了一条长微博。微博里细扒了李悬当初耍大牌之事，说她拒绝给霍凌天的新专辑作词曲，却为一个名不见经传的选秀新人写歌，而这首歌更是力压霍凌天的新专辑主打曲目。不仅如此，新人林希的粉丝在网上更是处处欺压霍凌天的粉丝，到处刷存在感，气焰嚣张，欺人太甚。还说这里面肯定免不了有幕后推手在背地里推波助澜，大有要把霍凌天从华语乐坛天王之位上推下去，捧新人上位的嫌疑。

“这种通篇怀疑论、阴谋论的狗屎文章，怎么会有人相信！”易小嘉气得浑身发抖，在李悬的办公室里走来走去，很是不满地嚷嚷着，“这篇文章把霍凌天说得跟受尽委屈的小白兔似的，咱们就成了辣手摧花的大魔王，处心积虑要利用林希把他拉下位，有毛病！他以为他是谁！唐僧吗？”

李悬冷着脸，手握在鼠标上，目光冷沉，落到电脑屏幕上，完完整整地浏览着那篇文章，语调文风，她倒是似曾相识。当初某个粉丝几百万的黄V八卦号，撰文八卦刘姿威胁圈养霍凌天的丑闻事件，用的也是同样的套路，把霍凌天完完全全放置在一个受害人的角度，以一种正义凛然的旁观者姿态为霍凌天申冤，字字句句都跟刀子似的，将要批驳的对象千刀万剐。而看似客观的态度，也很能混淆视听，具有煽动性的语言，将粉丝们愤怒的火焰全部引向了李悬。

“我以前还挺喜欢李悬的，没想到她居然是这样的人！”

“手段真的太下作了！垃圾节目！”

“我看这个叫林希的新人，真的是想红想疯了吧！”

“霍天王好歹也是出道这么多年，称得上是娱乐圈少有的偶像实力派歌手，一个选秀节目为了捧新人，竟然拿霍天王来炒作，真的很过分，从此以后再也不看《寻找新声代》。那什么林希，永远讨厌，还有李悬，她写的歌我绝对不会再听。”

“说不定背后有什么不为人知的勾当呢。娱乐圈就是一池浑水，什么女神姐姐，一副高贵冷艳的样子，都是装出来的！能混到这个程度，谁知道背后和多少人睡过呢！”

“现在的新人，一个比一个浮躁，老老实实地努力唱歌不行吗？非要搞出这些事来恶心人，也是醉了。”

“请一帮水军来黑霍天王，手段太下作了吧！”

“心疼霍天王。”

“霍天王这么多年的努力，大家有目共睹，岂是这些污言秽语能够否定的？”

“我看过这个新人的四强比赛，唱得也不怎么样嘛，还不是娱乐圈花瓶一个！最后还要炒作初恋来博眼球，恶心。”

…………

李悬用脚指头也能猜到这篇文章是霍凌天的经纪人周子悦请枪手写的，拒绝给霍凌天新专辑作词曲的事情，外人根本无从得知，而且他们也不是第一次做这种事了，轻车熟路得很。这一次多半是霍凌天不满意林希的新歌《初恋》在排行榜上压了《十指紧扣》，才把那件事挑出来，想要借机打压林希，同时也给李悬一个警告。

“咱们要不要发一个通告，解释一下这件事？”易小嘉急切地问李悬。

“暂时不用，这种事，最多闹个几天就烟消云散了。我爱给谁写歌，不给谁写歌，是我的自由，没有必要特别去解释什么。他们那边就等着咱们回应，一回应，就可以逮着机会大做文章，把这件事情闹得更大。一把火烧起来容易，想要扑灭很难。”李悬关了网页，不再去看那些让人闹心的评论。

“我明白了。”易小嘉郑重其事地点了点头。

“不需要我们出面，林希粉丝的战斗力可是很强的。”李悬笑了笑，娱乐圈流行一句话，什么样的偶像带什么样的粉丝。

李悬一整天都待在公司，一堆事忙得她头昏脑涨，晚上刚从公司走出来，就被蹲守在公司外面的娱记堵住了。这么晚居然还在公司门口堵她，这帮家伙还真是够敬业的。

“请问你为什么愿意给一个名不见经传的新人写歌，却拒绝霍天王的邀约？”

“你和霍天王有什么私人恩怨吗？”

“你是不是想要借新歌打压霍天王？还是说只是为了捧新人？”

“据说新人林希现在势头很足，将来有可能会和盛娱传媒签约，这是真的吗？”

“这只是你个人的行为，还是和盛娱传媒有关？”

“你和林希究竟是什么关系呢？”

李悬缄口不言，想要从人群中钻出去，无奈这些记者围堵得水泄不通，无论她往哪边走，他们都像跟屁虫一样一窝蜂挤过来，非要李悬说出个一二三来，否则不肯罢休。

就在这时候，一声清脆的口哨声划破了喧嚣，一个低醇而略显轻佻的男声从后面响了起来：“喂，我的导师不怎么会说话，你们不要欺负她。”

李悬惊愕地抬头，看到林希穿着一身休闲的棒球服站在路灯下面，嘴角带起一抹笑意。

“是林希！”

“没错，就是那个新人！”

记者们就像老鼠见到奶酪一样，一窝蜂地朝着林希跑了过去。

林希站直了身子，正面迎上了那群记者。

“请问你和李悬是什么关系？”

“她是我的导师啊。”林希说着接过了外围一名一直插不进来的矮个子男记者的话筒，说道，“不要挤，注意安全。”

“请问，你的导师李悬是否有借捧红新人来打压霍天王的意图？”

“哇，你的问题好犀利啊。”林希夸张地笑说道，抬眸看向提问的那个小姑娘。小姑娘被林希的目光注视，脸瞬间红了大半，有些不知所措。

“能被一个还没出道的新人打压下去的天王，我的导师拒绝浪费时间为他写歌，是很明智的选择嘛。”

就在这时候，身边一个女记者被周围的娱记挤得差点摔倒，林希眼疾手快，一把扶住了她，嘴角扬起一抹柔和的笑意：“小心点。”

那名女记者脸“唰”地一下红了起来，目光里泛起了异样的神色，连连点头：“谢谢，谢谢你。”

一般而言，不管是大红大紫的明星还是没有名气的三线小明星，对娱记狗仔都是唯恐避之不及的，彼此不尊重，有时候发生激烈的矛盾甚至会大打出手，林希温柔和礼貌的态度一瞬间赢得了所有人的好感。在将近十分钟的时间里，他对这些记者的提问，有问必答，插科打诨的同时非常巧妙地避过了一些问题的陷阱，显出了无与伦比的机智和幽默。

“时间差不多了，我还有一些音乐上的问题要请教李悬老师，可以放我们离开了吗？”林希看向眼前的记者。

众人面面相觑，主动地退散开来。

林希遥遥地对李悬点了点头，李悬便跟上了他，那些记者不舍地向林希告别：“再见啊！”

“路上注意安全。”

…………

李悬带着林希走到了地下车库里，打开车门坐进去，扭过头严肃地看着他：“你知不知道自己在做什么？”

她话还没说完，林希直接伸出手，捏住了她的双唇，说道：“跟别人一句话说不出来，在我这儿嘴巴跟枪似的嗒嗒嗒说个没完。”

李悬感受着他的指尖因为常年拨弄琴弦导致的粗糙，心里升腾起一股异样的感觉。待他放开手之后，她垂眸喃喃道：“目前为止，不回应才是最好的态度，你这样会被他们揪住不放的。”

“光脚的还怕那些穿鞋的？”林希冷哼一声，“遇到这种事就是应该把态度端出来，一味地回避就等于默认。”

李悬摇了摇头：“林希，这个圈子没有真正的非黑即白，你现在还不明白娱乐圈的水有多深。”

那些谩骂和污蔑，就像刀子，将可以将一个人千刀万剐。

“所谓捧杀，便是能够将你捧上天，当然也能将你打入地狱，让你万劫不复。因此每一步，都必须格外小心，再小心。”

林希看着她的眼睛，那里面，笼罩着他不曾见过的黑色迷雾。

林希当然明白流言蜚语的可怕。在洪沟湾，他曾经亲眼见过，一个曾经关照过他的年轻小寡妇，因为和一个放牛的已婚男人在路上多说了几句话，那个男人送了她两斤牛肉，结果被村里人指指点点。一些吃饱了饭，成天无所事事的妇人，三五成群地围聚在那个小寡妇的家门口，扯着嗓子说她的闲话。还有男人晚上朝着小寡妇的家门扔石头，唱下流歌，隔三岔五骚扰她。

那个善良的女人，最终被这些轻蔑、猎奇、窥视的目光，要了性命，第二天有人发现自家河塘里面浮着她冰冷的尸体。全村人都去看了，叽叽喳喳议论不停。女人们恶毒地讨论着，像这样的下三烂货色，死一万次都不足惜。而男人们，有感到可惜的，也有庆幸的。

但是没有一个人为她的死感到一丝半点的愧疚。因为她是自杀，他们不会将她的死和自己联系在一起。殊不知，在这场悲剧中，每个人都无意识地充当了凶手，因为无意识，所以才格外可怕。

无论在哪里，永远少不了窥视和猎奇的目光。

“行了，我知道了。”林希收敛了神色，认真地说道，“以后听你的就是。”

李悬没想到这个固执的家伙竟然这么容易就被说服了，她惊讶地看向他，他倚在窗边，沉默不语。良久，她的嘴角露出了一抹难得的笑意：“好乖啊。”

“喂！”

“说起来，你怎么在这里？”

“出来买烟。”林希说着拿了支烟出来点着。

“买烟买到公司门口？”李悬记得海天大酒店距离盛娱传媒还是挺远的。

“吃饱了出来散步，不行吗？”

李悬讶异地看着林希，这家伙该不会是来接她的吧！

林希受不了李悬的目光，不耐烦地说道：“不管你在想什么，在我这里都是否定的回答。”

这话，他可是已经说过一遍了。

李悬回过头看向前方的大马路，笑了笑，不再说话。

车开到海天大酒店门口，李悬掉转车头离开——酒店门口已经堵满了记者，这时候回去无疑是自投罗网。

“换个酒店。你带身份证了吗？”她问林希。

“没带。”

李悬无奈，只能把他又带回了家。

林希在采访时的配合，以及采访时所表现出来的风度和礼貌，为他极大地赢得了娱记们的好感，所以娱乐新闻里对于林希的报道都格外正面，这倒是李悬没有料到的意外惊喜。

林希正面形象的塑造，对于网上某些针对他和李悬的不实指控，也算一个有力的回击，虽然霍凌天粉丝的谩骂声依旧存在，但是整个大方向算是扭转了过来。很多理智的粉丝，尤其是去听过了林希歌曲的霍粉，开始检讨自己的态度过于偏颇——用事实说话，那首《初恋》的确是比霍凌天的《十指紧扣》好听。

而林希的粉丝在网络上也冷静了很多，看到自家偶像形象如此正面，他们倒不太好意思太过飞扬跋扈，骂战继续，不过骂得温文尔雅，骂得有理有据。

“呆呆，《希望》的歌词还没有写出来啊？”林希推门走进工作室，将那一沓曲谱直接扔到李悬的头上，说道，“还有五天可就要决赛了。”

“我是你的导师！能不能给点尊重！”李悬捂着脑袋不满地回头瞪了他一眼。

“不喜欢‘呆呆’啊？那叫你小公主好不好？”

“不准给我起绰号！”李悬气急败坏，“叫我李老师！”

林希一屁股坐在她的办公桌上，拖长了语调，轻佻地说道：“请问李老师……”他富有磁性的嗓音，叫得人骨头都要酥了，接着便粗暴地扯了扯她的头发，语速骤然加快，凶神恶煞地说道，“老子的歌词呢！”

李悬挣脱开他的手，将桌上那张满是狗爬字的稿纸捏成团转身扔进垃圾桶里，绝望地号了一声：“写不出来！”

林希回头看向垃圾桶，里面的纸团已经满得快要溢出来了，地上还凌乱地散落着几张废弃的稿纸。

即将决赛，新歌的歌词写不出来，李悬何尝不急？可是灵感这种东西，你越是要去抓它，它越是飘得更远，强行写作，写出来的只能是一堆没有价值的垃圾。

看着她绞尽脑汁的纠结样子，林希微微皱了皱眉，将笔从她手里抽走，胡乱地扔到了桌上。李悬还没有反应过来，林希抓起她的手，拉着她走出了工作室。

“哎？去哪里啊？”

“销魂的好地方。”

李悬死也不会想到，她居然会跟着林希到这种地方来！

明亮的灯光下，一帮人拥挤在一张张小桌周围，发牌的荷官女郎高贵冷艳地站在桌前，动作熟练地洗牌或者摇骰子，男人们个个神情紧张，目不转睛地盯着荷官的动作。开局之后，有人欢喜有人愁，笑声和叹气声交织在骰子的撞击声中。

李悬默默地从包里拿出了口罩给自己戴上。

林希坐在一张牌桌前，将一堆筹码往自己身边揽了揽——今晚运气还不错，开局首胜。发牌的间隙，他回过头看到李悬一个人孤零零地站在边上，局促得手脚都没地方放，紧张地左看右看，完全不知道该干什么。真是个无趣的女人。

“呆呆，过来。”他冲她招了招手。

李悬愣了愣，终于还是硬着头皮走了过去。

她走到他的身边，林希一把将她揽过来，和自己坐在了一块儿。

“被认出来就麻烦了！”李悬压低了声音，很是紧张地在他耳边说道。

“你看看周围的人，”林希点了支烟，吐着烟圈说道，“出手就是几千几万的交易，谁还有闲暇来管你是明星还是乞丐？”

李悬扫了周围人一眼，果不其然，他们的目光都死死地盯住了自己的牌面，表情紧张而严肃，根本无暇顾及其他。

她这才渐渐放下心来。

林希把自己身边的筹码往李悬面前一推，然后将嘴里的烟头抽出来塞进李悬嘴里，说道：“我教你玩。”

“哎？”李悬猝不及防被呛一嘴烟，烟头微润，沾着他的味道，李悬用舌尖触了触，一阵心悸。她深深地吸了两口，终于放松下来。

发牌女郎已经将牌递到了李悬的面前，在林希的鼓励下，李悬拿起了牌。

新手果然有神之庇佑，李悬的运气好得让人尖叫，连着几场下来，赢得喜出望外。尝到了几把甜头，她的手紧紧抓着牌，眼睛都在发光。林希斜睨着她，这家伙，一开始做出一副不情不愿的清高模样，这才玩了几把，贪婪的神情跟身边那群赌棍如出一辙。

又赢了！李悬简直就像打开了一扇通往新世界的大门，将身边越垒越高的筹码全部推出去，扯着嗓门豪放地喊道：“再来，全押！”

最后一把，全部输了出去，干干净净，一个子儿都不剩。

李悬整个人都蒙了，脑子一片空白。

“走了。”林希扯着她的手肘。

“再来一把，我还能回本！”她从包里掏出银行卡，还要再去买筹码——她要把输出去的都赢回来啊！

林希无奈地扶了扶额，这女人，果然很有老赌棍的潜质。

林希生拉硬拽地将李悬带出了地下赌场，走出老远，李悬都还依依不舍地不住回头，踢着脚气闷地说道：“早知道就不玩最后那一把了，赢的全部输了出去。”她默默地攥拳道，“我迟早还能赢回来！”

林希捏着她的脸颊，用力扯了扯，李悬被他扯得龇牙咧嘴：“啊，疼……疼！”

“以后不准去那种地方。”林希正色，严肃地对她说道。

“不是你带我去的吗？”

“谁知道你是这样的李呆呆啊！”林希又是扯脸又是扯头发地欺负她，说道，“这么大的赌瘾，非输得倾家荡产不可。”

“别拽我头发。”李悬冲他干瞪眼。

看着她这副无可奈何的样子，林希突然微微一笑，觉得好玩极了。

“你还真是呆啊！”

“哼！”

下午林希带着她又去游戏厅玩了一把，李悬对赛车、跳舞毯这类设备完全不感兴趣，一整个下午都在跟砸币机死磕，花了几百块买游戏币，结果全部输了。最后还是林希硬拽着把她从游戏厅拉了出来。

这么大的赌瘾让他挖掘了出来，以后还得了？

夕阳西下，天际的红霞呈线状，隐入黑色的天幕。

李悬从奶茶店里走出来，顺手将一杯可乐递给林希，林希没有接，蹲在花坛边抽烟，说道：“给我插上。”

已经习惯了林希的二大爷做派，李悬毫不在意地给他插了吸管，问道：“接下来去哪里玩？”

“玩你个头。”林希接过可乐喝了一口，起身从花坛上跳下来，抬腿就走，说道，“回去乖乖写歌词。”

“哎！”李悬还没玩够，不想这么早回去，她兴奋地追上他，说道，“要不，咱们再反杀一波，把输的都赢回来！”

林希无语地嗤了一声，迈着大长腿继续往前走，压根儿不理会她。

“我有预感，我这次一定能赢！”李悬跟在林希后面好说歹说，“真的，我刚刚都踩到狗屎了！”

林希终于受不了她在耳边碎碎念，突然停下了脚步一个转身，李悬猝不及防，一头撞进了他的怀里。

属于他的味道扑鼻而来，李悬红着脸连着后退了好几步，和他拉开一段距离。

林希看着她惊慌失措的模样，觉得很有意思，挑眉道：“撒个娇，我就带你去玩。”

“你想什么呢！懂不懂尊敬师长！”她懒得理他，加快了步伐，避开他朝前走去。

林希嘴角扬了扬，正要追上李悬，转过头，脚步却不由自主地顿住了。

李悬走了几步，发现林希没有跟上来，转身，却看到他正目不转睛地注视着商业中心的喷泉水池。

李悬好奇地顺着他的目光望过去，喷泉水池边一个七八岁的小男孩背着一个蓝色的小书包，茫然无措地站在雕像下面。一个四十来岁的女人正拿着一个七彩的波板糖，对他说着什么。小男孩不住地往后退，脸上露出了茫然的神色。那女人面相和蔼，不住地摇晃着手里的波板糖，对他露出温柔的笑意。小男孩看看那女人，又看了看色彩斑斓的糖果，似乎放松了警惕，有些犹豫地伸出了手，接过了女人手里的糖果。

女人的手落到了男孩的肩膀上，带着他便要离开。

林希加快了步伐走上前去，李悬连忙也追了上去。就在女人即将带走男孩的时候，林希挡在了她的面前。女人微微皱了皱眉，往边上挪了挪，准备绕开他，林希迈开腿，再度挡住她的去路。

“你想干什么？”那女人脸上露出不善的神情，更加确定了林希心里的猜测。

“你和这孩子什么关系？”林希沉着脸问道。

“这关你什么事？”女人正要绕开林希，林希直接抓住了她的衣袖。

“不说清楚，就跟我去派出所。”

“我是他的妈妈！”女人声音放得很低，弯弯的柳叶眉竖了起来，“你这人有病是吧！”

林希蹲下身看向被她护在身边的小孩，柔声问道：“她是你妈妈？”

小男孩迟疑了一下，然后摇了摇头，说道：“这个阿姨说要带我去找妈妈。”

“妈妈不见了，叔叔帮你找警察好不好？”林希表情柔和。

那个小男孩看了看身边的阿姨，又看了看林希，终于选择相信长得好看的叔叔，他将手里的糖果一扔，重重地点了点头。

林希站起身，拿出手机就要报警，那个女人见势不妙，压低了声音对林希说道："我不是一个人，劝你少管闲事。"

李悬已经明白了是怎么回事，小跑了过来，将那个小男孩往自己身后拉了拉。

与此同时，街边的一个银色面包车上，下来了好几个男人，走过来将李悬和林希围住。

"你们想干什么！光天化日的，我……我报警了！"说着李悬便拿出了手机。

林希目光狠戾地扫了他们一眼，将李悬和那小孩拉到了身后。

那几个男人看李悬已经掏出手机，对视了几眼，一拥而上，走过来要夺她的手机。

林希没让他们碰着她。李悬见他一个人和这么多人打了起来，牵着那个小男孩的手，大叫了起来："有没有人帮帮忙！他们是人贩子！"

周围人纷纷驻足观望，可是那些家伙来势汹汹，没有人敢上前来帮忙，倒是有不少人拿出手机"咔嚓咔嚓"地拍照。

就在这时候，一个女人拎着大包小包东西从商场里跑出来，那个小男孩一看到女人连忙大喊了一声："妈妈！"接着，挣脱了李悬，朝着她跑了过去。那女人见这里有人打架，慌张地牵起那个小男孩躲在了一边。李悬见那小男孩有母亲保护，也顾不得那么多，脱下了自己的高跟鞋就加入了混乱的战局。

林希的肚子上吃了好几拳，李悬拿着高跟鞋冲过去，直接用鞋跟敲在了正要一拳揍向林希的那个男人的脑袋上，那男人吃痛，号叫了一声，捂着脑袋滚在地上——他的后脑直接破了个洞，流出了鲜血。这下把李悬吓傻了，她愣愣地看着自己鞋后跟的血迹，妈呀，她是不是杀人了！

在她发愣的间隙，林希一把将李悬拉到了自己身边，张开双臂将她护住。另外几个男人朝林希一哄而上，拳打脚踢。李悬被他紧紧护在怀里，吓得脸色惨白，还不忘大喊道："别打！别打他的脸！"

林希单手撂倒一个男人，骂了一声："这时候你还想着老子的脸！"

不远处传来了警笛声，那几个男人见势不妙，转身就跑。林希没给他们这个机会，他率先跑到那辆银色面包车前，拉开驾驶室的车门，直接将司机从里面拉了出来。身后一个男人冲过来，从兜里掏出了明晃晃的刀子，与此同时，那个司机也和林希纠缠了起来，配合着持刀的男人，扣住了林希的手臂。

李悬看到他掏出刀子朝着林希走过去，慌了神，顾不得什么，直接冲过去挡在了林希的身后。林希见李悬跑过来，眸子里闪过一丝慌乱，挣脱开司机的禁锢，回身护住李悬，用手臂挡下了那划过来的刀子，只听“刺啦”一声，他的衣袖被划开了。

与此同时，一辆警车开了过来，那几个男人见势不妙，转身就跑，而司机和那个女人则被下车的警察控制住了。马路另外一边也有几个路人跑过来挡住了那几个男人的去路，和警察一起制服了他们。

林希这才松开怀里的李悬，紧张地问道：“有没有受伤？”

李悬感受了一下，好像没伤到哪里，接着就看到林希的手臂上一片红，殷红的鲜血顺着他的指尖不住地往下滴落。

她掀开他被划开的衣袖，看到一条触目惊心的血口子，血肉翻出。

李悬拽着林希另一只手，在街边拦车要带他去医院，一个警察跑过来说道：“你们不能走，跟我回派出所做笔录。”

“我朋友受伤了，我要先带他去医院。”李悬对警察说道，“那几个人是人贩子，我朋友是好人。”

“嗯，这个我知道。”警察刚刚已经听周围人讲了事情的经过，他看了看林希手臂上的伤口，稍稍犹豫了一下，还是同意让他们先去医院，交代道，“晚些时候，记得来派出所做一下笔录。”

“嗯。”李悬扶着林希上了一辆出租车，直奔医院。

处理室，看着医生拿着针线给林希缝合手臂的伤口，李悬整颗心都揪了起来，不住地问：“痛不痛啊？忍一忍就好了，别怕。”

又不是没打麻药，现在没感觉好吗！林希皱着眉看着她，道了一声：“傻帽儿。”

“刚刚真是太危险了。”李悬现在还心有余悸，说道，“都是些亡命之徒啊。”

“知道危险，你还敢冲过来？”林希伸出另一只手，又捏了捏她的脸颊，教训道，“以后男人打架，女人躲远点，知道吗？”

“哎，还说我，那么多人，你也不知道避一避，就这么和人家打起来，你知不知道多危险？”李悬责怪道。

“就那些家伙，再来十个都不是我的对手。”林希闷哼了一声，毫不客气地说道，“我打架很厉害的。”

边上医生终于听不下去了，忍不住插嘴道：“小伙子，如果刀子往里面再深两厘米，割断韧带，你这条手臂便算是废了。还是听你老婆的话，以后悠着点吧，别跟人打架了。”

李悬闻言，眼睛一红，莫名地心里便酸涩了起来：“你看你，要是手臂不好了，以后还怎么弹吉他？变成残疾人，谁来照顾你啊！”

哎，等等，好像哪里不对。

谁是他老婆！谁是他老婆啊！

等医生给他包扎完毕，端着盘子走出处理室，林希笑了起来：“这么关心我？”

李悬还要申辩什么，手机却突然响了起来，接通电话，易小嘉急切的声音传出来：“悬姐，你和林希在一块儿吗？”

“是啊。”

“林希是不是在街上跟人打架啊！”

李悬下意识感到不妙，问道：“你怎么知道？”

“网上都贴出来了！”易小嘉焦急地说道，“有人拍了照片，发帖说林希在街上和人打架，网上都传疯了！真是……怎么会和人打架啊！悬姐你在边上也不劝一下，这影响多恶劣！”

她劝？这哪里是劝得住的事！

李悬挂断了电话立刻打开微博，微博首页一刷，全是林希的新闻，九宫格的组图，画面很清晰地拍到林希和那帮男人打架的场面，他模样凶狠，目光凌厉，图上配的文字是：“上个街，居然遇到打群架，不过那个人很面熟啊！”

这完全是不明真相的吃瓜群众在前排围观的腔调。

可是这人不明真相就这样把照片发出来，真的很容易误导别人，让人以为林希到处惹是生非，这样的影响，正如易小嘉所说，很恶劣啊！

果不其然，下面的评论大多是批评和谩骂。

“林希居然在街上跟人打架，根本就是流氓做派啊！”

“我女儿本来很喜欢他，没想到他竟然是这样充满暴力的人，这种人就该被封杀，影响太恶劣了！”

“这还是新人呢，话题接连不断，三天两头刷新我的三观，不会是炒作吧！”

“没实力就只能靠新闻话题不断刷热度，现在的娱乐圈到底怎么了？唉，悲哀啊！”

“说林希没实力的，你听过他的歌吗？看过他的演出吗？”

“不用看，就这种社会人渣，唱的歌能有什么水平！”

“现在的小孩跟着偶像有样学样，真担心孩子跟着这种人学坏！上面应该封杀他！”

“没错！联名要求封杀林希！”

“你们先别忙着下定论，这里面说不定有隐情呢！”

“能有什么隐情？我和林希是大学同学，他在大学就打过架，把同学都弄到医院去了。”

“楼上求爆更多料！”

“求爆料！”

李悬差点把手机直接扔出去，现在这些照片贴出来，把林希的形象彻底毁了。分明不是那么回事，结果网友七嘴八舌，颠倒是非黑白。

林希用绷带吊着手腕从医院出来，看着李悬这样子，疑惑地问道：“怎么了？”

李悬摇了摇头，还是决定暂时不告诉他，只是说道：“你先回家吧，我去派出所处理这件事。”说完把家里的钥匙拿出来递给他。

林希没有接钥匙，说道：“我跟你一块儿去派出所。”

派出所里，一个警官对两人做了笔录，警队的王队长走了过来，拍了拍林希的肩膀说道：“小伙子，多亏你出手相助，帮我们破获了一起特大拐卖妇女儿童案！真是太感谢了！”

“感谢啊？有没有奖金啊？你看我这也算是见义勇为负伤……”林希话还没说完就被李悬捂住嘴，后面的话被堵在嘴里说不出来。

“警察同志，那个，请问你们警队有没有官方微博？”

仅仅两个小时不到，“首都公安在线”发出的那条“儿童险遭拐卖，男子出手相助勇搏人贩，协助警方抓获人口拐卖团伙”的微博已经被转发十多万条。

一开始那条林希打架斗殴的微博下面，林希的迷妹们虽然维护偶像，但是总归底气不足。现在事情来了个一百八十度大逆转，粉丝们这下子显出了翻身农奴做主人的豪情壮志，疯狂地转发、评论微博，那打脸的架势“哐哐”的。

“哈哈，林希太帅了！以一敌十啊！！”

“说希哥没素质的，就问你们脸痛不？”

“遇到人贩子，在场那么多人围观，就没有一个人站出来，包括之前拍照的那个博主，不过他颠倒是非黑白倒是很有一套，社会的悲哀啊！”

“之前被人那样误解，一声不吭，心疼林希。”

“这不会是炒作吧？林希背后的团队不是就喜欢炒作吗？”

“楼上傻了吧？你把警局官方微博请出来炒作试试！”

“说炒作的智商堪忧。”

“请立刻原地爆炸。”

…………

现在网络舆论基本上呈一边倒的趋势，全是对林希的赞扬和鼓励，他的形象一下子前所未有地正面起来。还有不少粉丝把之前霍凌天的事情翻出来，说林希是社会的良知，这样的偶像，可以为了一个素不相识的孩子挺身而出，以一敌十，怎么可能做出打压别人的行为，那条帖子绝对是恶意抹黑。

果不其然，没多久，那个大V博主便删掉了之前抹黑林希的微博，又被林希粉丝好一顿臭骂，甚至霍凌天都无可幸免地被牵连了。

林希左手拿着手机刷微博，躺在沙发上笑得快要背过气去了。

李悬一脸嫌弃地看着他，这样的家伙，怎么都不像是什么社会的良知，整个一个斯文败类。

李悬抽走了他的手机，用膝盖碰了碰他，说道："坐好，给你拍张照发微博。"

"不要。"林希一口拒绝，摸了摸他受伤的右臂，说道，"现在很丑啊！"

"就是要拍你受伤的样子。"李悬打开相机，对准了林希的手臂，说道，"让你的粉丝们好好心疼一番。"

林希拗不过李悬，勉强比了个剪刀手，让她拍了一张照片。照片里的林希，微微蹙眉，不情不愿的样子，比剪刀手倒是前所未有地可爱啊！

拍好照片，她登录了林希的微博，编辑文字："谢谢大家的关心，我现在很好，比心。"

粉丝们早已经急不可耐地想知道林希的情况，这条配图微博一发出来，他们就炸开了锅。

"啊，我希希受伤了！"

"心疼！你一定要好好的！"

"爱你！希希你是好样的！"

"我收回之前说你没素质的话，你是好样的！我女儿喜欢你这样充满正能量的偶像，我感到很放心，希望你保重身体。"

"祝福希希早日康复！"

林希一脸别扭地看着李悬，说道："矫情。"

"对了，你怎么看得出来那个女人不是那孩子的母亲？"李悬好奇地问道。一般而言，对于这种情况，路人都是不会生疑的。

林希的脑海里，再度出现了窗外的大片的蓝天白云，以及高低起伏的山岭，沿途错落的黑窑洞，身下是汽车轮胎接触凹凸不平的地面传来的颠簸感，发动机轰轰的声音冲击着他的耳膜，有人在耳边大喊着："这娃子这么大，蒙上眼睛，别让他记住来路！"接着他就被一件散发着汗臭的蓝色毛衣包住了头，阳光透过毛线间的缝隙刺进他惊恐的眼睛里，刺得眼睛生疼。

林希脸上的笑意收敛了许多，沉默了很久。就在李悬以为他不会回答的时候，他突然开口说道："因为我就是这样被带走的。"

李悬愕然地看向他，却听他缓缓说道："我和我妈在百货商场走散，也是这样一个女人，拿着糖跟我说，要带我找妈妈，她很温柔，我便跟她走了……

"我在一个陌生的家庭待了整整六年，头三年，我每天都在期盼父母终有一天会找到我，带我离开。可是到后来，希望一天天落空，我怨恨他们，认为他们一定是有了新的小孩，不要我了……直到警察把我带回家，迎接我的不是父母温暖的怀抱，而是他们的遗像……"

李悬是第一次听他以这样正经而略带悲伤的语调说话，她的心随着他淡淡的语气泛起了隐隐的痛感。

她坐到林希身边，握住了他的手，斟酌着说点什么安慰的话。林希顺势蹭了过来，用力抱住了她的腰，将脸贴到了她的胸前。

林希闭着眼睛，将脸深深地埋进她胸口。她只穿了一件单薄的衬衣，蹭上去，弹性绝佳。

他的表情依旧严肃正经，闭着眼睛，长长的睫毛微微颤抖，以至于李悬根本分不清这家伙是真的很伤心，还是在占她便宜。

她轻轻蹙着眉头，推了推他："哎？"

"别动。"林希声音低醇，将粉丝们眼中的那张"盛世美颜"往她胸前鼓胀的柔软里用力蹭了蹭。被碰到敏感的地方，李悬身体里一阵酥麻感直冲心头，脸"唰"地一下红到了耳根。她猛地用力推开他，起身落荒而逃，跑进音乐室重重关上门，背靠着墙壁大口喘息，心如小鹿乱撞。

林希枕着手臂躺在沙发上，眸光与夜色融合，倏尔，嘴角扬了起来。

真是可爱极了！

第七章

因为是初恋啊！

李悬把自己关在音乐室一晚上，想起林希和人贩子打架的时候，他那狠戾的眼神，仿佛盈满了刻骨的仇恨。女士香烟的最后一截烟灰掉落在烟灰缸里，李悬突然拿起笔来，在稿纸上写下了《希望》的第一句歌词。

林希的梦境很长很远，那个贫穷荒僻的村庄，是他永远不想再回忆的所在，可是梦境无数次挟裹着他，将他拖回到那片贫瘠而希望渺茫的黄土地上。

村里的孩子和那些村民一样，对林希这个外来者怀有天然的敌意。他的皮肤那么白，那么细腻，和他们的黑黄粗糙的皮肤截然不同，他们便合起伙来将他按在地上，把煤灰和泥土抹在他的脸上，让他变得和他们一样灰头土脸。被欺负了好几次之后，林希便学会了反抗。因为过去营养充分，他的个子比这些山里孩子都要高出许多。他有劲，这种劲仿佛来自骨子里，来自对这个地方刻骨的恨意，所以打起架来，他格外狠，是那种不要命的那种狠。

村里孩子哪里见过这么浑的家伙，久而久之，他们便不敢再欺负、捉弄林希了。而林希依旧以一种外来者的姿态，和洪沟湾进行着看似妥协而又持久的博弈。那么长的时间里，他并非没有朋友。村里有个小胖子对林希很是好奇，林希在半山坡上放牛的时候，他就躲在树后面偷偷地观察他。

后来是林希主动和那个小胖子接触，给他讲了许许多多他过去从来不曾听过的事情。

他一边捡拾着柴火，将它们捆束起来，一边说道："这个世界很大很大。"

"有多大？"小胖子眼睛里发着光。

"有七大洲、四大洋，天外还有太阳系、银河系和无穷无尽的宇宙。"

小胖子对林希的话显出了无尽的困惑，他抓着脑袋说："洪沟湾也很大，想要出去，需要翻过一座又一座山。"

林希又说道："再大，也大不过中国。"

"我们上课的时候，老师给我们看了中国地图。"小胖子终于在林希面前扳回一局似的，得意地大声对他说道，"中国就像我家里的大公鸡，老师说我们国家有二十三个省，五个自治区，四个直辖市，两个特别行政区。"

"你懂得不少嘛。"林希觑了他一眼。

小胖子自得地笑了："那当然，我的成绩在班上是最好的。"

林希故作漫不经心地说道："那我考考你，你可知道洪沟湾位于中国的哪个省，哪个市，哪个区？"

"我当然知道了！"小胖子眯起眼睛，按照老师上课教给他的知识，得意地说道，"洪沟湾位于西北……"

"西北……"林希嘴里喃喃念叨着，连忙抓住了小胖子的衣袖，急切地问道，"到底是哪个省，哪个市，哪个区？还是自治州？快告诉我！"

小胖子苦着一张脸，抓耳挠腮，脸憋得通红："我，我不记得了。"

林希一把丢开他，显然有些泄气，过了一会儿又说道："你仔细去问问老师，明天晚上，我再来考你，怎么样？"

"好呀好呀！"小胖子连连点头。

结果当天晚上，林希蹲在厨房里，手里拿着刚吃了一半的窝窝头，胡大鹏气势汹汹地跑进来，手里拿着黄胶鞋，"啪"的一声抽在了林希的身上。林希死死地抓着窝窝头，一边往外跑一边将窝窝头往嘴里塞，挨点打不要紧，但是他要吃东西——劳作了一天，他饿。

林希刚跑出大门，就被金花堵住了，金花粗暴地揪着他的衣领将他翻过来，裤子一扒，巴掌便落到了他的屁股上。

胡大鹏跑过来，用鞋底板用力地抽打着他的身子，他的脸上、他的背上、他的屁股上瞬间就被印上了好几道有鞋底纹路的红道道。

林希咬着牙，愣是一声没吭。院子里还站着一个男人，目睹林希挨打，似乎有些怜悯，跑过来拉住胡大鹏说："狗剩爸，有话好好说，别打娃。"

狗剩是金花刚生的娃。

"这瓜皮贼精得很。"胡大鹏气呼呼地又狠狠抽了林希几大鞋板，说道，"黑子，你要看好你们家大顺，莫被这个死瓜皮娃骗了。"

大顺是那个小胖子的名字，林希心里咯噔一下，知道今天向那小胖子摸底的事情应该是败露了。

"要得要得。"那个名叫黑子的男人连连说道，"也是我们大顺脑子笨。"

没有什么比绝望更让人心生悲凉，一直死咬着牙硬撑的林希，一瞬间情绪崩溃了，眼泪如断了线的珠子一般从眼眶滚落下来，他大喊大叫着："我恨你们！我恨这里！我诅咒你们都去死！等我长大了！我要把你们全部杀了！"

他疯狂地咆哮着，控诉着，在最黑暗的地方挣扎着……

林希醒过来的时候，眼角还挂着残余的眼泪。

他拾掇好自己，走出房间，推开音乐室的大门，准备开始一天的训练，却发现李悬那家伙正趴在桌案边睡得那叫一个香——呼噜声震天，晶莹的口水还挂在嘴角。

女神姐姐的日常画风，很清奇啊！

林希走过去，轻轻抬了抬她的手臂，将她身下压着的稿纸抽出来，上面的狗爬字写的是《希望》的歌词。

只看了前三行，林希便抖了一地的鸡皮疙瘩，不过带着旋律在心里轻哼了几声，感觉倒是很不错，歌词很有力，具有能够撼动人心的力量……

李悬觉得自己一定是撞了鬼，昨天晚上明明是睡在音乐室，可是她醒过来的时候发现自己正躺在大床上，薄薄的空调被好好地搭在肚子上。

不会啊，她要是上床睡觉的话，怎么会连衣服都不换呢？

李悬晕晕乎乎的，刚走出房间门，就听到阳台上传来了一段悦耳动听的清唱。

许多年以后，李悬还能回想起那个阳光明媚的早晨，那是她第一次从林希的歌声里听到了希望。

是真的希望，宛如阳光破开阴沉厚重的云层，道道霞光从万丈高空射下来，黑暗中沉睡的世界骤然苏醒。

恰似枯木逢春，阳春融雪。

李悬从来没有想过，有一天会被自己所写的歌感动得流下眼泪，可是这一次，看着他站在光芒四射的舞台上唱着那首《希望》，她真的泪流满面。

不只是她，在林希将《希望》副歌部分用海豚音唱出长虹贯日的气势的那一刹那，所有的人几乎同时间屏住了呼吸，任由纯净而清澈的天籁之音激荡着他们的灵魂。

不只是感动，更是震撼和洗礼！

毫无疑问，林希最终以昂扬的胜利者姿态，拿下了《寻找新声代》比赛的总冠军。

盛娱传媒是当下娱乐圈如日中天的龙头娱乐公司，影视歌三类资源齐全，旗下网罗了大批优秀的艺人。在这样一个优质的平台里，这些艺人也大多是三栖生物，歌星以唱歌为主，偶尔也接拍电视剧和电影。演戏的如果能唱歌，给自己拍的剧唱唱片头、片尾小插曲当然也是完全有可能的，唱歌和演戏的确是没有特别明显和严格的分界线。

作为《寻找新声代》的总冠军，林希拿到了与盛娱传媒签约的最优条件：三年的合约时间，同时拥有部分优先选择权。别的艺人可能需要等待公司给他们派戏或者出专辑，可是林希有自己喜欢的活动，公司可以酌情为他优先安排。同时，他还拥有百分之二十的自由选择权，这就很牛了，假如有不喜欢的广告，他有拒绝的权利。

而他能拿到这些让人嫉妒、眼红的条件，其实很大一部分原因是李悬帮他从中斡旋，否则，一个刚刚出道的小有名气的新人，又怎么可能和盛娱传媒这样一个行业内的龙头霸主级娱乐公司谈下这样优厚的条件？这甚至比签约某些出道多年的大牌明星的条件开得还要好。

"看来你的确是对他青睐有加啊。"盛娱传媒总裁陆星酌垂下眼眸，看着面前的那份合约，喃喃说道。

陆星酌是一个四十六岁的中年男人，生得英俊挺拔，正值一生中事业最是鼎盛的年纪，所以难免给人一种不易亲近的感觉。公司里就算是最大牌的艺人和最牛的经纪人，在他面前也是锋芒全敛，低眉顺眼，尊敬地唤上一声"陆总"。

"陆总，签下林希，您只会赚得盆满钵满。"李悬看着陆星酌，认真地说道，"我向您保证。"

的确，在过去的两年时间里，李悬为公司选中的艺人，没有哪个不是红透了半边天，却从来没有见她对谁像对待林希这般看重。

陆星酌相信她的眼光，所以他愿意拿出这样优厚的条件来签下林希，但是更重要的是……

在李悬离开办公室之后，陆星酌从抽屉里拿出了一张泛黄的贴纸，上面有大大的四个黑字：寻人启事。

图片里的彩印照片，少年才六七岁的样子，笑得天真无邪。

林希，八月二十二日，走失于中天国际广场。

这张十多年前的寻人启事下面，还压着一张老照片，照片里的陆星酌还是学生模样，年轻英俊，鼻梁高挺，相当有魅力。而他身边，还站着一个女孩，两人笑得含羞带臊，他搂着她，照片的背景是二十年前的北方艺术学院的方荫大楼。

陆星酌的眼睛里泛起了水色，声音略微带着一丝哽咽："若澜，我会……好好待他。”

给林希招助理的事情，李悬有点发愁。

林希来公司的时候，目光老是有意无意地往那帮刚刚大学毕业来公司实习的年轻女孩身上飘，没几天，林希和她们一帮人就热络起来。

李悬心里很不乐意啊，好歹是拥有百万粉丝的偶像，能不能注意点形象？能不能洁身自好？兔子还不啃窝边草呢！他怎么对谁都敢撩骚，而且一撩还是一群！

李悬把招助理的事交给了易小嘉。

“没别的要求，男的就成。”李悬郑重地嘱咐道。

“悬姐，今年新进公司的助理实习生，绝大部分是女生呀！”易小嘉扛着李悬音乐室更新的录音设备进屋，放下来，擦了把汗，喘息着问道，“一定要男的吗？”

“必须是！”李悬点了点头，“就林希那甩手大爷，你给他找个手不能提肩不能挑的弱女子，能干什么？吃干饭，当花瓶啊！”

易小嘉看了看刚刚被她扛进屋的几十斤的录音设备，有些委屈。

“乖，你不一样。”李悬摸摸她的头安抚道。

“有哪里不一样啊！”易小嘉在心里咆哮，“人家也是具有花瓶潜质的一枚弱女子好吗！”

第二天易小嘉去了实习生工作部，正是午休的时间，一帮花枝招展的年轻女生正围聚在一块儿讨论时尚和八卦。易小嘉清了清嗓子：“嗯哼。”

见她过来，妹子们一窝蜂地散开，终于露出了最里面一个手里拿着美甲工具，正在给妹子们涂抹蔻丹的美少年。

他个子小小的，身形精瘦，模样清秀，长得唇红齿白，好生可爱。

看到易小嘉突然出现，那男生蓦地站起身来，扔掉手里的美甲工具，脸涨得通红：“嘉姐。”

“你叫什么名字来着？”易小嘉问道。

“我叫李微龙。”他乖乖地回答道。

“威龙啊，名字倒是很男人。”易小嘉挑了挑眉，打量着他，心说就是长相有点娘。

“不是威风的威，是微笑的微。”李微龙解释道，“上户口的时候，工作人员打错字了。”

“啊，这样啊？”易小嘉无奈地扶额，说道，“反正没谁了，就你吧。”

《寻找新声代》选秀结束，林希从海天大酒店搬了出来，以前住的三里胡同巷不能再回去，那里处于三环以外的旧城区，交通实在不便。在没有找到合适的房子之前，这货便带着他的大黑狗，拖着行李，死皮赖脸地住到了李悬宽敞明亮的大别墅里。

李悬抱着手站在玄关边上，看着他指挥着个子比他还要矮上一大截的李微龙小朋友拎着大包小包东西，手脚颤抖地从大门走进来，她连忙过去给这个倒霉孩子搭把手。

黑狗跟在林希身边，一见到大金毛西宝，浑身黑毛都倒竖了起来，“汪汪汪”地狂吠了几声。大金毛吓得不轻，很是不安地“呜呜”乱叫，躲在李悬身后，像个害羞的小姑娘。

西宝也是公狗，体型还是毛毛的两倍，但是胆子小得很，白长这一身大肥膘了。

“别怕。”李悬蹲下来柔声安抚，“那是大哥哥，不会欺负你的。”

“毛毛，客气点。”林希招呼了一声，毛毛便不再吠叫，而是缓慢地朝着西宝和李悬走过来。李悬现在不怕毛毛了，伸出手摸了摸它的头，毛毛受用地躺在她身边，露出了自己的白肚皮让她摸。

这下西宝不高兴了，“呜呜”地又叫了几声，咬住李悬的衣角想把她拖走，结果毛毛发出了威胁的低吼声，西宝吓得连忙跑到林希身边躲了起来。

“养的什么狗啊！这么没用！”林希扯了扯毛毛的耳朵，看向李悬。

“金毛本来就是无伤害性犬种好吗？”李悬嘟囔着说道，“毛毛是什么狗啊？”

“土狗。”林希道，“街上捡回来的。”

“哎？”李悬站起身惊愕地问道，“那打疫苗了吗？”

“打了。捡它回去的时候，已经半死不活了，在兽医院住了两个月，才带回家。”林希解释道。

“怎么回事？”李悬好奇地问道。

“流浪狗，经常被人打。我见到它的时候，它还没满周岁，正被几个小孩子虐待。”林希走过来蹲下身，指着毛毛侧面肚皮上的一块没长毛的瘢痕说道，“就这儿，当时被撕下来一大块皮，连血带肉，身上还有好些个烟头烫过的血窟窿。”

李悬眉头皱了起来，没想到毛毛小时候居然被虐待过。

“所以它有时候可能会比较凶。”林希无奈地笑了笑，“装腔作势罢了，骨子里还是很温柔的。”

它对李悬就很温柔，李悬决定要好好待它，跟对西宝一样，把它当成自己的孩子。

“西宝。”她转身对大金毛说道，“和哥哥要好好相处哦。”

西宝似乎听懂了一般，“呜呜”地叫了一声，从林希背后走出来，凑近毛毛，嗅了嗅，结果又被毛毛一声低沉的威胁吓退了回去——没办法，就是这么没用。

林希完全把别墅当自己家似的，选了二楼最大的一间客房，让李微龙把他的行李提上去。等他走后，林希还没等李悬说话，便埋怨道：“上哪里给我弄了这么个娘炮助理？说话那叫一个细声细气，手指头还时不时翘兰花，存心硌硬老子啊！”

“娘炮怎么了？你看看人家那穿衣风格、时尚品位，好好跟人学着点吧。”李悬说道。

林希“哼”了一声，将自己放在门边的运动鞋放回鞋柜，又从刚刚拎进来的白色口袋里拿出一双红色高跟鞋，跟着也放进了鞋柜。

“喂！”李悬连忙叫住他，“你把谁的鞋子往我柜子里塞啊！林希，我警告你，你要是敢把女人往我家里带，我……”

她话还没说完，林希无语地将一只高跟鞋拎出来，在李悬面前晃了晃，说道：“看清楚，这是谁的鞋？”

李悬眨巴着眼睛，打量着那只锃亮的红色高跟鞋，感觉好眼熟哦！

她突然想起来，那不就是她之前踩坏了的Roger Vivier（巴黎的鞋履品牌）的春季新款吗？她记得那时候她去找林希，结果在巷子里遇到坏人跟踪，这双高跟鞋被踩坏了，就遗留在了林希家，后来一直没有想起来。她是鞋控，家里还有专门放鞋的房间，鞋子多得数不胜数，以至于她根本就记不起来遗失了这样一双花高价买回来的奢侈品牌高跟鞋。

李悬如获至宝地接过了那只鞋，原本被踩坏的鞋后跟已经重新补上，完全看不出来破损的痕迹。

“你帮我补好啦？”

“废话。”

的确是明知故问，但是李悬还是觉得很诧异：“为什么呀！”

“什么为什么？”

“按你的脾气，不是应该直接扔出去吗？”

“我是扔了，又被徐烨那没出息的家伙捡了回来。”林希双手揣在裤兜里，漫不经心地说道，“他说这鞋看起来挺值钱，就这么扔了便宜了捡破烂的。”

盛娱传媒刚签下林希，还没等李悬去提，上面便筹备着要给他出专辑。目前国内音乐行业其实要赚钱很不容易，国内消费者并没有付费听歌的概念，除非是特别死忠的粉丝，大部分的听众并不会花钱去买一张专辑，也没有这个必要，因为网络上免费的资源要多少有多少，这就导致了唱片市场的普遍低迷。制作专辑，作词作曲，录制MV，后期制作，推广……哪一项不需要高额的投入？而这种投入，对于一个刚刚出道的新人而言，如果仅靠数量有限的真爱粉买几张专辑，根本不可能拿得回成本。

目前盛娱传媒对新人的培养，着力点主要还是放在影视剧上，让他们先打出名气来，再慢慢地尝试进行音乐的制作，等到拥有了固定粉丝群，真正红透的时候，再出专辑，就能够收到不错的效果。

李悬原本以为还要费一番口舌才能说动陆星酌和诸位股东，没想到还未等她开口，陆星酌已经一锤定音，要给林希制作专辑，这就很牛了。同样是通过《寻找新声代》选秀被选进公司的另外几个新人，没一个能享受到这样的待遇。他们要么先出单曲，要么被弄去上综艺节目，或者客串一些电影、电视剧配角。林希如果能在年内推出一张质量良好的专辑，就有资格冲击年底的华语乐坛金纽扣最佳新人奖，金纽扣音乐盛典是华语乐坛重量级的颁奖典礼，如果能够在今年底一举拿下最佳新人奖，对于林希未来的星路而言，无疑是打响了开局的第一枪。

李悬有这个信心，以林希的水平，拿个金纽扣的最佳新人奖绝对不在话下。

专辑的制作周期很漫长，平均一周能录制完成一首歌都算不错了，而录制完毕后，还有 MV 的拍摄，以及混音等后期制作。李悬担心赶不上年底的金纽扣颁奖典礼，所以她决定先帮林希出一张七首歌的 EP（迷你专辑），这个提议自然赢得了公司股东的支持。毕竟，虽然陆星酌力挺林希，但是股东们对要投入大量资金给这样一个新人来制作专辑，显然还是有点不放心的。现在李悬提出先制作一张迷你专辑，正好顺了他们的心意，这样既能够检验林希的水平究竟怎么样，又不需要冒太大的风险，一举两得。

方案敲定以后，李悬便带林希去了公司的专业录音棚。盛娱传媒有很多录音棚，有给新人用的，也有给大牌歌星用的，最高档次的录音设备，就是天王巨星级别的，据说是盛娱传媒斥巨资从国外引进的，录音效果非常好，李悬直接带林希奔着这间录音棚去了。

“进去的时候小心点，千万别手贱，不该碰的不要碰，弄坏了什么东西，把你卖了都赔不起！”李悬站在录音棚外对林希千叮万嘱。

林希不以为意地耸耸肩。

录音团队是整个盛娱传媒最顶尖的团队，与李悬也合作过许多次，但是这一次，李悬居然带一个新人过来，虽然是公司的意思，但是他们或多或少都有些不满。以唐迟为首的这支团队素来都是和华语乐坛顶尖级的天王巨星打交道，早已经是眼高于顶，已经忘记了与新人合作是什么滋味。

唐迟上下打量了林希一眼，颇有些不屑地问道：“这就是那个新人？”他的声音懒懒散散的，有股刚刚午睡醒来的味道。

“他叫林希。”李悬语气很客气，顺带用胳膊肘戳了戳林希，说道，“这位是唐迟老师，他负责你这张专辑的录音和后期制作。”

唐迟今年得有四十岁了，经他之手的歌曲数不胜数，而且这些歌曲基本上是民众耳熟能详的红遍全国的经典之作，他可是真正的音乐制作名家。

“你好。”林希漫不经心地问了一声好。

唐迟微微眯起眼睛打量起这个小伙子来。他在娱乐圈二十多年，也算得上是阅人无数。大部分和他接触的艺人，对他说好听一点叫尊敬，说难听一点就是曲意逢迎，但实际上，他们未见得多么看得上他，他又何尝看不出来？而这个新人，不知道是初涉娱乐圈缺心眼还是真性情，并没有表现出那种让唐迟感觉到讨厌的媚态。

他并不介意林希的冷淡，只说道：“进录音棚之前，先试唱两句给我听听。”

李悬抬眸看向林希，只见林希眉头一斜，她就知道，这货怕是又别扭了。

果不其然，林希一口拒绝：“不唱。”

唐迟眉毛一挑，显然是没有料到这个新人竟然会拒绝他的要求，问道：“为什么不唱？你来不就是为了唱歌的吗？”

林希环顾了录音棚里那几个表情很不爽的工作人员一眼，冷声道：“我来，是录制歌曲，不是在这里给谁表演。要听我唱歌，可以，五千块一首。”

李悬真是恨不得一巴掌呼扇过去。你在这里闹什么脾气啊！现在是你闹脾气的时候吗？！

当然，他不闹脾气也就不是林希了。

“五千块一首。”唐迟抬了抬黑框眼镜重新打量了林希一眼，“还挺不便宜的啊？既然如此，就请你去愿意花钱听你唱歌的地方唱吧，我这里不欢迎你。”他说完直接背过身去，下了逐客令。

“唐迟老师，给林希录歌是您分内的工作，不是可供您选择的娱乐项目。”

林希有些诧异地看向李悬，他倒是真没想到！这女人心里肯定已经把他骂得狗血淋头，但是临到末了，居然还是站在他这一边的，他嘴角不动声色地扬了扬。

唐迟猛然回头，李悬和他合作过很多次，两人关系素来不错，没想到这会儿她会为了一个新人，说翻脸就翻脸。

但是李悬的确没有说错，唐迟虽然大牌，但是好歹也是盛娱传媒的工作人员，给歌手录制歌曲是他分内的工作，就算干出了一些成绩，有了傲人的资本，也不能不听公司的话。

唐迟冷哼了一声：“既然李悬大制作都发话了，我也没什么可说的，进录音棚准备吧。”

他倒是要看看，这个新人到底有什么样的能耐！

李悬回头看向林希，林希冲她咧嘴一笑，做了个口型：“谢了。”然后走进了录音间。

很多年后，在一次音乐访谈节目中，主持人好奇地问林希：“以你这种见人说人话，见鬼说鬼话的臭脾气，出道这么多年竟然也没有半点改变，你是如何做到在水深似海的娱乐圈保持初心的呢？”

林希目光柔和，含笑地看向观众席前排的李悬，说道：“因为一开始，就让某人惯坏了。”

今天林希录的是《初恋》和《希望》，这两首歌也会被收录到首张专辑里面，作为主打歌曲。唐迟听完林希的歌声之后，摘下耳机，沉默了很久。他是有多少年，不曾听到这样干净纯粹的嗓音了？他已经不记得了。

他的好声音，比之华语乐坛任何一位天王级歌手，不遑多让！

难怪公司会让唐迟的顶尖团队为这样一个新人量身打造专辑，难怪李悬会亲自带林希，林希的确有这个资本。唐迟几乎是听到他声音的一瞬间，就下了定论，他一定能红！

不仅仅是唐迟，他背后的整个团队，在听到林希的歌声之后，都露出了复杂的神情。刚刚林希说的什么五千块一首歌，原本以为只是这家伙自吹自擂，但是现在，他们甚至真的有这个意愿，想要掏钱再听他唱歌。他的歌声能给人带来极大的精神愉悦，不管花多少钱，都是值得的！

李悬看着录音棚里戴着耳机神情专注的林希，听着他迷人的歌声通过电流缓缓传导，送入每个人的耳畔，注入每个人的灵魂中。

不管在哪里，有实力的人，都是会发光的。

盛娱传媒签下了林希，而尚品传媒也签下了展鹏。得知盛娱要给林希出专辑的消息，尚品传媒立刻撤销了原本给展鹏安排的代言和各种活动，投入了大量资金，为展鹏制作音乐专辑，看样子应该也是盯上了年底的金纽扣最佳新人奖，有意想要和盛娱来一场竞争。两个人都是娱乐圈最炙手可热的新人，各自都有一大批拥护的粉丝，目前来看，算是不相上下。尽管林希夺得了《寻找新声代》的冠军，不过一般而言，作为李悬唯一的弟子，如果连这么个冠军都拿不下来，那也太丢人了。

就在林希沉下心专心制作他的迷你专辑的同时，展鹏这边关于首张专辑的线上、线下宣传活动却是如火如荼地进行着，娱乐新闻上隔三岔五就能见到他的消息。相比之下，林希这边仿佛偃旗息鼓了一般，没什么动静。

在展鹏新专辑的宣传活动中，有好事的娱乐记者提及他和林希两个人本是一个选秀节目出来的冠、亚军，而两个人关系似乎并不怎么好。

展鹏回答得很是得体："并不是这样。我和林希私底下的关系并没有外界传闻的那么的糟糕。说起来，我们还是三年的同班同学呢，呵呵。"

话题一引到林希身上，记者们立刻来了兴趣："请问你怎么看待他在街上和人贩子搏斗的事情呢？他以前就是一个助人为乐的人吗？"

展鹏露出了一丝暧昧的神情，有些犹豫地说道："关于他这个人，我并不想评价太多，因为来自别人的任何评价都是不客观的。但是就这件事而言，我的看法是……"他嘴角微微上扬，露出了一个略带嘲讽的微笑，"我觉得作为一名歌手，还是应该专注音乐本身，因为粉丝喜欢的应该是你的音乐，而不是说今天扶老奶奶过街，明天又拾金不昧……呵呵，开个玩笑。”

这话说出来，带着玩笑的口吻，不过这些娱记哪个不是人精，立刻就能听出展鹏的话里有话，他这是在暗讽林希借新闻炒作热度。记者们听得出来，观众和粉丝们自然也能感觉到两个人之间微妙的暗流涌动。

“呵呵，你们林希这么能，还混什么娱乐圈？不如学雷锋做好事，竞选感动中国人物呗！”

“就是，没了热点话题炒作，就被拍死在沙滩上没动静了，这就是差距。期待我鹏的新专辑。”

“一堆智障，懒得和你们撕。”

…………

展鹏的粉丝兀自骂了几天，结果林希的粉丝全部表现出一副围观智障的姿态，导致单方面的骂战很快也就偃旗息鼓了。

林希这边不给回应，展鹏便隔三岔五地在公众视野里刷刷存在感，要么发微博自拍一张在录音棚的照片，要么放一段新歌的试唱。

“鹏鹏又帅了。”

“鹏鹏真是太辛苦了呢。”

“期待新专辑。”

“这才是有态度的音乐人该有的样子，林希趁早滚出娱乐圈吧！”

“吊打林希，鹏鹏加油！”

…………

李悬拿着手机刷微博，实在好气哦！

展鹏的每条微博的评论后面，都有粉丝花式踩林希来捧自家偶像的言论。

这么多年在娱乐圈摸爬滚打走过来，照理说她对于这些粉丝之间的评论和骂战，应该是非常淡定了才对，可是并没有，她就是忍不住手贱去翻看展鹏的微博，就是忍不住用水军号去帮林希怼对方。

抬眸，她便看到林希在录音棚唱歌的专注神情。

林大爷工作时和平时完全就是两种分裂的人格，工作的时候，他可以专注到废寝忘食，不知白天黑夜，对待生活却很淡然，仿佛对什么都漠不关心，就算是浏览那些骂他的评论，他也能被一些有趣的段子逗笑，这个世界在他的眼中就像一个笑话。

两天后，展鹏又发了一条微博，暗示他的新歌的 MV 可能会请国内一线女星郑颖当女主角。郑颖三年前出道，曾经一度被誉为票房女王，是演技和颜值齐飞的当红影星，曾经蝉联两届华影奖最佳女主角，拥有大量的铁杆粉丝，在圈内声誉极好，是少有的能被粉丝们称为“演艺圈女妖”的存在，风评极好。

展鹏的粉丝这下子鼻孔都要朝天了，在展鹏的微博下面不断地艾特林希，花式嘲讽。林希的微博一直是李悬在帮他管理，所以一条条的消息全部推送到了李悬的手机上来。

而林希这边，几首新歌的 MV 也陆续进入拍摄阶段，其中有情歌，拍 MV 肯定需要女主角，公司给林希列出的几个女星，李悬似乎都不怎么满意，所以迟迟没有定下来。

展鹏粉丝们的花式嘲讽彻底把李悬惹毛了，她拿起电话就给郑颖拨了过去。

结果当天晚上，郑颖就发了一条微博澄清，说自己并没有接到公司说要参演展鹏新专辑 MV 的消息。与此同时，她又艾特了林希，说很期待接下来的合作。

这脸打得是“哐哐”作响，展鹏那边的粉丝立刻停止叫嚣，偃旗息鼓。

而这时，林希的粉丝们开始狂躁起来。

“郑颖女神要和我们林希宝宝合作！是新专辑 MV 吗？还是一块儿拍戏？好期待！”

“销声匿迹这么久，一来就拿下我郑颖女神，可以，这很林希！”

“只想问某些人，脸痛不？”

“展家的粉丝们，之前你们不是要上天吗！现在出来怼啊！”

…………

邵文宣满脸怒容地瞪着展鹏，展鹏坐在他对面的椅子上，显然神情也是很郁闷。

“谁让你这么沉不住气，急吼吼发微博说要和郑颖合作录制MV？”邵文宣气愤地质问道，“公司正在帮你接洽，定都还没定下来你就乱说话！现在好了,连转圜的余地都没有了,人家直接一口回绝，你的脸到底是有多大！”

展鹏哪里受过这样的气，站起身指着邵文宣愤恨地说道：“你是什么东西！敢这样跟我说话！”

“哟，这还没红呢，就敢跟我在这儿大呼小叫。”邵文宣很是气定神闲，这么多年，他什么样的艺人没带过，没见过？他点了支烟，深吸一口，吐了口烟圈，然后看向展鹏，“你这要真红了，还不得上天哪？看来我是带不了你了，另请高明吧。”

展鹏显然也意识到了自己刚刚情绪激动，一时间口不择言，此刻冷静下来，他连忙道：“邵经纪，刚刚是我憋急了，你别生气。这件事究竟该怎么办啊？林希的粉丝在网上把我骂得狗血喷头，现在郑颖的粉丝也过来骂我，真是火烧眉毛。”

“你急什么啊？”邵文宣轻蔑地看了他一眼，“前阵子你的粉丝喷林希，闹腾成那样，人家屁都不放一个，不声不响就跟郑颖把合作事宜谈妥了，那才叫沉得住气。多学学他吧，别每天搁粉丝那儿刷存在感，要拿作品说话。现在盛娱传媒也在给林希出专辑，今年金纽扣的最佳新人奖，他必定是你最大的竞争对手。现在你要做的就是把歌唱好，少给我出去丢人现眼。”

“不是啊，邵经纪，郑颖这事儿是什么情况啊？明明公司都已经在谈合作了，怎么突然又说要和林希合作？我跟她也没仇啊！为什么要这样整我！”展鹏很想不通。

“你跟她是没仇，不过有人和她关系更好。”邵文宣冷哼了一声。

车停在了摄影棚外面，一双大长腿率先伸出来，黑色丝袜配红色高跟鞋，十分妖艳的样子。

李悬站在门口等她，郑颖刚从车里下来，便一阵风儿似的奔过来，捞起李悬的胳膊就往自己肩上搭："哎哟，我的小姐姐，好久没见可想死我了。"眼看着她的烈焰红唇就要印到李悬嘴上，李悬瞪大了眼睛一个劲地往后挪，避开了郑颖的亲热图谋。

"你正常点，我可不想再被狗仔爆料和你胡搞。"李悬甩开郑颖的手。不过郑颖还是纠缠不休，自从知道李悬不喜欢和人接触，郑颖最大的乐趣就是黏她，撩她。

"我说，这次为了你，我可是顶着公司不小的压力，微博也差点被姓展的粉丝喷成筛子。"郑颖挽着她的手，嘟嘴跟她抱怨道。

李悬再一次甩开她的手，笑着说道："放心吧，这次合作，铁定不会让你失望的。"

林希已经化完了妆，在片场试拍，MV 里面绝大部分的片段还是林希一个人在表演。有一幕场景是他站在天台边上，在夕阳的最后一道光芒收敛之时，整个人融入夜色。郑颖站在边上看着他，眼睛都要瞪直了。

"没想到林希的活体这么帅啊！"

"喂喂，你好歹也是娱乐圈的老小姐了，能别犯花痴吗？"李悬白了她一眼。

"我说，这么帅的小鲜肉整天跟你身边都能不动心，你是不是没发育啊？"郑颖一巴掌拍到了李悬的屁股上。

李悬吓得赶紧跳开几步，说道："从现在开始，你给我保持三米远的距离！"

郑颖"嘁"了一声，不再理会她。林希拍完这一幕之后，她便迎了上去，和他聊了起来，很是自来熟。林希本来就擅长撩妹，郑颖比他更爱撩，两个人的 MV 拍摄非常顺利。郑颖拍得很开心，林希和她搭档起来，得心应手，看得出来，他很有演绎天赋。郑颖是专业的演员，演技自不必言，但是林希和她的对手戏丝毫没有显出新手的局促感，他随意发挥，眼里眉间，举手投足都是戏。

有一幕场景是林希伸手将郑颖的长发撩到耳后，他目光温柔似水，那一刹那郑颖所流露出来的羞涩是发自内心的。她在娱乐圈搅风搅雨这几年，没想到竟然会被一个小鲜肉撩得心旌荡漾。

李悬一个人闷闷地坐在剧组的椅子上，看着两个人亲昵的场景，心里竟然觉得很不是滋味，竟然有些后悔把郑颖弄过来给林希搭档拍 MV 了。

MV 的拍摄效果非常不错，配上歌曲，就跟看一部优美的电影宣传片似的，男女主演技过硬，加上后期的精良剪辑、制作，李悬自己都忍不住看了一遍又一遍。

"呆呆。"林希的声音刚响起来，李悬侧面的一缕头发就被林希扯了扯，他说道，"呆呆这两天不理我。"

林希俯下身凑近她的耳朵说道："我觉得好寂寞呀！"

"会吗？"李悬闷闷地说道，"你和郑颖玩得不是挺开心的吗？"

这话一说出来，她就恨不得给自己一巴掌。

果不其然，林希眨巴着黑色的眼睛，看了看李悬憋红的脸，接着伏在办公桌边大笑了起来。

李悬的脸越发红透了。

"呆呆这是吃醋了？"林希眼眸弯成了月牙，走过来伸手又要捏李悬的脸，笑道，"怎么这么可爱啊！"

李悬"噌"地一下站起身退后几步，一脸防备地远离了他，结结巴巴地说道："谁……谁吃醋了！"

林希顺势坐到了李悬的办公椅上，转了一圈，笑说道："我来是跟你说正事的。"

"你说。"

"《初恋》的 MV，刚刚导演给我看了剧本。"林希看着她说道。

"嗯？"

"MV 女主角有人选了吗？"

"有几个。"李悬走过来在一大堆文件里面一边翻找，一边说道，"我下午把她们的资料发给导演，让导演看看谁合适。"

"不用了，我有合适的人选。"

李悬翻找的手微微一顿，问道："谁啊？"

“你啊。”

李悬呆住了。

林希笑眯眯地看着她。

“开玩笑。”李悬闷闷地说道，“我不会演戏。”

“少装蒜。”林希站起身走近她，附在她的耳畔，轻轻说道，“过气天后也是天后，没拍过 MV，骗谁？”

他总是喜欢跟她挨得很近，两个人之间，好像没有什么安全距离。

“可是……”她又往边上挪了挪，和他离得远一点，说道，“为什么呀？”

“和别人拍，总是没感觉。”林希揉了揉鼻子，转身走出了办公室。

李悬愣愣地又看了一遍 MV，她觉得挺有感觉的啊。

其实给林希串场拍个 MV 也不是什么大事，李悬以前出过专辑，也拍过不少 MV，客串个女主而已，她完全拿得下来。可是当李悬从导演那里拿到剧本，整个人都蒙了，剧本里大段大段都是吻戏，这是闹哪样啊！

“导……导演，你这 MV，尺度太大了吧！”李悬讶异地问道。

“这是艺术！艺术！”导演不乐意了，手指戳着剧本大声说道，“哪里尺度大？不懂别乱说。”

李悬真的不懂啊！她下意识就要推掉，接着转念一想，她不演，就会有别人来演。一想到林希和郑颖在 MV 里拉着小手，她就有些受不了，像这种激情 MV……光是如此想一下，李悬感觉自己的心脏都要炸了。

不行，必须演！她默默攥拳对自己道。

《初恋》的 MV 一反之前几首歌或深情或清新的风格，随着缠绵悱恻的前奏引入，掀开一段无比狂野的基调。男女主人公校园相遇，女主人公是老师和家长眼中的乖乖女，男主人公是一个狂放不羁的小混混，分明是两个世界的人，她却被他的与众不同深深吸引，偷看他，跟踪他，在学习上偷偷帮助他，少女的心事随时光缓缓流淌，宛如醇酒一般，日久弥香。直到有一天，在一个狭窄幽暗的巷子里，她被流氓欺负，他骑着摩托冲了过来，打跑了那几个流氓，脱下大衣披在她的身上，护着她离开。两个人并不相识，也从没有说过一句话，但是早已将彼此深埋于心，暗暗地深爱着。在这里，节奏和情绪掀起了一个高潮，在一个狭窄幽暗的楼道里面，他将她按到了角落，隐忍和潜藏的爱情一触即发，两个人疯狂地接吻……

这一段，两个人NG了无数次……

“不行不行。”导演不住地摇头，“感觉不对！”

李悬脸上的汗珠一滴一滴滚落下来，狭窄的楼道里空气燥热，易小嘉连忙拿了毛巾过来给她擦拭，小心翼翼地怕弄花了妆。

“是不是借位的角度不对？”摄影师调整着摄像机，准备换个角度试试。

“不是角度，是激情出不来。”导演手里拿着折扇，着急地说道，“你们两个，表情都不对。”他折扇一收，指着林希和李悬说，“你们是在接吻，要全情投入！”

林希脸上还挂着笑意，意味深长地看着李悬。导演凶了一声：“不准笑！本来就是借位，表情再这么僵硬，那就更假了！”

“对不起导演，再来一次吧。”李悬连连抱歉。两个人借位接吻，她如此近距离对着他那张俊美的脸庞，要流露出接吻时候的那种表情，这真的很有难度啊！一来李悬没有这种经验，二来他一靠近她，她的身体就像烧开的水，沸腾不已。

“再来。”导演招呼了一声，剧组重新开机准备。

李悬深深地呼吸着，抬头迎上林希，林希将她逼到墙角，虎口托住她的下颌，居高临下地吻下来，他的唇，他的呼吸，近在咫尺，李悬做好了无比深情的表情，闭上眼睛。

嘴唇上，什么东西，灼热的，柔软的……突然碾压了上来，她猛地睁开眼，林希的唇早已经压了上来，疯狂地亲吻着她的双唇，她的世界一瞬间飞沙走石！

怎么……怎么就亲上来了？

不是借位？真的亲了！

幽暗的灯光在楼道顶端摇晃，晃得她眼花缭乱。

他的吻很霸道，手落在了她的细腰之上，用力往上一提，两个人的身体严丝合缝地贴在了一起，吻不断被他加深，他的舌尖灵活地探了出来，在她的嘴里东突西撞。李悬脑子里晕晕乎乎的，什么都不知道，周围所有的一切都消失了，只有他，侵占了她的全部思想。

李悬情不自禁地抱住了林希的背，将他环住，林希身体微微一颤，手撩开了她耳边的碎发，扣住她的后脑勺，用力加深这个吻。

“太棒了！”导演盯着镜头里热吻的两个人，果然借位什么的，都没有实打实的效果来得好，两个人的演技都很过硬啊！

导演的一声“卡”喊过之后很久，两个人都没有放开彼此，他们还在激吻。包括摄影师、灯光师在内的片场所有人，无不面面相觑。

易小嘉微微张着嘴，难以置信地看着忘情拥吻的两个人。她边上，导演不住赞叹道：“太入戏了，这才是真正的演技派！”

屁咧！才不是！易小嘉神情复杂地盯着李悬。才不是演戏呢，李悬是爱上了他。

啊啊啊！李悬把自己蒙在被子里，不断地用脚踢着床，在床上翻来覆去。今天的场景不住地在脑子里回放，跟放电影似的，只要一想到，就恨不能尖叫。她到底做了什么啊！枕头压在墙上，她把脑袋不住地往上面撞，要疯了！

黑夜里，门外传来了敲门声。

“谁！”李悬叫道。

“我。”林希的声音一如既往显得慵懒。

这个房子里除了他们，也没谁了。

“干吗！”李悬一脸防备地挪到门边。

“不干吗，聊聊。”林希的声音听起来似乎很平静。

李悬连滚带爬跑到梳妆台边抓起梳子理了理自己凌乱的长发，双手捧着脸，深深地吸了一口气，让自己恢复平静。

“咔”的一声，房间门打开了，李悬抱着手臂，不动声色地看着他：“这么晚了，有事吗？”

“嗯，有事。”林希直接进了屋，坐到了床上。李悬局促地站在门边，远远地看着他。

“今天的事……”

“今天什么事也没有。”李悬连忙说道，“你做得很好，借位的效果的确不如身体力行……”她的语速太快，宛如早已在心里排练过千万遍似的。

林希挑了挑眉，看着她，薄唇微微一抿，玩味地说道：“身体力行？”

李悬的脸又烧了起来。

“好吧。”林希无奈地站起身，既然她心里有了看法，他也就没有必要再说什么了。

林希走到了门口，看了她一眼，终于还是说道：“晚安，呆呆。”

“等一下。”在他走出房间的时候，李悬终于鼓起勇气叫住了他，“为什么是我？”

“什么？”

“为什么要叫我来拍《初恋》？”她觉得她的声音已经不属于自己，抖得不行。

林希身影落在纯净的月光里，微微侧过头，嘴角扬了扬：“不是说了吗？和别人没感觉。”

“为什么？”李悬还是不依不饶，“为什么和别人没感觉？”为什么和她有感觉？

“因为……”

他的声音就像一根绳子，将她的心悬在了万丈高空。

“因为是初恋啊。”

他笑了笑，拖着懒散的步子，消失在了走廊的尽头。

第八章 是他照亮了整个夜空

初恋的情欲宛如潮涌，来得那样肆无忌惮，在学校里，他们像两个陌生人，彼此无数次擦肩而过，却不曾说过一句话，漫不经心的一个眼神的交汇，却好像包含了一整个世界。然后仿佛心有灵犀一般，他们从人群中溜出来，在空旷的天台上，在午后洒满阳光的走廊上，在昏暗逼仄的小巷中……他们迷恋彼此的身体，狂乱地亲吻，肆意挥霍着青春的荷尔蒙。

拍摄《初恋》MV 的那一周时间里，李悬感觉一直飘浮在云端。戏里他们亲密无间，缠绵悱恻，戏外，他们除了工作上的事，没有别的话题可聊，熟悉而陌生，亲密而生疏。

林希的第一张个人专辑的预售期定在了五天之后，一共七首歌曲，除了《希望》和《初恋》，另外五首歌曲，有四首是李悬作词作曲，另外一首是林希请同为《寻找新声代》选手段城为他作的词曲。

段城签约了尚品传媒旗下的一家小娱乐公司，因为年龄的缘故，并没有得到公司的重视，一直没什么名气，不温不火。

这次林希推出第一张专辑，主动提出希望段城为他写一首歌。段城心里也明白，林希是有意帮他攒人气，所以他算得上是殚精竭虑，熬了好几周，精心制作了一首极具风味的乡间民谣，很有他的个人特色。同时，李悬结合林希的音色，在编曲上进行了些微调整，经过无数次的试唱，最终的成品出来，宛若天籁，好听得让人舍不得摘耳机。

新专辑的名字，定为“初恋”。本来李悬是觉得《希望》这首歌比较适合作为专辑的主打歌曲，名字用“希望”可能会更合适，《初恋》作为第一张专辑的主打歌曲，还是太小气了。

不过，林希固执地认为，《初恋》才是他最满意的一首歌。既然林希这样要求了，她也没有理由拒绝，于是专辑名就定为“初恋”。

倒计时五天，每天李悬都会在MC原创音乐网上放一首专辑里歌曲的试听，只有三十多秒的视听，第一天就被激动又兴奋的听众顶到首页的收听量排行榜榜首的位置。

“啊啊啊！简直太好听了！请收下我的膝盖！”

“怎么能这么好听！虽然很短，可是我已经循环播放了一上午，旋律太美了！林希的声音也太美了！”

“从来没有看过综艺和选秀，为了这段声音，特意去搜了《寻找新声代》来看，现在已入深坑，无法自拔！表白林希！”

“同楼上。之前上网看到过关于他的不少新闻，以为又是一个靠炒作上位的家伙，今天我已经被这段声音迷得不要不要的，路人转粉！”

“这么好听的音乐，肯定又是我悬悬女神的大作！膝盖献上！”

“我要去买专辑！已经迫不及待了！”

…………

而林希粉丝也敏锐地发现，当天排行榜的第二名，就是展鹏的专辑预先放送的一首新歌《深爱你》。

这是一首完整的高品音质版歌曲，在林希的视听版传上来之前，一直稳稳霸占着收听排行榜榜首的位置。可是林希的试听版出来不过三个小时，展鹏的歌就被挤了下来……而最打脸的是，林希的试听版只有三十秒啊！

这种事，在整个MC音乐网站创立至今，从来没有发生过。一段试听版音乐居然能够拿到新歌榜首位，这样的人气简直太恐怖！

林希的专辑定在早上十点开始发售，不知道是有心还是无意，展鹏的专辑正好和他的专辑在同一天发售。这几个月的努力究竟能不能获得应有的回报，对于公司而言，林希究竟有没有商业价值和发展潜力，就看这天的专辑销售情况了。他的粉丝和展鹏的粉丝在网上掐得水火不容，说到底谁也不服谁，但是这一次专辑的发行销售，就是两个人真正一较高下的时候。

专辑发行的前一晚，李悬竟然失眠了，在床上翻来覆去睡不着，她走出了房间，准备去阳台上吹吹风。

月色如水，清辉洒落在光洁的地板上，微风撩动着窗帘，他清瘦的背影倚在阳台边，月光勾勒出他修长的身形。他左手指间夹着一支袅袅燃烧的香烟，烟草味道漫入了她的呼吸。

夜很静，她的脚步突然滞住，进退两难。

就在李悬险些落荒而逃的时候，林希转过身，柔和地唤了一声："呆呆？"

李悬只能硬着头皮走了过去。她穿的是一件尤其单薄且性感的丝质小睡裙，她抱着双臂，用这个动作遮掩住胸前若隐若现的旖旎风光。林希的目光氤氲了一层水色，将她上下打量了一遍，嘴角露出意味深长的浅笑。

李悬的身体莫名其妙地有些发热，她走到他的旁边，倚着窗台，掩饰地问道："还有烟吗？"

林希将手上的半截烟头递给她："就剩这支了。"

"不要。"李悬嫌弃地觑了他一眼。

林希笑了笑，将烟放进嘴里深深地吸了一口，然后喷了李悬一脸的二手烟，说道："那给你闻闻味儿。"

"去你的！"

李悬转身就走，林希却一把拉住了她的手臂："哎，别走！"

"干吗？"

"有东西给你。"

李悬转过身，就看到林希从兜里摸出来一个方形的丝绒小锦盒，放在了阳台的花架上。她的心微微一颤，故作镇静地拿过小盒子，看了林希一眼。林希若无其事地挑了挑眉，扭过头看着远处的万家灯火。李悬打开盒子，里面是一条 Tiffany & Co 的项链。

项链的吊坠是一个小小的钥匙形状，上面三环镶嵌着迷人的钻石，18k 金，低调奢华中又带了那么点淡淡的土豪气，可以的，这很林希。

“给我的？”李悬一颗心颤抖得厉害。

“这里还有别人吗？”林希将烟头掐灭在烟灰缸里，然后一把夺过项链，走到她身后，环过她的脖颈，给她戴上，轻声道，“少废话。”

他的呼吸喷在她脖颈间白皙的肌肤之上，让她感觉痒痒的。

李悬连忙撩开自己的长发将纤长的脖子露出来，冰凉的链子搭在皮肤上，林希的手还搁在她背后，摆弄着细细的链子，撩拨得她的心绪很难平静。

“为什么要送我项链？”李悬侧过头问他。

“因为你脖子太长了，不戴点东西遮一下，看起来跟外星人似的，怪别扭的。”

你才像外星人！你全家都是外星人！脖子长，碍着你林希什么事了！李悬气愤地在心里说。

林希将她的身子扳过来，欣赏的目光落在她锁骨处的肌肤之上，金色的项链泛着清冷的月光，配上她如缎一般白皙的肌肤，再往下，是柔滑的丝质睡裙，风光无限。

李悬退后了几步，手摸在了项链上，顺势用手臂挡在胸前，不动声色地加以遮掩。

“早点睡吧，不要太紧张。”林希说完，转身离开了阳台。

李悬的那一声谢谢都还没有说出口，他就已经转过了拐角，回了房间。李悬的目光落到阳台边的烟灰缸上，里面有七八个烟头。

也不知道谁紧张……她摸着胸前冰冷的项链，嘴角微微上扬，将项链拿起来放到唇边，偷偷地吻了吻。真的好喜欢！

中午的时候，李悬来到街角的一家音像超市。阳光很好，店门口已经排了长长的一条队伍，都是等着抢购新专辑的粉丝。

“看起来好像很热闹啊！”易小嘉兴奋地在她耳边不住地念叨着。

“别高兴太早，展鹏的粉丝也在里面。”李悬淡定地说道。

“悬姐，你好像一点都不紧张嘛。”易小嘉看着李悬镇静的模样，心想，果然是见惯了风浪的前辈啊！

李悬不紧张是假的，她失眠了一夜。

下午三点，振奋人心的消息就传来了，林希的专辑《初恋》在各大音像门店抢购一空！顾客正络绎不绝地上门想要购买专辑，现在各大销售商都在要求补货，盛况空前！

李悬办公室的电话从中午起就一直没有停过，她忙得简直要飞起来了，不过心情是无比兴奋的。

趁着专辑大火之际，李悬将专辑里人气最高的两首歌的原声版也传到了 MC 音乐网上。买专辑的都是林希的铁杆粉丝，而现在大部分人还是习惯听免费的音乐。

果不其然，歌曲传上去，下载量和收听量都非常可观，歌曲下面的评论区也是无比热闹，不少人表示迫不及待想要听到专辑里面所有的歌曲。李悬和 MC 网站那边经过沟通，网站在歌曲收听右边的界面放了一个专辑的网购链接，人们可以通过预订直接购买专辑。

不到一天的时间，林希的专辑《初恋》卖出去二十万张，而且这个数字还在不断攀升。当然，展鹏专辑的销量也不差，一直紧随其后，不过第二天，第三天……两个人的差距渐渐拉开了，展鹏的专辑销量在第六天的时候似乎已经达到了临界点，一直维持在五十万张，没有太大的提高。林希却恰恰相反，他的专辑在一周的时间里，销量已经突破了八十万大关，而且从目前的火爆情况来看，极有可能破百万！

这样的成绩，在并不景气的华语乐坛，简直称得上是一剂强心针了！

与此同时，林希微博的粉丝量在这一周的时间里，增长了五十万有余。如果说在《寻找新声代》的选秀节目中，他只是崭露头角，那么从现在开始，林希是真的一脚踏进了星光大道，彻彻底底地红了！

看过林希MV的粉丝们很不淡定，《初恋》是专辑里最受欢迎的一首歌，而里面大尺度的MV也让粉丝们抓狂不已！

“四分四十秒的MV，女神姐姐和我希亲了三分二十秒！还有一分二十秒是两个人拥抱，这糖发得，甜齁了！”

“我真的好嫉妒！”

“嘤嘤嘤，女神姐姐一定是上辈子拯救了银河系！”

“什么？我觉得林希遇到李悬才是拯救了银河系好吗？不仅承包了几乎整张专辑的词曲制作，还出演MV女主角，目前华语乐坛还没有谁能有这种殊荣吧！”

“楼上这么一说，还真是啊！”

“不管不管！我要写两人的姐弟同人文！”

“希悬组合，我站定了！”

很快，李悬和林希的组合已经被炒热了，甚至还真的有网友在网络文学网站上写两个人的同人文，而且每一本的点击量都不低。

林希的专辑大卖，公司特意为他开了一个庆功大会。这是陆星酌提议的，一开始李悬还担心林希这家伙不喜欢凑热闹，到时候不肯来可就麻烦了，毕竟是老总的提议。她没想到这小子还算给面子，不仅来参加了大会，在气氛高涨的时候还唱了好几首歌。

能听到林希的现场演唱，公司的小姑娘们都要疯了，站在台下尖叫、欢呼着，把场面闹腾得异常热烈，那感觉完全不亚于她们平时追韩国欧巴的热情劲儿。

呵，果然是少女杀手。

下面的姑娘们要他唱什么，他便唱什么，脾气好得跟换了个人似的。

李悬端着一杯红酒，站在僻静的一角，远远地看着他，那里正星光璀璨。

他在哪里，哪里就是风景，不是星光点缀了他，是他照亮了整个夜空。

“这个林希……”易小嘉挪到李悬身边，啧啧道，“太能撩了吧！你看看那些小姑娘，一个个被他迷得晕头转向，红光满面，都快找不着北了！”

“他还不就这样？”李悬没好气地说道，“从来不知收敛。”

懂得收敛就不是林希了，随他去吧。李悬喝了一口酒，已经有点微醺。

“不是啊悬姐，要只是小姑娘就算了，你看那边，那边的陆总。”易小嘉用眼神示意她观察坐在另外一边卡座的陆星酌。周围有好几个陪坐的董事，都在向他敬酒，和他说话，可是他压根儿没理会人家，深沉的目光直勾勾地盯着舞台上的林希，眼神还怪怪的。

“陆总欣赏林希吧。”李悬也感觉陆总的眼神是有点怪怪的。

“咱们公司可还从来没有给新人开过这种规格的庆功大会，这可是出道多年的老艺人才会有的待遇，而且这种场合，陆总可从来不会出席。”易小嘉还在李悬耳边吹着阴风，“要说只是看重的话，陆总对林希，那可真不是一般……重视啊！”

李悬微微皱眉，看着陆星酌，那眼神的确很奇怪呀！

没多久，林希唱完歌下了台，左右张望似乎寻找着什么，陆星酌正好也起身，朝着他走了过去。易小嘉抓着李悬衣角的手蓦地一紧，两个人的眼睛死死地盯住了陆星酌和林希。

“啊！陆总好像在给林希敬酒，我的天！”易小嘉压低了声音在李悬耳边惊叫起来。

“我看到了，你小声点。”李悬扯了扯易小嘉，继续死盯着远处的两个人。

林希好像是拒绝了陆星酌敬的酒，这下李悬和易小嘉的心同时提了起来。这家伙够胆大啊，连陆总敬的酒都敢拒绝！

陆星酌似乎并没有半点生气的样子，反倒是展露了笑容，和他又聊了几句，但林希明显已经露出很不耐烦的神色。

李悬的心怦怦直跳，放下酒杯就要走过去给他解围。她知道林希这人棱角太过锋利，闹脾气也不看看对象，陆星酌是他能惹的主儿?

“悬姐，你别去。”易小嘉连忙拉住了李悬，“陆总那边情况不对劲，要换平时，林希这种级别的艺人是根本连陆总的面都不可能见到的，这次陆总不仅同意给他出专辑，还出席庆功宴，甚至还给他敬酒……”易小嘉连连摇头，“而且你看陆总，就算被拒绝了，哪里有半点生气的样子？”

李悬看看陆星酌，果不其然，他面上依旧挂着和善的微笑，宛若一个慈善亲和的长者，能够包容年轻一辈所有的轻狂和浮躁。这画风，和平时很不一样啊！

的确是很奇怪啊！

“不会是……看上了吧？”易小嘉的声音显得格外意味深长，“听说陆总现在快奔五了，还没结婚呢！会不会……”

李悬知道易小嘉的意思，陆星酌眼瞧着都快五十了，还没有结婚，也没有孩子，外面关于他的传言并非没有，说陆星酌不喜欢女人。可是李悬并不以为意，老板的私生活，可不是他们这些小员工可以背地里随意言说的。

“别乱猜，陆总是正经人。”李悬连忙说道。

林希也不是针对陆星酌，今天晚上来给林希敬酒的人络绎不绝，可是他一概拒绝，谁的面子都不给，是真的滴酒未沾。这些人眼见在林希那儿没讨着什么好，又跑到李悬这儿闹腾了起来。李悬这人工作上一板一眼，但实际上待人很好，大伙都挺喜欢她。

几杯酒下来，李悬有些醉了。

李悬让易小嘉开车送她回家，易小嘉扶着步履都有些乱了的李悬出了酒店大门。林希跟着走了出来，说道：“我送她吧。”

“不行啊，陆总他们可都还在酒店，你是主角，不能走！”易小嘉话还没说完，林希已经将她身边的李悬揽进了自己怀里。

“刚刚都要憋死我了，好不容易逮着机会可以跑路，你不能坏我事。”林希挑眉笑道，“别人问起来，就说我送我亲爱的经纪人回家了。”

易小嘉心里猜测，这家伙刚刚一杯酒都不喝，不会就为着这事吧？

无奈，她只能将李悬交给林希，交代道："那你小心点。"

林希将李悬扔进车里，给她系好了安全带，然后自己坐上了驾驶位，回头瞥了李悬一眼，将车开了出去。

"不能喝就别喝。"林希瞥了她一眼，喃喃道，"你这家伙，怎么就不懂拒绝呢？"

李悬没有说话，她昏昏沉沉地倚靠在窗边，似乎是睡熟了。

林希关上了窗户，将车停在路边，脱了外套披在她身上，凝视着她安静的睡颜。林希嘴角扬了扬，伸出手，情不自禁地捏了捏她的鼻尖，李悬皱着眉头咕哝了一声，将他的手打掉。

"都长这么大了。"林希目光温柔，喃喃自语了一声。

车内静寂，她安静的脸庞笼上了一层星辉。

林希顺手打开了车载音响，将音量调低，音响里是他的专辑《初恋》里的一首歌，他随即关掉了音响，听自己的歌，感觉怪怪的。林希将车后排的背包拎了过来，从里面摸出来一张陈旧的专辑——《夜》。

这是李悬出道的第一张专辑，也是凭借这张专辑，她一炮而红，火遍全国。

她的声音，与夜空星辰为伴，宛若天籁。

林希一边开车，手指一边在方向盘上击打着节拍，无可指摘，即使这么多年过去，好听的声音依旧是能够触及灵魂的。

当初的李悬，年不满二十，却能一举封后，她的声音的确美得让人惊叹。如果不是现在封麦了，如果她还走在这条星路之上，不知道现在究竟会是什么样的高度。

想想，还真是可惜啊！这个世界失掉了这样迷人的声音，真的可惜。

林希扭头漫不经心地瞥了她一眼，却不想她已经醒了过来。她望着窗外浓重的夜色，眼眶里不断有眼泪滚落，一滴一滴，灼烫着他的心。哭了？

"林希，"李悬的嗓音略显沙哑，突然说道，"关掉它。"

这一次，林希出乎意料地配合，伸手关掉了车载音响。

李悬深长地吸了一口气，重新闭上了眼睛。

林希轻嗤了一声，说道：“很不甘心，是吧？”

“嗯。”李悬睁开眼睛，月色洒在她长卷的睫毛上，她喃喃道，“我很嫉妒你啊！”

从小到大，嫉妒他的人，太多了。不过她不一样，林希并不讨厌她。她一手捧红了他，那些原本属于她的星光，她用另一种方式全部给了他。

“李悬，这话我只说这一遍，等你醒过来，记得也好，不记得也罢，我都不会再说。”林希目光盯着前面的夜色，认真而虔诚地说道，“把你的梦想放心交给我，你所渴望却迷失的音乐圣殿，我带你去。”

“好啊。”她嘴角扬了起来，弯弯的眉眼还带着泪痕，像个孩子一般伸出小指，说道，“拉钩，一言为定哦！”

“一言为定。”林希的小指头钩住了她的手指，两人用大拇指盖了一个章。

李悬重新闭上了眼睛，陷入深远的睡眠中。

次日，李悬清醒过来的时候，看着自己的手指头，捂着脑袋想了很久。昨天晚上林希好像是说了什么，两个人还郑重其事地拉钩盖章了，应该挺重要的，可是他到底说了什么呢？

脑仁疼得厉害，她一时间还真是想不起来了……

林希走进办公室，手里拿着一张薄薄的通告单，坐到李悬身边，双腿往沙发上一盘，将通告重重地拍在她的面前，说道：“呆呆，给我解释解释。”

李悬扫了通告单一眼，咬着苹果瞪了他一眼，威胁道：“这些活动都是我给你精挑细选的，敢抱怨一声试试！”

林希根本不吃她这一套，拿着单子轻轻拍了拍李悬的脸，问道：“假期都没有？”

李悬夺过通告单，指着里面的空白栏说道：“怎么没有？过年不是给了你十天假吗？”

“你真拿我当赚钱工具啊？”

“你红嘛。”李悬眯起眼睛微微一笑，将通告单轻轻拍在了林希脸上，“想想那些冻在北极圈的新人，你是何等幸运啊！珍惜吧！”

“呵呵。”

“对了,昨晚你是不是跟我说了什么？我怎么都想不起来了……”李悬揉着眼角，皱眉问道。

林希眉梢一挑：“真想不起来了？”

李悬诚挚地点了点头：“再跟我说说。”

“嗯……再多给我几个休息日，我就告诉你。”林希双腿交叠搁在茶几上，跟李悬谈起了条件。

“你看我像这么公私不分的人吗？”李悬咧着嘴冷笑了一声。

林希摇了摇头：“算了，反正能从我这儿讨到便宜的机会不多，既然忘了……”他伸了个懒腰站起身走到门边，回头笑道，“就当昨晚只是一场梦。”

李悬歪着脑袋，隐约记得他好像的确是答应了她什么事来着，他这么一说，突然觉得有点可惜怎么办！

“我会想起来的！”林希走出门之后，李悬忍不住追出来站在走廊上冲着他的背影喊道，“到时候可别耍赖！”

林希懒得回头，潇洒地挥了挥手：“能想起来再说吧。”

周末李悬接到了父亲的电话，让她周末回家吃饭。

“妈妈那边……”李悬有些犹豫。

“其实是你妈叫你回来的。”李正勤在电话里面低声说道，“这都大半年了，她虽然嘴上不说，其实心里也想你啊！”

李悬脸上展露了笑容，说道：“好，我周六回。”

自从李疏出事后，李悬和母亲赵怡的关系就很糟糕。赵怡一直没能原谅李悬，认为她才是导致李疏自杀的罪魁祸首——如果她当初不那么自私，愿意帮妹妹一把，李疏也不至于患抑郁症，更不至于做出卧轨那样不理智的事情。

当初在医院，赵怡扇她的那几巴掌，李悬想起来，至今脸颊都有些生疼。

李悬父母都是老一辈的知名艺术家，住在首都郊区的一个名叫江城的小镇上。江城临水靠山，环境清幽雅静，镇上有数家大大小小的剧院和音乐厅，镇上的人很多都是从事音乐方面的工作，随处可见抱着吉他或者提琴在街头演奏的音乐艺人。这里出过许多的知名艺术家，有从事古典乐的，也有从事流行乐的。每逢周末或者节假日，都会有大量游客慕名前来游览参观，晚上便去剧院欣赏歌剧。

李悬提着行李从火车站出来，看到父亲李正勤已经站在车站出口等着她了。

“爸。”李悬远远地喊了他一声。

李正勤看到女儿，脸上展露出一个温和慈祥的笑容，忙走过来接过她的行李放进后备厢里，说道：“这么近，怎么不开车回来？火车上人多眼杂的，多不安全。”

“周末，我怕高速路塞车。”李悬笑着回答道。其实真实情况是，自从庆功会那晚林希开车送她回家之后，车钥匙就一直没还给她。

回家之后，李正勤将李悬的行李提进屋里，冲着厨房喊了一声：“孩子回来了。”

厨房里传出来炒菜的油爆声，赵怡系着格子围腰，冷着脸一言不发地将一盘青菜端上桌。李悬喊了一声：“妈。”赵怡这才回头，冷冷地觑了她一眼，“嗯”了一声，跟着又进了厨房。

李正勤拍了拍李悬的肩膀，让她坐在沙发上。李悬也早已经习惯了赵怡的冷淡，此时此刻坐下来，环顾着周围熟悉而又陌生的陈设，感觉很是局促，仿佛这个她从小长大的家早已经不属于她了，现在她只是一个客人。

家里的装饰色调暗沉，正如父母从小给予她的教育，严肃正经。家里两个女儿，只有大女儿李悬继承了夫妻两个的优秀基因，从小就表现出极强的音乐天赋，所以夫妻俩，尤其是赵怡，对李悬寄予厚望，对她的要求尤为严苛，每天练琴和唱歌占据了她绝大部分的时间。恰恰是没有天赋，连唱歌都会跑调的李疏，因为父母疏于关心和管教，生活得更加自由自在。其实，很多时候，李悬是羡慕她的。

菜已经全部上桌了，不管赵怡对她态度如何冷漠，但是赵怡肯为她回家而亲自下厨，李悬心里都感觉很开心。李悬都已经不记得有多久没有吃到母亲做的饭了。

李悬刚刚坐上桌，就被赵怡呵斥了一声："谁让你上桌了？没规矩。"

李悬眨眨眼睛，不知所措地看了母亲一眼，连忙起身站到边上。赵怡脱下身上的围裙，李悬走过去想要替她挂起来，赵怡看也没看她一眼，直接与她错开身，拿着围裙走到厨房的门边，挂在了架子上。

李悬看向父亲，李正勤尴尬地笑了笑，也很是无奈。

就在这时候，门铃突然响了起来，赵怡连忙从厨房出来，吩咐李正勤道："一定是皓思他们来了，快去开门！"

皓思？谢皓思？那个在百老汇唱男高音的谢皓思？！

李悬跟着李正勤走到玄关边，歪着脑袋看向大门。门打开了，进来的是一家三口，爹妈带儿子过来做客。李悬乖乖地喊了一声："谢伯父、谢伯母好。"接着，就看到了他们身后一身西服正装的谢皓思。

李、谢两家都是圈子里有头有脸的音乐世家，两家的关系也颇为亲密，称得上是世交。李悬从穿开裆裤的时候就和谢皓思认识了，两个人几乎是同时发蒙学音乐，一块儿去教堂唱过圣歌。初中那会儿，为了多攒零花钱，两人背着父母，带着还是个小屁孩儿的李疏，三人背着吉他偷偷摸摸地在街头卖过唱。

后来上高中，谢皓思去了美国，李悬留在国内。那时候她已经小有名气，签了娱乐公司，开始出唱片，参加各种代言和综艺节目。两个人有很长的一段时间都没有联系过，关系也就此生疏了。没想到这次赵怡竟然把他们一家人请了过来。

"快进来！外面很冷吧？进来暖暖。"赵怡热情地招待着这一家三口，将他们迎进了屋里。

李悬好奇地看向谢皓思，他年龄跟她差不多，二十五六了，不知道是不是因为这些年一直待在国外，皮肤也随了老外，白皙通透。他顶着一张娃娃脸，冲她傻笑了一声，笑起来嘴角还有两个酒窝，好一张美人皮！

几个人坐上了桌，李悬扫了谢家父母一眼。李正勤在电话里说赵怡是因为想念她，所以叫她回来吃饭，今天看来，她显然是为了母亲的面子而请来陪客的。

李悬心里有点不舒服了。

谢皓思的母亲许琴和赵怡本来就是大学同学，两个人关系一直很好，饭桌上总是有说不完的话。

“你啊，看起来还是和上学那时候一样年轻呢。”

“比不得阿琴你这容光焕发的。还是儿子好啊，这么有出息，不用你操心，可以多花时间在自己身上。”赵怡眼角笑出了鱼尾纹。李悬已经很久没见母亲在自己面前展露笑容了，她印象中，她时常都是冷着一张脸。

“别看皓思这么大的人了，淘得很，在国外可没法让我省心呢！”许琴笑着看向李悬，“还是女儿好，悬悬在首都工作，可以时常陪在你俩身边，这是我们想都想不来的福气呢。”

“我女儿算是废了，我啊，只希望将来她能在圈子里找个有出息的男人，相夫教子，好好给我培养一个有出息的乖外孙，我就满足了。”

听着赵怡说出这样的话，李悬心里很是硌硬。当然，赵怡口中的圈子，不可能是娱乐圈，而是他们这种搞古典音乐的艺术圈。赵怡素来看不惯她唱流行歌曲，觉得那都是下九流的靡靡之音，不登大雅之堂。当初李悬进娱乐圈，其实赵怡并没有反对，后来之所以对这个圈子抱有这么大的成见，是因为娱乐圈这个大染缸夺走了她小女儿李疏的性命。

说起儿女的婚姻大事，许琴也来劲了：“其实啊，我也不希望我们皓思在国外给我找什么洋媳妇。”她摇了摇头，做出嫌弃的表情，“他以前交往过的那些个外国女朋友，我一个都看不上。”

“也是，外国人和咱们生活上多多少少会有差异。”赵怡随声附和。

“倒也不是因为这个，主要是外国女人事业心比男人还重，哪里顾得好家庭？我就皓思这一个儿子，当然是希望他将来找一个能够照顾他，照顾家庭，最好在音乐事业上还能够帮到他的儿媳妇。”

两个人一唱一和的，李悬也不是傻瓜，自然听得明白，她的父母和谢皓思的父母，在他们的婚姻大事上达成了某种默契。

谢皓思尴尬地看了李悬一眼，抢走了许琴的话头：“妈，好端端的说这些干什么？我还年轻，根本不想结婚。”

许琴回过头严肃地瞪了谢皓思一眼：“你说的这是什么话？你不想结婚，妈可急着抱孙子呢！”

“我现在以事业为重，你要和小孩子玩，你自己再生一个呗！凭什么借规划我的人生来满足你的乐趣？”谢皓思咕哝了一声。

李悬用眼神默默地给他点了个赞。

“你……”许琴正要斥责谢皓思，被赵怡止住了。

赵怡微笑着看向谢皓思：“是是是，男人嘛，以事业为重是应该的。不过结婚和事业也不冲突，有个能够照顾家庭，在事业上还能帮助你的妻子，这岂不是两全其美？要说啊，我们家悬悬虽然现在不唱歌了，但是好歹还是有底子的，至少在教育小孩方面，绝对不成问题。”

“砰”的一声，李悬手里的筷子重重地拍在了桌子上。

所有人都惊讶地看向李悬，赵怡眼里射出了威胁的光芒。李悬低着头重新拾起了筷子，戳了戳自己碗里的肉片，闷闷地说了一声：“肉太咸了。”

“那悬悬多吃点蔬菜。”许琴微笑着打圆场，给李悬夹了一片白菜叶，李悬说了声“谢谢”，食不知味地吃了起来。赵怡的脸色已经沉得不能再沉了，看得出来，她对李悬的表现很不满意，但是因为面子问题，现在不便发作，只能强撑着笑脸吃完这顿饭。

饭后李悬带着谢皓思去了后院，两个人也有许多年没见了，怎么说都是童年的好朋友，还是有很多话要聊的。

等他们一离开，赵怡便拉住了许琴的手，笑道：“你看，悬悬和皓思两个，感情还是很好的。”

“可不是吗，青梅竹马呢！”许琴喝了一口茶，也展露出了会心的笑颜。

李正勤点了一支烟，也给谢父点了一支，缓缓说道：“孩子们这么大了，有自己的主意，咱们大人就别瞎操心了。”

被他这么一带，两位母亲倒是不好再多说什么了。许琴立刻转换了话题，叹息了一声，道：“小时候听悬悬唱歌我就知道，这孩子将来有大出息。你看现在，就算唱不了歌，名声依然不减。”

“我是真不希望她再待在国内流行乐坛，又唱不了歌，为他人做嫁衣，有什么意思？如果她嗓子没坏，还能跟皓思一块儿出国去百老汇发展。唉，可惜现在她唱不了歌。我现在啊，只希望她快点结婚，给我生个外孙，然后把外孙好好培养成才，继承我和她爸的事业，将来在古典乐方面能有所成就……”

“你这方面可是和我想到一块儿了。”许琴连忙说道，“我也希望我的乖孙孙能进入古典乐的圈子发展呢，毕竟在这方面，我们手头还是有点资源和人脉的。”

“哎哟，咱们还真是心有灵犀啊！”

两位父亲交换了一下眼神，对这两个一厢情愿的母亲表示很无奈。

庭院里，谢皓思坐在秋千上，远远地看着正在莳弄一株野花的李悬，问道：“你是真的唱不了歌了？”

“嗯。”李悬背对着他点了点头，“不过这样也挺好的，唱不了歌，就不用整天听我妈碎碎念，让我去唱歌剧什么的。”

“不过我看你妈这架势，是把希望寄托在下一代了。”谢皓思歪着脑袋笑说道。

李悬拍了拍手上的泥，走到小木桌前从包里拿出烟点上，然后看向谢皓思：“要吗？”

“我不抽烟，对嗓子不好。”谢皓思摆了摆手。

这是对的，歌者是应该要好好保护嗓子，李悬琢磨着，回去得让林希戒烟了。

“你妈也不好对付。”李悬深吸了一口烟，倚靠在桌前看着谢皓思道，“咱们彼此彼此，谁也别想嘲笑谁。”

谢皓思浅笑了一声，露出了两个可爱的酒窝，说道：“要不，你跟我去美国得了。”

李悬微微一惊，还没等她说话，谢皓思连忙解释道：“你别误会，我对你可没什么意思。你这人这么呆，谁和你生活在一起，那还不得闷死啊！”

李悬咬牙切齿地瞪了他一眼。

谢皓思无伤大雅地笑了笑：“我是觉得，与其待在国内被父母管着，束手束脚，你还不如跟我出国过自己的生活，逍遥快活，多好。反正你爸妈和我爸妈都有撮合咱俩的意思，咱们一块儿出国，正顺了他们的意。”

李悬冷笑了一声：“我看你是想把我当挡箭牌吧，我跟你出国，你爸妈放心了，就不会整天催婚了。”

“咱们这也算是互利互惠。”谢皓思笑道，“主要是我有一个超级牛的心理医生朋友，说不定能治好你的……”

“算了吧，我现在这样挺好的。”

“是因为那个新人吗？”

“嗯？”

谢皓思冲她了然地眨巴眨巴眼睛，说道：“虽然我人在国外，可是对国内娱乐圈还是有了解的。你带了个新人，关系好像还不错，帮他写了差不多一整张专辑的歌曲。”

“是有这么回事。他天赋卓绝，我想要捧红他。”李悬闷闷地说道。

“捧红他？然后呢？”谢皓思站起身，抬眸睨着她反问。

然后？李悬还真没想过然后怎么样。

“大概嫁给他吧。”

“你说真的？”谢皓思表情顿时严肃起来。

“噗——”李悬笑出了声，“这你也信？”

她当然是开玩笑的。

李悬回屋的时候，赵怡拿了两张票递给李悬，说道：“晚上歌剧院有一场《悲惨世界》的音乐剧，你带皓思一块儿去听。”

李悬本来想跟父母道别然后回去的，反正赵怡让她回来也不是因为想她，她再留着也没意思。

“那部音乐剧，从小都听烦了。”李悬推托着，有点不想去。

“呵，还是这样，什么都只顾着自己。”赵怡冷嘲了一声，轻蔑地扫了李悬一眼，“去年谢皓思给我拜年的时候提起过想听这部剧，这次回来碰巧又赶上了公演，你作为主人家，就不能陪他去听吗？”

李悬终于还是接过了那两张票——对于赵怡，她始终有愧。

“释放无限光明的是人心，制造无边黑暗的也是人心，光明和黑暗交织着，厮杀着，这就是我们为之眷恋而又万般无奈的人世间。”《悲惨世界》中的这一句，李悬已深有体会。

听完音乐剧，李悬没有直接回家，而是去商业中心闲逛。林希送了她一条土豪项链，她必须回礼。

街边有几个流浪艺人正在演奏，不少人驻足观望。他们还年轻，梦想已萌芽。

谢皓思看着他们，不禁感叹：“还记得上初中那会儿，咱们晚上趁家长睡着以后偷溜出去，你唱歌，我弹吉他，在街边卖艺赚零花钱。”

李悬当然记得，补充道：“还说要成立一个乐队。”

“那时候李疏刚上小学五年级吧，成天跟在咱们屁股后面转悠。不过说起来，她唱歌也真是够难听的，还非要争话筒，结果每次她唱歌都能把周围观众吓走了。”谢皓思笑了起来，回忆着当年的事情，很是感慨，“感觉就像昨天一样，没想到我们都长大了。”

李悬不再说话，而是加快了步伐，逃一般地离开了街角。

谢皓思站在她的身后，心里头莫名有些难受，他看着李悬的背影，突然大喊了一声：“李悬，这不是你的错！是时候该放下了！”

如果这一切不是她的错，那是谁的？

李疏走了，带走了她的声音，还有整个世界的光明。

“最遥远的梦之彼岸，我带你去。”李悬突然停下了脚步，站在世界奢侈品名表 TK 的门店前，愣愣地看着华丽的 LED 大屏幕上滑动的广告语。

想起来了！她想起来醉酒的那一晚，林希曾对她说过的话。

“把你的梦想放心交给我，你所渴望却迷失的音乐圣殿，我带你去。”在她生命最晦暗的时候，有人拿着钥匙猝不及防闯进了她的心门，也带来了希望和光。

谢皓思找到李悬的时候，她正站在TK表店的柜台边，营业员将一款男士机械表取出来送到李悬的面前，她微微皱着眉头，打量着这款手表。

谢皓思走到了她的身边，挑眉道：“原来你在这儿，怎么，给我买礼物啊？”

营业员看了看两人，郎才女貌，当即便说道：“这位先生低调奢华、成熟优雅的气质，配这款表正合适。”

“哦。”李悬点了点头，再也不看那款表，而是选了另外一款镶满钻石的手表，让营业员包了起来。

谢皓思歪着头看着那款表，颤声道：“这……会不会太张扬了？”

又不是送给你的，李悬心说，这种充满贵族气息的土豪表，配林希那二大爷送的土豪项链正合适，连颜色都是一般金光闪闪。

打开家门，客厅没有开灯，李悬似乎听到二楼父母的房间里传出了争吵声。她轻轻换上拖鞋，上了楼，远远地就听到了父亲李正勤的声音：“你不觉得今天当着谢家父母这样说咱们悬悬，很过分吗？”

“我怎么过分了？”赵怡冷声反问，“你看看她今年都二十六岁了，再这样下去，年纪熬大了，更不好嫁人。别看人家皓思和她年纪相当，这样的优质男后面都追着大把大把的女人，哪里像她，冷板凳一条，谁都坐不上来。”

李悬的手紧握成了拳头。

“我当然也希望悬悬能稳定下来，可是你当着女儿的面说她是废了，这话真的太过分！还有什么希望她找个有出息的男人，相夫教子，这些话当着外人面说出来，你考虑过悬悬的感受没有？女儿这么大，也有自尊心和面子。”李正勤气愤地说道。

“她的自尊心算什么！”赵怡突然激动起来，陡然提高音量，接着就是玻璃破碎的“哗啦”声响起，只听她声音颤抖地说道，“当初如果不是她的自尊心作祟，我的女儿根本不会死！”

“小疏的死，也不能全怪悬悬。”李正勤摇着头，无奈地说道，“这事已经过去，你也该放下了。”

“我告诉你，我永远都不可能原谅她，她是我的仇人！”赵怡冷笑了一声，“她不能再唱歌，我不知道有多高兴呢！这是她的报应，是疏疏对她的惩罚！而这惩罚不会结束，凭什么她可以做自己喜欢的事！凭什么疏疏就要长眠于冰冷的坟墓里！别人有多喜欢她的歌，我就有多恨她。”

“你说的这是什么话！”李正勤突然拍了拍桌子，说道，“她和小疏一样，也是你的女儿！悬悬那么要强的一个人，这些年对你唯唯诺诺，低眉顺眼，难道还不够吗？你还要闹到什么时候，你真的要毁了她吗！”

“不够！”赵怡厉声叫道，“除非她死，否则这一切永远不够！”

李悬的身体渐渐冷了下来，全身的血液都似要凝固了。

“都是我的错吗？”她的声音压得很低，带着隐忍，带着颤抖。

门没有关，当赵怡和李正勤看到她的时候，同时惊住了。他们没有想到她回来会一点动静都没有，没有想到她会把这一切都听了去。

她看向赵怡，目光狠戾，突然吼叫了起来：“我问你啊！都是我的错吗？！”

赵怡完全没想到平时几棍子都打不出一个屁来的闷葫芦会突然爆发，她眼神闪烁，装腔作势地说道：“你吼什么吼！”

“当初李疏得抑郁症，是我一个人造成的？”李悬盯着她，一字一句狠狠地说道，“从小到大，你们把管束我的严苛分一半在她身上，她会走上这条路吗？”

看着赵怡那气得发抖的模样，李悬冷笑了一声：“其实你自己也知道吧，只是不愿意承认，所以把一切罪责都推到我的身上，让我背负罪恶的十字架，这样你的良心才会稍稍好过一点。说到底，自私的人还是你啊！”

“悬悬，别说了！”李正勤突然出声，严厉地制止她的话，“怎么能这样和妈妈说话！”

“你根本不配当我和她的妈妈。”李悬冷冷地说完，转身走出了房间。

“李悬！你给我回来！”她听到身后传来赵怡尖厉的叫喊声，“是你的错，就是你的错！是你害死了她，是你！”

李悬大跨步跑出了房子，头也不回地奔跑在夜色中，眼泪很不争气地落下来。她发誓，这绝对是最后一次！

林希给她打电话的时候，她正一个人蹲在街边抽烟。

“终于知道接电话了！老子还以为你被车撞死了，都准备给你收尸来着！”电话里是他一如既往的放肆语调。

“谢谢你还惦记着给我收尸。”她要是真死了，估计赵怡也不会对她的尸体多看一眼。

林希立刻听出了她声音里的不对劲，不再开玩笑，沉默了几秒，问道：“在哪里？”

“街上。”

“现在都十二点了。”林希提醒道，“不怕遇到匪徒啊？”

“今晚的月光很美。”李悬深长地呼吸着，望着天上的明月。

林希无奈地揉了揉额头，柔声问道：“跟家人吵架了？”

李悬鼻子一酸，抽了抽，眼泪吧嗒吧嗒又落了下来。

林希的心因她的抽泣声猛地揪了起来。

“等着。”

他说等着，李悬果然就在原地一直等着。熟悉的红色轿车转过街角，驶了过来，车灯打在她的脸上，闪了闪，然后熄灭了。

林希从车上下来，手里还拿着一件长风衣，朝她走过来，没说话，先将风衣披在了她冰冷的身上。

“真的，来了啊……”李悬的声音都已经沙哑了。

林希又将衣领拉了拉，将她整个人包裹了起来，然后拉着她就要上车。

“林希。”她突然叫住他。

“嗯？”林希回头，猝不及防间，李悬已经一头扎进了他的怀里，将脸深深地埋进他黑色的毛衣里。

他的呼吸突然变得深长而缓慢，就在这一刻，他突然觉得，抛弃温暖的被窝，大半夜开了四十多公里的车过来，一切都值得。

太值了。

他的手搭在了她的肩膀上，声音前所未有地温柔：“呆呆，回家了。”

第九章

你的眼光，也很独特

“真人秀？”李悬扫了一眼易小嘉手上的节目通告，并没有接，问道，“给我的？”

“嗯。”易小嘉点点头，“嘉华卫视主办的一个大型农村生活真人秀直播节目，《上山下乡》，邀请悬姐你参加节目。”

“为什么要请我？”自从封麦退居幕后，李悬就不再参加综艺节目了。

“《寻找新声代》节目播出之后，悬姐你的人气高涨，粉丝们也想看你的综艺呢。”易小嘉说道，“而且严格来说，不算综艺节目，而是全程直播的真人秀。”

“哦，回绝了吧，我没时间。”李悬坐在办公桌前埋头记什么东西。

“好吧。”易小嘉无奈地耸耸肩，说道，“那要不要替林希一块儿回绝了？”

“嗯？”李悬瞪大眼睛看着她。

“他们也邀请了林希参加。”易小嘉解释。

“给我看看节目策划。”

易小嘉连忙将手里的文件递给李悬，心里琢磨着，自己的事完全不在意，涉及林希就这么上心，还不承认两人间有猫腻。

李悬翻阅着节目策划书，“上山下乡”这名字取得很有年代感啊！

而节目的主要内容，就是把几个大明星放到荒僻的乡村里，让明星们当几天农民，体验农村生活。摄像机会全程跟拍，并且在最大的直播平台咸鱼直播网进行直播。

感觉还不错，至少策划案看起来挺吸引人。

“这个节目第几期了？”李悬抬头问易小嘉。

“这才第一期呢。”易小嘉回答，“不过据说嘉华卫视对这个真人秀投入了很多，如果第一期反响不错的话，应该会一直办下去。”

“第一期……”李悬喃喃道，“至关重要啊。”

第一期不仅仅是对节目组很重要，对于明星来说，能够参加一个综艺节目的首秀也是非常难得的。按照以往的经验，这种真人秀，第一期出场的艺人往往最让人印象深刻。

“还有哪些艺人？”李悬又问道。

“据说还邀请了郑颖、苏安瞳、杨叶和秦翔，不过目前只有郑颖定下来了。”易小嘉回答道。

郑颖那女人最爱玩闹，对这种节目肯定是喜欢的。

而另外三个人，苏安瞳是拿过去年的最佳新人奖的演员，目前人气很旺。秦翔也是演员，是当红偶像。杨叶嘛，影视歌三栖明星，出道五年，成绩很好，还得过最佳男演员奖，是他们之中段位最高的。

他们都是目前很有人气的艺人，看来嘉华卫视也是想打好开局的第一仗。

“先问问林希的意思，如果他同意，那就参加。”

“好。”易小嘉走出了办公室，李悬拿着那份节目策划案研究了起来。

易小嘉在录音棚找到林希时，他正在录制一部古装电影的插曲，易小嘉趁他休息的间隙，向他大概介绍了一下《上山下乡》真人秀节目的内容。

林大爷端着茶杯抿了一口，看也没看她手里的策划案，只听到“农村”两个字就断然拒绝，咕哝着说了一句：“我又不是自虐狂，干吗要去那种地方找不痛快？”

“哦。”易小嘉无奈地点点头，转身要走时，偷偷看了他一眼，冷不防地来了一句，“那只能让悬姐一个人参加咯。”

林希的手指搁在桌上敲了敲，质疑道：“农村环境很糟糕，她受得了？”

“这个……”易小嘉毫不在意地耸耸肩，说道，“反正是做节目嘛，应该不会太艰苦。”

易小嘉都走出录音棚老远了，林希的助理李微龙追上来说道：“那个，小嘉姐，希哥说这个节目策划案看着还不错，他决定参加了。”

易小嘉了然一笑，说了声：“德行。”

节目定在秋季开拍，一来这个时候不冷不热，气候正好，二来田野里稻麦金灿灿的，景物拍出来的效果也是最好的。

李微龙一大早就出现在了李悬家的大门口，他的身边还放着林希大包小件的行李，足足有四五包的样子。李微龙看着这些行李，整个人都不好了。

李悬只背了一个双肩背包，束着高马尾，打扮清爽干练。她从房间里出来，看到门口大件小件的，几乎堆成了山，有些傻眼。

林希下楼的时候，李悬正在拆最大的一个箱子，把里面那些紧随潮流时尚的衣服、裤子，还有装酷耍帅的太阳镜、鸭舌帽，还有一整条的烟全部扯了出来。

林希“噔噔噔”跑下来，护在自己的行李面前，说道：“你干什么！”

“节目组都规定了，所有的用品一律由借住的村民家提供，吃的、穿的、用的，得全部和村民们一样。”李悬说着又扒开了另外一个大包，发现里面居然还有几罐啤酒。

“节目组说什么就是什么？”林希很不爽地抢过自己的包，不准李悬乱拆。

“当然呀，这是规则。”

“我的世界没有规则，不爽的话，老子就不去了。”林大爷直接坐到了沙发上，跷起了二郎腿。

李悬心中的火气“噌”地一下就冒了上来，呵斥道：“你怎么这么任性！”

“你是第一天认识我吗？”

“协议都签了，现在反悔，要给违约金的。”

林希豁出去了，说道：“老子专辑卖了那么多，赔就是了。”

李悬看着他这副撒泼耍赖，死猪不怕开水烫的臭德行，很是无语。这货现在有底气，拿钱威胁他没用。

“要搞特殊化是吧？”李悬说完弯下腰，将那些衣服、裤子什么的又重新捡起来，用力扔进了他的行李箱，抬头对李微龙道，“你去把我客厅柜子里面的行李箱拿出来。”

李微龙得令后，匆匆跑到客厅，从柜子里拿出了一个大号的行李箱，问道：“姐姐，是这个吗？”

“嗯。”李悬应了一声，然后进了自己的屋子，出来的时候手里拿着一堆衣服和面霜、乳霜之类的东西。

林希看热闹一般看着她将这些东西全部塞进了自己的行李箱，挑眉说道：“怎么，被我鼓舞了？”

“不是。”李悬看了他一眼，冷声道，“你是我带出来的艺人，既然要搞特殊化，那咱们就站在同一阵线上，反正到时候节目播出来，要是被讨厌、被黑粉骂，骂的也不是你林希一个人。”

林希听完她的话，顿了两秒，然后捧腹大笑，笑倒在沙发上直不起身子。

李悬不动声色地继续收拾东西，看也不看他。

林希站起身，踱着步子走到那一堆行李前，自言自语道：“跟我搞迂回战术，呆呆，你变了。”

李悬还是不理他。

林希踢了踢自己的行李，对李微龙道：“这个，还有这个，给我拿进屋去。”

相处这么久，李悬算是摸到一点林希的性子了。这家伙，来硬的不行，只吃软的，而且还不能软得太明显，这个度得拿捏好。

尽管已经减少了很多东西，但是李微龙还是又背又提地给林希带了几个大包。

李悬随便翻开了一个包，里面全是巧克力、饼干、薯片等零食，她又捏了捏其他几个大包，装的全是食物。

李悬扶额，问道："你还是小孩子吗？"

林希一把夺过自己的包，跟宝贝似的抱在怀里，说道："老子吃不惯那些饭菜。"

那些被人吃剩下的，被用来喂狗的残羹冷炙，他曾经吃了六七年。

导演组得知了李悬和林希各自养了一条狗，于是让他们把狗也一块儿带上，好增加节目看点——现在观众对于荧幕萌宠还是很买账的。

李悬看着死咬着西宝尾巴不放的毛毛，有点无奈。西宝可能算得上是萌宠，可是毛毛，完全就是条大恶狗啊！

西宝被毛毛欺负得嗷嗷直叫，躲到林希背后寻求庇护。它也学乖了，知道现在找李悬没用。毛毛虽然喜欢李悬，但是真玩闹起来，李悬压根儿制不住它，只有林希才能保护它。果不其然，林希训斥了毛毛一声，毛毛便老实下来，凶神恶煞瞪着西宝，却不敢再对它怎样。林希对西宝宠得很，在家里做了好吃的，先紧着西宝吃，这一对比，毛毛就真像是他捡来的孩子，所以毛毛才变本加厉地欺负西宝。唯一能找到平衡的地方就是李悬那里，她似乎更疼毛毛一点。

在昆明下飞机之后，几位艺人总算聚齐。节目组一共七辆越野车，行进在盘山公路上。李悬和林希一辆车，其他四位明星艺人坐在另外两辆车里，目的地是云南一个名叫高井村的偏僻山村。越野车在宽阔的国道上行进了约莫半天，下午便拐进了碎石小路，车子一路颠簸，把这些艺人折腾得够呛。影帝杨叶还好，常年跟着剧组到处拍戏，能习惯这种旅途的舟车劳顿。另外几个艺人就不行了，他们哪里吃过这种苦头，精神都比较疲乏，就算摄像镜头全程跟拍，后期也顾不得形象，睡得东倒西歪。不过这也是真人秀节目的意义所在，如果艺人全程都在镜头前表演，拍不到最真实的状态，那就不算真人秀了。与此同时，咸鱼网会全程跟拍直播，从艺人们在昆明聚齐开始，真人秀直播也就正式开始了。

李悬最惨，一路上下车吐了好几次，因此她和林希坐的那辆越野车远远地落在了后面。

现在，她整个人的精神都已经处于十分萎靡的状态。那些早早守在直播间围观的粉丝们看着李悬晕车难受的样子，都纷纷刷屏，让李悬保重。

“心疼悬悬。”

“节目组真能折腾啊！干吗要去这么偏远的地方！”

“悬悬快睡一觉，这样就不会难受了。”

林希皱着眉头看着她，这还没开始呢，她就这样，接下来一周该怎么熬?

本来他还挺担心两只狗受不受得了，结果现在两只狗在车后座呼呼大睡，反倒是李悬先蔫了。

“行不行啊你？”他将保温杯递给李悬，让她喝水，说道，“现在回去还来得及。”

“没问题的。”李悬捂着自己的额头摆摆手，刚说完又招呼司机停车，又要吐。

林希直接拿了一个黑色塑料袋放她嘴边，说道：“吐到这里面，不然这样走走停停，更难受。”

李悬捂着嘴，固执地摇头，痛苦地憋出了一个字：“脏。”

林希将塑料袋打开直接替她接着，说道：“老子更脏的都碰过。”

一闻到塑料袋刺鼻的味道，李悬终于受不了了，“哇”的一声吐了出来。经过这一天的折腾，她胃里已经没有东西了，吐的都是酸水，难受极了。

林希忙给她拍背顺气，等李悬不吐了，他拿来了纸巾，给她擦干净了嘴，又喂她喝了温开水漱口，然后才对司机说道：“掉头回去，不拍了。”

车上的节目组副导演回头，惊讶地看着林希问道：“怎……怎么不拍了呀？”

“没看见她都被折腾成鬼了？”林希语气不善，脸色更是阴沉得可怕，“都这个样子了还怎么拍？”

“林希，别闹，我没事。”李悬有气无力地扯了扯他的衣袖，想说现在摄像机都开着呢。

林希看着固定在车厢一角的黑乎乎的摄像镜头，翻了个白眼，心情奇差无比。

“林希看起来好生气哦！”

“生气的样子也这么帅！”

“这天都快黑了，如果掉头，恐怕得到后半夜才能回市区，现在距村子只有几公里，马上就可以休息了，再忍忍。”副导演安抚着林希的情绪，又从包里拿了毯子让给李悬盖上。

换平时，林希还真忍不了，不过现在环境所迫，要真掉头回去，又有的折腾了。于是他不再多说什么，皱着眉头，表情不悦地接过了毯子，将李悬好好地裹了起来，将她平放下来，让她躺在自己的大腿上。李悬难受得厉害，也就顾不得什么，侧身躺了下去，枕着他的腿，倒是觉得舒服了不少。

“睡会儿吧。”林希手放在她的眼睛上，替她遮住窗外的阳光，声音低沉地说道。

“睡不着。”李悬闭着眼睛喃喃道，“要不你给我唱首歌儿？”

本来她也是强打起精神开玩笑，想安抚一下他的情绪，没想到林希倒是答应得很痛快，问道：“想听什么？”

“都好。”

他唱什么，都好听。

林希一只手轻轻捂住李悬的眼睛，随口便来了一首李克勤的《月半小夜曲》——

仍然倚在失眠夜望天边星宿，

仍然听见小提琴如泣似诉再挑逗，

为何只剩一弯月留在我的天空，

这晚以后音信隔绝……

他有意把声音压得很低很低，带着淡淡嘶哑嗓音的浅吟低唱，催人入眠。

但我的心每分每刻，仍然被她占有，
她似这月儿，仍然是不开口，
提琴独奏着，明月半倚深秋，
我的牵挂，我的渴望，直至以后……

李悬听着他沙哑迷人的声音，很快便陷入沉沉的梦境中。

毛毛的耳朵竖了起来，抬头看了林希一眼，然后呜呜叫了一声，又趴了下去，西宝用脑袋拱了拱毛毛的肚子，舒舒服服地打起了呼噜。

此时此刻，直播间里也是静寂无声，直到林希一曲唱罢，他们才仿佛刚刚回过神来一般。

“目瞪口呆！”

“前一刻还是爹毛的熊孩子，下一刻秒变情歌王子！”

“林希深情的样子，太迷人了！”

“唱情歌给我悬悬催眠，这是官方逼死大家的节奏！”

“甜甜甜！”

半个小时之后，车在高井村的村前院坝边停了下来。

李悬小睡了一会儿，舒服了很多。两人走出越野车，此时已经是黄昏时分，微风一吹，李悬顿感神清气爽。

天空浮出暖黄的光，黛色的山也披上了金光。这是一个山明水秀的乡村，眼前是大片的农田，屋舍的线条和谐地连接着，屋顶的坡面与墙面宽阔平整，呈现出一派“白云生处有人家”的诗情画意。

因为陌生人的到来，村里的狗都一齐吠了起来，有不少村民驻足于田垄间，朝着村头的来客投来好奇的目光。

毛毛和西宝撒欢地从车里下来，兴奋异常，这儿瞅瞅，那儿跑跑，激动得不得了。

林希将自己的一件风衣外套扔给李悬，李悬接过外套，披在了身上，心里暖烘烘的。以前她还真没看出来林希这么会照顾人，但这一路上，真的多亏了他。

郑颖看到李悬从车上下来，一阵风似的小跑过来，拉着她关切地问道："我的悬悬，听说你这一路上吐下泻的，没事儿吧？"

"只是上吐，没有下泻。"李悬往林希身边挪了挪，无力地说道，"现在舒服多了。"

"那就好。"郑颖松了口气，说道，"你很少出远门，肯定不习惯这样的长途跋涉，而且这里海拔也不低，要是有不舒服的地方，一定要说出来，别硬撑。"

"嗯，我知道的。"李悬点点头，感激地看了她一眼，"谢谢你的关心啊！"

"咱俩谁跟谁？"郑颖说着又看了边上的林希一眼，"林哥，你也还好吧？"

"糙汉一个，没那么娇贵。"林希漫不经心地说完，吹了一声口哨，把跑远的毛毛唤回自己身边。

"你好意思呀？林希比你小得多。"李悬被郑颖那一声"林哥"给酥出了一身鸡皮疙瘩。

"嘁，人家今年才十八岁。"郑颖又挽起了李悬的手。

李悬情不自禁地抖了抖，将手从她怀里抽出来，说道："二十八岁吧？"

就在大伙稍事休息的时候，杨叶也走了过来。他眉骨很高，五官分明，轮廓锋锐，眼眸是榛色的，很有混血的感觉，举手投足间很有风度，人也显得很成熟。

"杨叶哥。"郑颖叫了他一声，算是打招呼。

"叫我名字就好。"杨叶的声音低醇，很有磁性，他转而看向李悬，"听说你不舒服？"

"好多了。"

"我助理这里有晕车药，还是吃一点吧。"他说完招招手，让助理拿来了药盒，又从自己的背包里拿出了一瓶干净的矿泉水。

李悬和杨叶之前就认识，关系还不错，算是朋友，因为被狗仔拍到过经常一块儿吃饭的照片，所以闹过一段时间的绯闻。但是因为李悬这个人有不能和人亲密接触的怪癖，狗仔拍不到更多有料的照片，绯闻热度散了之后，一切也就烟消云散了。

李悬正要接过杨叶手里的药瓶，却被林希一把夺了过去："药不能乱吃。"他冷冷地扫了杨叶一眼，对李悬恶声恶气地说道，"既然舒服了，还吃什么药？是药三分毒你不懂吗？"说完他将药瓶直接扔给了杨叶，翻了个白眼，从他们身边离开了。

李悬连忙对杨叶道："抱歉，这家伙对谁都这样，不怎么懂礼貌，你别介意。"

"听导演说起过，这个新人很有个性。"杨叶神色复杂地看了李悬一眼，"你的眼光，也很独特。不过我们之间的事，不需要你替别人道歉。"

这番对话，将两人关系又拉近了一步，倒是把林希圈在了外面。林希背对着他们，身后的对话倒是听得清清楚楚，此刻心里莫名烦躁了起来。

就在这时，一个娇娇糯糯的声音传了过来："你就是林希吧？我是苏安瞳，很高兴认识你。"一个穿着单薄连身裙，戴着墨镜的长卷发女孩走了过来，对林希伸出了手，笑得甜美，"我之前看过你的比赛，你的专辑我也买了珍藏版，很喜欢呢，还想着这次有机会要好好……"

"你不是我喜欢的类型。"林希打断她，说完转身便走了。

苏安瞳直接愣在了当场。没有想到这个林希说话这么不给面子，她什么时候说喜欢他了？好吧，她心里的确是对这家伙颇有好感，但是，不是这么个打开方式啊！

苏安瞳有点凌乱，一回头，发现摄像镜头正对着她，她立刻柳眉倒竖，气急败坏地斥了一声："拍什么拍！"

"林希好自恋哦！不喜欢……心疼瞳瞳。"

"我希哥那是多年的老手了，哈哈哈。"

"我今天把话放在这里，希悬组合不可逆！谁拆谁死！"

“排楼上！”

一行人刚进村，就听到不远处传来狗的惨叫声，李悬脸色一变，这是西宝的叫声！

她顾不得那么多，循着狗叫声跑了过去，林希和毛毛跟着也跑了过来。在一棵老槐树下，大金毛西宝正被几只土狗追逐着，土狗恶狠狠地冲西宝狂吠，地上满是金色的狗毛，是西宝身上的毛被它们咬下来了。西宝对人、对狗都很友善，胆子本来就小，被村里的这些恶狗围攻，早已经吓破了胆，慌乱地东奔西逃。

林希一把拉住了李悬，说道：“不要过去！”

这些狗很凶恶，谁知道会不会伤人！

就在这时，毛毛率先冲了上去，完全不惧怕这些村里的土狗，它的叫声更是凶恶，一冲上来就将这些土狗吓得往后退了几步。毛毛用鼻子拱了拱西宝，西宝也的确是够没出息的，后腿都已经吓得软趴了下去，白长这么硕大的体格了。

毛毛将西宝护在自己身后，冲着这些土狗汪汪大叫，凶狠无比，叫声震天。这些土狗本来就很有眼色，知道面前这条大黑狗绝对是不好惹的主儿，索性一哄而散了。

此时此刻，直播间的弹幕又热闹起来。

“毛毛好霸气！”

“西宝，你真是太没用啦！”

“哈哈哈，这就是传说中的‘你只能被我欺负’吗？”

“西宝以后就交给毛毛守护啦！”

“连狗都这么有喜感，林希、悬悬，你俩在一起得了。”

…………

毛毛就宛如英雄一般，回头冲西宝豪气地叫了一声，似乎是在责怪它乱跑似的。西宝这回学乖了，以前躲毛毛都来不及，现在毛毛走到哪儿，它都像跟屁虫一样跟着它，一步不离。

“毛毛好厉害呀。”李悬忍不住赞叹道。

“从小被欺负着长大，它以前胆子很小的。”林希想将毛毛唤过来，毛毛不理他，跑到李悬那儿去讨好了。

李悬蹲下身赞赏地摸着它的脑袋，问道：“有多小？”

“比西宝胆子小。”林希道，“后来知道逃避没有用，害怕也没用，想要变强，只能靠自己。”

李悬皱着眉头：“它能懂这些？”

她觉得，林希说的是他自己。

毛毛，就是他自己。

“西宝也要向毛毛学习啊！”李悬笑着冲大金毛说道，“这么胆小，永远会被欺负。”

西宝挪到林希身边呜呜呜叫着蹭着他的裤脚，寻求安慰，林希摸了摸西宝的脑袋，说道：“没关系，毛毛会保护西宝。”

“哎？”是李悬的错觉吗？摸狗的林希好可爱哦！

节目组在村里事先安排了三户人家让他们居住，每两位艺人住一家。为了避免绯闻，本来是让女生和女生住，男生和男生住，但是因为正好三男三女，无论怎么分配，都必然要剩下一对男女，于是林希直接要求跟李悬住一块儿。

“那不行，绯闻的事不是说着玩的。”杨叶立刻站出来说道，“就算李悬是你的导师，你们两个住在一起也终究不妥。”

目前除了两个人的助理，没人知道其实他们本来就住在同一个屋檐下。

林希看杨叶，那真是越看越不爽。

直播室里，大家看到林希那一脸大写的“关你屁事”的表情，乐得不行。

“杨影帝拆得好。”

“哈哈哈，林希眼神要杀人了！”

就在这时候，林希走到摄像镜头前，大声说道：“我和李悬住一起，你们不准传绯闻。”

“点头点头点头！”

“我们很乖，不会传绯闻的！住一起！住一起！”

“住一起！住一起！”

“吼吼吼！”

李悬扶额，她怎么感觉娱乐圈的水根本淹不着林希，这家伙花式游泳技能满点啊！

林希看了杨叶一眼，耸耸肩，然后拉着李悬就朝着其中一户村民家走去。

为了拍摄方便，艺人们居住的三户人家都在同一个山坳里，相距也不过几十米的距离。林希和李悬住同一户人家，杨叶自然和秦翔住在一起，虽然郑颖十万个不乐意，也不得不和苏安瞳一块儿住。

天色已晚，大家坐了一天车，都很疲惫了，所以晚上节目组就没有安排任何活动，让大家回去好好休息。李悬和林希居住在一户王姓村民家里，这户人家只有一对年迈的老夫妇，年轻人都进城打工了。节目组选这户人家也是考虑到他们家建有两层的小楼,有空余的房间。

这栋两层的小楼看起来很是陈旧，至少经历十多年的风霜了吧。屋前院子里堆着高高的柴火垛，几只鹅昂首挺胸在院子里散步，后院还有几只鸡，“咯咯咯”地叫着。风烛残年的王姓老夫妇已经候在院门口等着远道而来的客人，穿着干干净净的蓝色袄子，看来这应该是他们最体面的服装了。

“王大爷，大婶，你们好。”李悬率先上前跟他们打招呼，“我叫李悬，这是林希，这几天要打扰你们了。”

“好，好。”王大婶笑着不住地点头，“欢迎欢迎，快进屋吧！这一路辛苦了。”

“是啊，客人们都饿了吧？晚饭都已经准备好了。”王大爷也连忙招呼着李悬和林希，还有身后跟的扛摄像机的小哥，以及林希的助理李微龙。

一行人热热闹闹进了屋，屋里很是简陋，除了正中间的饭桌，基本上没有什么多余的家具，墙边还放着锄头等农具。

高井村地处偏僻的深山区，远离城镇，除了村子里稍稍富裕一点的家庭能修建两层楼房，大部分的房屋还都是木头、石块搭建的。相比之下，其实这户人家的条件算是很不错的了。节目组肯定也会给他们所住的家庭进行经济补偿。

桌上已经摆好了食物，满满的一桌，有汤有菜，有鸡有鱼，这个并不富裕的家庭已经拿出了最大的诚意招待远方来的客人。虽然李悬由于刚刚晕车，现在并没有什么胃口，但还是表现出一副很饿的样子，好让两位主人高兴。

摄像师小程将摄像机固定在角落的柜子上，让镜头对准了饭桌，好让直播室的观众看得更清楚。

“城里来的丫头真好看。”王大婶夸赞李悬，“这脸蛋，水灵灵的。今年多大呀？才二十出头吧？”

听到这话李悬可高兴了，不过还是解释道：“我今年二十六了。”

“哎呀，看不出来呢。”王大婶惊异地说道，“二十六，已经有婆家了吧？”

“老婆子，你这是干啥呢？还让不让客人好好吃饭了？”王大爷责备了一声。

“哎呀，平时只有我们两个的时候，你不和我说话，现在家里好容易热闹起来，你还不让我说话，臭老头子，你想咋样啊你！”王大婶不满地说道。大伙都笑了起来。

“我还没结婚呢。”李悬尴尬地回答王大婶。

“都二十六了还没结婚啊？”王大婶更惊讶了，“我们这里的姑娘，二十三四不结婚都是老姑娘了。”

“呵。”林希突然冷嘲了一声，“能比吗？”

他突然开口说话，明显带着不悦的意味，搞得王大婶都有些摸不着头脑了：“咋……咋了？”

“没有，他的意思是，每个地方的风俗不一样。城里人结婚都挺晚，主要是大家都忙事业。”李悬连忙打圆场替林希解释。

“噢噢，原来是这样。”王大婶点点头。

林希依旧冷着脸，他面前的白米饭动都没动一下，连筷子也没拿，整个人坐在那里都快结冰了。

“是不是饭菜不合胃口呀？”王大爷看林希不动筷子，于是小心翼翼地问道，“你要吃什么？我让老婆子去弄。”

“不用。”林希冷淡地拒绝，“我现在吃不下。”他说完，直接起身走出了屋子。

李悬知道他心里别扭着，毕竟这样的乡村，曾经那样深刻地伤害过他。可是现在摄像镜头还开着呢，他这样子，影响真的很不好。

“林希他刚刚跟我说他肚子难受。”李悬看了摄像机一眼，解释道，“很不舒服。”

直播间里，网友已经热烈地讨论开了。

“林希刚刚还好好的呢，哪里有半点生病的样子？”

“悬姐替希希打圆场，好暖。”

“不过林希真的有点任性，说生气就生气了，很不给这对老夫妇留情面。”

“他的性格本来就怪。”

“林希这样的确不好，不过我相信应该有原因的。”

“他就是看不起农村，耍大牌，你们看他刚刚什么态度！”

“都滚！什么都不知道就乱猜，林希不需要你们这种粉丝。”

饭后，李悬趁着摄像师小程上厕所的间隙，在后院找到林希。他一个人正站在篱笆边抽烟，天色已经完全黑了下来，烟头火星亮亮的。

“哎！”李悬叫了他一声，走过去说道，“有点过了。”

林希轻哼了一声，没有说话。

“这才刚开始，你要是一直这样的话，还不如现在就离开。”李悬也点了一支烟，深吸了一口，抬头看着夜色里他并不分明的脸庞，说道，“这里不是洪沟湾。”

“我以为，你永远不会跟我提这个地方。”黑暗中，林希的声音不带任何情绪。

“我没有忘记你。”李悬看着夜色里的他，想把他的脸深深看进心里，她接着说道，“也没有忘记那个地方，一刻也没有。”她甚至在二十岁那年还去找过他，可是他已经不在那里了。

林希低头又抽了一口烟，说道：“老子不要你可怜。”

“没人可怜你。”李悬沉声道，“但你总是做出这副好像全世界都欠你的样子，真的会叫人看不起。”

林希微微一愣，看向李悬。他看不清她的模样，但她冰冷的语气，还是像一把刀子扎在他的心上。

李悬正要转过身趴在篱笆上，却被林希一把拉住手臂：“小心点，有荆棘。”李悬站稳了身子，林希将烟头一扔，转身回了屋，临走的时候侧头对她说了声，“这地方，这里的人，没你看到的那么美好。”

林希虽然还是不和王家夫妇说话，但他帮着打扫了一下屋子里的卫生，收拾了一下桌子。两位老人过意不去，一直催着让他去休息，林希也不理他们。李悬注意到他干活的样子，觉得特别上道，特别乖巧。

李悬猜测，这样的活儿，他应该干过不少。

李悬看着那间小小的屋里，正中间端正地摆放着两张小床，床上放着花花绿绿的被子，被子上还绣着百鸟朝凤的图案，她回头不可置信地扭头看向扛着摄像机的小程。

“睡这里？”镜头前面李悬的脸色发白，难以置信地道，“和林希？”

镜头点了点头。

“为什么？不是还有空房间吗？”

“咱们节目组导演、化妆师、助理，还有很多人呢，房间很紧缺的。”

李悬回头，看到林希倚在墙边，一脸幸灾乐祸的笑。

“那这个屋子，你们不会也装摄像头吧？”李悬问。

“已经装好了。”

墙左上角果然有个小小的摄像头。

“因为是全程直播真人秀，所以没有死角，除了上厕所。”

“拍睡觉，这不好吧？”李悬扶额。

晚上十点，林希和李悬面面相觑。

“要睡了。”李悬道。

“睡啊。”林希挑眉。

“你先睡。”李悬坚持。

“我又不会吃了你。”林希翻了个白眼，脱掉了外套仰面躺在床上，枕着手臂望着天花板。

李悬这才转身，看了一眼这张小床，床单还有些泛黄，上面有一些黑色的小点点，她俯下身去嗅了嗅，有股酸酸的味道。当然这肯定不是因为没有洗干净，而是因为潮湿，床单可能发了霉。

怎么睡呀？

李悬皱起了眉头，她有点小洁癖，家里从来都是保持干净整洁，甚至一尘不染。

林希侧过头看着她，眼眸深邃，就知道这家伙肯定受不了。

这穷乡僻壤哪里是她该来的地方啊！

李悬咬了咬牙，心一横，正要躺下来的时候，林希却起身从衣钩上取下了自己的风衣外套，走过来将黑色的风衣整个铺在了床单上，打着哈欠说道：“山里潮，容易起霉，凑合一下吧。”说完他又脱下自己的毛衣，平摊在了李悬的枕头上。他里面穿的是一件小背心，露出了胳膊，肌肉结实有劲。

深夜，直播间里再度迎来一波流量高潮。

“午夜福利！”

“喷鼻血！”

“身材大赞！”

“扑倒我希！”

李悬看了看床铺，垫着他的衣服，这样身体就接触不到长霉的床单了。

“谢谢。”李悬低声说道。

“少废话，老子困了，别折腾了。”林希说完回身关了灯，躺了下来，床跟着发出吱呀一声。

好在盖的花被子还算干净，没有怪味道。李悬只脱了外套，睡到了床上，枕头上铺着他的毛衣，鼻息间全是他的味道，搅得她心绪不宁。

房间里突然传来“吱吱吱”的声音。

“林希。”

“林希，你睡了吗？”

林希正处于半梦半醒间，咕哝了一声：“睡了。”

“你听到什么声音了吗？”

林希皱着眉头睁开了眼睛，说道：“是老鼠，不用管它们。”

“啊！”

“睡觉。”他是真的困了，眼皮仿佛有千斤重。

“可是我感觉它们就在地上跑来跑去啊！会不会爬到床上来？”

“会，还会咬你的脚指头。”

“啊！”李悬尖叫。

这觉没法睡了！

林希不耐烦地从床上坐了起来，拖长了声调说道：“想怎么样啊，小公主？”

“林希，我怕。”李悬真的是被吓得脸色都发白了。

林希扶了扶额头，终于还是叹了一口气，心软了。

“那你先睡吧，我给你守着。”

“你守着，老鼠还是会爬到我的床上。”她瓮声瓮气地说道。

“那你来我床上睡。”

李悬咬咬牙，还是闭上了眼睛，强迫自己入眠。就在她神经高度紧张的时候，熟悉的嗓音哼着悠扬的旋律，飘进她的耳朵里。调子拖拖沓沓，懒懒散散，仿佛午后静谧温暖，催人欲睡的阳光……

李悬侧过身来对着林希，他正枕着手望着天花板，给她唱催眠曲。

在他沙哑迷人的嗓音里，她的心静了下来，眼皮越来越重，终于沉沉地睡了过去。

第十章
等我追到她

林希仿佛又回到了那个遥远荒僻的小山村，睡在黑暗的柴屋里。

早上的第一抹阳光透过柴屋窗户斜斜地映照进来，他必须快速地爬起来，跑到院子里，捡起地上的水桶从井里打上来一盆水，匆忙地洗漱。

每天他都必须比李大鹏起来更早，否则在睡梦中就会被揍醒。金花一边做饭一边骂林希，他浑不在意，跑到厨房，金花扔给他一个窝窝头，他拿了塞在嘴里，背上了门口的小背篓，出门去山上割猪草。

雨后的山路上满是黄泥，湿滑无比，林希捡了一根木棍子，撑着坡面，沿路搜寻着，爬上了半山腰。他抓起一把青绿色的猪草，取出腰间的镰刀，“咔嚓”一声，草茎发出清脆的断裂声，一簇草叶被他熟练地扔进了背篓。清晨的山野格外静谧，连风声都没有。

就在这时候，草丛里传出了“沙沙沙”的声响，引起了他的注意。林希心想，可能是野兔或者黄鼠狼什么的，手持着镰刀循声摸过去。面前半人高的草丛抖动着，果然是有东西!

他伸出手一把薅过那丛草，举起镰刀就要砍下去的时候，草丛里发出一声尖叫。他立刻停下了动作，只见一个女孩花容失色地看着他。这女孩十六七岁的样子，比他大得多，皮肤白皙，长头发，一双明亮而乌黑的眼睛泛着水色，她绝不是村里的人。

女孩看他不过还是个小孩儿，没了之前的恐慌，竖起手指放在丰润的唇间，似乎是在示意他不要声张。

就在这时，他听到身后传来了几个男人的说话声。

“黑虎，你咋把人放跑了呀？”

“哪里是我放跑的！她说去茅厕，不让我跟着，我当时也睡得糊里糊涂的，也就没管她。哪里晓得，她去了半个多小时都没回来，外面狗又叫得厉害，我这才晓得，人是跑了呀！”

“新媳妇刚来的几天，都是要挂狗链子的，不然一准儿跑！你也忒不小心了！”

“她细皮嫩肉的，我没舍得给她挂狗链子。”

“你看你，女人就是不能疼，不然她得翻了天。”

“可不是，花了我五万八千块呢！”

“没事，跑不了，咱们洪沟湾跑过多少媳妇，没一个跑出去的，别担心。”

“这次抓回来，老子铁定办了她。”

一个全身皮肤黝黑、肌肉结实的男人和三五个村民爬上了山腰，迎面便看到林希在山坡上割猪草。

“大牛，看到黑虎家的新媳妇没有？”远远地，大栓问了他一声。

林希弯下腰继续割猪草，没理他。

“问你话呢！”

“新媳妇？人家答应做你媳妇了吗？”林希回头冷嘲了一句。

“嘿，你个臭小子，皮痒了是不是？”

黑虎走过去就要揍他，被大栓一把拉住：“算了，找人要紧。”

一群人便朝着另一条大道上走去，等他们走远了，他身后的女人才拨开草丛站出来，感激地说道：“谢谢，谢谢你。”

“你跑不掉的。”林希将一把猪草扔进了背篓，要能跑得掉，他早跑了。

“不跑，难道留下来等死？”女孩气性倒是很烈。

“死很简单，活着才难啊。”林希看也没看她，眼眸里流露出一丝复杂的神色。

苟且地活着，宛如蝼蚁。

“从这里到最近的小镇，有五十公里的山路，走大路最快也要走两天一夜，很快就会被他们追上。如果走山路，要翻过三座山，山上有野兽，还有会迷人的黄鼠狼，活着走出去的概率更小。”林希淡淡地说道，“你要是现在回去，可能会少挨点打。”

“我不回去！我是被拐卖来的！我今年都要读大学了，出来打工想赚点学费，结果……”女孩说着眼泪就要掉下来了，“我必须离开这里！”

林希看了看她，指了指前路，说道：“前面有棵老树，树下有个洞，很隐蔽，你钻进去在里面待几天。他们这两天找不到你，会以为你跑出去了或者被野兽吃了，到那时候你再上大路，可能逃出去的概率更大。”

“谢谢你！”女孩感激地看了他一眼，朝着他所指的方向走去，可没走几步，她又回头道，“可是我待在里面，吃什么啊？”

“我在那个树洞里准备了干粮，不多，你省着点吃。”林希转身说道。

女孩神情有些讶异：“为什么？”

林希没有说话。

很快，她就明白了过来，他和她一样，也不属于这里！

“我把你的干粮吃了，那你怎么办？”

“你要是能跑出去，帮我联系首都的父母，让他们来救我。我叫林希，家住合首路78号。”

“嗯！我记得了，我一定会帮你的。”

林希转身便走了。

“我叫李巧真。”女孩冲他小小的背影喊了一声。

当天晚上，林希背着一捆柴火走在山路上，便听到了山坳间有女孩撕心裂肺的哭声。不远处的田埂上，几个男人拉扯着李巧真，将她往回扯。她一边哭一边挣扎着，结果大栓走过去，一拳打在了李巧真的肚子上：“还不老实！看你往哪里跑！”

“大栓哥，不要打肚子，肚子还要生娃呢！”黑虎追在后面急切地叫道。

“你自己家的媳妇，你自己看着办！”大栓说完将李巧真扯到黑虎面前，黑虎抡起大掌，“啪”的一声，直接将李巧真扇进了田里，她白皙的脸瞬间肿了起来。李巧真张大了嘴，哭得声音都已经沙哑，一抽一抽的，太阳穴上青筋暴起，脸色涨得通红。

“你们不是人，是恶魔！”

“老子是你男人！”黑虎说完抓起她的手腕，连拖带拽将她从田里弄出来，李巧真满身脏污，整个山坳都是她绝望的哭喊声。

林希小小的双手攥成了拳头，看着这些家伙拖着李巧真的手臂，一路从田埂拖回了黑虎的院坝上。

林希小心翼翼地跟着他们，一路摸到了黑虎家的矮墙外面，趴在墙上往里面看。

院墙内传来了李巧真惊恐的哭喊声，林希眼睁睁地看着她被几个村民拖进了屋里。门没有关，他看到李巧真被五马分尸一般拉着胳膊和腿，她的衣服已经被扯烂，头发凌乱不堪，脸上挂着泪珠，还有晶莹的鼻涕。

“老子非要打断你的腿不可！”黑虎的爹朝着李巧真脸上啐了一口唾沫，吼道，“也不打听打听，谁家的媳妇能逃得出洪沟湾！胡大鹏家买来那野小子，前前后后跑过二十几次，还不是被抓回来了？除非你长了翅膀飞出去！否则生是我黑家的人，死是我黑家的鬼！”

李巧真歇斯底里地咆哮着。

她的叫骂不但没有让这些人停下施暴，反而激发了他们的野性，无数双手伸了过来，扯李巧真的头发，揪李巧真的耳朵和脸，甚至是身体。

她抱头抵抗，脸上、手臂上都起了红印子，黑家人却并没有阻止村人的暴行。这让他们变本加厉地欺负起了李巧真，撕扯她的衣服，露出白色的文胸，结果不知是谁，一把将文胸扯了下来，李巧真慌乱地双手护住胸口，哇哇地大哭着。

黑虎走过来，抓起了李巧真的手，将赤着上半身的她拖进了里屋，重重地关上门。村民们就在外面哈哈大笑，趴在门上偷听。

“肯定还是个处女。”

“必需的，屁股那么翘。”

“黑虎有福了。”

屋里传来了李巧真声声尖叫。

林希全身战栗，脸憋得通红。他好想扑过去，把他们千刀万剐。可是他太小了，什么都做不了，也帮不了她。他连自己都帮不了，宛如蝼蚁一般，苟且活着。

这个世界上，怎么会有洪沟湾这样的地方啊！这里根本不是人间，是地狱！这里的人，都是魔鬼！

早上，两个人都已经换上了王大婶给他们准备的衣裳。真人秀正式开始录制，所以，他们吃的、用的，都必须和村民一样。

两个人换好衣服从房间里出来，面面相觑。林希穿的是王大婶儿子的旧衣服，灰不溜秋的，还缝着补丁。李悬穿的当然是王家儿媳妇的一件棉质花褂子，下面配一条黑长裤。

林希一看到她就没忍住笑出了声来，走到她身边，上上下下打量了一番，拖长了调子说道：“还真是个好看的小村姑啊。”

“哼！”

李悬看着在院子里打水洗漱的林希。他是那种穿衣显瘦，脱衣有肉的类型，简直就是模特身材，典型的衣架子，随便什么衣服穿在身上，都能让他穿出不一样的味道来。他一身村民打扮，迎着清早的阳光，宛如健硕的麦穗，结着饱满的颗粒，还真是格外诱人。

大清早，直播间也已经挤满了粉丝，并不只是李悬被他吸引到了。

“喷鼻血！”

“林希还真是穿啥像啥！”

“颜值担当！”

早饭之后，他们就要开始干农活了。王大爷今天要下地，但是城里来的客人肯定干不来这活计，便让他们背着背篓上山割猪草。

毛毛和西宝漫山遍野地撒欢，李悬背着空背篓，走在山路上，一会儿采朵花儿嗅嗅，一会儿扯根藤条编织成花环，戴在林希的脑袋上，看哪都新鲜，对什么都充满了好奇。林希默不作声地跟在她后面，面无表情，任由她把他打扮成花姑娘似的。

摄像师小程扛着摄像机，在山下就被他们远远甩出了一大截。他掏出手绢擦了把汗，气喘吁吁地攀爬着，体力都快透支了。

“摄像师你缺少锻炼啊！”

“就是，好急人哦！”

“都快看不到我希希和悬悬了！”

“你再这样，我就跳频了啊！看看人家郑颖女神和杨叶男神的摄像师，全程跟拍不掉队。”

“讨厌，摄影师快跟上！”

两人一前一后来到一块坡地上，这里长满了茂盛的猪草，风一吹，沙沙作响。

林希薅起一把猪草，用镰刀熟练地切割下来，扔进背后的小背篓里，动作若行云流水，一气呵成。李悬学着他的动作，弯下腰抓起一把草，紧接着“啊”地尖叫了一声。林希回头，就看到她手指尖冒了血——草丛里还混杂着带刺的枝条，她没看到被刺伤了。

林希皱了皱眉，扔下了手里的一把草，走过来扯过她的手。白皙细嫩的皮肤，修长的手指，莹润的指甲盖，她哪里是干这种粗活的料？

他二话没说，将她冒血的手指头放进了嘴里。

李悬的心跟着一阵猛跳，感受着他舌尖舔着她指头上的血迹，不由得面红耳赤。

摄像师小程豁出半条老命，总算爬上了山来，结果一冒头，就看到林希把李悬的手指头含在嘴里。

李悬将手抽回来，林希看向摄影师小程，喊了一声：“有没有创可贴？”

“有的。”小程说完从包里摸出一张创可贴。林希接过，用嘴撕开，然后抓起李悬的手，动作轻柔而小心，给她手指的伤口包裹上创可贴。

手上贴好了创可贴，林希便夺过了李悬手里的镰刀，说道：“笨手笨脚的，自己一边儿玩去。”

“那不行。”李悬坚持道，“我会小心的。”

林希把镰刀扔进了背篓里面，扫了她一眼：“少废话，要是手上被搞得满是伤口，还怎么弹钢琴？”

好吧，李悬闷闷地应了一声，找了块大石头坐下来，看着林希动作熟练地割草。

这家伙，真是走哪儿都能活的典范啊！

李悬突然想到了生命力旺盛的野草，无论是一望无垠的原上，还是阴暗潮湿的水沟，它们都能够很好地生存下来，肆意生长。

他就是草。

两个小时后，林希将装了猪草的背篓给李悬背上，问道：“怎么样？背得动吗？”

李悬看了看林希的背篓，满满都是草，而自己这儿只有半背篓，还是很轻的。

“怎么不装满呀？看不起我是不是？”

林希眉毛一挑，直接从自己的背篓里抓了几把草扔到李悬背篓里，然后抬腿就往山下走，轻笑了一声：“疼你还不识好，那你就背吧。”

“哎！你等等我。”

两个人一前一后走在山间小路上，李悬累得气喘吁吁，林希脸色一如既往，跟没事人似的。

“是我的错觉吗？感觉两人好登对，超有夫妇即视感。”

“你劈柴来我挑水，神仙眷侣啊！”

到家的时候，已经是上午十点。李悬将背篓放在院子角落，坐在水井边上，捂着额头气喘吁吁。她朝屋里望了一眼，问摄像小程：“家里没人啊？主人家呢？”

“下田干农活，还没有回来。”

“他们俩，这么大年纪，还要干农活呀？”

“当然，家里没有青壮年劳力，农活还是要有人干的。”小程答道。

林希脱掉了卫衣，露出了光溜溜的胳膊，在井边打了一桶水，然后用自带的毛巾擦拭身上的汗珠。

李悬知道，林希是很爱干净的一个人，夏天的时候在家里只要稍稍出点汗，一定会去洗澡，也不知道是与生俱来的，还是后来才养成的。

李悬目不转睛地盯着林希，他身上的肌肉匀称而有力，浑身上下散发着雄性野兽般的气息，她情不自禁地咽了口唾沫。

“呆呆。”林希叫了她一声，“过来帮我擦背。”

“啊？”

“啊什么啊？快点。”林希不耐烦地催促道。

李悬有些紧张地走过去，接过了他手上的毛巾，然后俯下身在冰凉的水里搓了搓，抬头说道：“水很凉哎？要不要去烧点热的？这样容易感冒。”

“不用，习惯了。”林希说道。

李悬将毛巾摊开，林希乖乖地背过身去。

阳光下，空气中每一粒微尘都清晰可见，她的呼吸，轻不可闻。

李悬用毛巾仔仔细细地擦拭着他宽大的背部，每一块肌肉，都恰到好处，每一寸皮肤，都引人遐想。

“你在紧张什么？”他微微侧头，看向她泛红的脸颊。

“你哪只眼睛看到我紧张了？”李悬心惊肉跳地说道。

“我听到你的呼吸了，很急促。”

“不擦了，讨厌。”李悬将毛巾往盆里一扔，红着脸转身回了房间。

林希笑了笑，捡起毛巾搭在肩头，将盆里的水倒进沟里。

直播间里的一群机灵鬼已经看懂了一切。

“都是套路哇！”

“林希好心机！”

李悬在厨房里磨蹭了一会儿，出来问他：“我们要不要先把饭做好呀？一会儿大婶、大爷回来，肯定很累了。”

林希在院子里磨磨蹭蹭穿好衣服，不知道从哪里摸出来一包薯片，吃得嘎嘣作响。

“你做啊，反正我不吃这里的饭菜。”

李悬目光落到他手里的薯片上，无奈地说道：“你这几天，就吃零食啊？”

“嗯。”林希有这个打算。

总导演朱易不知什么时候进了院子，他看了看林希，转头对近旁的李微龙说道：“小李，把包给我。”

李微龙退后了一步，看向林希，有些犹豫，并没有把包递过去——这包里装的可全是林希的干粮。

“这是不合规定的，把包给我。”朱易对李微龙说道。

“不准给他。”林希走了过来，挡在了李微龙面前，看向朱易道，“这里面都是吃的。”

“不管是什么，都不可以。”朱易脾气并不好，还是耐着性子跟林希解释，“这是规定，所有人吃的、用的，都必须和村民们一样。”

“老子吃不惯这里的饭菜。”

“你必须习惯。”朱易硬声硬气地说道，“不然就只能饿肚子。”

林希火气跟着就上来了：“老子不想习惯！”

“别的艺人都能适应，为什么你不能？非要搞特殊是不是？”朱易冷冷地看了他一眼，“你看人家杨叶，不是照样可以适应？规定就是规定，每个人都必须遵守。”

“老子不想遵守。”林希说完这话还连带着踹翻了一张凳子，扯着嗓子吼道，“别人怎么样我不管，我是林希，我不乐意的事情，谁都管不着！”说完他转身走出了屋子。

“我接触过的艺人，没有几个不是大咖级别的天王巨星。”朱易也是气得浑身颤抖，看着林希的背影，厉声指责，“你一个新人，搁我这儿耍大牌，也不好好掂量一下自己。”

“朱导，别生气。”李悬忙过来说道，“林希他脾气臭了点，吃软不吃硬，让我去跟他说。”

她回头望了望，林希已经走远了，她索性跟着就追了出去。

林希像个任性的孩子一样，胡冲乱撞跑出了院门，朝着大路走去，撒了一路的火气。

“林希，去哪里啊？”李悬在后面追他。

“老子要回去了。”林希头也没回。

“你钱都没有，就这样走啊？”李悬冲他的背影喊道。

“出去再说。”林希加快了步伐。他是一分钟也受不了了，再也不想待在这个破地方了。他以前也没钱，撑着一口气，跑了两天两夜，最后还差十公里就到镇上，希望就在前方，结果昏倒在路边。他醒来的时候，还在洪沟湾，他甚至分不清，逃出去究竟是现实还是梦境，这样的梦，他做过好多好多次。

李悬在后面追林希，摄像机在后面追李悬，引来许多村民观望。

“哎，林希，你等等，我跑不动了。”李悬气喘吁吁地唤他，本来干了一上午农活，已经累得筋疲力尽，她实在没有力气了，脚下一不留神，被小石子绊了一下，摔倒了。

林希回头，看到李悬坐在地上，狼狈不堪，匆忙转身，小跑回来，将她扶起来，紧张地问道：“摔到哪里了？”

李悬皱着眉头，咬牙摸着自己的膝盖，膝盖刚刚撞到石块，疼得厉害。

林希挽起她的裤管，发现她的膝盖磨破了皮，流血了。

林希瞪着她骂了一声“蠢货”，接着二话不说直接将她背了起来，转身便往回走，脸色很不悦：“追什么追啊！你那速度，追得上我吗？”

李悬的手交叉地环着林希的脖子，趴在他的背上。

“你要是跑了，我怎么办？”李悬将脑袋趴在他的肩膀上，委屈地咕哝了一声，“我一个人在这里。”

“跟我使什么苦肉计？”林希一句话就拆穿了她的小伎俩，“老子先把你送回去，今天是非走不可。”

“哎，你怎么这样！”

“我一直都这样。”他一直都是这样的脾气，她又不是不知道。

李悬从衣服兜里摸出什么东西，剥开，说道：“张嘴。”

她说着将一颗巧克力送到林希嘴边，林希依言张嘴，她将一颗费列罗塞进了林希嘴里：“请你吃。”

舌尖的甜腻缓缓化开，沁人心脾。

“甜吗？”

“嗯。”

“留下来？”

“不。”

李悬重重捶了林希一下，说道：“你这人，怎么油盐不进呢！”

“再闹，我就把你扔田里去了。”林希说着，作势就要把李悬往田里扔。

李悬的双腿马上缠住了他的腰，手紧紧抱住他的脖子，吓得面无人色：“你别乱来！”

林希哈哈大笑，爽朗的笑声回荡在田野上。这感觉很爽，好像有了她在，这地方其实也没那么让人讨厌。

就在这时候，身后传来了轰鸣声，林希回头，只见一辆拖拉机轰隆隆地开了过来，王大爷就坐在拖拉机副驾驶位子上。

李悬唤了他一声：“王大爷，您这是去哪儿了？”

拖拉机停了下来，王大爷晃了晃手里的口袋，笑道：“小希吃不惯我们这里的饭菜，我特意去镇上买了点肉馅回来，中午给你们包饺子。小希，饺子喜欢吃不？”

从高井村到附近最近的小镇，恐怕要三个小时，一来一回，就是六个小时，王大爷应该是天还没亮就出发了。

林希看着王大爷手里的饺子面皮和肉馅，愣住了。李悬捏了林希的手臂一下，林希这才闷闷地应了一声。

“谢谢王大爷，林希最喜欢吃饺子了！”李悬笑道。

“那就好。”王大爷这才松了一口气，他还怕他不爱吃呢。

回到家里，李微龙正苦着一张脸，耷拉着脑袋，看见林希回来，连忙迎上去说道：“导演把那几包吃的，都拿走了。”

他本以为林希会立马发飙，出门去找导演，没想他随口应了一声，也没说什么。林希将李悬放到了椅子上，然后对他说道：“去导演那边拿医药箱，李悬受伤了。”

“好！”李微龙一阵风似的跑了出去，回来的时候手里拿着一个小小的药箱。

林希挽起李悬的裤管，擦伤并不是特别严重，但还是见血了。他拿出碘酒和棉签，小心翼翼地给伤口消毒。

“嘶。”酒精涂抹到伤口上，李悬疼得叫了一声。

“忍着。”林希沉声说道，动作温柔地给她上了药。

李悬坐在椅子上，低头看着蹲在地上专心给她包扎的男人，心里升腾起一股异样的感觉。

上完药，林希将鞋子拿过来给李悬穿上。就在这时候，王大婶也回来了。她刚刚下地干了农活，回来的时候身上沾着泥巴。林希走过去要接她手里的农具，王大婶腼腆地退了退，说道：“不用不用，我自己来，不要弄脏了你的手。”

王大婶这句话一说出来，林希心里莫名便有些不是滋味。

王大婶去厨房煮饺子，房间里只剩林希和李悬两个人，他突然问她：“为什么他们要这样？”

李悬扶着椅子正要站起来，闻言愣了愣：“什么？”

“他们为什么要对我们这么好？非亲非故的。”林希不解地看向摄像头，“你们给钱了吗？”

摄像大哥摇了摇头。

“大概是因为这里民风淳朴吧，村民们都很热情好客。”李悬猜测道。

林希冷哼了一声：“越是偏僻落后的地方，人心越可怕，贫穷的地方，最容易滋生罪恶。”

“任何地方，都有坏人，肯定也会有好人，有时候好坏根本说不清，人都是很复杂的。”李悬单腿跳着走过来，拉了拉林希，问道，“想不明白就不要再想了，好吗？”

感受着她掌心的温暖，林希虽然神情有些困惑，内心却是一片宁静。

也许过去那些事，真的是时候该放下了。前路荆棘与星光并存，我们一起走。

中午吃饺子，李悬坐在厨房外面的小灶台边包饺子，王大婶蹲在里屋灶边烧火，林希手揣在兜里，踱着步子懒懒散散走进来，在厨房里晃悠了一圈。王大婶看见他连忙招呼道：“小希，你出去休息，厨房不是你们男人家来的地儿。”

“王婶，你别管他。”李悬粲然一笑，对王大婶说道，“他就喜欢瞎逛，跟孩子似的。”

王大婶慈祥地笑了笑。

林希鼻息里发出一声闷哼，走到李悬的身边，伸手摸了摸她面前盘里的饺子，不屑地说道：“包的都什么玩意儿啊？这东西你放锅里试试，看能不能完整捞上来。”

“挺好的呀！”李悬看着盘子里东倒西歪的饺子，从里面挑出最好的一个捧到林希面前。

林希接过那个饺子，打开，然后拿了筷子蘸着水，熟练地又重新包了一遍送到李悬面前，嘚瑟道：“看到了吗？这样才不会开口笑。”

李悬学着林希的样子，拿起一张饺子皮，将肉馅包进去，然后沿着饺子皮边沿一点一点捏好，说道：“这个可以吧！”

林希手下熟练地包着饺子，淡淡地扫了一眼，说道：“馅儿太多了，包得跟你一样，丑。”

“嘁。”李悬撇了撇嘴，自顾自又拿起了一张饺子皮。

林希俯身，凑到李悬面前，捏着手里的饺子皮给她做示范，最后干脆直接上手，握着她的手指，教她一点一点捏饺子皮：“就这样，不留缝隙，把它们全部包进去。”他的气息热乎乎地打在她的耳边，让她感觉痒痒的。

经过十分钟的训练，李悬认认真真地按照他教的方法包好了一个饺子，献宝似的捧到他面前，笑眯眯地说：“可爱吧？”

林希扫了一眼饺子，又扫了一眼她，说道：“跟你一样。”

他在夸她可爱啊！

李悬笑得露出两颗小虎牙。

“呆。”林希说完，伸指头在她的鼻尖抹了一点面粉。

“啊！”李悬将手伸进白面粉里戳了戳，要报复他，林希一个闪身，李悬险些摔倒，他突然回身，结实的手臂稳稳地接住了她，将她好好地护在怀里。

他们身体紧贴，林希的手托着她的腰，两个人面面相觑，呼吸交织。林希回头看了看，王大婶没有注意到这边，摄像机也没有跟着，他嘴角扬了扬，勾出了一个不怀好意的微笑。

想干吗！李悬的心紧了紧。

林希已经将脸贴了过来，李悬睁大了眼睛，看着他英俊的五官越来越近，她的心狂跳不止。

“林希。”就在两个人双唇只差分毫就要碰到一起的时候，李悬突然颤抖地唤了他一声，“这个还没……准备好。”

林希低头浅笑了一声，转而捧腹大笑起来。

李悬惊魂未定地看着这家伙，等他笑够了，她才红着脸气闷地转过身，不想理他。

“都一把年纪了，还挺纯情。”林希看着她的背影，揶揄道，“行，那你什么时候准备好了，记得跟我说一声。”

讨厌死了！

李悬红着脸进了厨房，来到王大婶身边帮她烧火做饭，不想再看那家伙一眼。明明是两个人都该害羞的一件事情，他怎么能做得这么自然，就像唱歌一样张嘴就来？不该是这样，他好像根本没有她那种心如小鹿乱撞的惶惶不安的感觉，他是不是在整她！

整个中午，李悬就没理林希。吃饭的时候，林希倒是没有闹别扭，一大盘香喷喷的水饺端了上来，林希伸着筷子从里面拣出一个圆乎乎的小饺子，说道："一看就是呆呆做的，人呆，饺子也呆。"

"嫌丑你别吃。"李悬气呼呼地瞪了他一眼。

林希似乎是要故意逗她，夹着饺子在李悬面前晃了晃，然后一口扔进了嘴里。

"小希你慢点，才出锅，烫。"王大婶招呼道。

"烫死他。"李悬赌气说道。

林希的脸突然红了，好像是真的被烫到了，不好意思说出来，紧闭着嘴，费了老大的劲儿终于咽了下去，脸色有点难堪。

李悬看着他憋屈的样子，真像个孩子一样，不由得"扑哧"一声笑了出来。王大婶连忙去倒了一杯凉凉的井水过来，李悬接过来递给林希："快喝一口，别把嘴皮烫伤了。"

"不喝。"林希依旧死撑。

"随便你。"李悬咕哝了一声，"死鸭子嘴硬。"

"小希，慢点吃。我让你王大爷买了三斤饺子皮回来，管够。"王大婶说着又给林希夹了菜，说道，"不够，王婶再去包。"

"谢谢。"林希含蓄地说道。

"小希，平时要喝点酒吧？"王大爷拿了一个酒壶出来，说道，"这是我自家酿的米酒，来一点？"

"你别让小希喝酒。"王大婶推了他一把，说道，"人家还是孩子。"

"喝一点没有事的。"林希终于开口，也是一副奉陪到底的架势，说道，"我陪王大爷喝几杯。"

"你看，小希都这样说了。"王大爷乐呵呵地拿了干净的瓷酒杯过来，给林希满上，说道，"咱爷儿俩喝几杯，说说心里话。"

王大婶见两人有兴致，便起身去弄了几个下酒菜。

"大婶，我来帮你。"李悬说完跟着王大婶走进了厨房。

王婶切了一些猪耳朵装进盘子里，让李悬带出去，说道："你去吃饭吧，没啥好忙的。"

"好。"李悬端着盘子走出去。她还没到饭桌上，就看到王大爷拍着林希的肩膀说道："你和小悬，你俩啥时候办喜事啊？到时候给我们传个信儿，我们进城看你们。”

李悬一怔，敢情王大爷这是把他们当情侣啊！她正要出去解释这事，只见林希浅笑了一声，举起酒杯碰了碰王大爷的酒杯，说道：“等我追到她，一定请你们。”

咦？倒是鲜少见他这样和颜悦色地对待别人，看来林希是真的被王家二老真诚的心意打动了。

等等！这不是重点好吗！他到底在胡说什么！追个屁啊！摄像机还拍着呢！

“嘿，那丫头稀罕你，有啥好的都想着你。”王大爷又给林希满了一杯酒。

“我知道的。”林希点了点头，认真说道，“我这辈子都会待她好。”

“怎么杵在这儿啊？”身后王大婶端着一盘花生米走过来。林希回头，便迎上了李悬不自然的目光。她连忙别过头去，不敢再看他，别别扭扭地坐到了饭桌上，生怕王大爷再说出什么让人尴尬的话来。

“还是你们城里生活好啊，我那俩孩子进城打工三四年了，就没回来过，在电话里头说什么再也不回来了。”王大爷喝了一口酒，摇着头说道，“不回来就算了，我就当没生过这俩娃。”

“这里条件不好，你们大老远地从城里过来，真是受罪了。”王大婶有些歉疚地对李悬和林希说道，“要是有招待不周的地方，你们多包涵。”

“王婶你别这样说，是我们麻烦你们二老了。”李悬给王大婶添了一碗饺子，笑道，“有什么粗活、累活，通通交给林希就是了，不要客气。”

“臭丫头。”林希温柔地微笑着，扯了扯李悬的头发。

晚饭炖了鱼汤，林希亲自下厨做的。当王家二老干完田里的农活回来的时候，桌上已经摆上了香喷喷的饭菜，干柴还在灶里烧得噼啪作响，林希系着围腰，背对着他们，将鱼汤从锅里倒进大碗里。

眼前所见让他们惊诧不已。

“小希，这些都是你做的？”王大婶不可置信地问道。

“嗯。”林希将桶里的水麻利地倒进了锅里，随口应了一声。

“灶里的火也是你点燃的？”

“嗯。”

两位老人完全没有想到，城里来的这位看上去十分矜贵的客人，干起家里这些活计来竟然这么顺手。

“小希，难不成你老家也是村里的吗？”王大婶一边拿来抹布帮着林希洗锅，一边好奇地问道。

林希生硬地答了一句：“不是。”

“那……”

“我小时候在农村待过几年。”林希脸色越发沉了下去。

“大婶，开饭啦。”李悬抽了筷子在门口叫了她一声，打断了她的追问，“快来尝尝林希的手艺。”

“好，好。”王大婶替林希取下了围裙，两人一块儿走出了厨房。

饭桌上两位老人不住地夸赞林希的厨艺，看得出来他们很高兴。

“小希做的饭菜真好吃，小悬，你将来可有福了。”王大婶笑眯眯地说道。

李悬本来拿着筷子要去夹菜，闻言微微一顿，接着抬眸便迎上了林希似笑非笑的目光，她心惊胆战，不敢去接王大婶的话。

晚上吃过晚饭之后，李悬正帮着王大婶在厨房里收拾，杨叶走进了王家的小院。林希一个人坐在井边抽烟，看见他进来，也没起身，目光移向了远山那边。

杨叶友好地跟林希打了个招呼，然后问道：“林希，悬悬在哪里？”

悬悬？叫得可真够亲热的！林希抬眼上下打量着杨叶，他洗了头，特意梳了帅气的发型，换的是上镜穿的衣服，整个人看起来很是亮眼。

探访好郑重啊！林希将烟头扔在了地上，吐了口烟圈，手疏懒地揣进兜里，没理杨叶，转身便走了。

杨叶自顾自地进了屋，跟王大爷问了好，然后把李悬叫了出来：“悬悬，我有话跟你说，你跟我出来一下。”

“哦，好。”李悬用毛巾擦了湿漉漉的手，脱下围裙便跟他一道走出小院。林希远远地看着他们站在小山坡上的一棵老槐树下说话，回头，黑乎乎的摄像镜头正对着他的脸。

“拍个屁！”林希不爽地咕哝了一声，径直走回了屋。

晚上，窗外淅淅沥沥地下起了小雨，林希关了灯盘腿坐到床上。

李悬紧张地翻了个身，背对着他。

“今天要不要我给你唱摇篮曲啊？”

“不……不用。”

林希似乎还是没有躺下去，这让李悬心里开始敲锣打鼓不安了起来，她说：“快睡吧，今天累了一天。”

“杨叶找你说什么？”林希突然开口问道。

李悬回头看他，突然有种被质问的感觉，她抬头看了看摄像头，只听林希道：“没有声麦，别人听不到。”

“没什么。”李悬随口糊弄道。

“我说，你别答应他。”林希突然说道。

李悬愣了愣，坐起身看着他。黑暗中看不清他的表情，但是李悬还是隐隐感受到他似乎真是有话要说。难不成他知道了？杨叶跟他提过吗？

“可是……我已经答应了呀！”李悬惴惴不安地说道。

“答应了？”

“是呀！”

林希突然静默了三秒，然后翻身便睡到了床上，床咯吱咯吱地叫了几声。他背对着她，不再说一句话，好像在生闷气一般。

李悬有些摸不着头脑，这都什么跟什么呀！

她跟着也躺了下来，觉得莫名其妙。

“喂，为什么不能答应他？”沉默了十几分钟后，李悬还是出声问道。林希闷哼了一声：“你又不喜欢他。”

“杨叶人很好，对我也挺照顾。”李悬道，“为什么不能答应？”

“你说真的？”林希的声音越发低沉。

“是啊。”

李悬觉得林希一整晚都是怪怪的。杨叶找她，是希望她能参与他主演的电视剧片尾曲的制作。李悬以前也和杨叶合作过很多次，所以想都没想就直接答应了。可这也不会影响到林希的利益，难道是因为他讨厌杨叶？不能吧？两人没仇怨啊。

李悬想不明白，林希也不再出声，她闭上了眼睛，很快就进入了梦乡。

第十一章
仿佛失去了整个世界

第二天李悬起来时，他的被单叠得整整齐齐，人已经不见了。下了楼，王大婶跟她说林希大清早便跟着王大爷下地干活了，当然，摄像师小程也扛着设备跟他一块儿去了。

吃过早饭，王大婶要去山上采蘑菇，李悬便想一块儿去。昨天的一阵风雨过后，今天山上朽木枯枝下肯定长出了特别好的菌菇。她换好了衣服，刚走出小院便遇到了郑颖和苏安瞳，这两人索性便一块儿上了山。

王大婶带着三个小姑娘上了白云山，昨晚下过阵雨，雨将山间的树叶都洗了一番，泥土里还带着淡淡的清新气息。天空格外湛蓝，阳光透过树枝在山间小径上洒下斑驳的树影，路边时不时能看到五色斑斓的菌菇。

李悬看着这些长相奇异又甚是可爱的菇类，便忍不住要去采摘，却被王大婶阻止了。她告诉李悬，有些蘑菇是有毒的，不能随意触碰。

郑颖和苏安瞳两人在这山林间看什么都觉得新鲜，她们俩上山来，就当是登山旅游，根本不是为了帮忙采蘑菇，一路上欢声笑语不断。

李悬紧跟着王大婶，仔细地听她讲解着不同种类的菌菇的特点，哪些有毒，哪些无毒，见多了，她自己也能分辨出一些来。那些五彩斑斓、奇形怪状的蘑菇，大多数是有毒的，相反，外观不出众的，才是能够食用的菌菇。

李悬将一簇茶树菇采进自己的篮子里，一回头，却不见了郑颖和苏安瞳的身影。

这两人又跑哪里玩儿去了？

“王大婶，我朋友好像走丢了！”

闻言王大婶回过头，显然有些慌张，问道：“啥时候走丢的？”

“不知道。”李悬没顾上她们，结果一回头就发现两人不见了，多半是看到什么好玩的，耽误在半路了。

“白云山大得很，在这林子里走失可不是闹着玩的！”王大婶匆匆往回走，说道，“咱们回去找找！”

“好！”李悬也顾不得其他，跟着王大婶便往回走。早知道她就把毛毛和西宝带上了，这样找人也快一些。

“郑颖，苏安瞳！”她的喊声回荡在山林间。

可是，没有人回答。

上山、下山都有好几条分岔路，不知道这两人是不是走上了别的岔路，李悬便提议和王大婶分头找，王大婶不同意，说道：“丢了她们已经很糟糕了，我可不能再把你也弄丢了。”

可是两个人这样找，不知道要找到什么时候。摄像师也没有跟上，不然还可以联系节目组派人上来找。现在她的手机都让节目组收了去，根本联系不到别人。

“那要不这样，王大婶，你认得路，你先在山里找着，我下山找人帮忙！”李悬提议。

“这样也好！你就沿着这条路一直走，就能下山了！”王大婶说道，“你认得路吧？”

“嗯，我认得。”李悬不是路痴，她的方向感还是挺强的。

李悬走后没多久，王大婶就在小溪边找到了正在玩水的郑颖和苏安瞳，说道：“哎哟，你们在这里啊，可把王婶我急死了！”

“王大婶，这里可真美啊！”郑颖回过头笑着说道，“跟仙境似的。”

“有啥美的？还不就这样！”王大婶每天见惯了，也不觉得有什么，说道，“快跟我回去吧。”

“哎？这就要走啦？我还没玩儿够呢！”苏安瞳有点不情愿离开。

“我以为你们走丢了，让小悬下山去请人上来找，现在要赶紧回去报个信，免得大家伙儿担心。”王大婶解释道。

“行了，走吧。”郑颖穿好了鞋，意识到了自己任性的行为可能给节目组和村民带来多大的麻烦，也有些愧疚，跟着王大婶匆匆下了山。

结果，等几个人回到高井村的时候，却被告知，李悬并没有回来。

“没有回来？”王大婶傻住了，“不应该啊！我让她下来报信，怎么这会儿还没回来？”

朱易导演立刻就意识到了事情的严重性，立马招呼剧组所有人员上山去找，王大婶也叫来了几个村民，分头带大伙儿上山去找她。

李悬越走越觉得不对劲，周围的景物开始变得有些陌生了。当她发现前面出现了一条上山的小径，这才意识到自己是走错路了——明明应该一路都是下坡，不应该有上坡的路。

她立刻转身往回走，走了大概半个小时之后，前面分出了两条路。完蛋了，她现在根本不记得来的时候走的是哪条路。

大山的路径交错复杂，她根本不可能走得出去。

李悬不知道应该继续走，还是就待在这里等人来找她，正在她纠结的时候，突然听到不远处的林子里窸窸窣窣，似乎有动静。

她心里第一个念头便是，不会有野兽吧！

李悬竖起耳朵听了一会儿，发现并不像是野兽的动静，而是人的脚步声。她心里一喜，赶紧循声找了过去。果不其然，她发现一个农妇正坐在树荫底下休息，手里拿着半个大饼正吃着。李悬大喜过望，叫了她一声：“哎！你好！”

结果那女人一看到有人过来，连忙起身，扭头就跑。

李悬惊住了，她有这么吓人吗？这人怎么见了她就跑啊？

“哎！你等等！”李悬追了上去。

那个女人在听到李悬的声音之后，终于放缓了脚步，停了下来，犹疑地回头打量着她：“普通话？”

李悬说的当然是最标准的普通话，可是她的打扮和当地的农妇无异。

“你不是这里的人？”那女人疑惑地问李悬。

“我不是呀。”李悬解释道，“我是在这边拍节目，结果在山里迷路了，哎……你？”她也察觉到，这个灰头土脸，还有些狼狈的女人，说的也是一口标准的普通话。

“拍节目？”那女人闻言慌张地抓住了李悬的手臂，说道，“你救救我！”

正午，林希扛着锄头，挽着裤脚，和王大爷走在田野间，他腿上满是泥，看起来颇为狼狈，这让王大爷很是过意不去。

“小希，锄头给我吧。”

“没关系，又不重。”

还没有回村子，林希远远地看到毛毛和西宝一路汪汪大叫着从田埂上跑了过来。林希迎上去，蹲下身抚摸它们，抬头却没有看到李悬，好奇地问了一声：“老妈怎么把你们放出来了？”

两只狗似乎很是焦急，毛毛一口咬住了林希的裤脚，要把他往回拉。西宝直接在前面的田埂上打起了滚，滚得满身是泥，冲他汪汪大叫。

就在这时候，郑颖从坡上匆匆跑了下来，冲他大喊了一声：“林希！李悬在山上迷路了！”

林希手上的锄头掉在了地上，他顾不得这么多，朝着高井村的方向一路狂奔！两只狗一前一后，跟在他的身边。

回了高井村，刚好碰到村主任带着几个村民过来。看到导演朱易，林希一把揪住了他的衣领，差点直接将他整个人提起来。他着急地问道：“李悬在哪里？”他的眼睛里一瞬间就充了血，红红的，很吓人。

“林希，你冷静一点。”身边的摄影师小程连忙过来劝解，“她还在山上，已经派人去找了，应该不会出什么事。”

林希脸色很难看，太阳穴上青筋都已经暴起，重复道：“不会有事？”他的声音低沉得可怕，“走失在这样的大山里，你跟我说不会有事？”

在这样的大山里找一个走丢的人，无异于大海捞针，并且山里危险四伏，有猎人的陷阱，野兽、毒蛇更是不可计数。每年都会有人在这种大山里走丢，连尸体都找不见，怎么会没事？

他一把扔开了朱易，转身走出了村子，朝着山里走去，两只狗也汪汪大叫着跟上了他。

“林希，你回来！”朱易气急败坏地大喊了一声，“你要是再走丢了怎么办！”

林希头也没回就走了，助理李微龙连忙追上林希，村主任也连忙招呼了几个村民过来，跟着他一块儿上山，继续找人。

“李悬！”一整个下午，他的声音都在白云山回荡着。他从来没有这样的感觉，仿佛一下子失去了整个世界。

两只狗不知疲倦地在山间奔跑号叫，这里闻闻，那里嗅嗅，可是山间的气味实在太过复杂，很快毛毛就有些摸不着头脑，不住地回头望林希。在找人这方面，毛毛的确是比不上西宝。西宝作为金毛寻回犬，在寻人这方面有优势，而且它是李悬一手带大的，对她的味道更加熟悉，所以林希一直跟着西宝在走。

很快，西宝在一片林子里停了下来，在地上嗅了很久，前腿在枯枝落叶里刨了刨，突然汪汪大叫了起来。林希跑过去，发现西宝从落叶里面刨出了一根链子！

这是他送给她的蒂凡尼项链，怎么会丢在这里？林希拿起了那根项链，手抑制不住地颤抖起来……

“李悬！”林希起身，在林子里横冲直撞，四处寻找，想找到更多她留下的线索。然而，一无所获。

那根项链的接口处断裂得很粗暴，像是被人用力扯断的，极有可能就是李悬自己扯断的。她一定是出事了！

两个小时前，在林子里，李悬听那个女人讲述了自己的经历。

她叫白玲玲，十九岁的时候从村里到城市打工帮弟弟挣学费，结果被所谓的“经理”以三万五千块卖到了上梁村，卖给了一户姓陈的人家。

上梁村与高井村隔了一座白云山，两个村子虽然算得上是邻村，但距离并不近。

她在上梁村待了三年多，不，应该说是被关了三年多。这三年多时间，她无时无刻不想着逃离，这次好不容易逮着机会，药死了家里的狗，趁着晚上家里人熟睡，男人“满足”之后忘了把她的脚铐起来，她才逃了出来。她偷了家里所有的馒头干粮，并没有往大路上走，而是直接躲进了白云山，在山里面躲了两天一夜，准备另外找路出去。这两天在山里，只要一看到有人，她都会远远地藏起来，根本不敢求助，因为这里十里八乡都是一条心，哪家丢了“媳妇儿”被人捡到，都会送回去。这三年中，她见过太多太多被拐卖的女孩儿出逃，又最终被送回“家”，不是被打得半死，就是被打断腿，下场很惨。

知道李悬不是这里的人，白玲玲仿佛见到了救星，死死抓着她的手不肯松开，宛如抓住最后一根救命稻草，一个劲儿地说道：“你会带我走吧？求求你带我走啊！我不想留在这里啊！我不想给他生孩子，我要回家，我妈和我弟肯定在满世界找我。他们不是人啊！他们都是披着人皮的野兽！”

“你冷静一点！”李悬拍着她的背不住地安抚她。

这个叫白玲玲的女人看起来精神有点不正常，十分敏感，时不时就会用怀疑的目光打量李悬：“你真的不是他们的人？你该不会是骗我吧？”

李悬注意到，白玲玲的一只手一直藏在长袖子里面。

“我真的不是他们的人。”李悬不住地解释，看向她的手，“你的手里拿的是什么？”

“剪刀。”白玲玲将一把长剪刀拿出来给李悬看，李悬不禁往后挪了挪，防备地看着她。

白玲玲声音低沉，表情很决绝，拿着剪刀比着自己的脖颈道：“如果我被抓到了，我就杀了我自己。”她的声音让李悬不寒而栗。

“你把剪刀收起来吧。”李悬看着她这样子有些心惊胆战。

白玲玲收起了剪刀，又问李悬：“咱们现在是直接进城吗？你有车吗？你一个人还是很多人？都是城里人吗？”

她的问题太多了，李悬只好跟她解释道：“我们在高井村拍摄一个综艺真人秀节目，今天上山采蘑菇，结果迷路了，我正找路回去呢，你可以跟我一块儿回去。放心，我不会让你再被抓回去。”

白玲玲看了看李悬，突然眼睛亮了，激动地说道：“你是明星！我认得你啊！你是那个唱歌很好听的……你是叫……”

“我叫李悬。”李悬没想到，这个小姑娘居然还认识她。

“啊！没错！李悬！”白玲玲一把抓起了她的手，惊喜地道，“我以前打工的时候很喜欢听你的歌！特别特别好听！”

“谢谢。”李悬没想到她还是自己的小粉丝呢。

“你在这里，待了三年？”李悬皱着眉头打量了她一眼，她脸色特别差，嘴角发白干裂，看样子并不像二十二岁，头发蓬乱，看起来也是很久没有洗过，身上穿的是一件并不合身的男人的褂子，缀着补丁。

白玲玲点头，小小的脸上一双又大又黑的眼睛瞪着，她三分像人，七分像鬼。

“三年多了，每过一天，我都会在黑屋子里刻一道杠子，我数过了，一千二百五十八道。”白玲玲说话的时候手还死死抓着李悬的手，似乎很没有安全感。

“别怕，现在没事了，我一定会带你出去的！”李悬轻轻拍了拍她的手，安抚道。

然而就在这时候，白玲玲突然僵住了，李悬回头疑惑地看着她，只见她神情骤然紧张起来。

“你怎么了？”

李悬话还没说出口，白玲玲突然捂住她的嘴：“嘘！有人来了！抓我的人来了！快跑！”她说完拽着李悬的衣袖转身就跑。

李悬根本没弄明白怎么回事，就被她拉着跑了起来。哪里有人呀？是不是她太敏感了？

结果没跑几步，她就听到后面传来了男人的叫喊声：“找到了！

陈升，你媳妇儿找到了！”

“还跑！看老子回去不打断你的腿！”

“站住！”

“汪汪汪！”

李悬没想到，对方居然还带了狗！她回头看了一眼，好几条又大又肥的土狗已经追了上来，凶恶地冲她们狂吠。

她真的好后悔没把毛毛带上。

几条狗一下子就追上了两人，挡住了她们的去路。白玲玲本来还要往树林里跑，结果被狗一口咬住了衣服角。

“滚开！”李悬捡起了一根树枝，恶狠狠地想把狗吓退，群狗却丝毫不畏惧，倒是李悬被吓得脸色惨白。

由于极度恐惧，白玲玲腿都软了，险些摔倒在地，李悬扶住了她。就在这时，身后传来一声口哨，群狗都不再叫唤，退到了几个男人身后。

上来的是六个身强力壮的汉子，一个皮肤黝黑，留着寸头，个子和李悬差不多高的男人走过来粗暴地将白玲玲扯了过去。

白玲玲死死抓着李悬的手不肯松开：“我不跟你回去！我不！我要回家！我要回家！”

“啪”的一声，那个寸头男人一巴掌扇在白玲玲脸上，说道：“上梁村就是你的家，老子是你的男人，你要回去，回哪里去？你是老子花了三万五千块买来的，那五千块还是老子多给的，就是看你模样好。想走，门儿都没有。”

白玲玲被他打得一个趔趄仆倒在地，整个人都蒙了。

“你怎么打人！”李悬连忙跑过去护住白玲玲，将她扶起来。

“陈升，你家媳妇跑出去一个，结果变了两个出来，哈哈！”有个男人笑着调侃道。

“这女人是哪里来的？”

“不是我们这儿的人吧？”

“听口音不像，长得这么水灵，像是城里来的。”

“该不会是跟这烂货一起出逃的媳妇儿吧？”

“一起带回去，看看是谁家丢的女人，让人来认。”

“万一没人认咋办？”

“那就给我王狗蛋当媳妇呗！哈哈哈！”

“凭啥给你当媳妇？咱们村十多个光棍呢！轮得到你王狗蛋？癞蛤蟆想吃天鹅肉。”

几个男人自顾自地笑开了，他们说的话带着浓浓的乡音，语速很快，李悬听得并不是很明白，但也清楚他们似乎来者不善，看样子是想把她也带回去。她不动声色地扯下了自己脖子上的链子，借着去扶白玲玲的间隙，将它埋进枯叶堆里。她心里想着也许林希看不到，但是西宝一定能找到！

白玲玲见势不妙，一把摸出剪刀对着那几个人喊道：“你们不准过来！”

那几个男人看热闹一般看着她，发出了嘲讽的微笑，显然是不相信她用这把剪刀就能对他们怎么样。

白玲玲直接将剪刀对准了自己的脖子，咬牙切齿道：“我就是死，也不会跟你们回去的！”

“我还不了解你吗？”陈升冷漠地嘲讽，“一哭二闹三上吊，你有本事死一个看看啊！”

白玲玲凶狠地瞪着眼前的男人，绷着脸，嘴唇不住地颤抖。

李悬盯着她，她的精神一直很不正常，眼睛里透出的绝望让人害怕。她知道她不是在威胁他们，她是要来真的！就在白玲玲拿着剪刀朝着自己的颈部大动脉刺进去的那一瞬间，李悬猛地扑了过去，将她扑倒在地，一把夺过了剪刀，扔到一边，拽着她的衣领大喊着：“不要放弃！我会救你的！我会救你出去的！”

白玲玲的眼睛已经无法聚焦，仿佛被抽空了全身的力气，只剩一具空壳。

几个男人粗鲁地将两个女人带回了上梁村。

上梁村比高井村还要荒僻和贫穷，女人很少，十几个光棍成天无所事事，在村子里晃荡，偷鸡摸狗。家里有一点钱的，都买了媳妇儿，不管是傻的，还是残疾的，只要是女人就成。买了媳妇儿就生娃，一个，两个，三个，四个，五个，能生多少生多少，上梁村人啥本事也没有，就是繁殖能力旺盛。

李悬被他们推推搡搡带回了村。从村口一路走进去，小孩儿特别多。那些宽敞的院坝里，有的女人背着一个小的，牵着一个大的，怀里还奶着一个。黑漆漆的房屋铁窗里，一双双空洞的眼睛盯着她，冰凉且冷漠。

一进入上梁村，李悬便觉着压抑，仿佛有人捂着她的嘴，让她透不过气。这是一个多么让人绝望的地方啊！

黄昏时分，倦鸟归巢。

林希还死死地抓着那根链子，回头随便抓了一个村民，情绪很激动："除了高井村，这附近还有什么村子？"

"白云山周围吗？还有上梁村，下梁村，黄石村……"那村民一连说了五六个村名。

"最近的是哪个？"

"最近的就是上梁村和下梁村。"

助理李微龙的电话突兀地响了起来，是导演朱易打过来的。林希几步跑过来，直接抢走了电话。

电话那头朱易声音很急促："林希，村主任那边传来消息，说上梁村在白云山抓了两个出逃的媳妇儿，一个不是本村的，可能就是李悬！现在村主任他们已经出发前往上梁村了……"

林希还没听完就扔掉了电话，对那村民说道："带我去上梁村。"

陈升家的院落很小，就几间土坯房子。李悬被关在黑漆漆的柴屋里，听到院子里传来白玲玲凄惨的叫声。李悬手抓着铁窗不住地晃动着，扯着嗓子大喊："放我出去！你们这是违法的！不要打她！"

透过铁窗，她眼睁睁地看着陈升拿着狗链子狠命抽打着白玲玲。白玲玲像狗一样趴在地上，已经被揍得满是伤痕。这时候，有个男人拿来了菜刀，对陈升说道："把这女人腿砍了，就跑不掉了！"

李悬用力拍打着门板，门从外面上了锁，她又急切地跑到窗边冲他们大喊：“你们这样做是犯法的！”

“犯什么法！老子管教自己的媳妇儿，天王老子都管不着！”陈升已经接过菜刀走到了白玲玲跟前。

白玲玲一看到那把明晃晃的菜刀，立刻吓得脸色惨白，不住地往后退，惊恐地叫着：“不要，不要！”

“不是连死都不怕吗？这回怎么这么没用了？”有村民在边上冷嘲热讽。

“不要砍我的腿，求求你们了！求求你了！”白玲玲惊恐地看着陈升，绝望的眼泪从她眼睛里流出来。她不怕死，可是她不想像周麻婶那样只能趴在地上走路，也不想像许家的新媳妇那样当一个拐子，那样她就永远不能离开这里了！

周围村民都在怂恿，鼓劲，陈升看着手里的菜刀，又看了看白玲玲那匀称细长的腿，有些犹豫：“真砍啊？”他对闹得最厉害的赵麻子说，“我可是花了三万五千块钱呢，成了瘸子，就不划算了。”

“将来要是让她跑出去，你花的钱才是真的打了水漂，还会祸害村里其他媳妇儿。”

“可不是！女人嘛，只要留个肚子，能生娃就行了，把腿砍了，她就老实了。”

几个男人你一句我一句地附和，陈升终于还是禁不住大伙的怂恿，重重地点了点头，铁了心，拿着刀朝着白玲玲走去。

“不要啊！”李悬眼泪流了出来，抓着铁窗不停地晃动，厉声呵斥着，“这是违法的！你们会有报应的！不要伤害她！”

“吵死了！”一个男人走过来打开了柴屋的大门。李悬猛地冲出去想要阻止陈升，却被进来那人一巴掌扇到了墙边儿上。她只觉得脑子嗡的一声，耳朵嗡鸣，天旋地转，都有些听不清周围人闹腾的声音了。

“别伤害她！”李悬眼见着几个村民抓住白玲玲的手脚，陈升已经举起了刀，一只手在她的腿上比画着。她顾不得脸颊的疼痛，死命挣扎着朝陈升扑了过去，死死抓住了他的衣袖，喊道，“你们不能这样做！”

白玲玲仰面躺在地上，大哭大叫着想要挣脱那几个男人的手。

“滚开！把这个女人拉走！”陈升粗暴地甩开了李悬的手。两个男人将李悬扯了过去，一人控制着一只手臂，将她拖走。

“啊！啊！”白玲玲尖叫不止，陈升拿着菜刀，按着她的小腿，犹豫着不知道该从哪里砍。

“就砍脚。”有人提议，“砍了她就不跑了。”

陈升红着眼睛，就在他一刀即将砍下去的时候，院子门口突然闯进来几个人，村主任大喝了一声：“陈升！快住手！”

陈升回头，看到村主任带着几个生面孔走了进来，他有些摸不着头脑，问道：“村主任，咋了？”

后面一个男人疯了一般冲到大院。林希看到陈升手里拿的刀，心里一惊，转过头，又看到两个男人拽着李悬的手臂，她的脸肿得很厉害，看得出明显的巴掌印。林希怒发冲冠，冲过去三五两拳便把一个男人打趴在地上。另一个男人见势不妙，就要过来帮忙，林希一脚踢过去，将他直接踹飞了出去。在场的几个男人都看得怔住了，他们从没见过这样狠命的男人，就像一头发狂的野兽，喘着粗气，凶神恶煞地瞪着他们。

“林希。”李悬看到他，眼泪完全控制不住地流了下来。

林希蹲下身将李悬用力拉过来护在怀里，将她的脑袋怜惜地按进自己的胸口，气势汹汹地瞪着周围的村民，眼里射出凶光，宛如最凶猛的豺狼。

“是谁……谁欺负你了？告诉我。”林希的声音压得很低，一字一顿，狠戾决绝，“我杀了他。”

“林希。”李悬全身颤抖得厉害，叫着他的名字，死死抓着他的衣服不愿意放开，她说道，“带我……带我离开这里……”

她实在不愿意待在这个地方，一秒钟也不想。

几声狗叫传来，毛毛和西宝一前一后冲了进来。西宝跑到李悬跟前，不住地用舌头去舔她的手，发出呜呜的呜咽声。毛毛很护主，背对着林希，冲着那些村民，竖起了背上的毛，发出凶恶的叫声。

上梁村的村主任和高井村的村主任交涉了一下，然后对村民解释了事情的来龙去脉。

林希的手落到李悬的脸上，粗糙的大拇指抚了抚她脸颊的红痕，然后站起身，环顾了周围人一眼，隐忍而狠戾地喊了一嗓子："谁动的她？"

周围几个村民面面相觑，然后看向了赵麻子。赵麻子眼神躲闪，站在墙边咕哝了一声："不就扇了一巴掌吗？女人不打，上房揭瓦……"他的话还没说完，就卡在了喉咙里，因为林希已经捡起了地上的一块砖头。

"都是误会，误会！"高井村村主任连忙拦住林希，防止事态失控。

林希直接推开他，气势汹汹地朝着赵麻子走去。紧接着，几个高井村的村民也过来拦住林希，低声在林希耳边劝道："不要这样！这里是上梁村的地盘，咱们没他们人多！"

林希充耳不闻，眼里满布血丝，似燃了一团火，宛如暴怒的野兽，抡起砖头用力往赵麻子脑袋上砸去。赵麻子躲闪开，结果砖头碎在了他的肩头，他吃痛，"嗷呜"叫了一声，也急红了眼开始反抗，抬脚踢在林希肚子上。林希完全感觉不到痛，抓住了他的肩膀，猛力一个过肩摔，接着又是居高临下的一脚，当胸踏去，接着又是几脚，全踏在他的胸口。

这每一脚都是下了死力，如此踩下去还得了？怕再这样下去非得出人命不可，几个村民合力拉住林希。

"老子的女人，"林希的声音完全已经嘶哑，低沉得可怕，"老子连手都不忍使劲捏一下的女人，你也敢动？老子杀了你！"

李悬耳朵里嗡嗡嗡地响着，整个人都蒙了。他刚刚说什么？谁的女人？是她听觉出现问题了吗？她用力揉了揉耳朵，脑子里的嗡嗡声还没有消退。

赵麻子在几个村民的帮助下，连滚带爬地逃出了陈升家的院子。这家伙，根本就是个疯子！谁要跟疯子闹？他又不蠢，惹不起还躲不起吗？

“林希……”李悬无力地唤了他一声，按着自己的侧脸，皱起了眉头，“我耳朵……耳朵有点疼。”

“现在就去看医生。”林希回过头，蹲下身扶起了李悬，声音柔和地抚慰道，“有我在，别怕。”

就在林希扶着她要走出院子的时候，李悬突然顿住了脚步，回头看向白玲玲：“不。”她摇头，指着白玲玲对林希说道，“我要带她走，她在这里会没命的！”

白玲玲满脸泪痕，趁着陈升不注意，她迅速爬起来扑到李悬身边，目光惊恐中又含着希望，颤声道：“带我走！你答应了带我走！”

陈升见状，可不乐意了，一把扯过白玲玲的衣领将她拽过去：“信不信老子打断你的腿！”

李悬死死拉着白玲玲的手，回头看了看村主任和高井村的村民，说道：“我要带她走！”

“这……”村主任觉得很是难办，结结巴巴道，“这……这不合规矩呀。”

“是啊，这是陈家的媳妇儿，不好带走的吧！”高井村的几个村民也窃窃私语起来。

“我不是！”白玲玲手抚住自己的脸，绝望地抽泣着，“我是被拐卖来的，不是他的媳妇。”

“买卖人口是犯法的。”李悬冷冷地看着陈升，咬牙切齿地说道。

“老子花了钱了，犯什么法了！老子没犯法，这就是我的媳妇！我还要让她给我生娃！你们今天谁都别想把她带走！”陈升说完就堵在了自家门口，高声说道，“这些城里来的人，要抢我的媳妇！村民们给评评理，今天我陈升的媳妇儿被带走了，明天你们的媳妇儿也都会被抢走！”

上梁村的村民也都义愤填膺地叫嚷着：“说什么也不能把老陈家的媳妇带走！还有没有天理了？”

“我是人！不是你们买的东西！”白玲玲撕心裂肺地号啕控诉着，

不住地拍打着自己的胸口，“我是人！我是人！”

李悬死死拽着白玲玲的手，没有松开。

林希看着白玲玲，突然想起了李巧真。现在这种场面，他和李悬想要把人带走，肯定是不可能的。且不说这里是上梁村的地盘，就算是高井村的村民，包括村主任，都肯定不会愿意帮他们。毕竟他们是外来人，走了也就走了，但是上梁村和高井村相邻，他们总归还是要打交道的，农村不像城里，抬头不见低头见的。

但是如果他们就这样走了，这女人肯定免不了遭受毒打，甚至有可能送命。这些事林希太熟悉了，他那几年耳濡目染，见过太多鲜活的生命在这种暗无天日的地方枯萎，死亡。

“你说，三万五千块买的她是吗？”林希回头，冷静地对陈升道，“我给你四万块，你放了她。”

陈升一听，有点心动，还能多赚五千块啊！这可不是个小数目！

“你说真的？”

“我没带现金，你把卡号给我，我现在就可以给你转账。”林希从李微龙那儿接过了手机。

陈升有些怀疑了，当初买媳妇的三万五千块可是花了他和父母全部的积蓄，这个人怎么能这么轻松就给他钱？别是骗他的吧！

“我只收现金。”陈升咬牙说道，“给现金，一手交钱一手交人。”

谁随身给你带四万块现金！林希回头看向村主任，问道：“哪里可以取钱？”

“最近的银行在镇上，从这里过去，要走三个小时。”现在已经是黄昏时分。

李悬的手还死死地牵着白玲玲的手，怎么都不愿意分开。她错过一次，绝不愿意再错过第二次。

林希说：“让她跟我们回高井村，我现在就去给你取钱。”

“那不行，万一你们把我媳妇拐跑了怎么办？”陈升扯着嗓门大喊道。

“你要是不放心，可以跟着。”

陈升摸着脑袋，看了看林希，又扭头看了看白玲玲。白玲玲被他这一眼看得双腿直打哆嗦。陈升心里打着如意算盘，这个女人娶回家三年了，肚子一点动静都没有，不能结果的花开得再好看有个屁用！现在有人花四万块钱买她，对于他而言，连本带利都赚回来了，到时候用这钱再买个新媳妇，简直不能再好。

“那行，你们把她带走吧。”陈升虽然这样说，但还是不放心，说道，“但我得跟着。”钱没拿到，他就必须寸步不离地守着他媳妇。

一行人出了上梁村。上梁村的村主任本来是想让小程把摄像机关掉的，但是导演朱易给他使了个眼色，他便意会了。毕竟是真人秀节目，各种突发情况都应该如实地展现在观众面前，更何况是这么有爆点的事件，所以小程当着村主任的面让屏幕黑掉了，但是摄像机一直开着。于是，前后发生的所有事情，黑屋子里那绝望的眼神，一幅幅让人揪心的画面，都已经通过直播传到了大山外。

直播间完全炸开了锅，网友们以他们所能想到的最恶毒的语言咒骂着这些男人，同时也为这里的女人可悲的命运哀叹不已。李悬和林希在这件事上所表现出来的坚决态度，也获得了网友们前所未有的好评。

当天晚上，林希带着李悬回了镇上，一则取钱，二则带她去镇医院检查耳朵。

医生说并没有什么大碍，给她开了一些外涂的药，但是林希依旧不放心，这里的医疗条件比较落后，等回了首都，他还要带她再好好地检查一番。

他们回高井村的时候，已经是凌晨时分。白玲玲一直待在王大婶家，林希走的时候千叮万嘱让李微龙看住她，别让陈升再把她带走了，李微龙就一直守在白玲玲的房间门口，瞌睡都不敢打一下，而陈升就坐在外屋等着林希把钱取回来。

回来的路上，还有节目组的人在劝林希，说上梁村及周围的村子，十户人家有八户家里的媳妇都是买来的，你救得了这一个，救得了所有人吗？你给了他钱，他回头又去祸害别的姑娘，那不是更作孽？

"我不能眼睁睁地看着白玲玲又被他带回去。"说话的人是李悬，"我答应了她，带她走。"

设身处地地去想一下，如果希望就在眼前，分明再多走一步就能见到光明，可是那一步就是跨不过去，那样的绝望与痛苦是能够把人彻底摧毁的。白玲玲的精神已经很不正常了，她现在强撑着一口气，苟延残喘地活着。李悬丝毫不怀疑，如果今天她不救白玲玲，说不定明天见到的就会是她冰冷的尸骨，这个女人是真的不怕死。

"不用太担心，节目已经播出去了，而且电视台那边刚刚给我打了电话，说这件事在网上已经闹得沸沸扬扬，相信很快就会有人过来解救这些被拐的女人。"导演朱易手里夹着一支烟看向林希，淡淡地说道，"这件事，你做得很对，以前我倒是小看你了。"

他没有和陈升硬来，而是通过赎买的方式，这是聪明的做法。以前林希给他留下的印象，就是冲动，任性，自私自利……总之，缺点一大堆。要不是李悬肯捧他，事事护着他，他能红才怪。但是通过这件事，朱易重新认识了林希。

当然不仅仅是朱易，将来红透娱乐圈的林希的很多铁杆粉丝，都是通过这期真人秀节目喜欢上林希的。粉丝们懂得了林希的善良，以至于后来无论他如何任性与特立独行，他们都以最大的善意来包容他，因为他就是这样一个人啊！

他善良且勇敢，率真而无畏。

原计划拍摄一周的真人秀节目，在第四天就以这样出人意料的方式落幕，虽然娱乐性并没有达到预期的效果，但是节目所带来的社会影响已经远远超出主办方的预想。节目经过剪辑和后期制作，在电视上一经播出，就引起了巨大反响，收视率稳稳排到了第一的位置。随后，有不少新闻记者也找上门来，对导演和艺人们进行专访。这件事的社会影响实在太大了，公安部门派出了大量警力，最终将上梁村以及周边村寨被拐的女人全部解救了出来。

李悬当时被打蒙了，耳朵里"嗡嗡"直响，根本没听清楚林希的话。

而后面看重播，她看到他拿着砖头气势汹汹地说“老子连手都不忍使劲捏一下的女人，你也敢动”时，眼泪不由得落了下来。

在电视上播出的时候，这一段自然是被剪辑掉了，只有李悬拿到的是整个真人秀的完整版，她每看一遍都会心跳加速，感动不已。

所以不是她想多了，林希是真的喜欢她。

当然,两个人的绯闻是没有办法遮掩的,因为当时节目直播的时候，几十万人都听到他亲口承认会对她好，见证了林希在李悬走失之后的失态，在得知她被欺负之后的盛怒。

李悬这几天都躲着林希，最后索性躲到了易小嘉的家里。现在狗仔死盯着她和林希，两个人只要稍稍有点动静，哪怕隔着几米的距离，只要能拍到两人同框的照片，都能拿出来炒八卦绯闻。

林希这才刚刚出道，正是圈粉的时候，此时传绯闻，毕竟对他不利。

然而公司对这件事的态度，不，应该说老板陆星酌对这件事的态度，完全出乎李悬的意料。

办公室里，李悬早已经做好了挨骂的准备，但是陆星酌并没有骂她，还让助理给她泡了一杯茶，请她坐下来，开口的第一句话竟然是：“林希那小子，很幸运啊！”

李悬惊愕地看向陆星酌，这是她的幻觉吗？老板脸上好像还带着慈祥的笑意？她记得上一个在盛娱传媒和艺人传绯闻的职员，可是被陆星酌直接辞退了啊！

“陆总，对……对不起，我会向媒体澄清这件事，给公司造成的损失，我会……会承担……”李悬紧张得说话都结巴了。

“不需要。”陆星酌抿了一口茶，缓缓说道，“这件事，别人爱怎么说便怎么说，主要是你，你是怎么想的？你喜欢那小子吗？”

这是什么情况？她喜欢不喜欢林希，这事重要吗？现在最要紧的事情，难道不是赶快澄清绯闻吗？她真的摸不透陆星酌的心思了。

“林希跟我谈过了。”陆星酌脸上笑意更甚，见李悬这么害怕的样子，他摆了摆手，说道，“罢了，这是你们两个的事，我找你过来，是想告诉你，不用考虑公司，按你自己心里的想法去做。”

"陆总，您不会辞退我吗？"李悬战战兢兢地问。

"辞退？我怎么会辞退我的儿……"他突然顿住了，转而说道，"我怎么会辞退公司的金牌制作人？"

李悬的心总算放了下来，走出陆星酌办公室的时候，她大大地松了一口气。

就在这时候，易小嘉匆匆跑过来，拉着李悬的手说道："悬姐，你来！"

李悬跟着她进了办公室，易小嘉拿着遥控器打开了电视。电视里面，林希刚刚参加完一场代言宣传活动，被大帮记者围堵在了秀场。

"林希，网上传的你和李悬的地下恋情，是真的吗？"

"那首《初恋》，是她写给你的，那么你们究竟是谁追的谁呢？"

"李悬比你大，你介意姐弟恋吗？"

"你是在借李悬的名气炒作吗？"

"李悬是你的导师，也是你的经纪人，你和她在一起，真的是出于自愿吗？"

娱记的提问，一个比一个犀利。

李悬的手紧了紧，眼睛死死地盯着电视屏幕……

林希在保安的簇拥下走出了秀场，本来并没有要回答问题的打算，但是听到最后一个问题，他突然停下了脚步。他回过头来，垂眸想了想，突然轻笑了一声，用那一贯轻佻的口吻说道："是我在追她，她还没有答应，所以我回避你们的问题，也请你们不要追得这么紧。这是两个人的事，我不想让无关紧要的人参与。"

"所以是承认恋情了吗？"

"我说了，是我在追她。"

"你才刚刚出道，此时闹出绯闻，难道是为了炒作吗？"

"为什么不能是为了爱呢？"他微微勾起的眉眼，似笑非笑，一瞬间便击中了所有人的心。

他真的是……帅得不可理喻啊！

易小嘉回头，冲李悬意味深长地笑了笑："把你保护得很好哦！"

知道李悬脸皮薄，易小嘉也就不再打趣她，而是轻轻走出了办公室。李悬沉默了很久，轻不可闻地叹息了一声，终于拨通了林希的电话。

“林希。”

“不管你要说什么，都给我留着，等见面之后再说。”

“好。”

林希挂掉电话的时候，手还抑制不住地颤抖着，刚刚接到她的来电，喜悦与焦灼的浪涌一瞬间充满了他的心，这种感觉前所未有。

近乡情更怯，他有些紧张了。

晚上李悬回到家，见家里的灯没开，林希并不在。她松了一口气，将手里的包扔到沙发上。她正要开灯，转身就被一股力量直接按在了墙上，紧接着炽热的嘴唇便覆了上来，属于他的味道铺天盖地将她包裹。李悬脑子“轰”的一声，仿佛一簇烟火在脑海里炸开。他的唇舌柔软而灵活，不停地攻占着她紧闭的双唇。

林希的手托着她的后脑，在久攻不下之后，嘴唇滑到了她的耳畔，舌尖辗转地舔舐着她的耳垂，柔声道：“装什么？”他的声音带着致命的诱惑，宛如黑暗中盛放的罂粟花，迎风招摇。

“你也想的，是吧？”

身体是诚实的，正如她不能忽略自己心里的声音，从第一天他把她按在墙上亲吻的那一刻起，她对他就有了欲念。

李悬的手紧紧地拽着他的衣服，林希从她的脖颈一路吻到锁骨，李悬的身体渐渐软了下来，而他的身体硬如钢铁。

“林希。”她的手用力抓着他的衣服，身体因为他的撩拨而轻轻战栗，嘴里喃喃道，“……太快了。”

林希的动作顿了顿。黑暗中，他的嘴角扬起一个好看的弧度，说道：“我会很疼你的，不管是现在，还是以后。”

他的嗓音带着某种魔力，此刻说的话，每一句都让她内心悸动。

“跟我好，要什么我都给你，只要我有的，都给你。”

说完他再度将她的唇封住，以更加霸道的姿态撬开了她紧闭的贝齿，碰到她的舌尖，辗转厮磨，两个人的身体都忍不住战栗。

她的手紧紧抓着他的衣服，他完全能够感受到她的紧张和慌乱。

“放轻松。”他的呼吸夹杂着她的呼吸，声音仿佛带着无与伦比的魔力。

第二天中午。

毛毛和西宝早已经饥肠辘辘，在门外不住地挠门，李悬起身打开门，两只狗立刻冲进了屋里。

李悬立刻出去给毛毛和西宝拿狗粮。

“开饭了。”她在外面唤了一声，两只狗争先恐后地从楼梯上下来，兴奋地望着李悬手里的餐盘。

卫生间里传来冲水的声音，林希去洗澡了。

她站在落地窗边，看着窗外的景致，内心一片宁静。

第十二章
这首歌我只送给一个人

秋去冬来，华语乐坛金纽扣颁奖典礼如期而至，林希和展鹏同时入围了金纽扣新人奖。早在几周前，两人的粉丝就在网上掐得水火难容，势不两立，谁也不服谁。展鹏的专辑销售量完败于林希，但是并不意味着金纽扣最佳新人奖他会败给他。

金纽扣颁奖典礼在华语乐坛是很有分量的颁奖典礼，影响深远，也是歌手艺人们奋力竞逐的荣耀。盛娱传媒之所以一签下林希，就投入巨额资金为他打造专辑，主要还是冲着金纽扣最佳新人奖去的。

场外红毯铺了百米长，周围已经密密麻麻地聚满了媒体记者，闪光灯耀眼夺目。一辆辆黑色轿车相继停在了路边，一张张熟悉的面孔相继下车，走上了那条红地毯。

展鹏的轿车刚刚停下来，粉丝们的尖叫声就从四面八方传了过来，甚至连场馆内部都能听到他们叫喊展鹏的名字。评委们看着自己手里这期入围新人的名单，不由得感叹，果然是长江后浪推前浪，这一届的新人，来势很猛啊！

展鹏走上红毯，伸出手朝粉丝们挥舞着打招呼，笑容矜持，大方优雅。

然而他刚走了没几步，又是一波声浪涌了过来，盖住了他的名字。

“林希来了！”林希的粉丝们似乎已经承包了一整条街似的，四面八方呐喊着他的名字，如惊涛骇浪，地动山摇。

林希穿着定制的高端奢侈品西服，从那辆拉风的红色轿车里走出来，迎着闪光灯，露出他的招牌微笑。西服完美地修饰着他的身形，一米八五的身高一出场便从气势上碾压众人，从容自如的微笑让他整个人由内而外散发着巨星的气场，无可抵挡。

粉丝们齐声高呼着林希的名字，而镜头也全部对准了他，闪光灯全部聚焦在他的身上。

展鹏的粉丝似乎不甘示弱，还想反杀一波，然而此时此刻，林希并没有如众人所想的那样直接踏上红地毯，而是转身将轿车的车门拉开到最大，宛如一位教养良好的贵族绅士，走到车前，伸出了手。

那一刻，所有人都屏住了呼吸，周遭霎时间寂静下来，仿佛时间都已经静止了。

一双修长白皙的手落入了林希的掌心。紧接着，一个穿着红色贴身长裙晚礼服的女人从车上下来了。

李悬一头长发盘在了头顶，丝丝缕缕垂下几根卷发，她穿着十厘米的高跟鞋，和林希并肩站在了一起，朝粉丝们得体地微笑，挥手。

他们从来不知道，李悬竟会笑得如此美丽和招摇。就算是她摘得天后桂冠的那晚，也不过是淡然一笑。而现在，她的笑容里饱含着浓情蜜意。

林希牵着她的手，一起走到了红地毯前，那一刹那，粉丝们想到了四个字：天造地设。

"他们在一起了！"尖叫声几乎掀翻了整个会场，甚至整条街都能听到粉丝们呐喊的声音。

所有的摄像机都已经齐刷刷地对准了李悬和林希，然而在迈上红地毯的那一瞬间，李悬踟蹰了，甚至退后了两步。

林希略微有些讶异地回头，迎上她目光的那一瞬间，便明白了她的心。那条红地毯，她带他走上去，却不能够陪他走完。

那是属于他的荣耀，不是她的。

李悬放开了林希的手，冲他微微一笑："快去吧。"

林希点了点头，转身踏了上去。从这条红地毯上走过的明星数不胜数，这里承载着整个乐坛的盛与衰，无数巨星在这里陨落，又有无数新星从这里升起，华语乐坛从来不曾寂寞。

李悬从来没有想过自己还能有再度走上去的机会，即便是现在，看着林希的背影，也只能是这么看着。

作为曾经的一代天后，她的心情，喜悦中又夹杂着一丝感伤。好可惜，不能陪他走完这条路，真的好可惜。

林希的座位设在第三排的某个角落里，比较不起眼。这个场馆里没有粉丝，来的都是投资方的重要人物和名流，一个刚刚出道的新人，在这里光芒就要收敛很多了。

李悬从偏门进来，坐在自己的位子上。她作为词曲创作人，所坐的地方与林希隔得还比较远。郑颖走到李悬身边坐了下来，她今年演出电影《十八岁》，演唱的同名片尾曲在网上大受欢迎，也入围了金纽扣奖的最佳片尾曲奖。

“李悬，今年的最佳新人奖已经定下来了，想知道是谁吗？”郑颖神秘兮兮地在李悬的耳畔说道。

每年在颁奖典礼之前，都会有小道消息流出来，然而最终的结果会证明小道消息终究都是谣传。

今年入围最佳新人奖的有四个人，林希、展鹏、孙斐和唐野。这四个人里面，呼声最高的是林希和展鹏。李悬当然相信，以林希的实力，可以吊打展鹏。

“我听尚品传媒的一个朋友说，他们公司已经去海天大酒店包了宴席。”郑颖小声地对李悬说道，“要给他庆功。”

李悬回过头，讶异地问她：“结果都还没有出来，庆什么功？”

郑颖笑了笑：“有些事情，其实并不需要到最后才知晓结果，相互有了默契，就算定下来了。”

李悬看向展鹏，他坐在第二排正中间的位子上，交叠着双腿，自信满满，意气风发。

她的眉心微微皱了皱，接着将目光投向了另一边的林希，那家伙正埋着头玩手机，完全是一副不在意的样子啊！

“应该不会吧……”李悬喃喃道，“据我所知，金纽扣的评委，还是很公正的。”

“据说今年金纽扣的奖杯，是用纯金打造的。”郑颖小声在李悬耳畔说着八卦消息，“听说拉到了很有背景的赞助商，和展家有点关系。”

“你这都是从哪里听来的小道消息？”李悬摇了摇头，说道，“说得跟真有大黑幕似的。”

“好吧。”郑颖耸了耸肩，说道，“就是让你有个心理准备。”

李悬的心再度提了起来，之前她听说最佳新人组的评委里面有霍凌天，还有些惴惴不安，可是转念一想，霍凌天和林希虽然有过节，但是林希实力摆在这里，稍稍有点鉴赏力的评委都应该知道谁更有资格拿奖。评委组十个评委，提议要有一半通过才能作数，所以不需要太过担心。

可是郑颖也不是信口胡说的人。

哎，好紧张！李悬的手机屏幕亮了起来，是林希的短信。她抬眸，只见林希侧头，遥遥地冲她笑得不怀好意。

“你今晚很美。”

李悬的嘴角情不自禁地扬了起来。

紧接着又是一条短信进来：“真想快点结束。”

“迫不及待想把奖杯抱回家了？”李悬微笑着编辑了短信发过去。

很快，他的短信再次回过来：“奖杯和你，一起抱回家。”

绯红爬上了脸颊，李悬关了手机屏幕，抬头，又和林希的视线对上了。林希笑得没皮没脸，她的眼角也勾起了笑意。

“哎哟，这还眉目传情上了。”郑颖用手肘戳了戳李悬，揶揄地问道，“林希滋味怎么样？”

李悬白了她一眼：“想知道，自己尝去呗。”

“李悬，你别得意。”郑颖双手叉腰跟李悬打趣道，“要不是看在你这把岁数了还没正经谈过恋爱，我早下手跟你抢了。”

“那我还真要谢谢你了。”李悬笑着说道。

就在这时候，现场的灯光暗了下来，明亮的聚光灯打在了舞台中央。

颁奖典礼开始了，李悬调整心绪，将这些少儿不宜的火爆画面从脑海里驱逐出去。

开场是一段在华语乐坛新近崛起的组合PH团队的劲歌热舞，直接将现场引燃了，接着一男一女两位主持人登台，开始了一组一组的奖项提名的揭晓。

备受瞩目和期待的最佳男歌手奖揭晓，不是霍凌天，而是比他早出道两年的何睿泽。何睿泽也是多次被封为天王的男歌手，最近几年锋芒隐去，渐渐被新锐歌手霍凌天所取代，不过他一路都走得很稳，脚踏实地，每年都有成绩出彩的专辑出来。霍凌天虽然走的是快车道，但是不够稳。

最佳女歌手奖，则颁给了和李悬同期出道的女歌手，张艺蓝。

封麦前，李悬曾摘得三年金纽扣的最佳女歌手奖，稳稳地奠定了她在歌坛的地位。

可是现在，李悬只能坐在台下，看着新人、旧人在舞台上厮杀。不甘吗？或许吧。她重新望向林希，此时的他正目不转睛地看着那个舞台，眸子里似乎有光在闪烁。

嗯，他是她的光。

颁奖典礼的高潮，当然就是今年备受期待的最佳新人奖。

关于最佳新人奖究竟花落谁家，展鹏和林希的粉丝僵持不下，最终的结果即将揭晓，直播平台上粉丝们早已经闹腾开了。

主持人邀请霍凌天上台宣布最终的结果。这次最佳新人奖的评定，一改以往的专家评审制，还邀请了几位歌坛颇具盛名的歌手加入，由他们共同选出最佳人选。

霍凌天走到了舞台上，照例和主持人打趣了一番，然后接过了那张写着最佳新人名字的卡片，朗声念道：“今年的金纽扣最佳新人奖得主，是……”

现场响起了紧张的击鼓声。

李悬的手握成了拳头，她有些紧张。

林希不紧张，他有这个自信拿下今年的最佳新人奖。

展鹏作为他的对手，实在不够格。

这个奖杯，属于他和李悬两个人，他要为她拿下这个奖！

“今年的金纽扣最佳新人奖得主，展鹏！”霍凌天大喊道，“恭喜展鹏！”

激烈的鼓声再度响了起来。

然而鼓声过后，掌声稀稀拉拉。现场的人，都露出了讶异和不解的神色，有几个艺人后知后觉开始鼓掌，但是掌声依旧稀疏，人们心里更多的是不能理解。

“为什么是展鹏？”

“我原本是看好林希的。”

“我也是。”

“听说林希和霍凌天有过节，别是故意报复吧？”

“嘘，小声点。”

在场的艺人们开始窃窃私语了起来，林希和展鹏竞逐金纽扣最佳新人奖是今年华语乐坛的一件大事，很多艺人都关注了这两位新近崛起的新人。林希的声音，还有李悬为他创作的歌曲，不仅征服了粉丝的心，也让这些挑剔的同行歌手们称赞不已。

霍凌天很无奈，评审组突然把他加进来，但其实根本没有参考他的意见。他提名的是林希，现在谁都知道，他和林希有过节，这个当口，如果再让展鹏胜出，很明显他会被推上舆论的风口浪尖。可是最佳新人的人选，好像早已经内定。当霍凌天察觉到在这件事里，他成了顶锅人的时候，为时已晚了。

展鹏上台领奖，掌声断断续续地响了起来，但是气氛并不热烈。

这个时候的掌声，大多出于礼节性，并不是发自真心。

“谢谢大家的支持，我会再接再厉，为大家献上更多、更好的歌曲。”展鹏接过霍凌天手里的新人奖杯，向大家鞠躬致意，“其实在这里，我要特别感谢一个人，那个人，就是林希。大家都知道，《寻找新声代》

选秀节目中，我输给了林希，从那时候起，林希就一直是我奋斗和努力的目标，他真的非常优秀，我很羡慕他的天赋。现在，能拿到金纽扣的最佳新人奖，我要诚挚地对他说一声谢谢，如果没有他，就没有今晚的我。”

现场一片安静，直播间的弹幕已经快要被刷爆了。

“老子都要吐了，好吗！你这是在暗示别人，今晚是你的逆袭之夜？”

“绝对有黑幕！展鹏怎么可能胜过林希！评审耳朵都聋了吗？”

“评审有霍凌天参与，大家自行脑补。”

“金纽扣你们这么搞，真的很让人失望。”

“呵呵，围观楼上红眼病。”

“展鹏好棒！表白表白！”

…………

李悬的一颗心已经快要炸开了。不是他！怎么会不是他？！

愤怒之后，随之而来的就是难过。她仓皇地回头看向林希，他正好处于灯光的阴影处，她看不清他的脸。

林希到底有多努力，只有李悬一个人知道。那段时间，他每天只睡四五个小时，几乎整天将自己关在录音棚里，一遍又一遍地录制、倾听，稍有不满便重新来过。他对自己的要求，远远超过了别人对他的要求，吹毛求疵，尽善尽美。

因为他心里的音乐，本就是完美的啊！他所唱出来的，是天籁啊！李悬的心隐隐作痛，当即给他发了一条短信：“走吗？”

隔了很久，直到展鹏一曲唱罢，捧着他的奖杯下台，林希的短信才回过来：“不走。”

李悬是怕他难堪，想带他离开，他却不走。也对，现在悄然离场，分明就是落荒而逃，这不是林希的作风。

后面几项奖项的颁发，李悬看得索然无味，想给他发安慰的话，编辑好，却又删掉。此时此刻，任何安慰都显得那样苍白无力，她索性放下手机，陪他一起撑到最后。

颁奖典礼最后的环节，是邀请今年的最佳男歌手奖得主何睿泽登台演唱一首歌曲，为这一届的金纽扣颁奖典礼画上圆满的句号。

何睿泽走上舞台，接过话筒，却说了一番出乎所有人意料的话："很荣幸，今年我能够摘得最佳男歌手桂冠。但是现在，我希望将这个话筒交给另外一个人，因为我相信，迟早有一天他会站在这个舞台上，站在我的位置，唱出不一样的声音。"说完，他看向了观众席角落的林希，"林希。"

他在暗示将来能够取代他的人，是林希！只有林希！出人意料，又在情理之中。

在座大多数歌手，对于今天的结果都是不满意的，金纽扣象征着他们心里最圣洁的殿堂级音乐荣耀，可谓是他们半生追逐的梦想。

可是如今，明眼人都能看出这里面有黑幕，这如何能让他们服气？如果金纽扣要这样搞，今年是林希受挫，明年很可能就是自己。

何睿泽就算摘得了他梦寐以求的天王桂冠，现在他也高兴不起来。这一次最佳新人奖，玷污了他手里的奖杯，也玷污了他的音乐梦想。

完全没有给主持人说话的机会，何睿泽下台走到了林希面前，将话筒递给了他。聚光灯打到了林希的身上，自始至终，他都宛如一个局外人，冷眼旁观着一幕幕大戏。良久，他缓缓起身，接过了何睿泽手里的话筒，一言不发，径直走向了舞台。

当《希望》的旋律响起来的时候，所有人都屏住了呼吸。前奏就是一段狂野的钢琴奏鸣曲，仿佛呼啸的大风席卷尘世，万物生灵都蜷缩着身子，以谦卑的姿态向命运俯首，唯有他，逆风张扬，放肆生长。

李悬隐约看见，舞台上星光耀眼的林希，与十四年前那个男孩青涩而自信的容颜重合在了一起，她的眼睛有些湿润。这一天，终究还是来了。被时光掩埋在尘埃里的名字，终有一日会被全世界听见。

镁光灯下，林希的额间渗着汗珠，这首《希望》，他唱得太用力，每一个音符都仿佛来自灵魂的呐喊。

一曲唱罢，全场静寂。每个人，都被他高亢的音域震撼，折服。

直播平台，同样是难得的一片安静。全场为他沉默了足足有十秒，紧接着，突兀的掌声响起，天王何睿泽带头鼓掌，整个大厅一瞬间响起了热烈的掌声。

展鹏回顾四周，那些发自内心热烈鼓掌的歌手、艺人，有的人眼睛里甚至含着泪光。掌声比他上去领最佳新人奖的时候，不知道热烈多少倍。业内的音乐人，用他们自己的方式认可了林希的歌，认可了林希的声音。展鹏心里没了愤怒，没了脾气，竟突然有些发怵了。

林希拿着话筒扫了在场所有人一眼，最后目光落到了前排的评委席。几个评委目光躲闪，不敢与他对视。场面突然有些尴尬，有经验的主持人立刻救场："谢谢林希为我们带来这么好听的歌曲，也感谢他为我们今年金纽扣颁奖典礼的完美谢幕，留下了浓墨重彩的一笔。虽然今年林希没有拿到任何奖项，但是我们相信，在不久的将来，他一定会再度登上这个舞台，赢得属于他的荣耀！"

这苍白的套话没能服众，全场一片寂静。林希突然轻笑了一声，目光扫向李悬："这首歌，我只送给一个人，她在这里陪了我几个小时，总不能让她失望。还有，我林希，永远拒绝金纽扣的任何提名与荣耀，这是我第一次站在这个舞台上，当然，也是最后一次。"

此言一出，全场哗然！

金纽扣音乐奖，可谓华语乐坛殿堂级的奖项，就算是霍凌天、何睿泽这样的天王巨星，都没有办法拒绝它的荣耀，每年有多少歌手为了争夺那金灿灿的奖杯挤破了头。它就像是学生努力学习了一个学期，终究要参加的期末考试。

林希居然敢说出这样的话，永远拒绝金纽扣奖的提名。

"狂妄的家伙。"何睿泽也不由得惋惜地摇了摇头，转而又开始感叹。两年前，金纽扣的最佳男歌手奖被霍凌天夺去，他这两年苦心孤诣地要把天王之位夺回来，为着这个荣耀，付出了太多太多，可是面前这个年轻人居然轻而易举说出了永远放弃这样的话。

看到林希，何睿泽突然想到了年轻时候的自己。那时候他刚刚进入这个圈子，也只为一个纯粹的音乐梦想而努力。是从什么时候开始对这些浮华名利如此执着？何睿泽开始反思，也有些释怀了。

呵，他没想到，有一天，自己被一个后生晚辈点醒了。

林希说完，将话筒还给了还一脸迷茫的主持人，径直朝着台下的李悬走来。李悬同样是一脸惊愕，很久都没回过神来。林希远远地朝她伸出了手，李悬后知后觉地握住了他的手，他的掌心温热，带着让人心安的力量。

就这样走了，真的不会后悔？当林希牵着李悬走出金纽扣会厅的时候，李悬看着他的侧脸，他的神情是前所未有的坚定、决绝。

呵，想让林希这家伙后悔，比愚公移山还难吧！

此刻直播平台上，粉丝们对林希的决定，有理解，也有不解，有感慨，也有指责，众口不一。可是他何曾在乎呢？

关上车门，李悬想也没想就将身子挪过去，捧起了林希的脸庞，亲吻他干涩的唇。林希没有动，任由她吮吸着他的唇，用舌尖抵开他的洁白的牙齿，摸索着，寻找他的存在。这个吻持久而绵长，直到两个人身体都有些激动，李悬才放开他。

“抱歉，突然做出这个决定。”林希的手从她的手腕摸索到她的指间，然后扣紧，说道，“你以前，没带过这样状况百出的艺人吧？”

他的所作所为的确是出乎她的意料，但是仔细想来，又在情理之中。林希就是这样任性而狂妄的家伙，她选择了他，认定了他，便绝不后悔。

颁奖典礼结束当晚，霍凌天在论坛上就被骂得狗血淋头，现在是一个头两个大，他的确是无辜受牵连。当初金纽扣评审组邀请他加入，评审新人奖，他就感觉出了不妙，但是公司这边也给他下了命令，他根本没有办法拒绝，他这是给人当了枪使啊！展鹏家的确是有背景，竟然能够操纵金纽扣的评审组，生生把林希这个铁板钉钉的最佳新人挤了下去，果然娱乐圈这浑水不是谁都能蹚的。

第二天回公司，李悬已经做好了挨骂的心理准备，毕竟林希对着全国的观众放了话，永远拒绝金纽扣奖的任何提名。这已经不仅仅是他个人的事了，而是关系到公司，这样逞一时意气的选择，也会影响到公司的发展。

李悬想想，自己也真是太放纵他了。可是怎么办？她就是被这样的林希吸引了呀。做好挨骂准备的李悬却意外得知了一个惊人的消息：陆星酌准备从金纽扣音乐盛典撤资！

金纽扣音乐盛典的投资商包括各大娱乐公司，其中盛娱传媒占有大量份额，盛娱突然撤资，可不是小事！这一代表华语乐坛殿堂级荣耀的颁奖盛事，很可能因为盛娱这次突然撤资而陷入巨大的危机之中。

金纽扣颁奖典礼在华语乐坛历史悠久，第一届颁奖典礼的举办，就有盛娱的参与。盛娱传媒给出的撤资理由很简单，金纽扣颁奖典礼一贯的宗旨就是绝不会因为投资方的加入而影响到比赛的公平公正性，但是现在他们似乎并没有做到所承诺的那样公平公正。

所以盛娱传媒决定永远不再投资金纽扣音乐盛典，用陆星酌的原话来说就是：“爱怎么搞怎么搞，你们开心就好，我不奉陪了。”

“厉害了，我的陆总。”李悬朝着总裁办公室瞥了一眼，感觉情况有些微妙，陆总对林希真的有点好过头了啊！先前的绯闻，他不仅不阻拦，反而支持他们在一起，这次撤资事件，态度就更加明显了。陆总对林希，根本就是无底线地纵容！

徘徊纠结了一下午，李悬终于还是叩响了陆星酌办公室的大门。陆星酌对于李悬的到来，似乎并没有表现出意外，请她坐了下来，让助理给她倒了一杯茶，还让助理出去的时候把门带上了。

李悬两只手摩挲着紫砂茶杯，不知该如何开口。直接问，似乎有点冒昧，但是不问吧，她心里又实在难安。陆星酌当然一眼就看穿了李悬的来意，他轻抿了一口茶，并没有点明，而是问道：“你和林希，在一起了？”

八卦的陆总，好像总在关心这件事情。李悬有些不好意思地点了点头：“嗯。”陆星酌笑了笑，反而很轻松似的说道：“这样好，你能帮到他，我很满意。”

“陆总……”李悬很是不解地看向陆星酌。

“你是想问，为什么我对林希这样关心？”

“嗯。”李悬惴惴不安地抬头看了陆星酌一眼，他的表情多少有些复杂。

“林希，可能是我的儿子。”

“哐啷”一声，李悬脚底一滑，直接摔倒在桌子底下，带轮子的转椅飞出去老远。

李悬从桌子底下爬起来，尴尬地拉过椅子重新坐好，瞪大眼睛问道：“陆总您，说真的吗？”

她一百万个不信！

林希的爹妈，她都知道，他的爸爸叫林正玄，妈妈叫何若澜。林希和陆星酌，那是八竿子打不着的呀！

咦？不过还真别说，两个人眼眉还真有那么几分相似。李悬瞅着陆星酌，有点看呆了。

“都是很多年前的事了，我和林希的妈妈是大学同学，也是恋人。”回忆起往昔的恋人，陆星酌眼眸中泛起了一丝暖意，“他妈妈唱歌，唱得特别好。”

李悬一个劲儿地点头，迫不及待要听他接着讲下去。

“那样的声音，我这辈子都忘不掉。我们本来约好，将来一同出道，当明星。毕业之后，我们一块儿打拼，参加各种活动，甚至在地下通道和酒吧唱过歌，期待被星探发掘，做着一夜成名的美梦。可是成名哪有那么容易啊！我们两个清贫人家出来的小孩，一没钱，二没关系，在首都漂了两年，连娱乐圈的门都没有摸到。面对生活的压力，金钱名利的诱惑，我们的感情开始出现裂痕。我知道一个房地产富商在追求她，她也答应了，很快我们分手了。她和那个房地产富商结婚之后，我消沉了整整一年，后来开始自主创业。那个年代，做生意有很多出路，没用太长时间，我就取得了一点成绩。”

陆星酌传奇的一生，李悬当然也听说过。她知道陆总是靠在天桥上卖磁带、唱片起家的，但是她并不知道他还有这样一段曲折悲惨的情史。

“后来我再见到她，完全是出于偶然。那天我们喝了很多酒，犯下了不道德的错误。她说那个房地产老板对她很好，很疼她，不可能离婚，所以我们不再见面。我把所有的心思全部用到了事业上，盛娱传媒从一家小的唱片公司做起，后来越做越大，在纽交证券交易所上市，有了现在的规模。我知道她的儿子丢了，可是那个时候，我的心里是有怨气的。当初她为了钱主动离开我，所以我没有帮她，没有管这件事。她死的前一晚，给我发了一条短信，说那个孩子可能是我的孩子，求我一定要找到他。我当时以为她疯了，根本不相信这件事，也没有回她的信息。结果第二天看新闻，才得知她割腕自杀了。”陆星酌说完这番话的时候，已经是老泪纵横，眼眸中那种深切的哀思与悔恨，让李悬颇为动容，也无比惋惜。

陆星酌至今未婚，但她从未想过，他的心里竟装着这样沉重的秘密。这件事能怪谁呢？都不过是被命运捉弄的可怜人罢了。

“我算过林希的年龄，他可能真的是我的儿子。”陆星酌稍稍平复了心绪，继续说道，“一个走失在大山的小孩，想要把他找到，真的无异于大海捞针。当初那个房地产富商倾尽家财，四方寻觅，找了那么久都一无所获，就算我动用了各方面的人脉和关系，都没有他的丝毫下落。兴许是老天开眼，两年后，警方那边有了消息，他被救回来，已经十二岁了。我怕再刺激他，便没有去打扰他的生活，却时时刻刻关注着他的成长。那个孩子，从小经历了那样的事情，回来之后性格很阴郁，多疑，猜忌，在学校里不合群，经常打架。他不算是好孩子，但他真的非常聪明，从小学一年级到六年级的课程，他用了三年，全部补了回来。初中他只念了两年便参加中考，二十岁参加高考，考上了北方艺术学院，也就是我和他母亲的母校。”

李悬认认真真地听着陆星酌的讲述，这里面有她并不知情的关于林希过往的种种，那些他不愿意提及的伤痛。

“艺术学院面试的时候，还出现了一些小问题。他性子太坏，把一位有意刁难他，要磨磨他棱角和锐气的老教授气到医院去了。后来我出面摆平了这件事，才让他顺利读了大学。大学期间，他的生活很拮据，不肯接受亲戚的资助，要自食其力，当然肯定也不会接受我的帮助，他是那么骄傲的一个孩子。经济上，我没有管他，让他自己去赚钱，想着等他大学毕业如果有意走上这条路，我必定会用全力去支持他。如果他不想当明星，也可以，我送他去国外念经管硕士，回来接手公司。”陆星酌笑了笑，看向李悬道，“没想到，他倒是让你先挖了出来。当初知道他参加选秀节目，而你又刚好成为他的导师，愿意带他，我真的很高兴。而现在，你们两个能走到一起，我更高兴。林希从小受了太多的苦，脾气不好，谢谢你愿意包容他。”

接受陆星酌的道谢，李悬怎么都感觉怪怪的！

“陆总,您打算什么时候把这件事告诉林希呢？”李悬好奇地问他。毕竟这不是一件小事，林希一直把林正玄当成他的父亲，李悬完全想象不到如果他知道陆星酌可能就是他的生父，会是什么样的反应。

“那个孩子,脾气倔得很,现在还不是时候,我想等他成熟些。再说，我怕他一时间不能接受。”陆星酌了解林希，所以他不敢说出真相。

“陆总，也许林希比你想象的可能还要更坚强一点。”李悬抿了抿嘴，终于还是对陆星酌说出了心里话，“我觉得这件事，早点让他知道比较好。”林希看起来像个孩子，但是他的心思很深，已经远远超越了他的实际年龄,否则也不可能俘获李悬这么个大龄少女的芳心。

“这件事，我要再考虑考虑，在我想好之前，希望你能帮我保守秘密，可以吗？”陆星酌看向李悬。

知道了这件事却要瞒着林希，可以吗？

“陆总……”李悬还要再劝。

陆星酌摆了摆手，说道：“李悬，我这样跟你说，林希如果能够接受我这个父亲，当然是最好的。如果他不接受呢？以他的性格，还会继续留在盛娱传媒？如果他要走，你是不是也要跟他一起走？现在以他的名气,不愁找不到好的公司签约,但是盛娱传媒能给林希的资源，我能给他的照顾，一定是最好的！”

是啊，父亲给儿子的，当然是最好的。陆星酌这样一说，李悬还真有些说不准，林希会不会在知道真相之后拒绝陆星酌的帮助。他那样骄傲，一定会拒绝吧。

走出陆星酌办公室的李悬，有些头重脚轻。她想：这件事不能告诉林希，他的星路才刚刚开始，她可不敢让他再把自己作死了。她也知道，这样虽然不好，但只能瞒着。

李悬走出盛娱传媒的大楼，好像有什么东西掉进了衣领，感觉微冷，她抬眸，一片雪花落在她刘海的发梢上，下雪了！她拨通了他的电话，迫不及待想听到他的声音。

“怎么还不回来！”电话里面，他的声音很不客气。

“陆总找我有点事。”

“大晚上的，能有什么事？别是那个老头对你有什么企图吧？”

“下雪了。”李悬望向天空，说道，“看到了吗？今年的初雪。”

“看到了。想让我接你啊？做梦！自己回来，老子刚洗了澡，开着暖气，舒服着呢！”

是谁说要疼她一辈子的！果然男人在床上说的话，不可信！

李悬叫了出租车，一路风驰电掣赶了回去，结果刚走到门口，又接到了他的电话。

“到家门口了。”李悬一边接电话一边拿钥匙。

“你回来了？老子车刚开到公司门口！”

李悬的嘴角微微勾了起来，说道：“不是不来接吗？”

“我不是怕你被陆老头潜规则吗……”

李悬咬牙道：“狗嘴里吐不出象牙。”

“白跑一趟哦！”林希心里有点不爽。

“那你快回来呀，外面怪冷的。”李悬进了屋，屋里暖气没有关，驱散了周身的寒意。

“等一下，陆老头出来了。”电话那头林希突然说道，“他跟我招手了，我要不要回应他啊？”

“当然要啊！他是你……”李悬清了清嗓门，叮嘱道，“他是你的老板，金主！客气点，跟他打招呼。”

“可是我总感觉那老头对我……”

李悬的心提了提。

“感觉他……对我有意思啊！”林希支支吾吾道，“咱们都得……

离他远点。”

“你脑子里除了那些乱七八糟的事，能不能装点别的！”

林希挂断了电话，又朝车窗外望了一眼，远远地，看到陆星酌朝自己走过来。他想了想，还是假装没看到他，油门一踩，直接将车开了出去。

这个姓陆的，看他的眼神怪怪的，林希不想和他玩。

第十三章
你在哪条路上？我去接你

清早，李悬踏着轻快的步子从楼梯上走下来，朝客厅里瞥了一眼，还以为家里钻进来一只大灰熊。她忽然脚底一滑，好不容易抱住楼梯扶手才站稳。

林希穿着一件灰黑色的长款貂皮大衣，慵懒地侧身躺在客厅的沙发上，手里夹着一支烟，欣赏着窗外的大雪纷飞。一黑一黄两只狗乖乖地蹲在沙发前面，吐着舌头，看着他。这又是什么行为艺术？！

林希抬眸懒懒地瞅了李悬一眼，拖长声调问了声：“醒了？”

“嗯。”

她从冰箱里拿出牛奶，转身就看到桌上还有黄灿灿的一碗蛋炒饭，吐司面包他已经给她切好，银质刀叉就摆在洁白的桌布上。

林希从沙发上起来，默不作声地走到餐桌前，两个人相对而坐。这家伙穿着贵气逼人的貂皮大衣，扒着蛋炒饭，倒也丝毫不显得违和。

“今天有一场代言。”李悬一边吃饭一边看着林希的档期表，开口说道，“DS 的奢侈品香水。我公司这边还有事，不能陪你去。”

“嗯。”林希闷闷地应了一声，就在李悬从架子上取下长款外套正要出门的时候，他终于还是忍不住开口道，“今天是什么日子？”

“什么日子？”李悬回头，故意反问。

只见林希两手摊开，秀了秀身上的貂皮大衣。

“哦，冬至。”李悬点了点头，“是要穿暖和一点。”

林希似乎有点生气了，走过来扯了扯她脖子上的链子，说道：“老子白疼你了！”

谁疼谁啊！臭不要脸！

李悬顺势揽过了林希的脖子，踮起脚，亲在了他的嘴边。

“我记得啊。”李悬浅浅一笑，“晚上我会早点回来。”

林希的脸色这才终于回暖了几分，将她往怀里摁了摁，低下头使劲儿亲了亲她的唇，这才放开她。

他出生在最冷的冬至时节，却宛如骄阳一般，炙烤着她的心。李悬走出大门，一身暖意。

办公室里，李悬从柜子里取出那个包装精致的TK手表礼盒。这块手表一直没有找到机会给他，现在正是时候。想到那家伙过个生日居然还要穿一身貂，李悬猜测他多半是要把那一身貂穿到代言现场去招摇，嗯，土豪气十足。

她想：看来这块镶满钻石的金表还真是买对了。

年末将至，歌手们也相继推出了自己的贺岁单曲。李悬忙完手里的事，走到钢琴边，准备帮林希再写一首歌，年底推出。

贺岁单曲不需要曲风多么轻快活泼，但是主题最好还是阳光温暖一点。此时此刻的她，内心幸福感满满，短短两个小时，曲风的大致基调就定了下来。

她刚伸了个懒腰，就接到了林希的微信信息，点开，里面是他正在做代言的上妆照自拍。他脸上的妆是夸饰的彩妆，皮肤苍白如纸，眼线勾勒出细长的眼角，弯弯如月，薄如刀锋的嘴唇上抹着金粉，穿的是敞胸的性感丝质薄衫，好一个画风清奇的妖艳男人。

图片下配了一行文字：“哥好看吗？”

“美美美。”李悬微笑着给他回信息，“美得天妒人怨。”

林希喜欢听漂亮话，给李悬发了一个“露金牙坏笑”的表情。

李悬正编辑着文字，画面一跳转，接到了父亲打来的电话。

上一次和家里闹翻之后，李悬再也没有回去过，偶尔打电话，也只给父亲李正勤打，不过李正勤可从来不会在她工作的时候打电话进来呀。

李悬有些不安地接了电话："爸，什么事？"

"悬悬，你妈生病住院了。"电话里李正勤的声音很是低沉，"你要不还是回一趟家吧？"

"严重吗？"李悬急切地问。

"还有点严重，反正你先回来再说吧。"

"行。"李悬挂掉电话之后就找来了助理易小嘉，嘱托她帮忙去人事那边请个假，然后径直走出盛娱大楼，拦了一辆出租车直奔汽车站。从首都到江城，两个小时的车程。李悬买到了最近发车的汽车票，一下车就给父亲打了电话，"爸，在哪个医院？"

"你……先回家再说吧。"

"不是说妈妈生病住院了吗？我这就去医院呀。"

"你先回来，我们一起过去。"电话里李正勤声音有些不自然。

"不是……爸，妈妈住院，你人没在医院吗？"

"叫你回来就回来，哪来那么多废话！"说话的人是赵怡。

李悬挂断了电话，窝了一肚子火，敢情是为了骗她回来，装病的啊！

果不其然，李悬回到家，见赵怡正端坐在客厅的木质沙发上，桌上摆着茶盏，袅袅生烟，她气色红润，没有丝毫病态。

李正勤坐在另一边的沙发上，见李悬回来，尴尬地轻咳了一声，起身迎她："回来了？歇歇吧。渴不渴？要不要喝水？"

李悬没有说话，她注意到家里还有客人，赵怡的正对面还坐着两个妇人，一个是大姑，另一个是小姨。

原来家里又来亲戚了。

赵怡见李悬冷着脸，嘲讽了一声："连着几个月不回家，这会儿还要装病才能把你请回来，真是好大的架子！"

都是什么事？装病把她骗回来，再反咬一口，这是赵怡的本事。

李正勤将李悬拉过去，正色道："悬悬，愣着干什么？还不叫人？"

"小姨，大姑。"李悬闷闷地喊了一声。

李悬家是音乐世家，不仅仅是父母搞音乐，父母家的兄弟姐妹同样搞音乐，据说李悬外公年轻的时候，还给国家领导人唱过歌呢。她小姨现在是某个剧团的话剧演员，而大姑则是高中音乐老师，混得都不怎么样。

“好久没看到悬悬了。”

“都长这么大了。”

还是小时候那一套寒暄，她都二十好几了，还长大，往哪儿长去？

李悬之所以不大喜欢家里面这些亲戚，就是因为逢年过节聚在一起的时候，这些人开口三句话就离不开李悬的婚姻大事，催婚催得厉害。她们说什么女人一过二十五，就是折价货，再不结婚，等贬值厉害了想找男人都找不到。

这些话，不好听，李悬更不爱听。

这些亲戚，热衷于给她相亲，碍于面子，李悬见过几个，可都是些奇葩货色。有的一上来就说：“我在首都有车有房，还有个娃，你能当好一个母亲吗？你是搞音乐的吧？好像还当过明星？学历应该不高吧？能教育小孩吗？”

“抱歉，我自己都是个小孩，没法教育你的小孩。”李悬甩下这句话便离开了。

后来这些亲戚再给她介绍对象，她一概拒绝，也因此招致了不少责怪，说她不识好歹。真的，李悬不喜欢过年。

现在大姑和小姨齐聚一堂，对面赵怡宛如老佛爷一般坐着，李悬感觉自己今天得沦为俎上鱼肉，任人宰割。果不其然，赵怡率先开口了：“听说你谈恋爱了？”

不用听说，林希和李悬的事，网上闹得沸沸扬扬，粉丝们一面高呼着官方逼死同人，一面更加来劲儿地脑补两人的感情世界。狗仔也没闲着，只要两个人同时出现在公众场合，那闪光灯就“咔嚓咔嚓”地跟闪电似的闪个不停。

“是啊。”李悬也不否定，大方地承认道，“他是我手下的艺人，我很喜……”

李悬一个“欢”字还没说出口，赵怡的巴掌“啪”的一声落到了桌上，她提高了音量大声说道：“我不同意！”

你不同意？你凭啥不同意？

李悬看着她，她也回瞪着李悬，一时间气氛非常尴尬。

就在这时候，小姨开口解围了：“那男孩也是明星吧？听说还挺火的，我们家珊珊就喜欢得不得了，搞得她爸一说这事就来气。真不懂现在这些孩子的心思。”

“现在的娱乐圈乱七八糟的，珊珊还那么小，最好看紧点，不要让她追星。”大姑接口道，“这个小林，好像品性不大好吧？听说还在街上跟人打架来着。”

“不是打架，当时派出所都发了官方微博，林希协助他们破获了妇女儿童拐卖案。”李悬迫不及待地为林希解释。

“我还能不知道你们娱乐圈这种洗白的手段？恐怕也只有网上那些小女孩才会信。”大姑看了赵怡一眼，对李悬苦口婆心地说道，“悬悬，你妈是过来人，她不喜欢这林希，你听她的不会吃亏！”

“是啊，悬悬，我们大人都是为你好。”小姨也说道，“听我们的话，你打小都是乖孩子。”

李悬冷嘲了一声：“你上次给我介绍那男的，得有四十了吧？一来就要我给他带孩子，这也是为了我好？”

“怎么说话的你这是？”小姨责怪道，“小孙虽然年纪大了一点，但人家在首都开着公司，有三套房产，怎么就委屈你了？真是不识好人心。人家眼光高着呢，多少女人想傍他都傍不上！”

大姑拉住了小姨，说道：“看来我们家悬悬是喜欢年纪小一点的，这样，大姑再帮你物色几个和你年龄差不多的小伙子，绝对都是一表人才，事业有成的。”

“不用了，大姑。”李悬冷声道，“你们管好自己的事就行了，别来操心我了。”

“你这孩子，怎么这么不识好歹呢？”大姑脸色也很不好看。

李悬不再说话。大姑小姨端着长辈的架势，又教训了她一番，感觉到李悬听不进去，她们终于停了下来，斥责了几句，也就觉得没劲了。

这时候赵怡才缓缓放下茶杯，然后看了李悬一眼，以不急不缓的语调说道：“我不同意你和他在一起。原因有两个：第一，他比你小，还不是一岁两岁，整整小了四岁。”

“三岁。”李悬提醒。

“他腊月生，你一月生，就是四岁。”

李悬瞥了赵怡一眼，看样子她是把林希的个人情况前前后后、里里外外都摸清楚了，连人家几月生的都知道。

“这些都不是问题。”李悬依旧不动声色。她知道不能跟赵怡动气，一动气，气势上她就输了。既然赵怡要跟她讲道理，来啊，她不怕。

“林希他人很好，有原则，懂是非，心地善良，又有才华，会疼人。”赞美之词张口即来，连李悬自己都不禁想，他有她说的那么好吗？

“我不管你把他夸得有多好，据我了解，他被拐卖后在那样复杂的环境中长大，回来之后又遭遇父母双亡，寄人篱下成长起来，性格肯定有缺陷。他在学校惹是生非，欺负同学，也证明了这一点。他现在和你谈恋爱对你好，你能保证结婚后他还能对你好，惹急了不会动手打你？”赵怡的语速很快，说了一大堆乱七八糟的。

李悬急切地否认：“绝对不会！林希不是那样的人。”

“除了年龄和性格，还有一点，他的家庭条件实在糟糕，和我们配不上。”赵怡喝了一口茶，瞅了李悬一眼，略带讥讽地继续说道，“父母死了，居然连一点财产都没给他留下，他拿什么给你幸福？你跟他在一起，倒贴啊？”

赵怡的这番话彻底激怒了李悬，她高声道：“妈！你怎么能说这种话！你知道他的父母当初天南海北地找他，花光了所有的积蓄，最后他妈妈是悲伤过度，自杀身亡的啊！我们对别人的苦难无法感同身受，但是起码最基本的尊重要做到吧！你说这样的话，真的太过分了！”李悬激动得全身都在颤抖，她努力克制着，但是真的忍不住了。

“悬悬说得对。”这时候李正勤终于说话了，“教育女儿是一回事，但你别口不择言。什么倒贴？有你这样说自家女儿的吗？”

赵怡似乎也有点气短，终于转了话题愤愤地说道："反正今天当着你大姑、小姨的面儿，态度我是摆在这里了。你要是不喜欢谢皓思，我让你大姑再去帮你物色，她教出来的学生多，总有合适的。但你要和这个男人在一起，我绝对不同意。和他结婚，你想都别想！"

李悬从小就是个听话的孩子，家里母亲强势，父亲懦弱。李疏的性格，和赵怡如出一辙，强势、倔强，不肯服输，一路成长得放肆张扬。但是李悬的性子，倒恰恰是随了她的父亲，唯唯诺诺，听话懂事，不曾做过什么违逆之事。唯一和家里产生的大分歧，便是她要进入娱乐圈这件事。赵怡虽然反对，但是李悬坚持，和家里对抗，甚至一度闹过离家出走。她最后收拾了行李，坐火车跑到了首都，拿着身份证和公司签了约。赵怡终究是没辙，只能随了她。

现在，她的心变得更加坚强了。

李悬看了看手表的时间，冷笑了一声："我真是疯了，和你们在这里浪费时间。"说完她转身就走。

走出大门的时候，她听见赵怡摔了茶杯，吼道："你今天走出这个门，我就当没你这个女儿！"

李悬身形顿了顿，终于还是没有回头，径直走了出去。赵怡在李疏走了之后，就没拿她当过女儿了，她还在乎什么？

大雪纷纷扬扬，寒风灌进了衣领，李悬不由得打了一个寒噤：真冷，冻到骨头里了。她没耽搁，径直去了汽车站，上车前看了看时间，已经六点了，如果快的话，晚上八点之前她就能赶回去给林希庆生。

窗外的雪越下越大，汽车空调的制暖效果并不是很好，李悬不由得拉紧了大衣的衣领，幸而两个小时的时间并不算特别难熬。车里人不多，几十个座位只坐了十几个乘客，鲜少有人会在这样的大雪天气出远门。

李悬抱着手臂，偏着脑袋准备小睡一会儿，不想林希的电话跟着就打了进来，他的声音大得可怕："李悬！你找死是不是！"

李悬不由得将电话拿得离耳朵远了一点，说道："你别激动呀！"

"家里冷锅冷灶就算了，你现在还没回来！狗也没喂！李悬，你是被老子惯出毛病了是吧？信不信老子现在就收拾东西走人了！”

哎哟，让你白吃白住，你还搁这儿大吼大叫威胁人！看在他今天是寿星的分上，她忍了这口气。

“你别着急上火呀，我在加班，八点之前，我一定赶回去！”李悬好声好气安抚道。她不想告诉林希她母亲装病骗她回去的事，怕影响他的心情。

“加个屁班，快回来！给你半个小时。”林希催促道。

“别这样呀！”李悬又看了看表，说道，“真的不行，一个半小时吧，我尽快赶回去。”

“李悬，你别太过分了！”电话里林希的声音似乎真的有点生气了。

的确，今天他生日，本来她就应该早点回家做准备。她本来计划两人共享烛光晚餐呢，结果全被赵怡毁了。

“宝贝，别生气呀。”李悬放软了声音，带着撒娇的语气，手捂着话筒低声说道，“回来我补偿你好不好？想要什么都给你，好不好？”

林希吃软不吃硬，就喜欢李悬跟他撒娇服软，他声音小了下来，没之前那么激动了，没好气地哼了一声：“死丫头，回来不弄服你。”

李悬笑了笑：“好好好，都依你的。”她知道今天晚上肯定要搞事情，林希绝不会轻易放过她。

某些方面，林希就像一头野兽；某些方面，他又像个孩子。不管哪一面，都是真实的他，不夸饰，不伪装，这才是他深深吸引她的地方。从小到大，她就像是活在套子里的人，和这个世界，总觉得隔着一层，看不见别人，也看不见自己，她渴望像林希那样活出最真的自己。

挂掉了电话，李悬更加心急如焚，恨不得汽车能开快一点，最好是长了翅膀飞回去！

天很快就完全黑了下来，李悬靠在座位上，望着窗外纷纷扬扬的大雪，思绪纷乱。没多久，车突然停了下来。李悬惊讶地抬起头，只见前车窗外长长的车队一直延伸到了大路另一边，一眼望不到尽头。

不是吧！堵车了？老天爷玩她吧！

车里的乘客开始不安地骚动了起来。

“怎么回事呀？大晚上还堵车呢？”

“是呀！堵在这儿叫什么事情，大冷天儿的。”

司机关掉了引擎，拿着伞下车去查探情况，回来时一身风雪，对乘客说道：“好像是因为下大雪封路了，前面道路湿滑，太危险，所以不让通行了。据说前面有好几辆车都滑了出去，撞到了路边护栏上。”

后面好几辆车也都停了下来，没一会儿大巴车就被堵得进退不得。外面下的是暴雪，难怪会封路。这样的大雪天，车辆很容易打滑。李悬简直要哭了，这才走了一半的路程，堵在这里前不着村后不着店，什么时候才能回去啊！

“师傅，您把暖气打开吧！”李悬后面那个抱孩子的妇人一边安抚哭泣的小孩，一边开口说道，“孩子都冻着了。”司机启动了引擎将暖气打开，不过这么大的车厢，暖气又不怎么顶事，聊胜于无吧。

“师傅，什么时候这路才能通啊！咱们不会在这儿堵一晚上吧！”有人问道。

“你问我，我问谁去？”司机点了支烟，也是气闷得很，“早知道今天就不出车了，倒霉。”

李悬才是真的倒霉！她知道，要是再耽误下去，她真的是要倒大霉了！

“师傅，这儿距离首都还有多远啊？”李悬问道。

“三十多公里吧。”司机回答，“你想走回去的话，得走到明儿天亮。”

李悬将毛衣衣领拉上来，遮住了半张脸取暖。好冷啊！

一个小时之后，电话再度响了起来，李悬手都开始发抖了。看着屏幕上的两个字，李悬想了想，果断挂掉了电话。她好心虚啊！一连挂了他三个电话，李悬整个人都不好了。

半个小时之后，林希的电话再度响了起来，李悬心一横，算了，说实话吧，逃不掉的。

“林希，对不起。”李悬还没等他开口说话就哭丧着脸道歉。

电话里面传来林希急切的声音：“你到底在哪里！为什么不接电

话！老子去公司了，你根本没加班！玩我啊！老子还以为你出事了知不知道！老子以为你遇到坏人了！老子现在就想杀人！”林希的声音越说越颤抖了起来，“有什么事你跟我说啊！我讨厌别人撒谎，明白吗！我讨厌撒谎！”

电话那端，林希背靠在公司大门口的玻璃墙上，全身无力，虚惊一场。他真的被吓坏了，他从来没有这样害怕过，他真的以为她出事了。

“林希，”李悬又冷又饿，还很难过、很自责，“我在大巴车上，这边大雪封路了，我回不了家。”她声音压得很低，喉咙里哽咽着，很难受，“对不起，真的对不起，我刚刚太害怕，不敢接电话。”

林希的心被她的声音揪住了，疼得不行，声音立刻温柔了许多，轻声安抚道：“没怪你，没怪你。你在哪条路上？我去接你。”

“我在国道上，你别来，大雪天路滑，这边都封路了，不晓得什么时候才能通行。”她打了个哈欠，吸了吸鼻子，说道，“你快回去吧，外面怪冷的。”

“你给我手机上发个位置。”林希已经上了车，系好了安全带。

“你别来了，这边都封路了。”

“嗯，我不去，我现在就回家。你给我发位置过来，我时时关注你走到哪儿了。”林希已经启动了车子引擎。

挂掉电话，李悬给林希发了个位置分享，又发了一句话：“可能今晚得在车上凑合一晚了，别担心，车里有暖气，不冷，就是不能给你庆生了。”

林希没有回她的信息，李悬锁上了屏幕。

这时候，司机已经将车熄火，本来就不怎么好使的暖气也停了。抱孩子的妇女一边安抚哭泣的孩子，一边抬头问道：“司机，你怎么把暖气关了呀？这多冷啊！”

“不知道什么时候道路才会通，总不能开一晚上暖气吧，到时候车没油了，你给我推回去呀？”司机坐在驾驶位上玩着打火机，态度很不客气。

那妇女怀里抱着的婴儿一直在哭，李悬回头看了她一眼，她看起来很年轻，可能比李悬还要小几岁。她脱了外套裹在孩子身上，自己只穿了一件白毛衣，冻得瑟瑟发抖，紧紧抱着孩子，用身体给他保暖。当母亲的，哪有不心疼孩子的呢？可是赵怡为什么总是那样不可理喻地对她？多年的母女，竟成了仇人，这让李悬觉得心灰意冷。

她将自己脖子上的围巾取下来，起身递给了后面抱孩子的女人，说道："快围上吧，别冻着了。"

女人微微一怔，看向李悬，有些害羞地低头说道："这怎么好呢！"

"别客气了。"李悬说，"现在这情况，也不知道什么时候能疏通道路，大人能扛，孩子可扛不了。"

那女人闻言，也就没有再跟她客气，接过了她手里的围巾，给孩子一层一层地包裹了起来。十多分钟之后，孩子兴许是累了，哭声也停了下来，在母亲怀里沉沉地睡了。

李悬看了看时间，现在将近十点，他们已经在这条路上堵了快三个小时了。她又困又冷又饿，拿出手机又给林希发了一条短信："你在干什么呢？"他是她此时唯一的温暖了。

没过多久，他的短信进来："看新闻，封路这事闹得挺大。"

"你别耽误太晚了，早点休息，明天还有工作呢。"

"好。"

没有消息了，莫名地，她心里隐隐有失落感，不过这种感觉很快就被自己压了下去。矫情什么啊？不是拍电视剧，她也不是女主角，就林希那臭德行，他更不可能是男主角。

尽管大雪纷飞，但是路上很快就有附近村子的村民出现，他们翻过道路护栏，过来贩售一些食物和水。甚至还有卖毛毯的，那些毛毯多是用过的旧毯子，但是价格不菲，便宜的都要卖一两百，摆明了是乘人之危。

水和食物价格也不便宜，但是由于路上堵了太多车辆，这些东西还是被又饿又渴的司机和乘客哄抢一空。李悬花了五十块，总算买到了一瓶矿泉水，她自己喝了些，又给身后那个抱孩子的女人的杯子里倒了一些。

寒冷似乎漫无边际，她累得不行，将脑袋靠在窗户上，准备小憩一会儿。透过结了霜花的玻璃窗，她隐约看到了一个熟悉的身影，他翻过了马路的护栏，在一片闪烁的车灯中朝她走了过来。

李悬的心蓦地提了起来：不可能吧！李悬用力擦了擦眼睛，不对，得擦窗户，她的手在蒙着水雾的窗户上擦了又擦，没有错，是他！就算看不清脸，那一身长款貂皮大衣，今天可是给李悬留下了很深刻的印象。那家伙在绕着大巴车徘徊，他在找她！李悬顾不得那么多，起身跑到了车前，让司机开了门，然后冲着林希那模糊的身影大喊道："我在这儿！"

听到她的声音，林希猛然回头，看到了她，一路小跑过来，经过一辆小轿车时还把人家的后视镜撞歪了。李悬没忍住，笑了出来，心里却莫名一酸，眼泪吧嗒吧嗒地往下掉。

小轿车上的人探出脑袋骂林希，林希压根儿不管他，一路风尘地朝着李悬跑过来，拉着她的手一把将她揽入了怀里。李悬哭的声音更大了，在家里受的委屈，赶不及回去给他庆生的愧疚，这时候一齐发泄了出来，不少乘客都探出头来看她。

又哭，她就拿准了他吃这一套。

"老子这件衣服十几万呢，你这眼泪鼻涕的就往上面蹭，也就是你，换个人试试，看老子不揍他。"

林希话音刚落，李悬没忍住，破涕为笑，搁在他胸口的手握成拳捶了捶："你这嘴就不能说点好听的话！"

林希嘴角扬了扬，然后脱下了身上的大衣，披在了李悬身上，严严实实把她裹成了灰熊，只露出一张白皙中带着绯红的小脸。

身后那辆黑色轿车的主人把脑袋伸出窗户骂林希："喂！前面那人！你把我后视镜撞坏了！得赔啊！"

"吵什么吵！没看到老子哄媳妇儿呢！"林希回头冲他不耐烦地喊了声。

"哄媳妇不晓得回家哄去？你先把我车子的问题解决了！一个不留神你给我跑了，这大雪天的我上哪儿找人去！"

“哎！老子跑什么跑啊！”林希回头指着他道。

李悬推了推他，无奈地说道：“别闹，注意身份。”

“行，听媳妇儿的。”

“谁是你媳妇儿？”李悬红着脸咕哝道。

林希跑过去和那人解决后视镜的事。小车的副驾驶位置上还坐着一个女人，一看到林希，惊讶得尖叫起来：“啊！你是林希哥哥！”

哥哥？那女人看上去得有三十岁了吧？她管今年刚满二十四岁的林希叫哥哥，看来必定是粉丝无疑了。

男人看了看林希，又看了看那女人，不可置信地扯着嗓门道：“啥玩意儿！你管这小子叫啥……”那女人已经激动地从车里跳了下来，兴奋地跑到林希面前打量着他的脸，激动得差点蹦起来：“你真的是林希哥哥啊！今天一定是我的幸运日，我居然见到活的哥哥了！”

林希扶额，这时候被粉丝认出来可不是什么好事，他对她礼貌地笑了笑，然后转向一脸迷茫的男人问道：“这后视镜，怎么赔法？”

“赔什么呀！”女人说道，“我怎么能让哥哥赔呢！没事儿，咱有保险，不用赔。”

“哎！怎么不用赔啊！”男人似乎还有点不满意。

女人用力踩了踩他的脚，说道：“这是林希，我的偶像！他唱歌可好听了，我说不用赔就不用赔！”

“行行行，听你的。”男人咧着嘴角，显然是被那女人踩得不轻，他闷哼着对林希说道，“小子，这次就放过你啊！”

“客气点。”女人又抬手捅了男人一下。

“不用。”林希瞥了那车一眼，说道，“这点钱，不过是老子一件衣服的零头。”

“嗬！你这人！”男人还没开口说话，女人已经双手交握放在胸前，一脸花痴状，“我哥哥真人也帅得这么清新脱俗，和别人就是不一样哦！”

男人嘴角抽了抽，李悬嘴角也跟着抽了抽。果然是什么样的偶像带出什么样的粉丝！

最后林希赔了那人两千块钱，直接手机转账，半点没耽误。然后林希还给那女人签了名，拍了照，这事儿才算过去。

当照片传到网络上的时候，深夜又引发了一众粉丝的关注。

“老实交代，博主在哪儿遇到林希的！”

“是不是国道上？我看新闻上说那里因为大雪封路了，堵了好多车呢！”

“我就在这条道上堵着呢。哥哥在哪辆车上？我要去找他要签名，要亲亲，要抱抱！”

“我是博主，你们都算了吧，哥哥和女神悬悬在一起呢，我刚刚还听到他管悬悬喊媳妇儿呢。”

“今夜注定孤独难眠，含泪说再见。”

“你怎么来了啊！不是，你怎么来的呀？”大巴车里，李悬靠在林希的手臂上腻腻歪歪不肯放开。

“这条路堵得有点长，我按着你给的定位，把车开到附近的一个镇子上，然后买了辆摩托车，沿着小路开过来了。”林希漫不经心地解释道。

买摩托车？！李悬难以置信地看着林希，这就买了辆摩托车啊？钱不是这个花法啊！想到他十几万一件的大衣说买就买，手都不抖一下，还真是败家男属性。不过林希这家伙，你指望着他给你省吃俭用那也是不可能的。花就花吧，咱家也不缺钱，没了再赚，图一个开心就成，只要他乐意，李悬砸锅卖铁也能养他。

这样一想，她心里可舒坦呢。等等，重点不是这个。

“这么大的雪，你在山路上开摩托车，你不要命了！”李悬突然板着脸严肃地瞪他。

“命要，媳妇儿也不能丢。想着你在这儿挨饿受冷，老子心里跟猫挠似的，就算是跑，也得跑过来。”林希说完从自己的背包里掏出水，还有面包和牛奶，说道，“饿坏了吧？赶快吃。”他说着将面包袋子撕开，递给李悬，紧接着又将牛奶吸管插好，放在她面前。

李悬早已经饿得前胸贴后背，当下大口大口吞嚼面包，虽然食不知味，但是心里是真的甜。她看了一眼周围的乘客，他们咽着唾沫，盯着她手里的面包。

“你买了这么多，吃不完，分给大伙儿吃吧？”李悬看着那堆食物喃喃说道。

“我又不是过来搞慈善救助。”林希不乐意。

“可我也吃不了这么多呀。”

“那你先吃，吃饱了有剩的给别人。”林希说完又给她灌了一口牛奶。

李悬吃了两个面包，已经撑得不行。林希当时把便利店里的面包都扫荡光了，加上火腿肠和其他杂七杂八的零食，车上十多个人差不多都能分一点。

“哎？你是林希吗？”一个小姑娘拿到饼干的时候，抬眼打量着林希，紧接着又瞥到了他身边的李悬，脸色瞬间惊诧万分，“啊！悬悬女神！我居然和悬悬女神同车！”

李悬对林希一笑：“看来是我的粉丝呢。”

“悬悬女神，你能给我签名吗？你写的每首歌我都会去听，超级喜欢，追了你好多年呢！”

“签名没问题，可是你有笔吗？”

“我有。”林希从自己的衣服口袋里摸出一支马克笔来递给李悬。

没多久，网络上一个不知名博主的帖子再度被评论刷爆。

“出门随身还带笔的男神，这也真是没谁了！林希，就冲你这份偶像精神，我粉你一辈子！”配图是一盒签着李悬和林希大名的饼干。

“今天晚上到底什么情况啊？”

“怎么接二连三有‘情敌’被临幸？我不开心！不开心！”

“而且还是两个人的签名，我好嫉妒！”

“这盒饼干，博主是要留到地老天荒吧！”

“我是博主，解释一下，今天我和悬悬女神搭乘同一辆大巴，结果被大雪堵在半路上。晚上十点半左右，希哥穿着一件貂皮大衣，从天而降，救我悬悬女神于困境之中，同时还不忘给我们带了食物。感恩，谢谢希哥。”同时还艾特了林希。

“啊！貂皮大衣，从天而降，哈哈哈，可以的！这是林希的风格。”

“林希太威武了！”

“我还是博主，忘了说，今天是希哥的生日，在车上他还自己给自己唱了生日快乐歌。”

“哈哈哈哈哈哈，自己给自己唱，我也是服了林希，他承包了我这一年的笑点。等等，今天是他生日？”

“他微博上标注的出生日期不是今天哪！”

“真的有人以为微博上那个大暖男是他吗？”

“同楼上，绝对不是，画风撕裂太多。不负责任地猜测，是悬悬女神。”

“上面的日期也有误啊！”

“这不是重点啦！还有半个小时今天就过去了！希哥生日快乐！”

冬至这天的最后半个小时，“林希生日快乐”这条话题被顶到了微博热门榜单第一名。

李悬唱不出生日快乐歌，但是她想听，林希无奈，只能自己给自己唱。车上乘客接受了他的食物，也都挺感激他，于是跟着他一块儿唱，原本冰冷的车厢因为林希的到来，一下子热闹了许多。

不断有人祝他生日快乐，林希的表情颇有些不自在，无所适从，手脚都不知道该往哪儿搁，直挺挺地坐在位子上接受别人的祝福。从来没有这么多人一起给他过生日，他很早就习惯了一个人，把自己密不透风地封锁、保护起来，留给别人的只有不可接近的锋利棱角。

他从来不曾想过，对别人的无意的帮助，所能收获的回报，竟会是如此温暖。也许当个好人，不是那么难。

林希将李悬拉到自己跟前坐着，看了看手表，这天还剩最后一分钟，他凑近了她的脸，目光柔和地说：“别人都说了，你呢？”

没想到他这样郑重其事，李悬低头轻轻一笑："林希，生日快……"那一个"乐"字还没有说出口，他的手指直接扣住她的下颌，低头，封住了她的嘴。

春节将至，一首名叫《初雪》的单曲占领了各大音乐平台的榜单，点开收听页面，赫然写的是"词曲李悬，演唱林希"。

说起《初雪》这首单曲，林希至今还回味悠长。

在一个暴风雪之夜，李悬一直坐在钢琴前卡新单曲，林希进门把灯一关，屋里顿时陷入黑暗。

讨厌！李悬正要起身，却被林希拉了回来，手从后面环上来，落在她的锁骨边。他不再说话，就这样静静地抱着她。

"你想结婚吗？"

"你想结婚？"李悬惊愕地回过头，只见他将下巴搭在她的肩膀上轻轻咬了一口，李悬吃痛，"嘶"地喊了一声。

"我不急啊，但我怕你急。"林希柔声道，"你妈今天来找我了，让我离开你。"

李悬的心猛地一跳，问道："赵怡来找你了？说什么了？"

"我还以为她要把支票甩到我脸上当分手费呢，结果只是讲了一堆大道理，好失望。"

李悬又急又好笑，在他的大腿上掐了一把，说道："你这人掉进钱眼儿里了？"

"你妈说，你比我大四岁，对了，这事我们得好好说说，你明明说只大我三岁，怎么又成四岁了？又骗我是吧？"

"这个待会儿再说。我妈还说什么？"李悬急忙问道。

"说我们年龄不合适，家世也不配。"林希轻描淡写地说道，"还说我给不了你幸福。"

"我妈说话难听，你别放心上。"李悬有些惶然，握住他的手，"我喜欢的，他们管不着。"

林希反握住她的手，放在嘴边轻轻蹭了蹭，说道："我的女人，我知道心疼，别人爱说什么说去，老子听不见。现在咱们这样好了，住在一块儿，虽然二十七岁也不是很老，但是我怕你急，觉得我年纪小，没有安全感，明天咱们就去领证。”

“我二十六岁。”李悬耐着性子重新解释，“只大三岁！三岁！”

等等！他说什么？领证？！

“你要跟我……”她回头惊愕地看着他，“真结婚啊？”

“嗯，虽然我现在什么也没有，没房子，没车，钱有，不够花，但是我人是你的啊，随时供你享用。”他看着她，满脸虔诚地问道，“结吗？”

这算哪门子求婚啊！“不结。”李悬赌气地推了他一把，说道，“我一点都不急。”

“反正我就跟你表个态，啥时候想了，叫我就成。”林希认真道。

夜很静，她的心也很平静。

李悬起身，一个人走到了音乐室，坐在了书桌前，拿起笔写下了《初雪》的第一句歌词。

第十四章
我不要你做任何牺牲

过完元旦，林希接到了演唱电影《龙御》片尾曲的邀请。《龙御》由国内导演刘佳执导，前年签约的超级 IP，原著作为一部在网上非常火爆的小说，口碑很好，深受读者喜欢。经过多方洽谈，这部电影将于今年年初开拍，还请了华语乐坛的重量级中国风词曲制作人来制作片尾曲和插曲，还没开拍就备受瞩目，好几次被读者和粉丝炒上了微博热门头条。

片尾曲和影片同名，也叫《龙御》，李悬只是拿着谱子哼了几分钟，就立刻决定了，这活，接了！

这首歌词曲制作非常精良，旋律悦耳动人，歌词优美，意境悠远，在李悬看来是非常不错的歌曲。

之前李悬给林希写的歌，虽然好听，受欢迎，但多是儿女情长，格局打不开，如今这一首《龙御》，如果林希能唱出磅礴气势来，无疑会给他的事业打开一番新局面！

“因为这部 IP 实在太火，对方各方面要求都比较高。”易小嘉向李悬解释道，“所以还请了包括霍凌天在内的几个重量级歌手先试唱这首歌，然后由导演决定到底用谁。”

“这么大牌？”李悬闻言微微一惊，说道，“霍天王架子很大呢，他也愿意？”

“嗯，因为上次金纽扣事件，霍凌天被黑得很惨，这次兴许是想借着演唱《龙御》翻身呢。据说周子悦为了让他演唱《龙御》的片尾曲，各方面都在打点。悬姐，咱们要不要跟导演那边……”易小嘉的话点到即止。

李悬想了想，终于说道：“等林希录制结束之后再说吧。”

林希对待音乐的态度和平时吊儿郎当的样子完全不同，几乎算得上是判若两人。录制《龙御》期间，他吃住都在录音棚，整整两周的时间，录了听，听了改，把工作人员都累得够呛，但好歹算是完成了录制任务，后期制作出来，也比较满意。

李悬站在录音棚外面的控音室看着林希认真倾听的模样，心里很是感动。对一首歌，不，应该是对自己，他的要求非常高。他曾经说过，这个世界上没人配与他为敌，因为真正的敌人，只有他自己。

“把唱片送过去的时候，帮我跟刘佳导演预约一下，就说……我请他吃饭。”李悬对易小嘉说道。

易小嘉有些担忧：“悬姐，你一个人吗？”

“这种事，难不成我还要带一帮人过去？”李悬觑了她一眼，“傻不傻？”

“不是……刘导虽然是国内影视界的大佬，可是……关于他的花边儿新闻也挺多。我是觉得不如把林希也带上，你们俩请他，不是正好吗？”

李悬瞅了录音棚里的林希一眼，说道：“你觉得以林希那臭脾气，能做这种事？不给人刘导甩脸色就算他给面子了。”

早年李悬和刘佳导演合作过，为他的电视剧全程制作插曲，两个人还算得上是熟识。刘佳导演名气很大，尤其是近几年，他拍摄的电影票房成绩非常好，堪称国产片教父级导演。至于他的行事作风，据李悬的观察，不算特别有原则，如果真的要走后门的话，兴许能够行得通。

如果公平竞争，她当然是相信林希的实力，就算竞争不过别人，那也认了。但如果是因为一些台面下的东西，被挤掉机会，李悬心里就不乐意了。不管怎么样，她也要尽可能帮林希争取到这次机会。毕竟《龙御》实在太火了，如果林希能唱《龙御》的片尾曲，绝对是能拿得出手的代表作!

三天之后，剧组那边有了回音，刘佳导演亲自联系了李悬，说晚上一块儿吃个便饭，只说了这句话，但关于片尾曲的事绝口不提。

刘佳导演约的是一家高档私人餐厅的小包间，李悬一进去，就感觉气氛有些诡异。包间不大，一张桌子却不小，上面摆着五六道精致的开胃小菜。房间的灯光打得很暗，而导演刘佳就坐在正对门的位置，见她进来，笑眯眯地起身迎她："小悬，好久不见。"

的确是许久没见了。刘佳导演不过四十来岁，肚腩较几年前更加鼓胀，脸也越发圆润，看上去一派和气的富贵姿态。

李悬走到他对面的位置，还没坐下来，刘佳就开口道："别坐那么远，桌子这么大，影响咱们说话。"

"刘导，桌子虽大，但房间小，又只有咱俩，不妨事的。"李悬保持着得体的微笑，和刘佳导演打着太极。

既然过来了，李悬或多或少也能猜到刘佳的一点歪心思。李悬心里有自己的底线，只要在她可以承受的范围之内，那都好说。娱乐圈不就这点事吗？周子悦能为霍凌天打点周全，林希的未来，她也要好好掌舵。她的手里，还提着价值不菲的礼品。

刘佳只是瞅了那礼盒一眼，没说接受，自然也没拒绝。他站起身倒了一杯酒走到李悬身边，说道："小悬，这么多年没见，咱们可得喝一杯，不能拒绝啊！"

李悬连忙端起了茶杯，笑道："我身体不方便，酒是不能喝了，以茶代酒，敬刘导。"

刘佳倒是也不勉强，爽快地喝了那杯酒，顺势就坐到了李悬身边的位子上，李悬拿眼睛瞅了瞅他，他似乎没有打算回到自己的位子上。

服务员进来上菜了，顺带将他的碗筷也移了过来，刘佳一双小眼睛上上下下打量着李悬："小悬，你比几年前越发成熟，更有女人味儿啦。想当年咱们合作的时候，你才多少岁来着？"他说着话，手顺势就落到了李悬的大腿上，用力掐了一把。

“二十。”李悬回答的时候声音都抖了抖，强烈的恶心感翻涌而上。她趁着服务员上菜之际挪了挪身子，将他的手挪开了，面上依然是不动声色。

“咱们也算是多年的老交情了。”刘佳看着李悬，清了清嗓子，说道，“我也就不跟你绕什么弯子了，你送过来的片尾曲的碟片，我听了，很棒。不，应该说是非常好，我很满意。”

李悬依旧不动声色，她知道，事情不会这么简单。

“但是，霍凌天录制的片尾曲也非常不错，我真的是很为难啊！”刘佳摊手，做出很是无奈的神情看着李悬说道，“小悬，你也知道，这部《龙御》是大投资制作，请的都是明星大腕，片尾曲当然也要精益求精。在品质都差不多的前提下，我当然更倾向于用名气更响亮的艺人，霍凌天是很合适的人选呢。”

“刘导，品质真的都差不多吗？”恐怕未必吧！霍凌天水平是不低，但是真要说起来，和林希比，不过尔尔。何况这首歌，每一段他都是唱了又唱，用心打磨出来的，堪称完美。

“当然，”刘佳立刻又补充道，“你带出来的艺人，水平也很高，这一点我是绝对不怀疑的。”说话间，他的手已经搭在了李悬的手上，李悬心里一个哆嗦，但是并没有把手立刻抽走，而是强忍着恶心听他把话说完，“小悬，在这个圈子里，你也算是老资格了，有些话不用我明说吧？交情这种东西，当然是你来我往，既然你请我吃饭，我也来了，这顿饭，到底要怎么吃，不用我说得太明白吧？”

“刘导，”李悬缩了缩手，说道，“片尾曲您让林希来唱，一定不会后悔，他……”

“他怎么样我不在乎，这个圈子可不缺有才华的人，只缺既有才华又懂情理的人。李悬，你是这样的人吗？”刘佳说完直接抓起了她的手腕，将她往身边猛地一拉，抱住了她的腰。

其实事先她也不是没有预想过最坏的情况，只要不越底线，她打算就咬牙闭眼忍过去，就当是被苍蝇叮了。

“刘导，您看，咱们饭都还没吃呢，菜都要凉了，浪费了不是？”李悬克制住心头上涌的阵阵恶心，强装笑颜说道，“我还给您带了见面礼，您不想看看？”

“李悬，你是懂事的人，不像圈子里那些毛手毛脚的小丫头，只要你今天把我哄高兴了，这件事我今儿就能给你定下来。”他的手还停留在李悬的腰间，用力地摩挲着。

李悬实在是受不了了，她正要推开他，却不想刘佳猛地用力，直接将她箍进了怀里。

“你放开！”李悬变了脸色。这时候，门外似乎传来了一阵骚动，大门“砰”的一声，被人一脚踢开。

李悬惊诧回头，只见林希黑着脸冲进来，身后服务员还不住地喊着：“先生，您不能进去！”

李悬连忙挪开几步，和刘佳保持了距离，但是刚刚那一幕还是落进了林希的眼里，像一根钉子一样，死死钉住了他的心。

“林希？你想干什么！保安呢？”金纽扣颁奖盛典上林希声名远扬，刘佳还是认得他的，也听闻过这个人的黑历史，见他来者不善，他难免有些紧张，不住大喊着，“叫保安！”

保安已经救不了刘佳了，林希冲过来，拎起他的衣领直接将他扯了起来，一拳揍到他脸上，打得他一个趔趄，摔在了桌上的饭菜里面，满身油腻，狼狈不堪。

“李悬，管好你的人！”刘佳狼狈地冲李悬嚷嚷。

李悬厌恶地看着他，倒是没管，林希抓起他的衣领，将他往墙边一扔，怒冲冲道：“老子的女人，你也敢揩油！”说着他抬腿一脚踹下去，“老子今天就废了你！”

这当真是流氓做派，不过在李悬看来，男人味儿爆棚了！刘佳像狗一样满屋子爬，躲避着林希，脸色煞白，连声音都变了，大声喊着：“保安，保安！快把这个人轰出去！”

保安很快就进了屋，几个壮汉一起都架不住林希一个人，刘佳趁着他们纠缠的间隙，仓皇地从门边溜了出去，头也不回，狼狈地跑出餐厅，逃之夭夭。

林希挣开那些保安，抓起李悬的手腕就往外走，两个人拉拉扯扯地走出了餐厅大门。

“林希，你放手！你弄疼我了！”李悬不想和他在马路上拉扯。

林希将李悬拉到车边，瞪着她，恶狠狠地说道：“你在这儿给我等着。”

“你要干吗！”李悬话还没说完，林希转身便进了一家便利店。李悬看着他气势汹汹的模样，心里有点虚。从便利店里出来的时候，林希手里提着一瓶矿泉水。

她是有点渴，下意识就要伸手去接，结果林希把盖子打开，直接从她头顶往下倒。矿泉水将她精心盘起来的发式和面妆全弄湿了，冰冷的水顺着发丝，顺着脸颊流了下来，把衣裳也弄湿了。

“林希！”李悬猛地唤了他一声，一脸惊愕。林希将空的矿泉水瓶用力掷了出去,脸上带着难以抑制的愤怒,瞪着身上湿漉漉的她说道，“你真让我……”后面的话，没有说出来。

被凉风一吹，李悬的身子哆嗦了一下。

“我这……都是为了谁啊？”她的声音很苍凉。

“别说是为了我，老子恶心！”

她说他……恶心了？李悬身子颤了颤，眼泪跟着就盈满了眼眶，顺着脸颊流了下来。

“你别给我哭！委屈不了你！”林希声音稍缓，但还是有些冷硬，“今天我要是不过来，你是不是打算跟他去隔壁宾馆开房了？”

李悬摇着头，声音带着哭腔：“你是这样想我的？”原来他是这样想她的，他把矿泉水倒在她身上，那是嫌她脏。李悬的心突然就凉了大半截，颤颤地退后了几步，捂着嘴转身就跑。

林希一脚用力地踢在身边的大槐树上，骂了一声。

李悬一边哭一边往前面走，根本不看路，哭得梨花带雨。身后林希很快就追了上来，一把抓住李悬的手腕。

“你放开！”李悬冲他吼了一声。

“就知道哭！就知道给我哭！”林希的声音显得很烦躁，也不管她愿不愿意，扯着她就往路边的车上拉，“回家！”

“我不！”李悬不上去，用力挣脱他的禁锢，骂道，“你滚蛋！”

“我还制服不了你？”林希说着直接将她拦腰一抱，丢进了车厢，自己跟着也坐了进去，开着车风驰电掣地回了家。

李悬坐在车后座，号啕大哭。林希的眼神带着金属般的冷硬，从后视镜扫了她一眼，明明是她不对，做傻事在先，现在反倒成他欺负她了？

他今天接到易小嘉的电话，说李悬去见一个可能有点好色的导演了，林希都要炸了。他脑子里万马奔腾般闪过无数画面，赶到餐厅看到两个人那样，那个男人肥大的猪蹄还在李悬的腰上搁着，他简直想杀人。那是他的女人，是他放在心尖尖上疼着、爱着，是他恨不得揉进自己身体里的女人。

哭个屁！要哭的人是他好吗？车停了下来，林希将李悬从车里拉了出来，李悬扬手一巴掌招呼到了林希的脸上，“啪”的一声，清脆响亮。林希蒙了，李悬更加蒙，她的手都麻了。

她刚刚是使了多大的力？林希的脸，顷刻间便红了，五根指印很明显。下一秒，林希跟发了狂的豹子似的，拽着她就往屋里走。两个人这样纠缠着，林希摸出钥匙开了门，将李悬往屋里一扔，重重地关上门。

两只狗兴奋地跑出来，围着两人要亲近，林希放开嗓门怒斥了一声：“都滚！老子今天要跟你们的妈好好算笔账！”两只狗的热情迅速降了下来，歪着脑袋不解地看着林希，兴许是被他的嗓门和情绪镇住了，不再闹腾，乖乖坐到一边看着这两人。

李悬被他要杀人的模样吓到了，连连后退，眼泪很不争气地又掉了下来。

“别哭了。”林希吼了她一声。

“你嫌我脏。”李悬哭得一抽一抽的，十分委屈。这句话狠狠地戳了林希的心，他抬眸看向她，头上还滴答滴答掉着水珠，单薄的衬衣被凉水浇透，贴在身上，勾勒出凹凸有致的身形，脸上的妆容也花了，看着都可怜。

“还来劲儿是吧！”林希粗暴地抓起她的手，拖着她就往楼上走，说道，“咱们房间里说。”

李悬抱着楼梯的护栏，像个小孩子一样放声大哭，一边哭一边喊西宝和毛毛：“过来帮忙啊！你们爸爸要杀死我啊！”两只狗“汪”地叫了一声，西宝先跑过来，一口咬住林希的衣角把他往后面拉扯，毛毛直接挡在了李悬面前，冲林希发出低沉的威胁声，不准他碰李悬。两只狗都算得上是大型犬，一拽一挡地这样搞他，林希倒真被它们牵制住了。

他骂了一声：“今天都反了天了是不是！”说完他作势踢了西宝一脚，但是注意着力道，没真的踢到它，只是吓唬吓唬罢了。但是，李悬看了就真的要爹毛。

“你敢动我儿子！”李悬起身推搡林希，“跟你拼了！”林希任由她挥着拳头在自己身上发泄着，直接把她扛进了房间，两只狗冲过来，却被林希关在了门外。狗叫声吵得他心烦意乱。都是什么事儿？搞得好像他真的要对她做什么一样！

“都给我住嘴！不然今天晚上老子炖狗肉！”

“你敢！”李悬瞪着他。

林希冷哼了一声，看着自己的手背，刚刚拉扯的时候，她的指甲划到了他的手背，划出一条血痕。李悬目光下移，也注意到了这条伤痕，顿时有点心虚，又有点心疼。

哼！活该！

林希将手背放在唇边，伸出舌头舔了舔。

“恶心不？”她说着起身就要去给他拿医药箱，却被林希一把扯住，扔在了床上。

“你这女人，打不得，骂不得，凶几句你就给我哭。”他走过来将外套脱掉往边上一扔，露出黑色的背心，欺身压了上来，手扣住了她的下颌，用力一捏，她的嘴顺势张开，他看着她道，“看样子，只能……”他话音刚落，张开嘴就吻了上去。

李悬的脑袋还在往边上挪，她眼睛有些红，脸移向一边，避开他的嘴。

“你还拿水泼我。”她的声音软下来，委屈地瞪着他，“嫌我脏。”林希全身心地投入到亲吻这一件事情上来，她的唇已经被他吮吸得红肿，他扳过她的脸，逼着她看着自己的眼睛，两个人的呼吸交织在一起。

“泼你冷水，是为了让你脑子冷静一点。”他的目光慢慢变得柔和，“你怎么会那样想？”

是这样吗？她不管，她就是要哭！林希吻上了她的脸，她的鼻尖，她的脸颊，她的眼睛，她心都被揉碎了。

“除了我，谁都不能碰你，一根手指都不可以。谁碰，我弄死他，明白吗？”他说完，紧紧抱住她，两人终于和好了。

两个人都憋着一股子气，闹了一下午，筋疲力尽。

“你今天把我气坏了。”林希用力在李悬的臀部掐了一把，表情憋屈，“肺都要炸了。”

没等他说完，李悬便打断了他的话，说道：“我没打算要和他怎么样，请他吃个饭，送个礼，跟他说说歌曲的事，探个口风罢了。”

“吃饭还是吃豆腐？”林希的手环过她的腰，又用力掐了一把，说道，“明知他意图不轨，还要往跟前凑，你是不是傻？”

李悬吃痛地推了他一把，说道：“我知道分寸。”

“李悬，”林希的声音突然严肃了起来，将她放到了自己的身上，扳过她的身体，让她的眼睛直视自己，认真地说道，“我喜欢唱歌，也喜欢万众瞩目的舞台，但是机会和荣耀这些东西，我自己会去努力获取。”

“明白吗？”他的声音很平静，“我要你站在我的身边，而不是身前、身后，我不要你做任何牺牲，我们风雨共担，荣耀共享。”

当然，最终《龙御》片尾曲敲定由霍凌天演唱，李悬虽然感到惋惜，但是并不好在林希面前表现出来，怕他奓毛。

不久，又有一部根据热门小说改编的电影剧组找到了李悬，希望邀请林希过来进行男配角的试镜。李悬颇有兴趣地看了对方送过来的资料，这部电影改编自小说《白铁铸佞臣》，电影名叫《佞臣》，讲的是宫廷权斗，男主角是锦衣卫，男配角是东厂太监，讲的是权谋斗争。

所以，这是让林希去演一个反派，还是个太监？她的眉头皱了皱，感觉这样恐怕不大好——如果角色没拿捏好，很可能在粉丝心中留下不好的印象，甚至吸一波黑粉。

李悬没有马上做决定，而是去搜索了这部小说来看，结果一整个上午的时间，她都深深沉迷其中。这部小说叙事宏大，笔力深厚，男配角白熵并不是那种无脑的陪衬，而是整部书的灵魂人物。因为电影改编的限制，所以电影里锦衣卫秦耀就成了正面的主角，白熵成了反派配角。

在李悬看来，这部作品的中心人物其实不是主角秦耀，而是太监白熵，作者对他成长的过程、性格的反转等等描写得精准到位。白熵小时候天真烂漫，崇拜并追随温厚忠良的秦耀。直至后来父母被秦家暗害，家破人亡。他作为罪臣之子，入宫成为内侍太监，内心逐渐扭曲，一步步走上了权谋之路，一心为家族复仇，最终死于锦衣卫秦耀的剑下。读完整个剧本，白熵这个复仇者的形象已经深刻地印在了李悬的心里。虽然后期黑化，而且不洗白，但是读者对他讨厌不起来，不仅不讨厌，反而有点迷恋。

如果林希能够把小说里的白熵完美地呈现在荧屏之上，一定会大受欢迎！

晚上林希洗完澡，从洗手间走出来。

他套了一件睡袍，边系带子边走过来，在她身边坐下来，将她抱起来直接往自己的大腿上放，问道："看什么？"

"《佞臣》，我想帮你签下来。"李悬将剧本递给他，说道，"应该是部不错的电影，虽然比不上《龙御》的大制作，但是能在里面担当配角也是很好的机会。所以……"她的目光在他脸上流转，问道，"想演戏吗？"

林希耸耸肩，问道：“钱多吗？”

李悬有点无语，撇嘴道：“能别这么俗吗？”

“俗就俗呗。”他说这话的时候，一口含住了李悬的耳垂。

李悬的身体敏感地战栗了一阵，轻轻推了推他道：“说正事，片酬肯定不会太高，毕竟是小成本制作。但是这剧本真的很好，虽然看起来是男配，但其实这部戏是双男主，第一次拍戏就担当主角的机会可不多。”

“你觉得行，那就行吧。”林希打断了她的话，将剧本随手扔在了茶几上。

“哎？你不看一下？你想干吗？”

…………

《佞臣》在郊外的一座影视城进行拍摄，李悬带着林希过去上妆试镜，在影视城外面下车，步行进去。林希从上车开始到现在，一直在拿着手机看小说。

不对，应该是从昨天晚上开始，他就在被窝里看小说，一直看到凌晨时分，看的就是那部《白铁铸佞臣》。

一开始李悬以为他是为了熟悉剧情和人物，就没管他，结果吃早饭的时候，林希突然放下手机，沉默了良久，深吸了一口气，眼圈微红，有些哽咽地说道：“好虐。”吓得李悬筷子都掉在了地上。这家伙，居然被一本小说虐到了！还被虐哭了！林大爷的画风越来越往诡异的方向发展了。

影视城的大马路上，一辆黑色的加长轿车跟他擦身而过。林希沉迷于小说不能自拔，专注地当着他的“低头党”，要不是李悬拉着他，恐怕就会被撞翻。李悬惊魂甫定，咕哝了一声：“影视城不是不让开车进来吗？”这里的地面都是铺设的青石板，颇具古风古韵，要是谁都把车开进来，石板被车轮碾压容易起裂缝。虽是如此规定，但某些明星就是爱耍大牌，不守规矩。

轿车在一座华丽的府邸前停了下来，这里是今天林希要参与试镜的拍摄场地，也就是剧本里白熵的家。从拉风的加长轿车上走下来一个男人，很年轻，模样英俊清秀，周周正正，他的身后跟着两个助理，给他提包，拿衣服。

“原来是他。”李悬冷嗤了一声，“难怪这样嚣张跋扈。”他叫裴子夏，这两年火爆荧屏的偶像明星，接拍的好几部宫廷古装剧都取得了不错的收视率。他的古装扮相被网友们赞为公子如玉，不过因为年少出名，又斩获了国内不少大奖，所以很膨胀。他经常在剧组耍大牌，据说有一次和导演发生争端，还险些把导演炒了，幸而公司出面协调了矛盾。总而言之，此人脾气大得很。

李悬看了林希一眼，他压根没注意到那人。他已经放下手机开始看剧本，模样还挺认真。都说林希脾气不好，其实和圈子里那些真正脾气古怪刁钻，爱耍大牌的艺人比起来，林希对工作的态度简直不要太努力了好吗？李悬真为他骄傲。带着林希进了片场，遇上了几个熟人，李悬挨个向林希介绍：“这位是《佞臣》的编剧，何烁，这位是副导，许安。”

一路走来，李悬给他介绍了好多人，可惜林希一个都不记得。总导演艾嘉，也算是圈内颇有名望的导演，执导过不少口碑极好的电影，斩获不少国际大奖，只是市场反响一般。他追求的是电影的质量，拍摄的很多画面都颇具意蕴，值得细细品味，但在一贯追逐大制作和特效吸金的国内电影市场，这样的电影并不卖座。而这部《佞臣》，既然请了艾嘉过来执导，投资方自然也是对质量方面有着高追求。

试镜的这一幕，算得上是整部片子的灵魂情节，讲的是白熵身世逆转的故事。十七岁的白熵与好友秦耀携手共游塞北大漠，躲过一劫。待他回来之后，却得知白家上下除了他，已经被满门抄斩。大雨中，他内心极度痛苦与愤怒，最终蜕变、黑化，从此以后与男主秦耀势同水火。

这一段故事情节全程都要靠演员走心的表演，的确非常考验演技。以前林希拍摄MV的时候，李悬就发觉了他相当有当演员的天赋，但毕竟MV和演戏又不一样，心里也为他捏了一把汗。

造型师给林希上了妆，将他打扮成了白熵十七岁的模样，他从化妆间出来的时候，李悬看见他，整个人都呆住了。此时的林希穿着黑色的宽袖长袍，一张脸庞粉雕玉琢，宛如天人，看得她的呼吸简直都要停滞了！

不只是李悬，在场的工作人员注意到林希之后，都不由得愣住了，心里都生出了一种感觉，这不就是白熵小公子从剧本里走出来了吗？书里的白熵，年轻的时候性格懦弱，也比较偏女性阴柔性格，像是一块美玉般毫无瑕疵。他十五岁长开以后，见过他的人无不惊为天人，这样的气质，又正好和英武的秦耀形成对比。

看到此刻出镜的林希，李悬才真是要感叹，别看他平时一副糙汉做派，一口一句粗话，其实他本质上还是一个年轻英俊得让人恨不得扑上去吃干抹净的小鲜肉！

此时，裴子夏也已经换了装出来，这时候看裴子夏这位古风小公子，大伙儿便觉得有些失了颜色和光芒。果然，美不美，美到什么程度，都是比出来的。裴子夏和几个副导似乎发生了一点摩擦，只见他大大咧咧地坐在靠椅上，拿着折扇指着其中一个副导说道：“等什么等！我的时间是很宝贵的。”

“因为另一个试镜的艺人先化了妆出来，他马上就要开始了，所以请少安毋躁，不需要很久的。”一个女副导好生安抚着裴子夏。

“你们可能还没有搞清楚状况是吧？”裴子夏瞥了正在做准备的林希一眼，嘲讽地说道，“我答应来演《佞臣》是你们的运气，结果来了你们跟我说还要试镜，好，试就试吧，居然还弄个唱歌的新人过来跟我比。如果只是存心拿捏我，想要压片酬的话，咱们这合作可就没法进行了。”

他好狂妄啊！

就在这时候，另一个副导匆匆走了过来，想着跟林希商量，让裴子夏先试演。

“张导，既然我们先来了，没道理说某些人闹脾气，耍大牌，就让他先试吧？谁的时间不宝贵？就算是新人，那也是我们盛娱传媒花大力气捧的人，你们怎么就看准了要把我们当软柿子捏？”李悬虽然不混影视圈，但是在华语乐坛绝对是说得上话的重量级人物，在场没有几个不知道她的大名，而且她背后的盛娱传媒也是业内不能招惹的龙头公司。

“没错。”这时候艾嘉说话了，“没有规矩不成方圆，在我的剧组里，没有新人和大牌明星之说，都一视同仁，谁不乐意，那就滚蛋。”艾嘉是导演，也是艺术家，他的脾气很古怪，也很牛气，爱憎分明。

就在这时候，一贯得理不饶人的林希突然开口了：“让他先试吧，我再看看。”李悬惊愕地看向他，这倒是让人吃惊了，这家伙居然肯让步？能在林希手上占到便宜，这比中彩票的概率还要小啊！林希转身坐回到了靠椅上，继续看他的小说。

裴子夏经过林希身边的时候，轻蔑地冷哼了一声：“现在是个人都敢跑来演戏，演艺圈迟早要完。”林希对他的嘲讽充耳不闻，连头都没有抬一下。

不科学，非常不科学！李悬暗自打量着林希，这家伙不会真的是怯场了吧？裴子夏一开始进入角色，林希就放下剧本观察他的表演，神情很认真，李悬心里莫名有些忐忑不安。

剧本其实并没有告诉他们该怎么去演，导演有意想要试两人的演技，所以只给了他们一个场景，让他们根据自己的理解自由发挥。

裴子夏出道以来演的都是古装剧，所以很快就进入状态，轻而易举便成了白熵。得知了事情真相的他跑到府邸大门前，看着门上贴着的封条，神情一派寂寥。父母因为谋逆的罪名惨遭诛杀，连尸体都没有留下，甚至灵位都不可以设立，他张开双臂仰天长啸，目眦欲裂，眼泪从眼睛里不停地滑落。

“为什么！”他冲着那天空大喊，“为什么要这样对我！”

那是对老天的质问，面对命运不公的反抗！那样声嘶力竭的喊叫，仿佛要将全身的能量都迸发出来。李悬不由得起了一身鸡皮疙瘩，要不怎么说人家专业呢！裴子夏这歇斯底里的模样，还真是演技高超，林希真的能比他演得好吗？

下一个画面，是秦耀出场。秦耀的演员还没有选定，毕竟是主角，必须要谨慎待之，所以暂时由另一个男配角演员代替，主要是看白熵的表演。见到秦耀，白熵一把抽出了腰间的佩剑，指着秦耀，愤怒地质问："为什么！为什么要这样对我！"

"你听我解释。"秦耀的脸上露出了心痛的神情，"事先我并不知情，是父亲大人……"

"我不听！"白熵拿剑指着秦耀，声音是肝胆俱裂的决绝，"我恨你！今天我杀不了你，但是迟早有一天，我会让你死于我的剑下！"他是那样愤怒，现场的所有人都被感染了。

李悬瞥向林希，却发现林希在看这一段的时候不住地摇头。难道他有些困惑了？

裴子夏试镜结束，好与不好，导演艾嘉都没有说什么，而是喊道："下一个。"裴子夏自然是信心满满。他今天有意要秀一把演技，杀杀这个新人的锐气，所以试镜的时候格外专注，将全部的情感都投入了进去，眼泪那是说来就来，引得在场工作人员啧啧称赞。有他这样用力的情感表现在前，后面林希无论怎么演，恐怕都会显得是在模仿，反倒会让人觉得乏味。

李悬不由得为林希捏了一把汗，而裴子夏倒也不像之前那样急着走，而是坐了下来，似乎打算看看林希的试镜。

"开始吧。"导演一声令下，各部门准备好，林希一袭墨色长袍，从漫天纷飞的落叶中走来。他刚一出场，李悬的呼吸仿佛凝滞了。他走的每一步，能够清晰地看出来稳健中带着凌乱和踉跄，似乎在隐忍，但是那强烈的情绪又通过他的动作细节表现出来。

林希扮演的白熵颤颤巍巍地走到贴了封条的大门前，却并没有停下，而是继续往前走。李悬不由得为他捏了一把汗，别是紧张得出洋相了，走过了都不知道吧？然而就在这时，他突然停住了脚步，紧接着失魂落魄地转过身来，抬眸看向了昔日的白氏府邸的牌匾。那抬眸的动作，饱含了伤痛却又带着刻意压制的隐忍，一瞬间就紧紧揪住了所有人的心。

艾嘉导演坐直了身子，看着镜头里面的画面，嘴角微微一扬：“有点意思了。”随着激昂的音乐响起，白熵的情绪爆发到高潮的时候，林希并没有如裴子夏那般仰天长啸，甚至泪流满面。他的身形颤了颤，竟直接跪了下来，跪在了曾经荣宠无双的白府的匾额之下，整整有一分钟的时间。他几乎是一动不动，垂着头，闭着眼睛，就那样跪在地上。

一如许多年前的那个雨夜，他跪在自家人去楼空的别墅门前，整整一夜啊！李悬的心突然被揪了起来，仿佛此时的白熵就是那时的林希，回来之后，面对父母双亡的境况，怎么承受？

他没有哭，一滴眼泪都没有。因为从那时候开始，他的心已经感受不到任何痛楚了。

就在这时候，秦耀出现了，他走过来，去扶跪地的白熵起来，白熵抬头看了他一眼。两人目光对上的一瞬间，复杂的情绪便涌上来了，不只是极端的恨意，在恨里还有爱。那个人，是他从小当作目标，努力追逐的人，那是他的挚交啊！

就在秦耀扶起他的那一瞬间，白熵的手突然握住了腰间的剑柄，剑刃摩擦剑鞘内壁发出的声音让人心悸，然而，剑被拔出一半的时候，白熵的手却猛地顿住了。所有人的心，再度被他的动作揪了起来，他会怎么做？！白熵骤然甩开了秦耀的手，转身就走，却在踉跄地走了几步之后猛地顿住脚步，紧接着长剑出鞘，猛地刺进了土里！就这样，他的背影渐渐消失，而长剑迎风晃动，宣示着他与他的势不两立。

也许这才是白熵真正的心理轨迹，自始至终，林希一句台词都没有说，但此时无声胜有声。

第十五章

他从不辜负喜欢自己的人

当天导演直接敲定了由林希来饰演《佞臣》的男配角白熵，见裴子夏黑着脸从片场出去，李悬心下很是畅快。她回头看到导演艾嘉正拉着林希讨论剧本，刚刚他的那一段随性发挥太出人意料，看得出导演对这个男配角人选十分满意。

实际上林希能够发挥得这么好，完全是因为这两天他不可自拔地沉迷于《佞臣》中，书里的情节和情感，还有白熵这个人物的内涵，他都揣摩得差不多了。

杨叶给李悬打了个电话，说他准备出演《佞臣》的男一号，李悬很惊讶，杨叶可是真正的实力派演员！据说之前《龙御》的投资方几次三番联系杨叶，邀请杨叶出演男一号，都被他拒绝了，没想到他这次竟然主动找到《佞臣》剧组，表示希望出演男一号。《佞臣》虽然也是根据热门小说改编的电影，但无论投资还是演员阵容方面，都比不上大制作的《龙御》，所以杨叶到底是为什么要接这部戏呢？

“算是投桃报李，感谢你之前为我的电影制作片尾曲。”电话里杨叶是这样说的。

总而言之，杨叶愿意出演秦耀这一角色，很快就把《佞臣》的人气带上去了。而林希第一次拍戏就能和杨叶这样的实力派演员合作，对他来说不仅是挑战，更是极好的学习机会！

“上次，林希在上梁村做的那事儿，我还挺敬佩。”杨叶笑着对李悬解释道，“为这么一件本不关己的事情，耽误综艺节目的拍摄，换了别人做不了。”

李悬怎么也没想到，这一次杨叶的参与，会为林希将来摘得影帝和天王桂冠铺路。

合同敲定之后，李悬登录了林希的微博，发了几张定妆照，还加上这样一段话：第一次尝试演戏，有点小忐忑呢。我会努力的，请大家多多支持，比心。@《佞臣》摄制组 @ 杨叶

“林希真是盛世美颜，定妆照太好看了！”

“啊啊啊！潜水这么久，被白熵炸出来了，居然是希哥饰演的！天，都是我的男神！”

“超级喜欢这本《佞臣》啊，有生之年没想到真的能等到拍成电影！”

“杨叶大大和林希哥哥简直配一脸！”

“很早就听说《佞臣》卖出了影视版权，只求不毁原著，演员都让我很满意，期待后续。”

既然签下了林希，投资方当然希望由林希来演唱电影的片尾曲和插曲，毕竟放着这么好的资源不用，实在可惜。导演联系了李悬，想让她来制作片尾曲，李悬并没有马上应下，只说给她几天时间考虑。

冬日里的朝阳照在墙头的最后一抹白雪上，李悬带着林希走在静谧的小巷子里。周围房屋低矮，多是四合院的形式，小摊贩推着车在街头巷尾贩卖豆浆、油条，到处是浓浓的尘世间的烟火气。

林希穿着一件白色的羽绒服，睡眼惺忪地打着哈欠，脸上露出很不满的倦怠之色。李悬带着他，两人站在一个四合小院的红木门前。李悬踮脚，伸手给他捋了捋额头上垂下来的刘海，又拉了拉他的衣领。

“月璃是我的朋友，也是老师，说话客气点。她喜欢安静，你啊，最好牢牢闭嘴。”李悬说着捏住了他的上下唇。

林希微微一抬下颌，一口咬住了她的手指尖，他挑了挑眉：“这

就带我见闺密了呀？”

“放开。”李悬被他撩得脸色绯红。

就在这时候，四合院大门开了一条小缝，里面传来一个女人的声音：“没见过这么嚣张的，大清早跑到我家门口秀恩爱！干什么？示威啊？”尾音往上一挑，很是悦耳。

李悬拉着林希，推门走进了院子。四合小院里，一个女人穿着厚重的白色羽绒衫站在干葡萄架下，手里拿着一个紫砂茶壶。她手指修长，白嫩如葱，莹润如玉。招呼两人进屋后，她斟上了两盏清茶，回头轻描淡写地扫了两人一眼：“坐。”这女人说不上多好看，但身上就是有一股子韵味儿，就像茶叶的清香，回味悠长，看不出年龄来，但是显然要比李悬大一点。

“月璃，这是林希。”李悬介绍道，“林希，这是我跟你提过的月璃。”月璃是她在圈子里的名字。

“你好。”林希对她点了点头，却并没有如一般的社交礼仪那样和她握手，而是礼貌而疏离地站在李悬身边。这让月璃觉得很舒服，认为他是个聪明的男人。月璃不喜欢和人接触，这一点跟李悬很像，大概是心理洁癖吧，林希的举动甚合她意。

李悬这一次带林希来找月璃，是来向她求曲词的。月璃并不涉足流行乐坛，在古风的圈子里颇负盛名。她并不唱歌，只是一个词曲制作人，作品虽然不多，多年来不过二十来首，但是每一首都能够称得上是经典中的经典，被粉丝和歌手们口耳相传。

“影片讲述的是一个隐忍复仇的故事。”李悬惴惴不安地看向月璃，只见她面无表情地端起茶盏轻抿了一口。李悬稍稍犹豫之后，还是继续说道，“我并不擅长创作古风的词曲，如果这次《佞臣》的片尾曲能够由你操刀，一定会……”

“看来那个男人，对你真的很重要。”月璃打断了她的话，抬眸望向窗外。林希躺在葡萄架下面的长椅上，一条腿垂下来，优哉游哉地晒太阳。一条狗和两只猫蹲在他的身前，乖巧地望着他。这家伙仿佛有种天然的魔力，走哪儿都招小动物喜欢。

“你也知道我不涉足流行乐坛，若非思虑再三，你也不会就这样巴巴地过来，让我为难。”

李悬咬了咬牙，端着茶杯的手紧了紧，终于将霍凌天接唱《龙御》片尾曲的前因后果给月璃解释了一番，说道：“《佞臣》的片尾曲势必要和《龙御》一较高下，除了你，我想不到其他人有这个能力。”

月璃深深地看了李悬一眼，又抿了一口茶后喃喃道：“你们这个圈子，斗来斗去，半点不得清净。”

“没有黑夜作陪衬，如何显得星光璀璨？”李悬看着月璃，喃喃道，“我想让他成为夜空中最亮的那一颗星。”

“以前那么多男人追你，你都无动于衷，没想到挑来挑去居然选了这一款。”月璃笑了一声，“我可没少看你和这家伙的花边新闻，成天搞事情。”

李悬也笑了笑，调侃道：“不是爱清净吗？还看那些乱七八糟的娱乐新闻？”

“唯一的好姐妹恋爱了，能不关心？”月璃深深地看了李悬一眼，说道，“你以前就是把自己憋得太久了，像装在铁套子里的人，沉闷得难以喘息。”她侧头看向林希，林希已经起身，折了一根藤条，蹲在院子里逗弄猫咪。

“没想到居然会找这样一个烧火的男人。”

那一句“烧火的男人”，把李悬都逗笑了，想想，形容得还真妥帖。

“罢了，或许这世界上，只有这样的家伙能救得了你。”

“那《佞臣》片尾曲的事……”李悬听她的话，似乎有转机。

“一个月后，来找我拿词曲。”

《佞臣》于旧历年末开始拍摄，因为这时候正是隆冬时节，西北大漠飞雪，是天时地利俱备的拍摄的好时机。摄制组赶往银川影视城取景，完成白熵和秦耀在西北大漠的雪地里赛马逐兔的一段剧情的拍摄。

李悬帮他收拾行李，大包小件的堆了一地，林希乖乖地坐在她身边，拉着她的一只手，任由她另一只手收拾着行李。这还是两个人在一起以来，第一次面对分离。

林希一直没说话，都是李悬絮絮叨叨地在叮嘱他。

“和剧组的工作人员好好相处，我不在，没人帮你打点周全，一切都要靠自己。

“不要闹脾气，能忍则忍，虽然是男二号，但你毕竟是新人。

“有什么事，最好自己解决，不要麻烦别人。

“演戏方面，你不是专业科班出身，多向杨叶学习。”

林希自始至终眯着眼睛，笑吟吟地看着她，仿佛听她絮叨是一件很好玩的事。

“我说的这些，你听到没有？”李悬见他心不在焉，将手从他手里硬抽了出来。

林希将手环上她的腰部，凑近她的耳朵柔声道：“听到了，你说你舍不得我。”

“哎？你这人。”李悬挣脱开他的手，坐到沙发的另一边，说道，“就没个正形。”突然像是想起了什么一样，李悬起身“噔噔噔”地跑上楼，下来的时候手里拿着一管小小的东西。

李悬坐到他的身边，说道：“脚给我。”

林希不解其意：“干吗？给我挠痒痒？”

“废什么话！”李悬学着林希不耐烦的语调，直接把他的脚抬到自己的膝盖上，然后扯掉袜子。林希见势不妙连忙把脚抽回来，动作幅度很大，看样子有点慌。

“躲什么？我都看到了。”林希的脚掌通红，脚上长了冻疮。

上次林希睡着了，李悬暗搓搓地摸他的身体，好奇地把他从头到脚看了一遍。她注意到他脚上的冻疮非常严重，看起来很恐怖。她很难想象，这样一双看着都疼的脚，每天在外面行走，得有多难受，不过他从来没有说过。

林希神情有些不自在，脚丫子张开，大脚趾微微向内抠。

“看起来不像是新长的呀。”李悬将脸凑近他的脚底板，借着灯光仔细察看。

“小时候落下的毛病。”

小时候在农村，无论冬夏，他都是住在柴屋里。夏天还好，就是闷热，也还能忍。一到冬天，柴屋就四面漏风。他衣裳单薄，又没有袜子穿，脚露在外面，本来是细皮嫩肉的矜贵身子，整天整夜冻着脚，没多久就生了冻疮，也没人管他。白天他还要走山路去砍柴，很长一段时间他的小鞋子里都是干涸的血迹。后来长大了一些，他也知道自己去寻些保暖的布料塞进鞋子里，但是冻疮的毛病是落下了，一到冬天，疼痒难耐。

林希这人，自恋到恐怖的程度，唯一不自信的地方，就在那一双烂脚丫子上。所以和李悬在一起的时候，他睡觉都要换上干净的袜子，他怕一贯爱干净的她看了难受。

“你别看了。”林希脸色很不好，像是被撞破了秘密的小孩，脸微微泛红，有点不好意思又有点气急败坏，“脏得很。”

李悬似乎是明白他的心思，不然他怎么每晚都穿袜子睡呢？

“不脏。”她将脸凑近他的脚丫子嗅了嗅，咯咯地笑了起来。

林希更加窘迫了，脸越发涨得通红：“媳妇儿，你口味好重啊！”

李悬不跟他闹了，拿起冻疮药。这是她请国外的朋友代购寄回来的，花费了些时日，不过听说治疗冻疮效果很好。她拧开盖子，用指头将药膏挤出来，小心翼翼地涂抹在林希脚上的疮口处，不时抬头问道：“感觉怎么样？疼不疼？”

不疼，有清凉的感觉，很舒服，被她的手触摸揉捏，还有点痒痒的。林希脸上的红晕还没有消散，他坐起身，将李悬手里的药膏接过来，说道：“我自己来，你快去洗手。”

“我又不嫌弃你。”李悬没让他上手，说道，“你毛手毛脚的，擦不好，每个地方都不能漏掉。”

林希看着李悬那一脸认真的样子，她温热的呼吸宛如轻纱扫在他的脚丫上，他的心突然就化成一池春水，荡漾着柔波。

“李悬。”他突然唤她。

她抬起头：“嗯？”

“老子这条命，都给你了。”他的脸上，依旧泛红。

快年三十了，李悬不想回家，上次和赵怡闹翻之后，她便决定，再也不回那个家了。

年关将至，公司的工作反倒是越发繁忙起来。此时她刚刚处理完手头的工作，和易小嘉一道走出盛娱传媒的大楼。刚刚月璃将词曲初稿给李悬发了过来，她心情还挺振奋，一路上和易小嘉有说有笑的。

刚走出大门，她看到一个穿着灰黑色棉袄的女人，牵着一个七八岁的小孩儿，那小孩儿脸上脏兮兮的，不住地往写字楼里张望，神情鬼鬼祟祟。那妇人约莫四十来岁，头发盘成一个凌乱的髻绾在脑后，身形臃肿，膀大腰圆，眉眼细长，露出怯怯的神色，看样子似乎很焦虑，一边朝写字楼里张望，一边揪着衣角。她牵着的那个孩子皮肤黝黑，鼻子下面还挂着已经干涸的鼻涕，手里拿着一个冷掉的啃了大半的烧饼。

李悬和易小嘉没在意这对母子，径直往外走，易小嘉先去开车，李悬站在门口等她。

保安见这妇人在门口望了老半天，心中便生了疑，过来颐指气使地问道：“你找谁？”

那妇人操着一口浓重的乡音，压着粗粗的嗓门战战兢兢地说道：“俺找俺娃，黑皮说俺娃在这里，俺找他。”

快下班了，保安也很不耐烦：“说名字。”

“大……大牛。”

李悬猛然回头，瞪大了眼睛，有些难以置信。

她刚刚听到了什么？她说找谁？大牛？

“没这人。”保安摆了摆手，没好气地道，“别处找去。”

那妇人从包里摸出一张皱巴巴的字条，抚平了递给保安道：“是这公司吗？俺不识字儿，麻烦你帮着给看看。”

保安接过了那字条，拿近了看，上面赫然写的是盛娱传媒。

“是这里没错，但没这个人。”

那妇人很是困惑："咋会这样呢？"她喃喃自语了几声，突然一拍脑门道，"对了，他还有个城里名字，叫林什么来着……"

那妇人话还没说完，李悬已经走了过来，那保安一见李悬，点头哈腰的，很是尊敬。

"这里交给我吧。"李悬淡淡地看了那妇人一眼，说道，"我认识她。"

"是。"保安说完便回了自己的岗位。

就在这时候，易小嘉已经把轿车开了过来，按了一声喇叭招呼道："悬姐，走了。"

那妇人疑惑不解地瞅着李悬，李悬回头对易小嘉道："小嘉，我这儿还有点事。"

"那晚上的饭局？"

"另外安排时间吧。"

易小嘉点了点头，从车上下来，将车钥匙给了李悬，没多说也没多问便离开了。

李悬对那妇人不冷不热地说了一句："找林希是吧？"

那妇人一见眼前这漂亮女人知道自家儿子，连连道："对对对，就是林……林希……俺是他娘，金花。这是他二弟，狗蛋。听说他现在有大出息了，俺这不是带着娃过来看他嘛！我还给他带了最喜欢吃的土鸡蛋。小姐，你是他啥人啊？"

"经纪人。"李悬回答。

"啥人？"金花听不懂。

李悬便随口道："你就当我是他的秘书吧。"

说秘书，金花就能听懂了，她就知道这是给人端茶倒水的。

"俺娃真是有出息啊！都使起秘书来了。"金花啧啧感叹着，偷偷瞅了李悬一眼，"还是个水灵灵的秘书小姐。"

李悬打开车门，不咸不淡地道："这里不是说话的地方，先上车。"盛娱传媒大门口，可是狗仔经常蹲守的地方。金花拉着自家孩子的手，朝着车厢里瞅了一眼，坐了进去，肥硕的屁股不住地压着车后座，手拍打着座椅垫说道："真软啊！皮的就是不一样！"她本意是想秀一秀自己的见识，能摸得出皮料质地，结果见李悬冷着一张脸，坐进驾驶座一言不发，也没理她，自觉讨了个没趣儿。

小孩穿着鞋子爬上了座位，在后座上又蹦又跳，金花也没有制止他，兀自摊开了身子，霸占着松软的座位。

“娘！好软啊！”狗蛋抓着他的烧饼，兴奋地蹦跶起来。

“狗蛋，将来你就跟着你大哥在城里过好日子，吃香的，喝辣的，还有好看的秘书小姐支使，好不好？”金花笑起来，脸上横肉堆积，眼睛眯成了一条缝，完全没了刚刚在写字楼外的怯懦模样。

“好耶！”狗蛋更加用力地蹦跶，兴奋地大喊，“好耶！”

李悬从后视镜扫了这两人一眼，心生厌恶，一脚刹车猛踩了下去，狗蛋一个不防，从座椅上重重地向前摔去。金花连忙护住他，虽然没出什么大事，他还是磕了一下脑袋。

“哇！”狗蛋大哭了起来。

“你这秘书怎么开车的！”金花一边摸着狗蛋的脑袋，一边气急败坏地说道，“把俺娃摔坏了咋办！”

“哟，摔啦？刚刚忘了说，坐车就得有坐车的样子，这样又蹦又跳的，多危险啊。”李悬回头，脸上挂了一抹冷笑，“没事儿吧？”

金花一眼瞅出了这秘书小姐不待见她，但现在她只能把气撒到自家娃身上，推搡了一把狗蛋，骂道：“叫你不老实，让人看不起，不准哭了，坐好！”被金花这样一凶，狗蛋不敢哭了，委屈地噘着嘴。

心里有气，也不该发泄到小孩子身上，李悬有些后悔了，不过一想到那家人对林希做的事，心中那点愧疚立刻烟消云散。

她将车开出了一段，远离了公司，然后随便停到了一个路口，回头看着金花问道：“说说吧，来找林希，有什么事？”

金花本来以为秘书要带他们母子俩去大酒店吃饭，现在看她似乎没有这个意思，金花有点不高兴了，怎么说都是给自己儿子打工的人，还看不起她了是吧？

“等俺见到了俺儿子，再说。”凭啥告诉她呀？一个端茶倒水的破秘书而已。

“林希没在首都。”李悬面无表情地道，“回来得下个月了，也可能更久。”

“哎呀！那可怎么好！”金花一听林希不在，有些急了，咋等得了他这么久啊！

“有什么事，跟我说。”

金花终于还是说道：“娃他爸上个月让人把腿打折了，现在还在县医院住着呢，伤得不轻，据说还要截肢。俺就想过来问娃要点住院费，听说娃现在有大出息啦，电视里都能看到他呢！俺就琢磨着把他爸接到这边的大医院来看病，也好让他尽尽孝心，最好能在城里给我那大娃狗剩谋个职业，再给二娃狗蛋安排个好学校。”

金花说了胡大鹏被人打断腿的全过程，李悬心里飞过俩字：报应！她又说到让一家人都在城里安家落户的伟大愿景，李悬面无表情地闷哼了一声：“想得倒挺美！”

“你这人咋说话的？”

李悬回头看了金花一眼，说道：“你回去吧，林希不会想见你，更不会帮你。”

金花眼珠子转了转，有些犹疑，难不成这秘书啥都知道？

“你凭啥这样说？”她底气不足地质问，“大牛是俺娃！是俺们家把他养大的，他吃了俺们家那么多年的饭，现在他爸有难，他不该帮忙？”

李悬不想和她这胡搅蛮缠的女人说话，只冷冷地说道：“看见前面了？”

“前面有啥？”

金花正要把脑袋探出车窗，却听李悬淡漠疏离的声音传来：“公安局。”

“啥？”

“法律规定，对于人口拐卖，除了要追究卖方的刑事责任，买方也犯了非法拘禁的重罪。”

金花的神情明显慌张起来，眼珠子滴溜溜地转，强作镇定道：“你在说啥？俺们听不懂。”

李悬冷哼了一声，说道：“林希是你们家买的孩子，你们买孩子，也逃脱不了法律的惩罚，听明白了吗？”

“你说的是啥！俺们庄稼人，不懂。”

就在这时候，电话突然响了起来，恰巧便是林希打过来的。李悬想着这件事不要告诉他，这家人是他好不容易才摆脱的噩梦，她不想他再度回想起过往的那些不堪生活。

接过电话，她压低了声音道：“喂。”

“想我没？”电话里是他悠扬的调子，他略带磁性的嗓音总是很能撩人心扉。

“现在说话不方便。”李悬抬眸瞥了车后座的金花一眼。

“才走小半月不到，你就跟老子不方便起来了？看老子回去怎么把你收拾得服服帖帖。”林希的调子依旧温柔，用宠溺的口吻说着威胁的话，他在撩拨她。

“是我娃吗？是不是？我要和我娃说话。”金花见李悬接电话的时候老瞅她，便要上前来夺电话。

“你给我消停点！”李悬是真的生气了，冲着金花呵斥了一声。

话音刚落，她就真的后悔了。电话那头林希不再开玩笑，而是沉声问道：“李悬，你跟谁在一起？”依着林希那打破砂锅问到底的性子，估摸着她要是不跟他说实话，他现在就能坐飞机赶回来找她。

“是……是那家人，胡家。”她咬着下唇，终于还是说道，“那女人来了，说胡大鹏住院了。”电话那边安静了好久，久到李悬都想挂电话了，她实在不希望林希和那家人有联系。

“把电话，给她。”半晌，林希道。

金花还有些犹疑，接过了电话，第一声就是：“娃！可想死娘了这些年……”

然而，她第二句话还没说出来就被林希打断了，他直接问道：“胡大鹏住哪个医院？”

“俺们县医院，你要去看你爹啊？”

电话那边，林希的声音冷硬如铁："如果他还没死，就赶紧去死。"

李悬回家之后，放心不下，又给林希去了电话，接电话的人是他的助理李微龙。

"悬姐，希哥在拍戏呢，现在不方便接电话。"

"哦，他怎么样？"

"挺好，之前导演还夸他来着，说他很有表演天赋，又很肯下工夫去学，现在跟杨影帝搭戏，一点都不吃力。"李微龙说得很开心，好像终于找到倾诉对象了，有一肚子话要说，"还有，我原本以为希哥来这边了肯定会不适应，会闹脾气，结果并没有。我晕车的时候，他还去给我买药呢，真的好感动！"听李微龙滔滔不绝地说着自己对林希的感受，李悬的嘴角不自觉地扬了起来，看来他真的很乖啊！

"微龙，"李悬打断了他滔滔不绝的话语，说道，"今天林希有什么异常吗？我说情绪方面。"

"没有呀？"李微龙挠了挠脑袋，说道，"哦，对了，就是晚上拍戏的时候，一直 NG，状态不是很好，导演都说他经不起表扬。"

果然……

李微龙又看了林希一眼，他还在拍一段打戏，他一个人走到角落边，支支吾吾道："那个……"

"有话就说。"

李微龙有些纠结："可是希哥不让我说。"

"你都已经开口了。"

李微龙最终还是压低了声音道："就是，希哥有点发烧了。"

李悬的脑子突然一空，问道："发烧了还拍戏？"

"吃了退烧药，说没事，还不让我跟你说。"李微龙担心地说道，"但我看他状态不对，有点担心。"

李悬的心忽然揪了起来，还要再问几句，李微龙却说道："希哥叫我了，悬姐，你可别出卖我！"说完，他匆匆挂断了电话。

李悬掀开被子，从床上坐起来，这下她是真的一点都睡不着了。她抓起手机订了一张机票，凌晨五点飞往银川。几乎是一夜没睡，早上八点，李悬下了飞机。一出机场她就被寒风吹得直哆嗦，这边气温比首都要低许多，她只穿了一件羊绒衫套羽绒服，完全不够御寒。

李微龙来机场，接到了李悬，一边开车一边说道："昨天晚上拍雪地里的戏，拍到晚上十二点，希哥状态不好，失误了很多次，不过总算是过了。"

"还在发烧吗？"

"吃过退烧药了，现在在酒店睡着呢。"李微龙解释道，"可能是这几天都在雪地里拍摄，戏服又单薄，冻着了。"

来到酒店，李微龙去前台又拿了一张房卡递给李悬，说道："这是希哥的房卡，你劝劝他，最好去医院看看，讳疾忌医可不行。"

林希非常倔强，能把他抓去医院的，除了李悬还真是没谁了。

"嘀"的一声，房间门解锁，李悬按下了门把手，房间里一片漆黑，帘幕将所有的光都挡在了窗外。进了房间，一股暖热的气流扑面而来。渐渐适应了周遭的黑暗后，她将包放在行李架上，蹑手蹑脚地走了进去。房间正中的大床上，他像个婴儿般蜷缩在床中间，仿佛那便是母亲温暖的子宫，他睡得很安详。

李悬轻轻走过去，将手探到林希的额前，灼烫感让她迅速将手抽了回来，心惊不已：好烫！她又掀开被子，心疼地摸了摸他的手，手的温度也很高。

这家伙，不是挺能照顾别人的吗？怎么自己都不知道注意呢？她推了他一把，在他耳边柔声唤道："林希，醒醒，去医院了。"

林希睡意蒙眬地嘟囔了一声，微微睁开眼，模模糊糊间看到她的身影，熟悉的味道溜进鼻腔。

"林希，你生病了，得去医院。"她用力推搡着他。

林希微微一愣，突然笑了起来，将她往自己的怀里拉了拉，说道："你来，我就高兴，什么不爽的事都烟消云散了。"

他吃了药，又被李悬逼着在宾馆里蒙头睡了一下午，晚上的时候，烧总算是退了下去。

剧组那边也打电话来催了，两人腻腻歪歪半天，总算出了门。林希陪着李悬在路边的小菜馆吃了晚饭，便要赶去影视城。

李悬订的是晚上的机票，林希想送，李悬不许，本来已经耽误了一整天的拍摄，现在正值年关，剧组也挺着急，早点拍完就能早点回去过春节，完不成拍摄任务，大年三十都回不去。

李悬把他送到了影视城门口，林希将脖子上的围巾摘下来重新给李悬系好，一圈一圈，动作认真而细致。

“那件事，谢了。”

李悬当然知道林希说的是金花的事，她握了握他的手，郑重地说道：“我保护你。”

林希嗤笑了一声：“行了，回去吧。”他伸手捏捏她的脸蛋，说道，“白天多想想我，晚上我就能在梦里见到你了。”

李悬不由得红了脸。林希咧嘴，笑得一脸狡黠，对她这一言不合就脸红的模样喜欢得不得了。两人又拥抱了好一阵，李悬在路边拦了出租车，闷闷地说道：“那我走了啊！”转身的那一瞬，林希突然牵住她的手腕将她重新拉回来，用力地抱了抱她，撩开她的刘海，在她的额头上印下一记灼热的吻：“老子舍不得你走。”

三月初，《佞臣》的塞外拍摄计划完成，接下来的部分只需要在特效场内拍摄。而与此同时，李悬也收到了月璃制作的《佞臣》片尾曲最终稿，影片的音乐制作那边看过词曲，非常满意，并请来了国内知名的古风乐团录制。

几乎是同一时间，霍凌天演唱的《龙御》片尾曲上传到了网络，掀起了一股中国风音乐热潮。这首《龙御》的片尾曲的确是大手笔制作，好听是好听，但是李悬总感觉还欠了点什么。

直到她听到林希在录音棚里第一次演唱《佞臣》，总算明白的确是不一样的。《龙御》属于中国风的歌曲，而《佞臣》请的是最擅长古风的月璃担当词曲制作人，可谓原汁原味的古风歌曲。中国风和古风毕竟还是属于两个不同的概念，相较之下，《龙御》的节奏要快那么一点，同时混合了 RNB 的流行元素，自然也是为了迎合时下听众的口味。而《佞臣》则要沉郁了许多，加入了《佞臣》小说情节的一些铺垫和渲染，格调更为雄浑，更耐人寻味。

虽然李悬并不怎么看好，但是这并不影响《龙御》在网络上深受欢迎。而林希演唱的《佞臣》，便是在霍凌天借《龙御》掀起了一阵中国风音乐浪潮之后，低调地问世了。

林希还在特效场拍摄《佞臣》的收尾部分，李悬睡得很早。第二天刚起来，一开机，电话已经快被刷爆了，连着好几十条未接电话的提醒，全是陌生的号码，紧接着易小嘉的电话打了进来："悬姐！"她的声音很是激动，上气不接下气。

"出了什么事？别急，慢慢说。"

"悬姐，火了！"

"你家房子着火了？"

"不是，是《佞臣》，《佞臣》的单曲，火了！"

昨天晚上，《佞臣》的单曲配合着电影宣传片首发，她还没来得及了解情况呢。

李悬的声音急促了起来："多少点击、下载量？"

"两百万！"

李悬脑子"嗡"的一声，完全不敢相信这样的数据，结结巴巴道："你你你，好好数，别多数了零。我年纪大了，经不起吓。"

"哎呀，真的，都破酷猫网的纪录了！就昨天晚上，好几个原创音乐网都快被流量挤得系统崩溃！凌晨三点，都还有音乐网站给我打电话要《佞臣》单曲的版权，希望拿到高清版付费下载呢！"

李悬摸了摸自己的额头，有点烫，脸已经涨红了。成功了……成功了是吗？

"和《龙御》比呢？"她又赶忙问道。

"哪能比啊！《佞臣》单曲上线两个小时不到，就超过了《龙御》片尾曲大半月的下载量！悬姐，咱们要不要卖版权啊？悬姐，你怎么了？怎么不说话？"

李悬捂住怦怦直跳的心脏，说道："让我缓缓。"挂掉易小嘉的电话之后，李悬想立刻给林希打电话，但是又怕他昨晚拍了戏现在还在补觉，索性直接去了公司。一整个上午都有音乐网站打电话过来，希望能够买到《佞臣》单曲高清版的独家下载版权，李悬一直没有松口。这件事还得和剧组那边商量，毕竟林希出演了电影的男二号，一切得以电影宣传为重。

中午的时候，李悬终于按捺不住激动的心情给林希打了电话："猜猜下载量，猜对了有糖吃。"

"五千万？"林希挑着尾音笑道。

"噗！"李悬刚喝了一口水，差点被呛到，说道，"你这家伙，心还真大啊！"

"逗你的。说吧，多少了？"

李悬迫不及待地报了那个数字，听筒里面沉默了良久，他终于沉声道："还可以。"

就装吧，李悬知道那家伙心里肯定美死了。

《佞臣》的拍摄最终于在五月底杀青。李悬去参加了杀青宴，那天晚上大家喝得都有点多，尤其是导演艾嘉，拉着林希的手，醉醺醺地对李悬说道："我看人不会错的，你带的这孩子，能火。"艾嘉从不轻易夸谁，"能火"两个字便是对林希最大的认同与赞赏。

林希只是含蓄地浅笑，一脸沉静。李悬接过了林希的手，衣袖之下，十指紧紧地扣住。

不和剧组的人员接触，李悬还不知道林希在剧组竟然这样受欢迎。宴席间，好多人来跟林希喝酒，看得出来，都是情真意切。林希很直接，喜欢就是喜欢，不喜欢的人也不待见。所以能交的，都是真心的朋友。

林希帮李悬挡了不少酒，他酒量不好，很快就醉得站不直了。晚上易小嘉开车把两人送回了别墅，李悬扶着林希，朝着别墅门走去。

"能行吗？"易小嘉在车里问了一声。

李悬背对着她挥了挥手，拿出钥匙开了门，两个人磨磨蹭蹭进了屋。林希躺在床上，伸手就扯自己的衣服，很快就脱得精光。李悬没管他，让他先睡着，他这几个月可是真的累坏了。她不忍打扰他，拿了换洗的衣服去浴室洗澡。

第二天早上，本来觉得生活挺美好的李悬刚到公司，就看到前台的姑娘们在低声交头接耳，气氛似乎不大对劲。

这时，易小嘉匆匆赶过来说道："悬姐，你怎么不接电话？"

"刚刚在开车呢。"李悬按住了电梯按钮，问道，"有事吗？"

"先去办公室说吧。"易小嘉脸色非常难看。

办公室里，易小嘉将平板递给李悬，上面录制的是一段娱乐访谈视频。访谈的主持人名叫陶瑶瑶，是圈子里出了名的喜欢爆明星猛料，素来有"综艺毒舌姐"的恶名。之前刘姿和霍凌天传得沸沸扬扬的"包养事件"，就有她在里面推波助澜。

"今天我们的节目要扒一位娱乐圈当红小生的猛料。"只听陶瑶瑶站在演播厅，故作神秘地说道，"这位当红小生一朝鲤鱼跃龙门，便不顾家中的父母及年幼的弟弟，多年来，他对养育了自己的父母不闻不问。从农村进城后，他只顾自己的事业，全然忘了亲情。现在我们便请到了这不肖子的母亲来到演播室，请她来亲口讲述事情的始末。"

李悬一看到屏幕上出现金花那张面目可憎的脸，一瞬间心都要炸开了。她到底在做什么！金花似乎很畏惧镜头，她从没有见过这阵仗，很是害怕。陶瑶瑶走过来坐在她的身边，亲切地拉起了她的手，说道："大娘，别怕，有什么您就直说。"

"俺……俺叫金花，俺是从洪沟湾来的，俺来找俺的娃，他叫胡大牛，他还有个名字，叫林希。"金花声音都在不住地颤抖，看她说话的样子，这段词应该是背过的。

"胡大牛，就是盛娱传媒旗下的当红小生林希吗？"陶瑶瑶问道。

"俺不晓得啥小生，俺的娃就是胡大牛。他进城以后，就把名字改成林希了，要和俺们断绝关系。"金花的眼珠子不住地左右移动着，手紧紧拽着衣角，明显能看出她心里的不安。

"他为什么要和自己的亲人断绝关系呢？"

“他嫌俺们家穷，一心想飞回城里去过好日子呗！”金花无奈地叹了一口气，“他爸折了腿，现在还在病床上躺着，没有钱付医药费。俺们进城就是想问他要点钱，结果他根本不见俺们，还威胁俺们，说要杀了他的爸。唉，养出这样的白眼狼，真是作孽啊！”

“对了，那个周小姐说，俺们来了这里，就有人给娃他爸治病。”金花战战兢兢地看向陶瑶瑶，“是不是真的？”

陶瑶瑶并没有回答她的话，而是看向镜头，义正词严地说道：“林希，如果你也在电视机前，看看你的这位可怜的母亲吧！贫穷并不可悲，可悲的是人性的沦丧……”

“该死！”“砰”的一声，李悬手里的水杯被她砸了出去。

易小嘉被吓了一跳，连忙出门招呼清洁阿姨过来清扫玻璃碎片。

“现在舆论是什么情况？”李悬声音低沉得可怕。

“一片骂声，惨不忍睹。”易小嘉无奈地如实回答，“之前预约了《佞臣》单曲版权的几家音乐网站也打电话过来取消预约，甚至把单曲撤下了榜单。粉丝们除了部分脑残粉……”她意识到措辞不当，立刻改口道，“除了部分死忠粉，大部分很失望。之前买了专辑的，吵着闹着要退钱，黑粉更是花式谩骂，总之很不好。”

李悬一点开微博，就看到“林希滚出娱乐圈”的话题已经被刷到了榜首。比起黑子们无止境的谩骂，那些曾经是林希粉丝的人发出的失望的声音，才是最让李悬揪心的。她不知道林希看到这些消息之后，会是什么样的心情。

他从来不会辜负喜欢自己的人，对待粉丝也很温柔，好几次拍完片被粉丝围堵，就算身体很不舒服也会耐心地跟他们合影，给他们签名。让喜欢自己的人失望，很难受吧？

这些还不够，不知道是谁那么神通广大，竟然扒出了林希海选时候的视频。视频里，评委岳衫反问他：“你的家人对你而言，不重要吗？”而这话换来的，只是林希的一声冷哼。

这段视频彻彻底底地坐实了林希不孝顺的污名，墙倒众人推，岳衫还亲自出面，在一拨娱记面前陈述了当时的情况。他说自己早就看出林希这家伙不是好东西，素质低下，这样的人进入娱乐圈，简直就是一颗老鼠屎坏了一锅汤。他当时就淘汰了他，可是他的背后有人撑腰啊，神通广大地进了决赛，甚至拿到了冠军。

紧接着，舆论的矛头开始转向李悬。对于这件事，李悬并不急，她只是愤怒，愤怒网友们没弄清事实真相就对林希肆意谩骂，也愤怒金花的行为。但是她往深了想，金花好像在节目里还提到了什么周小姐？哪个周小姐？周子悦？李悬一下子就联想到陶瑶瑶和刘姿事件。当初刘姿的丑闻，也是她在里面闹得最厉害。陶瑶瑶又是周子悦带出来的人，那么金花上节目这件事，很可能有周子悦的安排。否则的话，一个农村来的女人怎么可能上得了陶瑶瑶的访谈节目？

是为了《佞臣》的单曲吊打《龙御》片尾曲下载量的事，还是早就积怨已久呢？李悬心里冷笑了一声，他们果然是沉不住气了啊！

不过，金花显然并没有对周子悦和陶瑶瑶等人说出当年的真实情况，她当然也不敢说出林希是他们家买来的，现在只是一口咬定林希就是他们胡家的儿子。这种事要想澄清并不难，所以李悬不担心。

很快，李悬便通过圈子里的一些关系，证实了的确是周子悦通过各种途径找到了金花。听到金花说了事情的前因后果，周子悦一时间高兴得昏了头，竟然连查证都没有查证，直接把她推上了他们公司旗下的一档访谈节目。看来是自以为能够毁掉林希，胜利在望的喜悦冲昏了周子悦的脑子。

其实只要她事先稍稍查一下当初的新闻，就能够知道整个事情的真相，毕竟当初的案子闹得也挺大的。李悬好不容易才帮林希走到这一步，绝不容许任何人毁掉他。

林希那边的电话，响了很久才被接起来，电话里他不再是以往的轻佻玩笑语调，显然这件事发酵了一整天，他不可能没有听到一点儿风声。

“在哪里？”

“家。”他的声音低沉，带着微微的嘶哑。

“没……没事吗？”李悬担忧地问道。

电话里，林希轻笑了一声："老子能有什么事？"

"网上那些评论，你不要看，公司这边的公关团队正在着手准备，马上就可以澄清的。"

"不用急。"林希声音冷沉。

"什么？"李悬还以为自己听错了。

"我说，不急。"他尾音微微上扬，李悬甚至能够想象到他轻挑嘴角的模样，像个正要恶作剧的小孩儿。

"要骂，就让他们先骂几天，花大力气要搞事情，结果就这么被灭了火，某些人肯定会好失望吧？"

"林希……"

"老子忍了十多年，这点坎坷，没往眼里放。"

李悬握电话的手紧了紧，她知道林希的意思。现在林希正处在舆论的风口浪尖上，但是总的来说，整个事件还处于发酵期。林希在等机会，一个更加合适的时机，然后将真相公之于众，彻底击垮周子悦和霍凌天。

林希这人，够深谋远虑的，她以前倒是小瞧他了。

两天后陆星酌从国外匆匆赶回来，得知这件事情后，他第一时间召开了会议。

"为什么现在还没有澄清，甚至没有一个人出声！那些人把林希骂成什么样子了？你们到底是怎么做事情的？"他将李悬递过来的咖啡杯重重放在了桌上，指着会议室里一众员工，声音激动得都有些颤抖了。这是李悬第一次见到如此盛怒状态的陆星酌，他宛如一头发狂的狮子。

所有人的目光，都落到了林希的经纪人李悬身上。这件事是她一直压着，没有启动危机公关程序。

"李悬，"陆星酌语气冰冷地问道，"解释一下怎么回事。"

李悬不由得打了一个哆嗦，说道："陆总，这件事本来就属于无端造谣，我想再过几天，等事情再发酵后立刻出面澄清，那样效果可能更好。对于林希来说，也更加……"

她话音未落，陆星酌将手里的文件重重地往桌上一撂，李悬的心也跟着受到了惊吓：老板生气的样子，真的好可怕。

“所以你现在，是在利用他？”他冷着脸，一字一顿地说道，“娱乐圈的手腕与规则，你倒是很懂，不愧为我手下一员大将。”

旁人或许听不出陆星酌话语里的冷嘲热讽，但是李悬知道他生气极了！在别人看来,陆星酌只是为旗下一个当红艺人被黑而愤怒不满，但是李悬知道，他是真的关心林希。

“陆总……”

“明天起，你不再是林希的经纪人。”

李悬猛地抬头，长桌对面的陆星酌已然一锤定音。然而就在这个时候，门突然被推开了。陆星酌的助理还和林希拉扯着，说道：“陆总在开会，您不能进去。”

林希已经闯进了会议室，和陆星酌遥遥地对视了一眼。许是因为这两天的事，林希的脸色不是很好，不似以往那般丰神俊朗，眉眼之间也带着倦意。虽然嘴上说不在意，其实他心里也不怎么好过。他将李悬往自己身边拉了拉，说道：“这是我的意思，跟经纪人无关。”

陆星酌深深地看了他一眼，眉宇间的严峻和紧张并没有缓和下来，语调一如既往地冰冷：“经纪人不是你的助理，你说什么她就得听什么，如果连这点危机都不能及时处理，任由黑粉和水军在网上谩骂、诋毁艺人而无动于衷，我盛娱传媒不需要这样的人。”

这话说得有点重了，但是陆星酌说出来的话，鲜少有能收回去的。众人的心都不由得紧绷了起来——他这是要开了李悬的意思啊！

李悬拉了拉林希的手，示意他不要再说下去，却被林希反握住，用力按了按，他目光看向陆星酌：“如果是这样的话，我和盛娱的合约，恐怕也不能进行下去了。”

此言一出，四座皆惊。他在说什么！有没有考虑过这样说的后果！李悬瞪大了眼睛，难以置信地看着他。

“你知不知道自己到底在做什么？”陆星酌凝望他的目光略带了那么点复杂的情绪，说道，“搭上高额的违约金，还有你的前途，随随便便说出解约这样的话来，你当自己还是小孩子，在玩过家家吗？”

众人原本以为陆星酌会发脾气，却没想到对林希，他的声音倒是缓和了下去，语调里甚至还带了那么点长辈训导晚辈的语气。

“我很清楚，自己的选择。”林希看着他，不卑不亢地说道，“也没有开玩笑。李悬帮了我很多，过河拆桥这种事，我做不来，更何况……”林希回头瞥了她一眼，目光前所未有地柔和，声音渐渐压低，“是要一直在一起的人。”

一直在一起的人……李悬的心里刮过一阵风。

林希敢为了李悬当面冲撞老板，甚至不惜说出要解约的话，在场员工眼观鼻鼻观心，都假装啥也听不见、看不见，得到示意后，三三两两离开了会议室。会议室里只剩下三个人，良久，只听陆星酌轻轻地叹息了一声，摇了摇头，让林希出去，他有话对李悬讲。李悬对林希投以安抚的眼神，林希点点头，最后又瞥了陆星酌一眼，还是出了会议室的门。

“陆总。”李悬抬眸，小心翼翼地看了他一眼。陆星酌显然没有刚刚那么生气了，但脸色依旧阴沉。

“林希是我的儿子，苦了这么多年，我现在就算倾尽自己所有，也要把他最好的给他，明白吗？”陆星酌看着她说道，“你是他选的，我不反对，因为他喜欢。只是有一点，我不想他再受到一星半点的伤害，就算是你，也决不能伤害他。”

陆星酌的话说得重，李悬听得有些骇然。他的言辞里，似乎还带了那么点威胁的意味。

李悬从会议室里走出来，林希还站在走廊上，焦灼不安地等着她，见她出来连忙迎了上来，问道：“老头没为难你吧？”

“还说！”李悬抬手戳了戳林希的胸脯，略微提高音量，严厉地斥道，“解约的话是能随便说的？还当着这么多人的面拆陆总的台，万一他一生气，真跟你解约了，那高额的赔偿金，卖了你都赔不起。”

林希知道李悬是吓唬他来着，听她这语气应该是没什么事儿，于是做出一副嬉皮笑脸的样子，摸着她的脑袋问道：“怎么说？”

“就这两天，公关部门策划一下，尽快澄清。”

“还不是时候。”林希垂眸，沉声道。

“之前你的代言，还有《佞臣》的宣传，因为这个事都耽搁了下来，公司损失很大。”李悬看着林希，嘟囔了一声，“还有网上那些人那样骂你，我心里也不舒服。”

林希气急败坏地又道了一声：“李悬，我说了，现在还不是时候，我不在乎别人怎么看我。”当真不在乎？每天晚上拿着手机刷微博到深夜的家伙，以为她睡着了不知道是吗？

而另外一边，自从金花上过了陶瑶瑶的访谈节目，再上节目似乎没有那么紧张了。她本来就是嘴碎的人，越来越多的节目邀请她，还有许多记者采访她。面对镜头，她泰然自若，节目上说的话也越来越没谱了。周子悦看这个女人在访谈节目上满嘴跑火车，心下也开始有了疑惑。但是盛娱传媒那边似乎并没有什么动静，好像是没打算要澄清事情的真相。林希那家伙现在应该是百口莫辩，毕竟亲娘都来了，他就算巧舌如簧，这不肖的罪名是坐实了，翻不了天。再加上现在盛娱传媒取消了他所有的代言以及活动，看样子是要封杀冷藏他的节奏。

周子悦心里冷笑，这样子就算完了？也太没战斗力了吧！果然还是新人，就算背后有李悬撑腰，也掀不起什么浪来。这就想跟霍凌天斗？不自量力。

《佞臣》的现场发布会直播，李悬没有看。她现在要去见一个人，一个在澄清真相这件事里能起关键作用的人。然而车刚刚开出去没多久，李悬就接到了李微龙的电话：“悬姐，希哥他……”

“他怎么了？”李悬手按在方向盘上，正在等红灯。

“他去参加电影的发布会了！我拦不住！”

“什么！”李悬脚下油门一踩，发现是红灯，忙急刹车，整个身体前倾，磕了一下脑袋，好在没出什么问题。

现在林希谣言缠身，又被黑得这样厉害，《佞臣》的发布会他绝对不能去！现场那些娱乐记者是要借这件事对《佞臣》开刀，保不齐还会有黑粉混在里面，到时候场面一旦失控，非常危险！

不让人省心的家伙！李悬将车停在路边给林希打电话，结果电话没响几声，就被他挂掉了。再打，他已经关机了。李悬猛拍了方向盘一把，咬着牙，掉头就往新片发布现场赶去。然而车刚刚开到商业中心的繁华路段，商业大楼的LED显示屏上已经出现了《佞臣》的发布会现场直播。李悬将车停了下来，眼睛死死地盯着前面的大屏幕。

导演艾嘉、男主角杨叶和几个配角演员都已经到达现场，闪光灯“咔嚓咔嚓”闪个不停，场面甚为热闹。毕竟不提林希，这部电影的其他演员都有自己的粉丝。尤其是杨叶，这么多年下来早积攒了自己的粉丝群体，所以就算因为林希的事情对电影造成了影响，也并不能动摇其根本。

现场记者的提问很是犀利，除了关于电影本身的提问，还会或多或少地涉及林希的事情。关于这件事，剧组其他人一律不予回答，只回答与电影相关的问题，对林希也不做任何评论。但是记者们似乎并不打算轻易放过他们，毕竟这件事情现在炒得太火了，观众们喜欢看，他们当然要问。

“我们还是希望，大家的问题最好和电影有关，某些关于林希的私人问题，我们无法回答。”副导演站出来不住地解释道，“抱歉，请提与电影有关的问题。”

然而就在这时候，艾嘉突然开口了：“林希是个好演员。”他话音刚落，摄像镜头齐刷刷对准了他，艾嘉面无表情地沉声又重复了一遍，“林希，是个好演员。”这么多年来，艾嘉很少夸赞什么人，现在面对记者的提问，面对所有的质疑与猜测，他没有对他的人品做任何评价，只说他是个好演员，这无疑是艾嘉对林希的认可。

然而下一秒，一个男人走上了发布会的舞台。合身的黑色西服，将他的身形修饰得修长而匀称，内搭的衬衣熨烫得一丝不苟。与林希平时轻松随意的模样全然不同，此时此刻的他与影帝杨叶站在一起也丝毫不显得稚嫩，反倒有一股与生俱来的沉着与干练。

他已经很久没有出现在镜头面前，所有人都认为他是心虚，藏起来了。现在他骤然出现在发布会现场，网络上看直播的网民们已经炸开了锅。此时此刻，现场的媒体记者也不淡定了，闪光灯再次“咔嚓咔嚓”闪个不停。

“你来这里做什么？”杨叶走过来，拉了拉林希的手，压着声音道，“现在不是时候，先离开。”

“我是男二号，新片发布会，怎么能不来？”林希的嘴角扬了扬，虽然是笑，笑容却有些冷冽。他转身，面向所有的媒体记者说道，“我知道你们对我本人更加好奇，但这是电影《佞臣》的现场发布会。在场的导演，包括杨叶老师，剧组的每一个人，他们都为电影付出了许多心血。出这样的事，是我的责任，在发布会圆满结束之后，有什么问题，你们尽可以问我。但是现在，请把注意力放到电影上来。”

现场安静了十几秒，终于有记者举手了，说道：“《佞臣》定在暑期档，与《龙御》同时间上映。这两部电影都是根据热门小说改编的古装片，请问《佞臣》是有意要与《龙御》一较高下吗？”

有人开了这个头，接下来的问题，自然而然也都被引到了电影本身上来，没有几个记者再提关于林希的问题。就算有，也都是涉及电影的，而不是他的私人问题。

发布会圆满结束，杨叶便和艾嘉他们一道离开了现场，临走的时候，对林希使了一个眼色，示意他还是避一避好。林希的嘴角扬了扬，没说什么。现场只剩了林希一个人，场面再度陷入混乱之中。

“有什么就问，但我不一定会回答。”林希的声音淡淡的。

“林希，你对你的家人有什么要说的吗？”有记者率先问道。

“没什么可说的，愿他们安息。”林希喃喃道。

此言一出，现场又炸了锅。

“你刚刚说的话是什么意思？”

“没什么意思。”

“你说过要让你的父亲去死的话吗？”

“没有。”

“可是你的母亲说……”

“我的父母，早就死了。”他的声音低沉，脸上看不出丝毫情绪。

在网上观看直播的人，发布的弹幕已经爆屏了，大多是在批评林希。现场，突然有愤怒的粉丝大喊了一声：“林希滚出娱乐圈！”

一时间，山呼海啸。

无论记者怎么问，林希都没有把话全部说透，隐着真相，但是字字句句又都是实情，这正是他的策略。他并不着急引爆炸药，黎明来临之前的沉寂，才是最迷人的。猝不及防间，一只鞋子不知道从哪里飞了过来，直接砸到了他的额头上，他额角磕破了一块皮，渗出了殷红的鲜血。林希没有躲，尽管他可以躲过去，但是他没有躲。他垂眸看了看地上那只鞋，突然笑了起来。紧接着便是捂着肚子大笑，笑得直不起身子，最后他笑得眼泪都渗出来了。

现场一片寂静，只有他疯狂的笑声。就在这时候，一个人快速上了台，站在了林希的面前，将他往自己的身后拉了拉。林希抬头，看到了李悬。她将他整个护在身后，面向记者和摄像镜头，那一瞬间，林希的心颤了颤，笑容僵在了脸上。

“你怎么来了！”林希面上带着些怒意，说道，“马上给我走！”

她回头，给了他一个抚慰的目光，让他安心。她说过的，会保护他。然后她面向记者，突然开口了，声音带着淡淡的嘶哑和无尽的疲倦：“关于这件事，本来盛娱准备了一场记者发布会，就在明天。不过好像你们都已经等不及了，林希也是。那么这件事，我请了一位先生出来为大家解释前因后果，或许这样比从当事人口中听到的更能让人信服。”

林希侧头，看到一个约莫五十来岁的男人走到了展台上。他的身形微胖，鬓间泛着雪白的霜花。他深深地看了林希一眼，眼眸里闪着复杂的目光。林希觉得他的模样似乎很熟悉，一时间却又想不起来在哪里见过他。

现场的记者当然一眼就认出了上来的这个人，他是著名的综艺导演赵诚。赵诚一看到林希，就抑制不住激动的情绪，朝着他走过来。林希下意识地退后了两步。

“你……”赵诚声音都哽咽了，“你这些年过得可好？是什么时候回来的？”

林希皱着眉头望向李悬，似乎在问：“什么情况啊？”

李悬摇了摇头，叹了口气，没说什么。

“我这么多年一直想着你，一直想跟你说一声对不起，可是我没有勇气去找你。我怕当初的事情被人知道，我怕被人骂。”赵诚的眼角盈满了泪花，接着说道，“可是那件事，翻来覆去地折磨着我。十四年了，每一天对于我来说，都是煎熬。也许现在是时候了，我要把这件事说出来，我想请求你的原谅。”

赵诚说着看向了记者，记者早已经按捺不住好奇的心情，屏气等着下文。今天这好戏，真的是一波接着一波上演，就连已经隐退多年的赵诚导演都现身了。

“也许大家都已经忘了，十四年前，我拍了一档综艺节目，名叫《小小明星》。当时我们去了西北大山深处的一个小村寨，在那里，我遇见一个音乐天才。”

林希的眼睛定定地看着他，随着他的讲述，渐渐回忆起了十四年前发生的那件事。

赵诚导演讲述了全过程，现场分外安静，没有人提问，更没有人打断他的话，他们的心早已经被遥远大山深处那个九岁的男孩紧紧地揪住，无法呼吸。就连网络直播平台上，刷屏也全部静止了，世界很安静。

“那个时候，为了不引起冲突，当着村民的面，我删掉了视频。后来我也曾想过把这件事情公之于众，但是那个时候，我没有胆量，也太计较名利，我怕被人谩骂。要知道，有了那么点成就，你永远不会愿意它沾上污迹。我警告摄制组的人，不能把这件事说出去，否则我就让他在圈子里混不下去。”说到这里的时候，他已经哽咽得不行，混浊的眼泪流了出来，“我终究是太懦弱了，我在作孽啊！”

他长长地叹息了一声：“可是那个孩子的脸，他的哭声，他求救的声音，却夜夜出现在我的梦里。对我而言，这才是最漫长的徒刑。前几天李悬联系到我，我知道这件事情是该有个了断了。现在我把它说出来，无论你们怎么看我，我都不在乎了。那个孩子太可怜了，是我对不起他。”他转头看向林希，老泪纵横，“孩子，我只求你一句原谅，不然我这辈子都难安心，你能原谅我吗？”

林希握紧了拳头，手隐隐有些颤抖，良久后，他抬头看向赵诚，眼神仿佛锐利的锋刃。他一字一顿，咬牙切齿地说：“不，永远不能。”

第十六章
他凭什么当我的父亲

观众希望看到的大团圆结局，当然不可能在林希这里出现。他这个人，爱憎分明得很：爱，可以爱到血脉里，与自己融为一体；恨，自然也能恨入骨髓。

他说完“永远不能”四个字，大步走出了发布会现场。这一次，记者自动给他让开了一条道路，没人拦他，也没人敢再多说一个字。看着他离开的背影，李悬的心疼得像是被针狠狠地扎了一下。她没想到这样还是伤害了他。

她本来是想让赵诚出席明天的记者招待会，讲明事情的原委，同时也避免他和林希的直接见面。但是今天实在事发突然，她不得不让赵诚直接赶来了发布会现场。赵诚是真心实意跟林希道歉，而林希不接受也在情理之中。

这件事迅速在网络上发酵，原本以为又是一场闹哄哄的掐架，却不承想，所有的娱乐微博账号关于这件事的报道之下的评论，出现了整齐划一的三个字：对不起。

数十万条的评论与转发，全是“对不起”。那些曾经对他表示失望的粉丝，曾经加入黑粉团队骂过他的粉丝，此时此刻愧疚难当。这三个字，承载了他们最深最深的歉意。曾经拒绝林希新歌的音乐网站也在第一时间找到了李悬，再次表示希望获得《佞臣》单曲的高清版权，之前拒绝林希的广告商也找上了门来。李悬全然拒绝，不为别的，现在的他需要调整。

李悬在盛娱传媒的大楼天台上找到了林希，夕阳勾勒出他颀长的身形，看起来有些黯然。他坐在天台上，指间夹着一支燃了一半的香烟，双脚悬空，底下便是楼高万丈。

李悬走过去，费力地往天台上爬，林希将烟送进嘴里叼着，然后转身扶了她一把，却不让她的脚落在外面。

“小心一点。”他沉声嘱咐她。

李悬侧脸看着他，夕阳柔和的光线映照着他的脸，他锋锐的轮廓此刻也柔和了许多。他薄薄的嘴唇叼着烟头，眉心轻蹙，眼睛微眯，望着远方的高楼与层云。

“看什么？”林希侧眸，瞅了她一眼。

“看你啊。”

“我那么好看啊？”

“你好看啊！”

她咧开嘴，笑得呆呆傻傻。林希摁灭了香烟，忍不住伸手挠了挠她的刘海。

好一记摸头杀！李悬捉住了他的手，移到鼻间，他的手指尖还残留着烟草的香味，好闻。她情不自禁地伸出了舌头，舌尖一勾，轻轻地舔了舔他的指腹。

李悬瞪着他气呼呼地说道：“今天突然跑到发布会现场的事还没找你算账呢！”

“我说了，还没到澄清的时候。火还没烧起来，你们都已经在筹划明天的记者招待会要扑灭它，我只好加把柴先把火烧旺。”

李悬伸手撩开了他额头上垂下来的刘海，那儿有一道干涸的血迹，是刚刚在发布会现场被人拿皮鞋砸的。

“那些家伙越是欺负我，就输得越惨。”他多的是不入流的招数，都是他这么多年来在混迹社会时摸爬滚打学来的。

“苦肉计。”李悬心疼地嘟囔了一声，“何必呢？”

“帮你报仇。”林希又垂首点了一支烟，深吸了一口，才缓缓道，“听说你跟姓周的，还有霍凌天，都有仇，是吧？”

李悬惊愕地看着他，半天没回过神来。难道他做这一切都是为了她？他之前说过的，还不是时候，让他们骂，他不在乎。他还跑去发布会，搅风搅雨。所以这一切，都是为了帮她报仇？

李悬的心猛烈地震颤着，良久后，长长地叹息了一声。

硝烟并未全然消弭，粉丝们对林希的歉疚还没有情真意切地表达完，便有人开始对整件事情后面的推手进行扒皮和爆料。

首先被推到风口浪尖的，自然是陶瑶瑶。一场漫长而持久的针对陶瑶瑶的指责谩骂刚刚开始，陶瑶瑶因为受不了舆论的压力，交代了这件事是经纪公司和她的经纪人周子悦指使的，而那金花也是周子悦找来的，说要用她搞垮林希。

林希的粉丝们对他的愧疚全然转化成了对周子悦的怒火，将这个人骂得体无完肤，指责她的手段卑劣下流。万能的网友甚至还扒出了她过去策划过抹黑艺人的某些黑历史，甚至有知情人已经站出来，开始为刘姿的事情翻案。于是，真相渐渐浮出水面。如果之前抹黑艺人的事只是周子悦的个人行为，那么一牵扯到刘姿，霍凌天就难辞其咎。

这件事情在网络上沸反盈天整整闹了两个月，李悬听说周子悦的经纪公司已经将她解聘了，霍凌天现在也被冰封冷藏，恐怕再难见天日。至于金花，当然是早就收拾东西跑路回了老家。可是能躲到哪里去呢？等待她的将是法律的严惩。

《佞臣》在暑假如约上映了，林希那件事情的风波并不算完全过去。

《佞臣》上映的第一天，出现了一票难求的局面！票房以无比恐怖的趋势不断上涨，每天早上起来看到的刷新数据，都能让人心跳加速。《龙御》虽然同样受欢迎，但是票房被《佞臣》远远地甩出了一大截，根本没办法与之相提并论。后来电影院甚至不得不压缩《龙御》的排片场次，将更多的时间给了《佞臣》，满足市场的巨大需求。

不仅仅是市场反馈良好，《佞臣》在影评网的评分达到了9.0分，市场与口碑兼得。导演艾嘉拍出来的东西，无疑都属于精品。而这次，他发微博说《佞臣》的成功是整个剧组的功劳，除了杨叶的卖力演出，还要特别感谢一个人。在剧组里，林希是新人，却比任何人都要刻苦和努力，付出了很多。如果有机会，他还愿意与林希合作。林希真的很棒，现在鲜少能找得出让他这样满意的新人演员了。

林希在《佞臣》里演技绝佳，但因为杨叶的精湛表演，相比之下并不算特别出彩。艾嘉导演的这一番评价，却给林希的演艺之路拉开了崭新的帷幕。

一切都很顺利，然而这时，陆星酌出车祸了。

那天晚上雨下得很大，一辆货车从十字路口快速冲过来，直接将陆星酌的轿车撞翻了。救护车赶到的时候，安全气囊已经染满了鲜血，殷红的鲜血顺着震碎的车窗玻璃不断地滴落在地上。当医护人员把他从车里抬出来的时候，他整个人都已经变成了血人，进入了休克状态。

李悬和公司的几位高层赶到医院的时候，陆星酌正在急诊室抢救，医生出来，询问病患家属是否在场。

“是这样的，病人情况危险，急需输血，所以希望家人能配合我们进行血型比对。最好是直系亲属，子女或者父母都可以。”

李悬有些蒙了。她知道陆星酌年近五十，终身未娶，还有一个哥哥，现在定居加拿大。

“陆总家人并不在身边，难道不能从血库里抽调合适的血液吗？”一位老总问医生。

“病患的血型很稀少，HR阴性血，我们医院的血库并没有这种血液，所以如果有直系亲属在身边最好。如果没有，我可以马上联系首都军医那边，那边应该会有储备。但是现在病人失血过多，病情十分危急，恐怕等不到……”

“医生，请你们做好输血的准备，我马上联系他的家人过来。”李悬说完，拿着电话走了出去。没有什么比生死更加重要，不管陆星酌愿不愿意，事实就是那样，不会改变，血缘也是。

林希是被李悬一个电话从被窝里喊起来的，他迷迷糊糊的，也没听清楚，只觉得李悬的声音很慌张。他连拖鞋都没有换，匆匆赶到医院，在走廊上看到李悬，一阵风似的扑上去。他的神情惊慌失措，脸色被吓得惨白，拉着她检查着身体，担忧地问："出车祸了？伤到哪儿了？"

李悬知道他是误会了，连忙解释道："不是我，是陆总。"

林希的心放了下来，瞪了她一眼，手往胸前一放，说道："陆老头？那你叫我过来干吗？"

李悬也来不及和他多解释，医生已经从手术室出来，看了李悬一眼，问道："病患家属到了？"

"到了到了。"李悬拉着林希跟在医生后面，朝着抽血的地方走去。

林希被她拉扯着，一路都是莫名其妙的样子。他坐到凳子上，戴着口罩的医生掀开他的衣袖，抽了一管血，走进里面的无菌科室，进行血液化验。

"喂，搞什么啊？"等医生走后，林希不明所以地回头看向李悬。

李悬踟蹰着，眼神下意识飘到天花板上，避开他的目光，说道："陆总现在情况紧急，救人一命，胜造七级浮屠。"

"你知道我不是问这个。"林希心中的疑虑更深了，问道，"为什么会突然叫我过来？老子跟他非亲非故……"

他话还没说完，只见医生已经从科室走了出来，招呼了护士过来说道："血型匹配，准备抽血。"

林希的话被堵在了喉咙里，护士抽了他四百毫升的血液，急匆匆地进了手术室。李悬拿着棉签帮林希按着手臂上的出血点，知道林希此刻正在审视她，可她真不敢抬头看他。走廊上，林希放下自己的衣袖，一把拉住了走在前面的李悬："你有事瞒着老子。"

李悬的手腕被他拽得生疼，知道林希是真的生气了，她有些战战兢兢地回过头，声音都在颤抖："如果我现在跟你说，你就是陆总失散多年的亲生儿子，你会不会想要一巴掌拍死我？"

林希彻底愣住了，眼睛眨巴两下，松开了她的手。

那一袋血救了陆星酌的性命，待他脱离生命危险之后，知道了事情的经过，第一时间便要见林希。让李悬讶异的是，林希居然出奇地配合，去见他了。两个人一块儿待了没几分钟，之后林希便失踪了。李悬四处寻找他，这家伙跑出医院之后，就再也没回过家。李悬给他打了无数个电话，都被挂断了。她给他发短信，把这件事情包括陆星酌对她说的话全部向他坦白，但是这些信息都如石沉大海，没有回应，也不知道林希看见了没有。

最后李悬还是从狗仔那里得知了林希的踪迹，狗仔最近一次拍到他，是在某个地下酒吧里，他喝得烂醉如泥。

李悬收买了那个狗仔，照片最终也没有流出去。进了地下酒吧，她一眼就望见林希醉醺醺地站在台子上唱歌，唱得断断续续的，也听不出他唱的是什么。现场灯光昏暗，他很落魄，神情憔悴，没人认出他来。

李悬走过去一把将林希拽下来，连拉带扯地拖出了酒吧大门。

林希用力甩开了她的手，吸了吸鼻子，带着浓浓的鼻音问道："你怎么来了？"

"要是离家出走，就给我藏好，别让人拍到。别让人拿着那些乱七八糟的照片来讹我。"李悬的声音带着怒意。

她还没发泄，倒是林希先发火了，一把抓住李悬的手腕，将她拉近自己的脸，声音有点狠："老子求你帮我了？"

李悬皱着眉头，用力挣脱："你弄痛我了，林希。"

"老子求你，求陆星酌帮我了？"他不顾她的挣扎，依旧重复着那句话。

"你喝醉了，我不和你说话。你先跟我回去，你酒醒了咱们再谈。"李悬维持着最后一点理智，拽着林希要往车里走。

"他凭什么……凭什么要当我的父亲？"林希的声音颤抖得厉害，双手箍住李悬的肩膀，紧紧捏着。

李悬忍着痛，没有挣脱，任由他发泄。

"我爸妈找了我那么多年，我妈死了，我爸因为我也死了……"

他的眼睛睁得很大，眼泪顺着脸颊不断地滑落，哽咽道，“都是为了我啊！”

这是她第一次见到他流眼泪，她知道林希憋了太久太久了。李悬向前走了一步，轻轻地抱住了他的背，安抚道：“我都知道，这不是你的错。”

林希原本压抑的哽咽变成了啜泣，最后变成了号啕大哭。

他从洪沟湾回来，满心欢喜，满怀希望，见到的却是坟头的青草一片碧绿，然而他没有哭。而现在，郁积了十多年的愤懑与痛苦，这一瞬间宛如火山爆发，他彻底崩溃了。

林希紧紧地将她按进怀里，身体的重量都压在她的身上。那一刻，李悬仿佛感觉到了他整个生命中承受了多么沉重的负担。原来，他并不如表面上展露的那样没心没肺，虽狂妄而自我地活着，他的心中一直背负着自责的十字架，无可逃遁。

“悬悬，怎么不是我的错？”他的声音断断续续，似在撕扯着她的心，“该死的人，是我才对！”

李悬仰起头，用手心、手背替他擦脸上的泪痕。他的鼻尖，他的眼睛，已经是通红一片。此时此刻，他把最真实的一面，毫无隐瞒地呈现给了她。

“管他什么陆星酌，通通滚蛋，好不好？不哭了，好不好？”她像对一个孩子一样哄了他一整晚。

第二天李悬醒过来，下意识地往自己身侧的大床摸去，被子底下空荡荡的，没有人。她骤然惊醒，脸都来不及洗就匆匆下楼，却听到了厨房里的动静，似乎有炒菜的声音，这声音听着让人心安。

林希已经端着饭菜上桌，依旧系着那条花围裙，俨然居家好男人。见李悬下来，林希解下了围裙，对她招了招手，然后坐到了餐桌上。见李悬有一些呆愣，便道：“发什么愣？过来啊。”

李悬见他一本正经地端坐着，仿佛昨天晚上发生的一切都是梦。他除了眼睛有点肿，别无异常。他修长的手指尖敲了敲桌子，将一份文件递给了李悬。李悬好奇地走过去，赫然看到那份文件上写的是解约协议。她心头猛地一颤，望向林希：“你要和盛娱传媒解约？”

林希点了点头。

李悬心绪难平地坐了下来。林希收起了协议，然后给她切了两片吐司，倒了一杯牛奶，说道：“先吃饭吧。”

她哪里还有心情吃饭？食不知味地嚼了几口面包，林希又拿起餐巾，环过她的脖颈，给她系好，动作轻柔熟练。

李悬的心里空落落的。其实这个结果，她也能猜得到。以林希的脾气，不可能会认陆星酌，既然不认，就绝不会再接受他的庇护。这一点，其实陆星酌之前便已经想到了，所以他才不让李悬告诉林希事情的真相。

“知不知道，我很生你的气。”他的声音低醇有力，却又说得那样漫不经心。李悬小鸡啄米般点了点头。

“我不喜欢别人有事瞒着我，不管你自以为这是为我好还是怎么样，我都不喜欢，会很不爽，知道了吗？”他的尾音微微上扬，让人难辨喜怒。

李悬继续点头，沉默地咀嚼着面包。

“解约的事情，我想了很久。那个人想补偿我，可是我不稀罕。过去的就算了，我也没办法。违约金就当是把他给我的这一切，还给他。以后不管能走到什么地步，我只靠自己来挣。”林希继续说道。

李悬终于轻不可闻地道了声：“好。”

“你帮我到现在，没什么可说，只要我有的，我都给你。但是我什么都没有，如果还靠着你，靠着陆老头，我可能这辈子都做不到对你的承诺。所以后面的路，我要一个人走了。”

知道是这样的结果，李悬的鼻头一酸，她强忍着眼泪，点了点头，说：“好。”

对于林希要解约这件事，伤愈出院后的陆星酌只说了一句：“给得起违约金，我就答应解约。”他拿准了林希不可能支付得起接近六百万元的违约金。他才出道一年半，就算之前专辑和单曲大赚了一笔，出演电影《佞臣》的收益也颇为丰厚，但是六百万元，绝对不是目前林希可以承受的费用。

林希的固执着实狠狠地伤了陆星酌的心，他无法理解这个跟顽石一般的家伙到底哪里来的这股子硬气，非要跟自己过不去，跟前途过不去。要知道林希能有今天的成绩，全靠了盛娱传媒肯花大力气捧他，要是离开了公司，他能混得这样顺风顺水？

林希从陆星酌的办公室出来，心里其实也有些烦躁，解约书是递上去了，那笔解约金还真是挺麻烦。本来这笔金额还可以往下压一压的，毕竟林希也帮公司赚了不少钱，但是陆星酌想要用这笔钱留住他，一分钱都不会少。林希是那种今天吃饱了不想下顿的家伙，没料到自己还会有急需用钱的那一天，之前赚的钱花得没有顾虑，他现在能拿得出来的存款最多三百万元。

经过李悬的办公室时，林希的脚步还是顿了顿，心里某处隐隐有些难受。他朝里面望了一眼，没进去，径直走向电梯，却不承想在走廊的尽头看到她斜倚在墙边。白色衬衣和黑色长裤，将她的身材修饰得凹凸有致。

林希迟疑了一下，还是走了过去。李悬见他过来，站直了身子，以公事公办的语调问道："谈得怎么样？"

"只要老子掏钱，就能签字。"

"六百万元，上哪儿去弄？"

林希歪头看了看她，说道："还有三百万，去赌笔大的。"

电梯"叮"的一声，门打开了，他撇下愣住的李悬，笑着走了进去。

就在电梯门即将关上的瞬间，一张小小的卡片插了进来，门再度打开，李悬迈步走进电梯，她瞅了林希一眼，将那张卡片放进他的裤子口袋里。

"这是干什么？"

"既然要去赌，顺带也帮我下一注。"那张卡片沉甸甸地躺在他裤兜里，那是她之前的积蓄，整整五百万。

电梯里，他不动声色地紧紧握住了李悬的手，说道："如果运气够好，我会给你赢一个星光璀璨的未来。"

尾声

他流着眼泪，捧起她的脸

与盛娱解约之后，有很多公司想要签下林希，但林希没有答应。他用李悬的那笔钱,与业内知名的老经纪人合作,共同开了一间工作室,接下了好几个代言和一部谍战剧的演出合约。恰好又遇到杨叶的签约期满，他对林希的工作室还挺感兴趣，索性也就加入了他们工作室。由于杨叶的加入，工作室的名气一下子就打开了，吸引了不少投资和艺人。在不到一年的时间里，工作室的规模不断扩大，渐渐具备小型公司的规模。

李悬虽然明面上并没有再帮林希做什么事情，但是工作室有任何风吹草动，她总是第一个知道。有什么问题，她也会不动声色地暗中帮助解决。她也知道,除了她,陆星酌也实时关注着工作室的进展情况。

虽然因为解约的事情,两个人关系闹得挺僵,一开始陆星酌是生气,三天两头开会都没什么好脸色，但是看到林希一拳一脚地打拼自己的事业，倒是很有自己当年孤身出来闯荡的风范，陆星酌的内心很快就释然了。何况两人的血缘关系是无法斩断的，他并不奢求林希能谅解自己，只要他过得好，陆星酌一颗牵挂的心就算放下了。

林希有了工作室，从过去想方设法要忙里偷点闲的生活状态，瞬间变得诸事缠身。李悬最近一次看到他，是在新专辑发布会的现场。他一身黑色西服，笔直地站在那里，不苟言笑。他整个人的气质，和以往真的有了很大的不同，现在的他才真正算得上是独当一面了。

李悬朝九晚五地上下班，没了他在身边的日子倒是又恢复了平静。回到家，掏出钥匙打开房门，两只狗并没有如以往那般亲热地跑到门边来迎接她，李悬讶异地唤了一声："毛毛，西宝？"狗子还是没来，她心下警惕起来，正要去开灯，还没摸到按钮，就被一只温热的手掌按住。

熟悉的味道扑面而来，李悬的一颗心瞬间收缩。已经是寒冷天儿，她的手很冰，他感受到了她的战栗。

"今天怎么得空回来了？"李悬推了他一把，却被他抱得更紧了。

他抱着她，在她的耳畔喃喃说了一句话。李悬全身无力地靠在他的身上，轻轻地咬了咬他的肩膀，无力地问道："刚刚，你说什么？"

"我说，跟我结婚。"

周末，李悬回了一趟家，正好赵怡上班去了，没在家，她拿了柜子里的户口本就走。她正要离开的时候，目光一转，转到了走廊尽头的门边。那是……李疏的房间。

鬼使神差地，李悬朝着房间走了过去，按下门把手，门并没有锁。她知道，自从李疏离开之后，赵怡思女心切，她的房间还保留着原样。李疏去世的那一年，刚念大四，她的所有遗物都从学校寝室搬了回来，全部被赵怡好生保管着，一件都没有丢掉。

李悬的手拂过书桌，桌上纤尘不染，看来赵怡时常进屋来打扫卫生。从小到大，她们两个人的关系真的非常要好。姐妹俩年龄相差并不大，有些私密的话不能跟父母讲，两个人就相互倾诉，比如谁下课递了情书被她直接扔到了垃圾桶，又比如觉得班里谁长得好帅，好喜欢。

是什么时候起，两个人的关系急转直下，开始恶化的呢？应该就是李疏大三那年进入娱乐圈开始。她念的是北方艺术学院，与林希同校。这所学校毕业的学生大多数是要跻身娱乐圈的，当时李疏想要成为像姐姐那样的歌星。可是她的声音条件并不好，尽管勤学苦练，但是这一行总归是老天爷赏饭吃，没有天赋就成不了大器。

李疏的娱乐圈之路并不平坦，她开始走一些歪门邪道，上综艺爆料李悬的八卦，比如小时候的一些糗事，甚至是李悬跟她讲过的一些私密的话题。从那时候起，两人的关系才算真正开始闹僵。后来李疏因为事业的受挫，学业也受到了影响，好几次在学校里喝醉酒闹事，如果不是赵怡出面周旋，她差点就被开除了。直到李疏出事，李悬虽然嘴上不承认，但是心里时常自责。

她拉开了柜子的抽屉，里面放着几本上了锁的小日记本。李悬知道李疏从小就有每天写日记的习惯，她的日记本堆起来很大一摞了，小时候她写的日记，她都读过，无非是一些少女的幻想。后来长大了，李疏便不给她看了。但是日记本的密码，她一直记得。

李悬顺手拿起最新的那一本，密码是0326，前面两位数是李悬生日的后两位，后面两位数是李疏生日的后两位。“砰”的一声，笔记本打开了，李悬随意翻开一页，发现年月正好是妹妹自杀前那段时间。上面的字迹很乱，语句也是颠三倒四，由此也可以隐约窥见李疏当时糟糕的心理状态。

李悬直接将日记本翻到最后一页，时间正是她自杀的两天前，上面赫然写着惊心动魄的几个大字：我被强奸了！笔记本蓦地掉落在地。李悬只感觉天旋地转。她紧紧攥着日记本，走出家门的时候，她依旧没有回过神来。

李疏自杀的两天前，被强奸了！李悬不敢相信竟然会发生这样的事，她回想起李疏卧轨的那一天，形容憔悴不堪。当时她并没有多想，因为李疏一直都是这样一副神经质的模样。

李悬的电话铃声突然响起来，吓得她浑身一个激灵，屏幕上是林希的名字。

“我刚刚查了皇历，后天是个好日子，我推掉了所有的通告，咱们去民政局。”

“嗯。”

“嗯？”

“我想……”李悬的声音有些倦怠，“也许结婚的事，可以往后面推迟一下，我现在……”

“你是不是不想嫁给我了？”林希敏锐地觉察到了李悬声音里的不对劲，说道，“我告诉你啊，就后天，要是不来，信不信我直接微博粉丝抽奖找老婆。”

他这是开玩笑的话，可李悬怎么都笑不出来。勉强应付了几声，李悬挂掉了电话。回了首都之后，她半点没有耽误，直接联系了当时李疏最好的朋友黄灵。咖啡厅里，黄灵的神情显得有些局促，说道：“请问，你找我有什么事吗？”

“我妹妹自杀前两天的事，你能给我讲讲吗？什么事都可以。”

黄灵是李疏的室友，两个人关系还算不错。

“十一月十九日……”黄灵皱着眉头回忆，“那天好像是音乐学院的迎新晚会来着，不过我们几个是去了酒吧，带着几个新来的小学弟，准备好好玩一玩。”

“后来呢？”

“后来李疏喝醉了，说了很多……”黄灵偷偷瞥了李悬一眼，说道，“说了很多你的坏话。”这倒是常态了，就算是没有喝酒也骂。

“后来她就回自己租的房子了。”

“一个人？”

“倒也不是一个人。”黄灵喃喃道，“有个小学弟跟她顺路，和她一块儿上了出租车。”

李悬握着咖啡杯的手蓦地一紧，问道：“那个人，是谁？”

黄灵看了李悬一眼，掩嘴一笑：“说来也真是巧了，他就是这两年声名鹊起的大明星林希，好像还是李悬姐你的……”是她的男朋友林希。

“也真是没想到。当时我就瞅着林希学弟长得好看，但就是脾气太乖戾。他刚来学校就有好多女生跟他告白，但他理都没理人家。那天在酒吧，相互介绍认识以后，他的一双眼睛就一直搁在小疏身上，基本上没移开过，我们估摸着怕不是一见钟情了。正巧小疏心情不好，我们想如果真有这意思，干脆撮合这两人得了，这样也能帮小疏缓解心里的郁闷。当天晚上，我们就让林希送小疏回家，不过他好像也喝了不少，我们把他们送上出租车之后，也就各自回家了。再后来……”黄灵脸上的笑意迅速消散，眼中里泛起了一层惋惜之色，“再后来，就发生了那样的事。”

李悬轻飘飘地从咖啡厅走出来，外面淅淅沥沥下起了小雨。她脑子放空，眼眸里水色朦胧，回到家已经全身冰凉。李悬怎么也不相信，这件事会与林希有任何瓜葛，绝对不可能。那么现在，她到底在害怕什么？李悬摸出了手机，颤抖的手指甚至连密码都解不开，好不容易滑开了屏幕，立即给林希拨了过去。

电话响了很久才被接起来。

“我现在在录音棚。”电话那头的声音很嘈杂。

“晚上回来一趟。”李悬尽可能让自己的呼吸变得平稳。

林希轻轻嗤笑了一声：“想我啊？”

李悬没有回答，却又听他说道：“今天晚上恐怕不行，待会儿还有个活动。”

“我说，晚上回来一趟。”李悬又重复了一遍。

林希很快便听出了不对劲，问道：“呆呆，怎么了？”

李悬突然挂断了电话，情绪一下子就崩溃了。她猛地将手机砸了出去，低吼了一声，将桌上的水果盘子全部扫了下去，水果落在地上。两只狗远远地歪着脑袋看着她，不敢上前来。

李疏她是被人强奸了啊！将近四年，李悬一度以为是自己害死了李疏，却没想到当事情的真相以这样的方式展现在自己面前时，会是这样残酷。如果那天早上李悬不和她争执，如果李悬细心一点，发现李疏的异样，也许这场悲剧是可以避免的。现在只要一回想起那天早上李疏流着眼泪，咬着牙对她说“你们都欺负我，都欺负我”的情景，李悬的心宛如被一双大掌紧紧地桎梏住，无法解脱。她宁愿不知道真相，她已经为这件事赎了这么久的罪，还失去了可以唱歌的声音！

林希的确是在挂掉了电话之后，就匆匆赶了回来。进门之后发现家里并没有开灯，他摸着黑上楼，看到李悬一个人站在阳台上，衣着单薄，抱着手臂背对着他。她正看向远方的霓虹灯光，手里端着高脚的红酒杯。

林希本来还有一肚子火气，准备好好教训一下她，不过看到她单薄的身影，脾气便上不来了。他无奈地叹息了一声，脱下了身上的外套披在她的身上，然后从后面环住了她，将下颌搁在她的肩膀上，顺势吻了吻她的耳垂，说道："我听说有的女人会有婚前恐惧症，你该不会是怕了吧？"

"林希，"李悬的声音有些冰冷，"你是不是很早就认识我妹妹？"

林希的身体蓦地一僵。李悬解开了他环在她腹部的手，转过身来。她的眼眸无比深邃，素来坦荡的林希竟有些无所适从，目光躲闪地望向了另一边，问道："你听谁说的？"

他的反应，让李悬的心狠狠地揪了起来。

"你就说是不是？"

良久，林希点了点头："是，我认识她，但是不熟，只见过一两面，她是我们专业大四的学姐。"

"十一月十九日那天，也就是我妹妹自杀的两天前，你们发生了什么？"李悬尽可能让自己的呼吸平稳一些，但身体还是忍不住颤抖着。

"那么久的事，谁还记得啊？"林希被李悬这种质问的腔调弄得有些恼火，他说道，"我没告诉你，是因为觉得没这个必要，本来也不是很熟，就几面之缘。"

"不记得了是吗？那我提醒你，那天你对她很有好感，你送她回家了。"李悬红着眼睛看着他，声音颤抖。

"你跟一个死人吃什么醋！莫名其妙！"林希说完转身要走。

李悬直接将手里的高脚酒杯扔了出去，酒杯在他的脚边碎裂。紧接着她拿出了手机，手不住地颤抖，情绪很是激动地说："你要是不把话说清楚，我就报警了！"

林希的背影突然一滞，转身回头看向李悬，声音低沉地说道："你到底在发什么疯！"

"我妹妹那天晚上……"李悬说出后面这几个字的时候，全身的血液都似乎已经凝固，"她被强奸了。"

林希惊住了。两个人静默无言，直到他的一声脏话打破了令人难以忍受的沉默。

“你该不会……”林希回头朝着李悬走了一步，却又顿住了。他在她的眼中，分明看到了怀疑和愤怒。她竟然真的在怀疑他啊！

“她的同学说，你们都喝醉了，你一直在看她，最后还送她回了家……”一股强烈的疲倦感袭上心头，她说道，“那天的事，也许只是酒醉的意外……”

李悬还没说完这句话，林希突然上前一步，一把扯过了她的手腕，将她拽到自己的面前，眼神变得宛如猎豹般狠戾，声音压抑地说：“老子看她，是因为她和你很像。一开始我以为就是你！十多年没见了，我以为她就是你！可是后来，越看越觉得不像，眼神不像。后来喝醉了，我送她回去，也不过是送到楼下。后面发生了什么，我自己都记不太清楚了，只知道早上醒来睡在公园的长椅上。”林希沉着声音，耐着性子给她解释，“事情就是这样，信不信随你。”

“你自己也说喝醉了不是吗？”李悬声音有些嘶哑。林希的身子有些僵硬，手上的力量渐渐收了回来，缓缓地往后面退了退，神情有些黯淡。李悬突然害怕了起来，她一把反握住他的手说道，“林希，你告诉我你没有做这件事。只要你看着我的眼睛，说你没有做这件事，我就信你。”

林希没有说话，沉默让周围的空气瞬间变得稀薄，李悬甚至感觉呼吸都有些不畅。

“我喝醉了，什么……都不记得了。”他没有正面回答，这让李悬的一颗心直坠到了悬崖底。

直到林希离开别墅，她的身体才开始隐隐作痛起来，仿佛周身的每一个细胞都在叫嚣着。林希走的时候，把毛毛也带走了，剩了西宝独自坐在狗屋前，“呜呜呜”叫得悲戚，仿佛被全世界遗弃了一般。

曾经，音乐是她的全世界。现在，他才是。

美国纽约，百老汇大道。

满地飘落的梧桐叶子，使得整个街区看上去金灿灿的。唱片店里摆放着各式各样的专辑，李悬随便看了一眼，便在最显眼的位置看到了那个无数次出现在她的梦境，却又无数次被她驱逐的名字——林希。即使是在异国他乡，他的影响力也丝毫没有减弱。

去年上半年，一部好莱坞科幻大片上映，他在里面饰演来自神秘的东方古国的反派角色。他狂放不羁、自由洒脱的形象，深深地印刻在了西方人的心上。他们对他的喜欢达到了近乎狂热的地步，这倒是让国内许多艺人始料未及的。这些年，也有不少好莱坞大片邀请国内艺人参演，但是能够被记住名字的寥寥无几。

此后，林希又参演了一场盛大的音乐剧。在里面，他担任主唱，并且是用英文演唱，运用的是歌剧唱腔，他唱得游刃有余。他的音乐天赋，至此展露得淋漓尽致。后来他出了专辑，远销海外，名声大噪。现在，林希在国内不仅仅是巨星般的存在，更是真正的艺术家。

李悬将他的新专辑取下来，拿到前台付款，前台小哥咕哝了一声，意思是这已经是最后一张了，已经卖断货了，她的运气很好。

谢皓思的家位于百老汇大道尽头，一栋白色的小洋房，打开门，里面震耳欲聋的金属重低音吵得她头疼。谢皓思的妈妈担忧得实在有道理，这家伙在国外的生活，简直可以用纸醉金迷、夜夜笙歌来形容，堕落得让人不忍直视。

李悬从一对喝醉酒的男女的身上跨过去，走进客厅。客厅里，三三两两的男女搂抱在一起，抽烟喝酒，唱歌跳舞。李悬虽然是个保守的女人，但是与谢皓思合租的这两年，对于这类辣眼睛的画面，实在是见惯不怪了。

谢皓思刚刚给她发短信，说有礼物要送给她。李悬没在意，推门进屋，将喧嚣吵闹全部关在了门外。她拉上窗帘，躺在松软的大床上，准备先好好休息一会儿，然后再听林希的新专辑。没想到刚躺上去，她就觉着好像有点不对劲，今天的大床，质感和以往很不一样呀！

紧接着，李悬感觉到一双手搭在了她的腰间。她一个激灵从床上蹦了起来，便看到被窝里面钻出个美国肌肉男，只穿着一条三角内裤，从她的床上站起来。那浑身结实的肌肉让人看着心跳加速，李悬连着后退了好几步。那个男人模样生得很是俊朗，不断地安慰她，让她不要害怕，还说是有人花钱请他过来服务的。

李悬扶额，用英文解释了几句，将肌肉男推出了房间，接着就给谢皓思打了一个“夺命”电话。

“我送你的礼物，还合心意？”电话里，谢皓思的声音懒洋洋的。

“你找死是不是！”

“别这样说呀，不喜欢肌肉猛男，下次我给你找个清秀的。”

“我不需要！”

“不是吧？你来我这儿都两年了，整天不是听音乐就是散步逛街，我都怀疑你是不是正常的人类。”

李悬觉得谢皓思简直不可理喻，毫不客气地说道：“你要是再这样，我就把你在美国搞的这些事告诉你妈。”

“千万别，我的小祖宗，你要是跟我妈告状去，我铁定得玩完！”

“哼！”

“我说，都两年了，难不成你打算下半辈子都赖在我这儿啊？”

“我给你挡了两年的枪，让你妈没揪你回去相亲，怎么还不乐意？”

“倒也不是，就是我圈里的朋友说，下周五是林希的首场个人演唱会，在首都世界馆。你真的不打算去看看？好歹也是你一手带出来的巨星，不好奇他现在究竟长成什么样了？”

“你今天，废话有点多。”

“算了，也就你不识好人心，我有演出，挂了。”

挂断电话之后，李悬打开了电脑，搜索了林希的微博。微博现在已经由他的公司专人在打理，首页最热的那一条，就是下周五林希首场个人演唱会的宣传海报。

这场演唱会，定名为“初恋”。《初恋》是他的成名曲，是她为他写的第一首歌。

原本以为，只要时间够长，距离够远，没有忘不掉的人，也没有无法释怀的事。然而直到现在，李悬才发现自己根本是一败涂地。她忘不了林希。而李疏那件事，她更加无法释怀。

真是一团糟啊！

三天后，李悬接到了父亲李正勤的电话，让她赶快回去。父亲还告诉她，当年妹妹的事，警方那边有了新进展。挂掉电话之后，李悬整个人都有些呆傻，难道被发现了？

当年她决意出国，也是希望将这件事就此掩埋。她不想追究这件事，更不愿意这件事波及他。就算是自私吧，那又怎么样？那是她深爱的男人，她能怎么办？

李悬什么东西都没有收拾，当天晚上便乘飞机回了国。在公安局，赵怡坐在走廊的长凳上，神情憔悴不堪，李正勤见李悬过来，起身相迎。

“爸，警察怎么说？”

李正勤手里拿着一份资料，似乎是一份口供。

“警察说，当初你妹妹的死，另有原因。”

李悬的手抑制不住地颤抖着，打开那份口供。扉页贴着一个男人的照片，模样有些黑，是一张完全陌生的脸。

“这个人前段时间因杀人入狱，在接受讯问的时候还交代了几年前的一桩强奸案。”李正勤说这话的时候，整个身体都抑制不住地颤抖了起来，“受害人就是你妹妹。”

时间仿佛静止了，她的脑子一片空白。这个人不是他，不是他！

赵怡坐在边上，突然号啕大哭了起来，撕心裂肺的叫喊声让李悬心痛不已。她走到赵怡的身边，用力抱住了她。无论以前有多少抱怨和憎恨，她终究是她的母亲啊！赵怡也环住了李悬的肩膀，啜泣着，断断续续地说道：“悬悬，你妹妹……死得好不值啊！”

她知道，她都知道。李悬抹掉了眼角的泪水，安抚了赵怡好半天，然后将父母送到了宾馆，嘱咐父亲一定要好好照顾母亲。

代言会场外，早已经围满了粉丝，她们尖叫着，围堵在大门前，等待着偶像从里面出来。今年的初雪似乎来得格外早，纷纷扬扬地飘洒在街头巷尾，无声无息地消融在粉丝们的热情中。很快，迷妹们的尖叫声越发清晰起来：“林希，我们永远爱你！”

李悬站在路灯下，远远地看着金碧辉煌的会展大厅中的他，依旧是一身夸张的貂皮大衣，戴着拉风的墨镜，被十几个保安围在正中间。

两年不见，他依旧丰神俊朗，只是少了几分当年的轻薄，更多了几分沉稳。当初毅然决然离开盛娱传媒，一个人赤手空拳出来打江山，这条路，他走得不算轻松。通往璀璨的星光大道的路上，他每一步都走得无比坚定。

上车的时候，林希几乎是下意识地朝着街道对面投去淡淡的一瞥，街角路灯下空无一人，只有雪花无声飘落。

周五，首都世界馆，林希一个人在杂物间跷着腿打瞌睡。直到李微龙大包小包地拎着东西，慌慌张张地闯进来，他被惊醒过来，险些从凳子上栽下来。他恶狠狠地瞪了他一眼，怒声骂道：“说过多少遍了，老子睡觉的时候，不准打扰！”

“不是啊希哥，演唱会就要开始了，现在外面都已经忙翻了，所有人都在找你。我没敢跟他们说你在这儿，可是你再这么睡下去，今天晚上这演唱会……”

林希不耐烦地看了一眼手表，说道：“不是还有两个小时吗？”

“可是你总要化妆，要准备呀！”

化个屁妆！他想到了当年《寻找新声代》的初赛，还是她给他上的妆。林希的内心，十分烦躁，跟着李微龙出了杂物间，来到化妆间。化妆间的几个妹子开着收音机，见林希进来，连忙要关掉收音机，林希却淡淡地道：“调个音乐频道，老子听听歌。”说着坐在了化妆台边。造型师连忙过来，给林希做造型。

化妆间安静了下来。电台的女主播操着悦耳的播音腔，缓缓说道：“接下来的这首歌，是现今华语乐坛流行天王林希的成名曲《初恋》，不过今天我们的演唱者是一位神秘的新娘，她想用一首歌的时间，对她的未婚夫说一声对不起。”

林希想起来上次还有人站在氧气稀薄的喜马拉雅山顶，录视频跟他唱歌，也是唱的《初恋》，这首歌现在已经成了流行音乐的代表作。

女主播的声音渐渐淡了出去，《初恋》那耳熟能详的旋律萦绕在整个化妆间。化妆师认真地给林希上妆，林希一边打着节奏，一边闭着眼睛任由化妆师在他脸上涂涂抹抹。

听到她声音的那一瞬间，他仿佛又回到了十几年前的西北大山中，那个午后的阳光格外静寂，她请他吃了一颗费列罗，让他的心甜了很多很多年。

林希猛然睁开了眼睛，化妆师猝不及防，一不小心把他的眉毛都画歪了。林希什么也顾不上，抓起自己的外套跑出了化妆间，弄得一房间的人都不知所措。

那首《初恋》演唱结束后短短五分钟的时间里，电台的电话就被打爆了！与此同时，无数人在发微博，展开热烈的讨论。

"你们刚刚听到了吗！没有想到，终有一日，她还是开口唱歌了！"

"当时听到第一句，我都要哭了好吗？"

"悬姐离开华语乐坛这么年，真的没有想到还能再度听到她的声音。"

"等等！刚刚主持人好像说新娘什么的！"

"这首歌是唱给未婚夫的啊！"

雪，越下越大。这么多年不曾开口唱歌，即使是站在录音室的前一秒，她甚至不敢确定自己能不能唱出来。好在成功了，不是吗?

林希跑到电台大门口，她身着一袭白色的婚纱，站在雪地上，仿佛整片白茫茫的大地都是她的嫁衣。再见她的那一刻，他想笑，眼泪却先一步流出来。十三岁后，林希已经忘记了眼泪的滋味。他早已干涸的泪腺，却在这么多年以后重新变得丰盈起来。

李悬提起白色的婚纱裙摆，不顾一切地朝他跑来。然而就在距离他五六米的地方，林希突然喊了一声："给我站住！"他的眼睛很红，眼泪抑制不住地往下流，可是他又好像很平静，抬头看了看天空，又看了看她，骂了一声。他拿衣袖擦了擦脸上的泪痕，转身就走。

李悬呆呆地站在雪地里，远远地看着他离开的背影，有些不知所措。走……走了？李悬提起洁白的婚纱裙摆，二话没说追了上去。

林希负气一般走出来十来米，李悬在后面穿着高跟鞋追了十来米。

雪越下越大，除了雪落的声音，两个人都没有再说一句话。他终于还是顿住了脚步，骂了一声。再回头，她狼狈地抓着婚纱，立马停下脚步，依旧是与他相距五六米的样子。林希的眼泪根本止不住，但是神情无比倔强，以一副不服输的样子看着她。

李悬从来不知道，他的一生，竟有这么多的眼泪是为她而流。

“李悬……”他平复着心绪，低声唤着她的名字，“李悬，你再唱几句，给我听。唱几句，哄哄我，我也许就原谅你了。”他红着眼睛，看着她。李悬的心被他的眼泪勾着，每一口的呼吸，都伴随着心脏的抽痛。

她缓缓开口。洁白的雪花从天空中缓缓飘落，落在他的肩头，他的发梢，他的眉心，他的眼眸。他闭上眼，嘴角微扬，那是她的声音，她的世界。

“林希……”她这一声近乎啜泣，然而那令人心颤的尾音还没有发出来，他已经朝着她狂奔而来，用力地将他的新娘搂进了怀里。他流着眼泪，捧起她的脸吻了下去，那个吻，李悬至死都无法忘怀。

她仿佛看到那荒野上盛开着一整片欧石南，孤独、背叛与绝望的爱——那是他。

番外

奶奶是在突发脑溢血的第七天去世的，享年六十二岁。

我记得，很久很久以前，我和奶奶躺在院子里的凉席上乘凉。

夏天的黄昏很热，可是奶奶不愿意进屋吹空调。我要陪着奶奶，也就没有进屋。

那时候，她说一定要走在爷爷的后面。我托着腮帮子，看着她，很是不解地问她："奶奶也怕死吗？"

奶奶摇了摇头，慈祥地看着我，说她不敢把爷爷一个人孤零零地留在这个世界上。

她不敢。

我说："可是，爷爷还有爸爸和妈妈，还有小姑，还有徐爷爷，有好多好多亲人和朋友。"那个时候，奶奶只是摇头，什么也不说。

后来，在她突发脑溢血，失去神志意识的那几天，我才渐渐懂得了奶奶的害怕。

那几天，爷爷几乎寸步不离地守在奶奶身边，谁也不见，谁也不理，好像一下子失去了记忆，变得不认识我们似的。他只和奶奶说话，他的眼睛看我们，仿佛看着空气。

他说："呆呆，下雪了，今年的初雪。"

他说："你想不想听我唱歌？你最喜欢的《初恋》，想听吗？"

他说："我唱完了，你夸夸我，以前你总夸我的。"

他说："你再不出声，我生气了。"

奶奶最怕爷爷生气的，爷爷生气起来特别吓人。每次爷爷闹脾气，我们几个小孩都会躲得远远的，连爸爸都不敢招惹爷爷，也只有小姑才敢跟爷爷顶嘴。听妈妈说，爸爸的脾气随奶奶，温柔，谦逊，彬彬有礼。

可是小姑的脾气，随了爷爷，火暴易怒，天不怕，地不怕。上学那阵子，她经常跟同学打架，惹是生非，从小没少挨爷爷的打，可是奶奶总是护着小姑。小姑躲在奶奶身后，冲气得发抖的爷爷做鬼脸，爷爷拿着鸡毛掸子，气势汹汹地走过来，样子像要吃人。可是奶奶挡在前面说："你要打我女儿，就连我一块儿打好了！"她总是这样说。爷爷气得发抖，指着奶奶说："李悬，你反了是不是？你别以为老子不敢动你！"最后，还是爷爷扔了鸡毛掸子，发着火，在院子里一下一下地用力踢树干。

他哪里肯真的动奶奶？他把奶奶当心肝宝贝儿般疼着，护着，我们几个小孩儿要是闹奶奶太久，还会被他赶出家门。

爷爷生气的时候，只有奶奶能制服他。奶奶只要冲着院子喊一声"林希，我饿了"，爷爷一定会立刻停下踹树干的脚，骂骂咧咧地进屋："吃吃吃，一张嘴就知道吃！"然后乖乖进厨房，给奶奶做饭。奶奶最喜欢吃爷爷做的蛋炒饭，我吃着觉得没什么特别的，就是一般蛋炒饭的味道。奶奶说，不一样的。可是我至今也不明白，到底哪里不一样呢？

我喜欢跟爷爷奶奶一块儿睡觉，睡在他们中间，让奶奶唱着歌儿，摇着扇子，哄我睡着。可是每天早上醒来，我都会被挤到边上，爷爷睡在中间，抱着奶奶的腰。每次我都只能悄悄地溜出房门，假装什么都没看见。

哦，忘了说，爷爷奶奶的身材超级赞。他们以前是大明星，现在是老艺术家。奶奶五十几岁的时候，看上去和三十多岁的女人差不多模样。至于爷爷，更是越来越有气质，帅得天怒人怨。

而爷爷最心疼的孩子，当然还是我爸爸。前面说了，爸爸的性格像奶奶。可是人善被人欺，马善被人骑！听妈妈说，爸爸小时候在学校经常被同学欺负，爷爷知道了这件事，风风火火地冲到学校，撸起袖子要跟人家同学打架！还是奶奶赶到学校把他像拎小狗一样，给拎回来的。奶奶说，林大天王，丢人不？爷爷说，过气天后，这么能忍，难怪总是被我欺负。

嗯，我什么都不懂。

在奶奶生病的那几天里，都是爷爷一个人照顾她。爸爸妈妈和小姑，都想过来帮忙，可是爷爷不准。那几天，爷爷把奶奶照顾得无微不至。我这才知道，原来爷爷可以这么温柔。

他的床就架在奶奶的床边上，但很多时候他都是躺在奶奶的床上，搂着她睡觉，轻声地在她耳边唱着那些熟悉的歌。那些歌，都是奶奶写给他的。奶奶曾经说过，她毕生的才气，都是为了遇见林希。

爷爷晚上定好手机闹钟，放在兜里，每一个小时振动一次，这时他就要帮奶奶翻一次身；每天早上，他在医院的小厨房亲自熬了粥，喂奶奶一点点吃下去。我知道爷爷在害怕什么，他怕自己再也没有机会好好宠她。一辈子不够，来生来世也不够，永远不够。

奶奶离开的那一天，原本已经昏迷不醒了，后来奇迹般地又苏醒了，所有人，包括医生，都以为是情况好转。我们高兴坏了。可是爷爷并不高兴，像是心有感应一样，伤心地哭了。

奶奶醒来的第一句话是，林希，你再抱抱我。爷爷坐在病床边，搂住了奶奶。她说："林希，我好怕啊！"爷爷说："我唱歌给你听，就不怕了。"爷爷抱着她，轻轻开口——

仍然倚在失眠夜望天边星宿，
仍然听见小提琴如泣似诉再挑逗，
为何只剩一弯月留在我的天空，
这晚以后音信隔绝……
但我的心每分每刻，仍然被她占有，
她似这月儿，仍然是不开口，

提琴独奏着，明月半倚深秋，

我的牵挂，我的渴望，直至以后……

在爷爷的歌声中，奶奶缓缓闭上了眼睛。小姑最先哭出声，却被爷爷恶狠狠地瞪了一眼，立刻止住了。他不准我们哭，他说奶奶睡着了，不能吵到她。

以前奶奶睡不着时，他总是唱这首歌，哄奶奶睡觉。这次，也是一样。

我们都被爷爷赶出了病房，隔着玻璃，我看到爷爷像哄小女儿似的抱着奶奶，流着眼泪，吻着她的额头，在她的耳边说着此生未尽的情话。

奶奶葬在别墅后的山坡上，爷爷每天都会上山陪她，风雨无阻。他这一陪，就是三年。那一年，爷爷六十二岁。他一生无病无忧，走得很安详。

离世的那一天，他坐在院子里的藤椅上，缓缓伸出手，像是要抓住什么一样。他说："我想吃。"

小姑陪在爷爷身边，问他："您想吃什么？"

爷爷混浊的目光依旧看着前方的空气，他笑着说："好甜。"

小姑说奶奶离世之后，她再也没有看到爷爷笑得这样甜过。就是在那时，爷爷缓缓闭上了眼。

很久很久以后，我才知道，奶奶与爷爷初见时，他对她说的第一句话是：你有巧克力吗？